KB060673

진주

진주 晉州

晉州

이강제 장편소설

문학사상

세상을 바로잡는 시도,
소설《진주》

진주의 큰선비 남명 조식 선생은 평생 시 짓기를 꺼려했다. 완물상지玩物喪志, 즉 시를 읊조린다는 것이 하찮은 감정에 대한 집착으로 이어져 큰 뜻을 잃게 될까 염려했기 때문이다. 그와는 반대로, 나는 살아오는 내내 문학적 글쓰기를 갈망했다. 하지만 먹고사는 일에 대한 두려움으로 진학하고 싶었던 국문과에도 가지 못했다. 대신에 건축을 전공하고 도시 계획을 밥벌이로 삼았다. 좋아하는 일과 잘하는 일은 다를 수밖에 없다는 것을 일찌감치 인정했다.

남명 선생은 시황계詩荒戒를 지어 '시가 사람의 마음을 허황하게 만들고 도학을 가로막는 큰 장애'가 된다며 제자들에게 시 짓기를 금지시켰지만, 남명 자신은 평생 2백 수에 이르는 절창의 시를 남겼다. 다만 선생의 시는 아름다운 표현을 찾고 글귀를 다듬는 음풍농월吟風弄月의 것이 아니었고 세상을 바로잡고자 하는 사상과 의지가 담겨 있었다. 그렇다면 나는 어떤 글을 쓰고 싶었을까. 애초에 나는 사회개혁을 위한 격문을 지은 일도 없고 부조리한 사회문제를 정면으로 파헤치는 치열함도 가진 적이 없었다. 나는 글쓰기를 바람피우는 것처럼, 연애하는 것처럼 그 소맷자락을 그저 오랫동안 붙잡고 있었을 뿐이다.

그러다가 40대 중반에 《송강별곡》이라는 글을 써냈다. 그때 나에게 다가온 송강 정철은 〈사미인곡〉, 〈관동별곡〉과 같은 아름다운 가사를 남긴 시인이 아니라 중앙 정계에만 들어가면 당파싸움의 한가운데에서 매몰차게 튕겨져 나오는 불우한 정객의 모습이었다. 애초에 그는 선정을 베푸는 지방관리로서 산천을 유유자적하며 표박하는 가객의 일생이 더 어울렸을 텐데 왜 그런 삶을 살아야 했던가 하는 의문에서 그의 발걸음을 뒤쫓게 되었다. 그 《송강별곡》이라는 소설은 생업 전선에서 밀려난 중년의 한 사내가 방황하면서 송강의 심사에 빙의하는 형식으로 꽤 길게 써 나가다가 흐지부지되고 말았다. 그 후, 거의 20년이 지난 시점에 와서 다시 한 번 송강의 발자취를 더듬어보던 중에, 내가 만나게 된 것은 인간적인 풍모의 정철이 아니라 지리산 골짜기에 엎드려 살면서도 한때 조선 팔도를 쩌렁쩌렁 울리게 했던 선비 남명과 그의 제자이면서 산림정승으로 일세를 풍미했던 정인홍에 관한 역사적인 진실이었다. 나는 전혀 예기치 않았던 맞닥뜨림에 세 번을 놀랐다.

첫째는 남명 선생과 내암 선생의 학문과 업적이 어쩌면 이렇게까지 깡그리 지워져, 진주 태생인 나조차도 그런 사실을 전혀 모르고 몇십 년을 살아온 것일까 하는 놀라움이었다. 둘째는 역사는 승자의 기록이라고 한다지만, 후대에 와서 없던 사실이 만들어지거나 분명히 있던 사실조차 완전히 지워지는 역사 조작이 상상 이상으로 많다는 사실이었다. 셋째는 대부분의 조선 시대 사대부들이 나라의 녹을 먹는 벼슬아치가 되는 것을 숙명적인 과업으로 삼았음에도 불구하고 훈척들의 국정 농단이 자행되던 그 당시에 자발적으로 과거를 포기한 사람, 높은 벼슬을 하사받았어도 자신의 소신에 맞지 않는 상황이 오면 언제라도 관을 벗고 낙향할 줄 아는 신념, 또 설사 자신에게 아무런 허물이 없다 하더라도 많은 이들에게 의혹을 받으면 주저 없이 그 관직에서 물러나 국론이 정해질 때까지 자숙할 줄 아는 겸허한 풍조가 오늘 이 시대에서는 보기 드문 훌륭한 처신이 아닌가 하는 깨우침이었다.

그런 놀라움을 안은 채 많은 시간을 들여 남명과 내암의 숨겨진 역사 기록을 찾아 훑던 중에 만난 것이 권인호 교수의 〈조선중기 사림파의 사회정치사상〉이라는 박사 논문이었다. 나는 그 글을 통해 남명과 내암이 왜 흔적 없이 역사의 뒤안길로 사라질 수밖에 없었는지, 그 연유의 단초를 발견하게 되었다. 역사학자가 아닌 일반인들에게도 이러한 사실을 알려주어야 한다는 생각이 들었다. 그러는 와중에 나는 결코 진주와 분리될 수 없는 존재임을 느꼈고, 급기야 나 자신이 바로 진주라는 생명체의 일부라는 사실을 절감하기에 이르렀다. 그런 인식이 바로 소설《진주》를 쓰게 만든 원동력이었다.

생업에 종사하는 가운데 지금까지 10여 편의 단편소설을 썼다.

학창 시절 때처럼 글을 다듬어 신춘문예에 투고해볼까 하는 꿈을 꾸어보지 않은 것은 아니지만, 그 싱싱한 화관은 청춘의 몫이어야 한다는 생각에 망설임과 주저함이 앞섰다. 역사에 특별한 관심을 가졌던 것도 아니다. 또 진주라는 도시에서 20여 년을 살면서 뿌리 의식이 유달리 깊게 자리 잡은 것도 아니다. 그런 내가 나의 확장된 자아를 통해 진주를 폭넓게 사유하고, 좀처럼 쉽게 낫지 않는 진주앓이를 4년간이나 해오던 끝에 이 소설을 포기하지 않고 끝낼 수 있었던 것은 아내 송승연의 전폭적인 응원과 지지 덕분이다.

당초 대산창작기금에 응모하여 이 소설이 그런대로 읽을 만하다는 증표로 내세우고 싶었지만, 그걸 입증할 만한 내공까지는 이 소설에 담지 못했다. 그럼에도 불구하고 내 문청 시절의 절친한 벗이었던 문예지 〈문학사상〉을 펴내는 문학사상 출판사의 배려에 힘입어 이 책을 세상에 내놓는다. 이 책을 내기까지 내게 격려를 아끼지 않았던 친구들과 내 가족 모두에게 다시 한 번 깊은 감사를 전한다.

2019년 가을이 저물어갈 무렵에
이강제

차례

3부_ 애나다, 애나다! 진퇴양난

4부_ 남가일몽

나는 진주다

나는 지리산이 낳고, 지리산이 품어 기른 도시다. 원래 지리산은 두류산이라고 불렸다. 백두산이 한반도를 타고 흘러내리다 남쪽 바닷가에 이르러 문득 치솟았다고 해서 백두산이 흘러내린 산, 즉 두류산頭流山이라는 이름을 얻은 것이다. 평안도 양덕과 강원도 화천에 있는 산의 이름도 두류산이다. 하긴 백두산이 흘러내린 곳이 꼭 지리산뿐이겠는가. 백두대간이 뻗어 내린 곳곳의 갸륵한 산들을 모두 두류산이라 부른다 해도 안 될 건 없다. 그래도 지리산을 더 장하게 여기는 것은 기암절벽의 아름다운 풍광보다는 그저 두루뭉술한 능선으로 이어진 그 지덕이 유난히 풍성하다는 연유에서다. 어떤 이는 그랬다. 사는 것이 외롭다고 느낄 때는 육산인 지리산의 품에 안기고, 기운이 빠져 몸이 처질 때는 골산인 설악산 바위 맛을 보아야 한다고. 지리산의 능선은 성숙한 여인의 치맛자락 같다. 그 능선 아래 펼쳐진 8백여 골짜기를 보면 육덕 좋은 아낙네처럼 어딘들 깃들지 못할 곳이 없을 것 같은 생각이 든다.

내 첫 이름이 무엇이었는지는 기억하지 못한다. 부족국가 시대까지 거슬러 올라가면 고순시국古淳是國이라는 이름으로 불렀다는 기록이 나온다. 옛 고, 순박할 순, 옳을 시, 나라 국……. 예부터 순박하고 깨끗한 인심이 있는 나라라는 뜻이겠지만, 단지 한자를 차음한 것이라면 이름에 별 의미는 없다. 통일신라 때에는 청주菁州, 강주康州라 부르기도 했는데, 진주晉州라는 이름이 붙은 것은 고려 초, 성종 대인 10세기부터였다.

진나라 진晉은 위진남북조 시대의 중국 왕조 이름이다. 서기 265년, 중국의 통일 왕조였던 진은 그 기원이 고조高祖 사마의에서 비롯되었다. 그는 원래 조조의 책사였다. 조조가 죽은 후 그는 조조의 아들인 조비를 위시해서 조예, 조방 등 4대에 걸쳐 위나라의 황제를 보필했다. 그의 아들 소昭는 제갈량의 촉蜀을 복속시켰고, 그의 손자인 사마염은 조조의 증손자인 위나라의 5대 황제 조환曹奐으로부터 선양이라는 명목으로 황제 자리를 넘겨받아 낙양을 도읍지로 삼아 새로운 나라를 세웠다. 그게 진晉이다. 그 후 서기 280년에 손권의 아들 손량의 오吳까지 평정하여 진정한 삼국 통일을 이뤘다.

그 진나라와 진주晉州는 사실 아무런 관계도 없다. 단지 한자를 빌려와 썼던 이두식 표기 방식이었을 뿐이다. '마포'와 '노량진'의 본래 이름이 '삼개'와 '노들나루'였듯이 원래 우리말 표현인

향음郷音이 있었을 것인데 지금은 잊혀졌다. 공주公州가 곰나루였고, 대구大丘가 달구벌이었던 것처럼 진주晉州라 쓰고 우리말로 부르던 원래의 이름이 있었을 것이다. 일본에서 히로시마廣島를 일본식 음차로 '고오도오'라 읽지 않고 '히로시마'로 읽는 것과 마찬가지로.

진주 주변의 산들은 대부분 2백 미터 내외의 야트막한 야산들이 대부분이며 주산인 비봉산은 해발 백 미터의 언덕배기에 불과하다. 역설적이게도 그렇기 때문에 진주의 어느 곳에서나 시야가 트인 곳이면 지리산 천왕봉이 아스라이 보인다. 누가 봐도 진주는 지리산이 품은 도시이며 4백리 진주 남강이 길러낸 도시다. 조선 초기에 무학대사가 진주에 와보고 그 지세가 뛰어난 것에 놀라 갖가지 비보책을 썼다고 하는데, 이는 고려 말 최충헌의 무신 정권이 진주를 식읍으로 해서 4대에 걸쳐 60년이나 이어진 것이 다시 되풀이되지 않도록 방비하는 차원에서였다. 그래서 원래 진주의 진산인 대봉산의 이름을 봉이 이미 날아가버렸다고 비봉산飛鳳山으로 바꾸고, 봉황이 산다는 의미의 서봉지棲鳳池를 물이 끓는 가마못釜池으로 고쳐 봉황이 아예 깃들지 못하도록 쫓았다는 것이다. 진주에서 합천으로 연결되는 말티고갯길도 원래 대봉산의 왼쪽 날개로서 좌청룡의 지세인데, 거기에 큰길을 내어 날개의 기운을 끊어놓았다고 한다.

조선의 개국 이전 진주에서는 고려조 신종 3년(1200년)에 향리들의 탐학에 못 견딘 노비들이 들고 일어나 한 차례 민란을 일으켰다. 그 민란을 진압하는 과정에서 향리인 정방의鄭方義가 몇천 명을 살육하는 만행을 저질렀으나 조정에서 파견한 안무사는 손 한번 제대로 써보지 못했다. 결국 진주 백성들의 자발적인 봉기로 난리를 진압했다. 그처럼 기가 센 진주에서의 반란을 걱정했던 무학대사의 비보책은 과연 효과가 있었을까. 어떻게 답하더라도 결국 결과론밖에는 안 되겠지만, 조선 초기만 해도 삼공육경의 절반이 진주 사람이었고, 영남 인재의 절반이 진주에 있다는 말도 있었다. 그 후로는 인재가 좀처럼 나지 않았고 영조 대 이후로는 당상관 하나 나지 못했다고 한다. 엄밀히 말하자면, 인조반정 이후 북인정권의 몰락과 함께 사실상 진주는 반역향으로 찍혀 중앙 조정에 발을 들여놓을 수조차 없었을 정도였다고 하는 편이 사실에 더 가깝다.

그러나 영조 4년(1728년)에 왕위 계승의 정통성을 문제 삼으며 정희량鄭希亮 등이 일으킨 무신란戊申亂이 있었고, 철종 13년(1862년)에는 억압과 수탈에 못 이긴 농민들이 들고 나서서 전국적인 농민 저항으로 확산된 임술민란이 일어났으며, 1923년에는 백정들의 신분 해방으로 일어났던 형평사衡平社운동의 시작 등 진주에서 최초로 일어나 전국을 뒤흔들었던 저항들이나 3·1만세운동, 빨치산 봉기 같은 현대 사건들의 한복판에 진주가 있었다는 사실을 되돌아보면 무학대사의 비보책은 그다지 큰 효과가 없지 않았나 싶다. 어쨌거나 땅의 혈맥을 끊어 후대의 쇠락함에 위기를 느낀 진주 사람들은 날아가버린 봉황을 불러들이기 위해 남강변과 상봉촌 일대에 대나무와 오동나무를 두루 심었다. 봉황이 대나무 열매를 먹고 살며 오동나무에 둥지를 튼다는 믿음 때문이었다. 또 최근에 와서는 '봉황이 날아든 비봉산'을 주제로 봉황의 날갯짓을 가장 잘 형상화한 봉황교를 2014년 3월 8일에 완성했다. 그런 노력에 감읍하여 봉황이 다시 날아든 징조일까. 다리가 완성된 다음 날, 먼 하늘 끝에서 봉황의 알 같은 운석 4개가 진주 땅에 떨어졌다.

그러니까 진주라는 내 이름의 시간은 10세기의 고려 초부터 21세기에 이르기까지 이미 천 년이 넘었고, 그 공간의 크기는 한반도 남쪽의 지리산과 낙동강의 지류인 남강을 품은 곳을 일컫는 말이다. 지금은 행정구역상으로 진주시와 진양군이 합쳐진 인구 35만 정도의 작은 도농 통합시지만, 원래 조선 중기까지만 해도 진주의 강역은 지금 진주 주변의 함양, 산청, 사천, 하동, 고성, 의령, 남해 일부까지 포함된 광범한 지역이었다. 좁게는 현재 경남의 서부 지역을 아우르고 넓게는 낙동강의 서쪽 지역, 즉 임금이 서울에 앉아 남쪽을 굽어봤을 때 낙동강의 오른쪽, 그러니까 영남 강우 지역을 통틀어 일컬었던 곳이 바로 진주였다. 여말선초까지만 해도 영남의 중심이었던 진주가 지금처럼 쪼그라든 것은 그리 오래된 일이 아니다.

오늘도 남강물은 흐른다. 두류산 양단수가 덕산에서, 혹은 단성에서 덕천강, 경호강, 양천강 등으로 합쳐져 4백 리 남강으로 흘러들며 벌판을 두루두루 적신다. 수주 변영로가 노래했듯 강낭콩꽃보다 더 푸른 물결이 되어 양귀비꽃보다도 더 붉은 마음의 도도한 흐름으로 굽이치며 쉬어가는 곳마다 서로 이마를 기댄 채

집들이 들어섰다. 그 마을마다 댕기머리를 폴싹거리며 재잘대던 처녀들이 진주댁이 되어 아랫마을, 윗마을로 시집을 가고 떠꺼머리 총각들이 상투를 틀고 진주 아재가 되어 벼슬살이를 가거나 촌로로 늙어간다. 그 사람들이 곧 나의 모습이다. 진주라는 내 이름은 지리산과 남강뿐 아니라 그 속에서 살아 숨 쉬는 사람들의 무의식으로 살아 있다. 그래서 나는 진주라는 이름으로 사유하고 행동하며 수천수만 가지의 표정을 지어왔던 생명체이며, 때에 따라 위기에 빠진 나라와 백성을 구하는 뜨거운 심장이기도 했고 부황에 처해진 역적의 한 무리였기도 했다.

팔도강산 다 돌아본 끝에
진주에 와 닿으면
그때부터 여행의 시작이다

팔도강산 다 돌아보려고
맨 처음 진주에 와 닿으면
이제 여행의 끝이다

새벽잠 끝에 정수리에 퍼붓는 냉수 한 바가지
우리나라 정수리에 퍼붓는 이 정갈한 냉수 한 바가지
진주에 와 보면
그렇게 퍼뜩 정신이 들고 마는 것을 안다

H시인은 진주 출신이다. 서울상대를 졸업하고 공인회계사로 H투자증권 대표이사까지 지냈던 분으로 스무 살 무렵에 신춘문예를 거친 시인이었다. 그가 쓴 〈진주〉라는 시를 보면 그 자신의 정체성이 진주에 깊이 뿌리내리고 있음을 짐작하게 한다. 아마도 오랜 타관 생활을 했을 그가 진주에 오면 왜 새벽잠 끝에 정수리에 냉수 한 바가지 뒤집어쓴 듯 정신이 퍼뜩 들었던 것인지, 왜 진주가 팔도강산 여행의 처음이자 끝이 될 수밖에 없는 것인지, 나는 그 이야기를 한번 해보려 한다.

논개와 유디트

앞에서 수주 변영로의 시 〈진주〉를 언급했던 것처럼 진주를 말하면 자동으로 연상되는 것이 남강과 촉석루, 그리고 논개다. 왜장을 끌어안고 강물로 뛰어들어 동반 자살을 했다는 스토리 자체가 일단 극적이면서 비장하기 때문이다. 더구나 그 주인공 논개는 천한 기생의 신분이었음에도 적장의 목숨값으로 기꺼이 자신의 목숨을 바쳤다는 점에서 무엇보다 숭고하다. 또한 열 손가락 마디마디에 가락지를 끼어 적장을 안은 포옹이 절대로 풀리지 않도록 준비한 그 처절한 의도는 단순 실족사일지도 모른다는 의구심을 풀어주기에 충분했을 것이다. 베투리아 마을의 과부였던 유디트가 적진에 홀로 뛰어들어 아시리아의 적장 홀로페르네스를 유인하여 동침을 하던 중에 그 목을 잘라 베들레헴으로 가지고 돌아온다는 구약성서의 내용만큼이나 자극적인 스토리니 대중들이 열광할 만도 하다. 다른 점이 있다면, 유디트는 살아 돌아왔고, 논개는 죽음으로써 적의 죽음을 의도했다는 정도일 텐데, 돌아온 유디트도 혹시나 적장 홀로페르네스의 자식을 임신했을지도 모르니 자신도 죽여 달라고 부탁했다고 하니 본질적인 차이는 없다.

유디트는 고유명사가 아니라 '유대인 여자'라는 뜻이다. 여자의 이름으로는 전혀 어울리지 않는 논개라는 이름은 어떻게 지어진 것일까. 원래 한미한 양반이었던 논개의 생부 주달문은 논개를 낳은 생년월일시가 모두 '개'의 간지에 해당하기 때문에 '낳은 개'라는 뜻으로 논개라 이름 지었다고 한다. 자식이 생기는 순서대로 일석이, 이석이, 삼석이라 이름 짓는 것 못지않게 무성의한 작명이기도 하거니와 기껏 간지나 더듬을 정도의 문자를 깨우친 양반 쪼가리의 치기 어린 작명이었다 해도 지나치지 않다. 하기야 귀한 자식일수록, 어떤 때는 왕자의 이름까지도 개똥이, 소똥이로 불렀던 옛 풍습에 비춰보면, 어차피 신안 주씨나 장수댁 정도로 불리게 될 여식의 이름을 무엇으로 짓건 대수롭지 않은 일이었을 것이다.

아버지 주달문은 논개가 다섯 살 때 죽고, 어머니 밀양 박씨와 논개는 생계를 삼촌인 주달무에게 의탁했는데, 사고뭉치였던 주달무는 노름빚을 갚기 위해 어린 논개를 김풍헌이라는 이웃 마을 세도가에게 민며느리로 팔아넘긴다. 뒤늦게 사실을 안 박 씨는 빼앗기지 않기 위해 논개를 데리고 친정으로 도망가고 김풍헌은 이를 관가에 고발한다. 그때 장수현감이던 최경회는 논개 모녀의 딱한 사정을 듣고 무죄방면이라는 결정을 내리고, 의탁할 곳 없던 논개는 최경회의 어린 첩살이를 하게 되었으나 사대부가 관가에 고변을 당했던 아녀자를 축첩했다는 허물을 피하기 위해 명목상으로나마 관기 명부에 올리게 된 것이 저간의 사정이다.

2차 진주성전투에서 패한 경상우병사 최경회가 투신자살하고 난 뒤, 성민들을 처참하게 도륙한 왜장 게야무라 로쿠스케毛谷村六助가 촉석루에서 승전 연회를 벌였다. 관기 명부에 들어 있던 논개는 자연스럽게 왜장에게 접근하게 되고 강변 벼랑 끝으로 왜장을 유인한 다음 그를 끌어안고 열 길 물속으로 투신했다.

그것이 가냘픈 여인의 몸으로 숭고한 애국열사의 길을 간 것이든, 그가 의지하고 흠모했던 한 남자의 죽음을 원통히 여겨 처절한 복수를 한 것이든, 해석은 남아 있는 사람의 몫이다. 그러나 애국이든, 사랑이든 그 한 맺힌 마음을 노래하려거든 적어도 격에는 맞아야 한다. 치켜세운다는 것이 멸시하는 것이 되고, 기념한다는 것이 오히려 희롱하여 욕된 죽음을 되풀이하도록 하지는 말아야 할 일이다. 몸 바쳐서, 몸 바쳐서, 라는 후렴이 되풀이되는 유행가를 불렀던 이 아무개나 '윗도리 아랫도리 다 벗어던지고 내 첫사랑 논개를 만나러 남강에 뛰어들었다'는 내용의 〈논개양〉이라는 시를 쓴 조 아무개에게 논개는 어떤 의미로 남아 있는 것일까. 아무나 쉽게 건드릴 수 있는 천한 기생의 몸으로 오늘도 논개는 매일같이 절벽에서 거듭 뛰어내릴 수밖에 없는 신세다. 이런 사정에도 불구하고 진주시는 요즘 들어 예쁘장한 아가씨 모습의 논개를 도시 상징 캐릭터로 삼았다. 논개가 아이돌 가수도 아니고, 어떤 정신이나 가치를 지향하기보다는 오로지 부질없는 유명세를 쫓는 경박함이 한심스럽다.

조남명과 정내암

퇴계 이황은 안동 예안에서 태어난 조선의 대유학자다. '동방의 주자朱子'라는 평판을 듣기도 했고 벼슬이 대사성, 대제학에 이르렀으며 만년에 내려진 이조판서 등 요직을 마다하고 산림에 은거하여 많은 제자들을 길러냈다. 남명 조식은 진주 삼가에서 태어나 20대 중반까지는 주로 한양에서 거주했으며, 26세 때 부친상을 당하여 삼가로 내려온 이후 독서를 하던 끝에 36세 때 과거를 포기하기로 결심했다. 그는 죽을 때까지 조정에서 불러도 벼슬을 취하지 않고 처사로 일생을 마쳤다.

진주 인근의 경남 의령군 봉수면에 특이한 전설이 있다. 어느 날 처가가 의령이었던 이퇴계가 솥 장사를 하기 위해 솥을 가지고 의령에서 산청으로 오는 길에 재주를 부렸다. 솥을 지고 오는 것이 아니라 솥을 강아지처럼 걸리면서 산길을 오른 것이다. 솟을령 고갯마루에서 쉬고 있던 어떤 등짐장수가 왜 솥을 걸리며 오느냐고 물었다. 퇴계는 등짐을 한 번도 져본 적이 없는지라 재주를 좀 부려 보았노라고 답했다. 그러자 등짐장수는 말없이 일어나더니 숫돌이 가득 실린 무거운 지게를 회초리로 후려치면서 걸리는 게 아닌가. 그 모습을 본 퇴계는 깜짝 놀라 뒤로 넘어졌다가 부끄러워하며 용서를 구했다. 등짐장수는 웃으면서 지게나 솥은 지고 가는 것이지 어찌 걸리느냐고 말한다. 그 등짐장수가 바로 진주의 조남명이었다. 그러니까 조남명이 이퇴계보다 한 수

위인데 퇴계가 잘난 척하는 것을 꾸짖었다는 일화다.

또 다른 설화도 있다.

현재 행정구역상으로 산청군 단성면에서 국도 20호선을 타고 시천면 쪽으로 달리다 칠정마을에서 왼쪽 하동 방면으로 빠져 나 지막한 고개 위에 올라서면 한때 커다란 저수지였다는 조그마 한 연못을 만나게 된다. 양반들의 권세 다툼이 심했던 광해군 시 절, 인근의 종하리와 안계리에 살던 두 마을의 처녀가 같은 날 시 집을 가게 되었다. 두 꽃가마가 외길인 이곳에서 서로 마주치게 되었는데, 안계리 처녀는 퇴계 문하의 집안이었고 종하리 처녀 는 남명 문하의 집안이었다. 길을 비켜 가면 불행이 온다는 속설 도 있었거니와 학통에 대한 자부심이 남다른 양가의 체면상 서로 길을 양보할 수 없다며 버텼고 결국 사흘간을 옥신각신하던 끝에 한편의 가마가 못에 빠지고 말았다. 그 이후 이곳을 '가마고개'로 부르게 되었다는 것이다. 딱한 이야기이긴 하지만, 못에 빠진 가 마는 어느 편 가마였을까. 그거야 퇴계 문하 쪽의 가마였다는 게 이 동네 사람들의 확신이다.

설화나 전설은 민초들이 만들어낸 역사다. 이루지 못한 꿈이나 아쉽고 원통한 사연들을 기저에 깔고 있다. 과거의 어떤 사건이 햇볕에 바래지면 역사가 되지만 달빛에 물들면 신화가 된다는 이 병주 선생의 이야기를 떠올려봄 직하다. 또 어떤 이는 역사는 승 자의 변명이라고 했는데, 그리 치자면 설화나 신화는 패자의 자 기 위안일 수도 있겠다.

남명 조식과 퇴계 이황은 같은 해(1501년)에 태어났다. 남명은 진주 삼가 사람이고 퇴계는 안동 예안 사람이다. 진주는 낙동강 서쪽이고 조선 시대에는 경상우도라 했던 반면, 안동은 낙동강 동쪽이고 경상좌도라 불렀다. 서로 5백 리가 넘게 떨어진 곳이지만, 남명은 삼가의 토동兎洞에서, 퇴계는 예안의 토계兎谿에서 났다고 하니 희한하게도 둘 다 닭띠면서 토끼를 닮은 마을과 계곡에서 태어났다는 공통점을 가지고 있는 셈이다.

그뿐 아니다. 출생에 관한 설화 역시 서로 비슷하다. 어느 풍수쟁이가 삼가 토동을 둘러보니 암토끼가 달에 있는 수토끼를 쳐다보며 누운 형상이라, 토끼 배쯤에 해당되는 곳에 터 잡은 집에서 1년 내에 현자가 태어나리라 예언했다. 토끼 배 부분에 남명 외가가 있었고 이듬해 예언대로 남명이 태어났다. 외조부는 친자인 이씨 자손에서 현자가 나기를 바랐는데 하필이면 그때 친정에 있던 딸이 그 집에서 해산하는 바람에 이씨 가문에서 현자가 나지 못하고 조씨 가문에서 큰 인물이 나게 되었다며 아쉬워했다. 퇴계 쪽 역시 남명과 비슷하다. 출가한 딸이 친정에서 해산했다는 점은 동일하나 추운 겨울날 문둥병에 걸린 여인을 재워주었던 퇴계 조부의 선행으로 선녀가 나타나 어느 위치에 산방을 짓되 반드시 주인댁과 동성同姓의 임부가 해산을 하도록 부탁했다는 점만 다르다.

유몽인이 쓴 《어우야담於于野譚》에는 이런 이야기도 있다.

퇴계와 남명이 한가하게 이야기하다가 퇴계가 남명에게 자신은 술은 참을 수 있지만 색은 참기 어려운데 당신은 어떠냐고 묻는다. 남명이 답한다.

"나로서는 색에 대해서는 패군지장일 뿐이니 그저 유구무언이지요."

퇴계가 다시 말한다.

"나는 중년 이후로는 어지러운 생각을 없애고 마음을 한곳에만 쏟는 힘, 즉 정력定力이 생겨나 색을 참을 수 있게 되었다오."

그 자리에 함께 있던 송익필이 시를 읊더니 봐주기를 청한다.

"옥잔에 채워진 술 그림자 한 점 없는데,

눈 같은 흰 뺨에는 저녁노을처럼 발그스레 흔적이 있네.

그림자 없는 것과 흔적 있는 것 모두가 즐거움이나,

즐거움 삼갈 줄 안다면 사랑을 억누르지는 말 일이라."

퇴계가 절창이라고 칭찬하자 남명이 덧붙인다.

"그 시는 나 같은 패군지장을 경계하는 데 딱 어울리는구먼."

남명과 퇴계는 생전에 단 한 번도 만난 적이 없다. 그래서 그런 잡담을 나누었다는 것 자체가 물론 지어낸 이야기다. 그런데 노비 출신에다가 나이도 서른다섯 살 이상 어려 그 두 사람과는 전혀 격에 맞지 않는 송익필이 그 자리에 함께 있었다는 설정은 기묘할 뿐만 아니라 어떤 의도가 숨어 있는 것처럼 보인다. 그게 무엇일까.

먼저 남명은 왜 스스로 색에 대해서는 패군지장이라고 실토했을까. 남명이 성불구, 즉 고자였기 때문에 패군지장이라 말한 것으로 이해하는 사람도 없지 않겠지만, 그건 평면적인 이해다. 앞의 이야기는 색을 참을 수 있느냐, 없느냐의 문제이므로 패군지장은 참지 못했다는 데 방점을 두어야 한다.

전해지는 이야기들은 남명과 젊은 여인, 구렁이, 정인홍 등이 실타래처럼 엮어져 여러 가지 형태로 변주되어 나타나곤 한다. 즉, 남명이 젊었을 때 서울 가는 길에 들른 주막에서 어느 처녀와 정분을 나눈 뒤 돌아오는 길에 다시 찾아오겠다고 했지만 약속을 지키지 않았다. 이에 상심한 처녀는 죽어서 상사相思 구렁이가 되고 말았다. 구렁이가 된 여인이 남명을 찾아오자 이를 가엾게 여긴 남명은 그 구렁이를 벽장 속에 넣어두고 보살폈다. 그런데 남명의 제자 정인홍은 스승이 출타하고 없는 동안에 벽장 속에서 그 구렁이를 발견하고 칼로 베어 죽여버렸다. 죽은 구렁이의 혼은 정인홍의 조카로 다시 태어났고 나중에 정인홍은 그가 조정에 보내는 상소문을 조카가 인목대비의 폐출에 찬성하는 내용으로 바꿔버리는 바람에 억울하게 죽임을 당했다.

그러니까 남명은 그 자신이 색을 경계하지 못했기 때문에 젊은 처자와 부질없는 인연을 맺게 되었고, 그로 인해 그 여인은 죽어서 구렁이가 되고, 후에 제자인 정인홍에게 화를 미치게 했으니 자신이 색에 관해 무슨 말을 할 수 있겠나 하는 회한 때문에 패군지장이라고 말했다는 얘기다. 남명의 입으로 그가 죽고 난 뒤 50년 이후 미래의 일에 대해 후회하는 말을 하도록 하고 있으니, 엮어도 참 희한하게 엮은 것이겠으나 정인홍이 억울하게 죽었다는 점 하나만은 잊지 않고 싶은 민초들의 아쉬움이 있었기 때문이리라.

그러면 중년이 넘어서는 정력으로 색을 참을 수 있다고 말한 퇴계는 충분히 그럴 법하다 치더라도 뜬금없이 여기 송익필은 왜 등장하는 것일까. 그것도 마치 술과 색에 달관한 것처럼 공자님 촛대뼈를 까는 소리를 하면서 말이다. 유몽인의 호 '어우於于'를 주목할 만하다. 이 말은《장자》의 〈천지天地〉에 나오는 말로 '과장해 속이거나 아첨한다'는 뜻이다. 어떤 늙은 농부가 "공자는 박학함으로 자신을 성인에 빗대고, 허황된 말로 백성을 속이며, 홀로 슬픈 노래를 연주해 천하에 명성을 파는 사람이 아니던가?子非夫博學以擬聖, 於于以蓋衆, 獨弦哀歌, 以賣名聲於天下者乎"라고 비판했다는 말에 나온다. 유몽인은 그 자신이 성혼의 문인이기도 했으나 스스로 스승을 거역하고 파문을 당했다. 그런 그가 성혼과 긴밀히 교유했던 송익필을 이 이야기 속에 등장시킨 연유는 무엇일까. 예학의 달인이라고 했던 송익필은 자신의 학문과 재능에 대한 자부심이 지나쳐 스스로 거만하게 행세했다는 비판을 받았다. 뿐만 아니라 아무리 고관대작이라도 한 번 소통하고 나면 상대가 누구더라도 관직에 대한 예우는 버리고 오직 자子로만 부르는 오만함 때문에 조소의 대상이 되기도 했다. 유몽인이 솔직담백하게 패군지장이라고 자신을 탓하는 남명 앞에 젊은 나이에 건방을 떠는 송익필을 짐짓 시니컬하게 비웃고 있는 것으로 볼 수도 있지 않을까.

유몽인은 인목대비의 폐비론이 한창 오가던 와중에 벼슬을 버리고 초가집을 짓고 우거하다가 금강산에 들어가 머물렀다. 하지

만 그는 인조반정이 난 지 넉 달 만에 아들 유약柳淪의 광해군 복
위를 위한 거사가 실패하자 그 모의에 가담한 혐의로 체포되어
처형되고 말았다. 그는 아들의 거사가 아래 시에서 보인 자신의
뜻이 영향을 미친 것이라 자탄했다고 한다. 여기서 '무궁화 같은
얼굴의 선남'은 인조를, 개가를 거절하는 '늙은 과부'는 유몽인
자신을 상징하는 것임을 아들인들 어찌 몰랐겠는가. 그 자신은
반정으로 수립된 인조의 새 조정에 참여하지 않겠다는 의지를 밝
힌 것이었지만, 아들은 반정의 부당함에 맞서 저항하려 했던 것
이다.

> 일흔이 된 늙은 과부, 안방을 지키며 홀로 사는데
> 七十老孀婦, 單居守空壺
> 이웃이 무궁화 같은 얼굴의 선남이라며 개가를 권하네.
> 傍人勸之嫁, 善男顏如槿.
> 덕 있는 부인의 가르침도 익히 아니
> 慣讀女史詩, 頗知妊姒訓
> 흰 머리에 화려하게 단장하면 고운 화장이 어찌 부끄럽지 않으랴.
> 白首作春容, 寧不愧脂粉.

내암 정인홍은 합천 가야에서 태어났다. 그가 태어나기 250년
전, 정인홍의 선조인 정신보는 절강성에서 송나라의 형부원외랑
이라는 벼슬을 하고 있다가 남송이 망하고 원나라가 세워지자 고
려로 망명하여 서산에 자리 잡아 서산 정씨의 시조가 되었다. 그

의 아들인 정인경은 고려 고종 때 공신이 되어 서산군에 봉해졌다. 즉, 정인홍은 조상이 중국인이며 고려로 귀화한 사람의 후손이라는 말이다. 북인의 영수로서 산림정승이었던 그를 인조반정 후 서울로 압송하여 처형한 것을 정당화시키려는 노력의 일환 때문인지, 그와 관련한 설화들은 하나같이 그가 비범하기는 하나 상극의 인물이라는 점을 부각시키고 있다.

우선 정인홍의 출생에 관한 설화부터 보면, 그가 태어나던 해부터 3년 내리 마을 뒷산인 상왕산의 초목이 시들고 말랐다는 이야기가 있다. 그의 출생이 범상치 않다는 것인 동시에 불길함의 징조를 보인 것이다. 또 그의 눈이 중동重瞳, 즉 겹눈동자였다고 하는데, 전해오는 말로는 중국 순임금의 눈동자가 둘이었으며 항우의 눈동자도 중동이었다고 한다. 관상학에서는 중동을 성인이나 제왕의 상相으로 본다고 하니 정인홍은 태어날 때부터 역모의 기운이 서려 있었다는 의미로 해석할 만하다. 그의 남다른 눈빛에 대한 과장이 얼마나 심했던지, 그가 눈으로 똑바로 쳐다보기만 해도 짐승이나 사람이나 할 것 없이 그 자리에서 급사하고, 승천하려는 용이 그 눈빛을 받고 이무기가 되어 떨어지고, 논에 날아와 앉는 참새들이 그가 한번 쓰윽 쳐다보기만 해도 추풍낙엽처럼 우수수 떨어졌다는 말이 있을 정도다.

정비석이 쓴 《퇴계소전退溪小傳》에는 이런 이야기가 나온다.

정인홍과 정구가 제자가 되기 위해서 퇴계를 찾아갔다. 찌는 무더운 날씨에도 두 사람은 예의를 갖추느라 도포를 입고 행건까지 차고 퇴계 선생에게 인사를 드렸다. 인사가 끝나자, 정구는 퇴계 선생의 허락을 얻은 뒤에 도포와 갓을 벗고 수건으로 땀을 닦았으나, 정인홍은 이마에 땀을 흘리면서도 정좌를 한 채 눈썹 하나 까딱하지 않아 찬바람이 날 지경이었다. 퇴계 선생과 학문에 대해 이야기를 나누는데, 정구는 텁텁하고 약간은 무례하면서도 천진하였으나, 정인홍은 이론이 정연하여 흠잡을 데가 없어 둘은 극히 대조적이었다. 쉬는 시간에도 정구는 웃통을 벗고 우물가에서 발을 씻기도 하였으나, 정인홍은 옷을 조금도 흐트러뜨리지 않은 채 단정한 자세로 방 안에 조용히 앉아 있기만 하였다. 다음 날 아침, 정식으로 제자로 입문하기 위해 두 사람이 큰절을 올리는데, 퇴계 선생이 정구에게는 입문을 허락하였으나 정인홍에게는 아무것도 가르칠 것이 없다고 하며 거절하였다. 제자들이 퇴계 선생에게 까닭을 묻자, 정구는 시종여일하게 상정常情에 따른 행동을 하였으나 정인홍은 상정에서 벗어난 행동을 하였는데, 상정을 벗어난 행동을 하는 사람은 남에게 해를 끼치고 이익은 못 된다고 하였다.

퇴계가 정인홍을 제자로 받지 않은 이유는 바로 정인홍이라는 인물이 상정을 벗어난 인물이었기 때문이라는 것이다. 정비석은 나중에 참형에 처해진 정인홍의 사람됨을 미리 알아본 퇴계의 예언이 정확하게 들어맞았다고 감탄하고 있다. 물론 정인홍이 퇴계를 찾아가 제자되기를 청한 사실 자체가 지어낸 이야기다. 반면에 정구는 남명과 퇴계 양문을 오갔다. 하지만 청렴하고 강직한 성품으로 불의나 부패와 타협하지 않고, 백성을 위한 정치를 강

력하게 주장했으며, 임진왜란과 정유재란 때는 의병장으로서 국
난 극복에 앞장섰던 인물, 그래서 더욱 당대의 호걸로 알려졌던
정인홍을 상정을 벗어난 인물로 평가절하하는 억지 논리에 대해
서는 민망하기 그지없는 일이다. 시쳇말로 '좋은 게 좋은 거지,
네가 뭐 잘났다고 유별을 떠느냐'는 핀잔과 다름없기 때문이다.

그밖에 정인홍에 관련된 이야기들은 대부분 그의 스승 남명이
벽장에 넣어두고 보살피던 상사 구렁이를 죽인 탓에 그 원한을
사서 나중에 폐모 시비에 억울하게 연루되어 형장의 이슬로 사라
진다는 이야기가 많다. 즉, 그의 억울한 죽음은 지나치게 강직하
고 주변과 타협할 줄 모르는 외골수적인 성격 때문에 자초한 것
이라는, 다분히 결과론적이고 책임전가적인 기승전결의 구조를
취하고 있는 것이 대부분을 차지한다.

1부

뇌룡, 일어나다

삶이 끝나면 죽음도 끝나리니

계해년(1623년) 4월 3일 신시申時에 서녕부원군瑞寧府院君 정인홍이 참수되었다. 멀리 북악산이 보이는 군기시 앞, 큰길 한가운데에서였다.

정인홍이 입은 무명옷은 다른 이들과는 달리 비교적 깨끗한 편이었다. 그가 투옥되고 난 뒤 별다른 문초나 고신은커녕 위관의 변변한 심문조차 없었기 때문이다. 합천에서 압송되어 의금부에 갇힌 지 닷새 만이었다. 쫓겨난 광해 임금이 강화도에 위리안치된 지 열흘, 반정이 일어난 지 스무날 만이기도 했다. 포졸들은 그의 어깨를 눌러 무릎을 꿇렸다. 올해 여든여덟의 나이, 길바닥에 끌려나올 때부터 미처 제대로 펴지 못했던 그의 오금이 무너지듯 마저 꺾였다. 정인홍은 저 멀리 인왕산 쪽을 올려다보고 있었다. 술렁거리는 주변 사람들 그 누구의 모습도 그의 눈에 담기지 않았다. 이내 그의 눈은 감겼다. 수많은 군중들과 함께 붉고 푸른 관복을 입은 백관들이 하나같이 굳은 얼굴로 그의 최후를 지켜보았다. 꼿꼿하게 세운 그의 목은 그나마 수월하게 망나니의 칼을 받아낼 수 있었다. 북악에 따스한 햇살이 퍼지는 봄날 오후였다. 바람은 따뜻했고 어디선가 옅은 수수꽃다리 향기가 바람에 실려와 코끝을 간질였다. 그 순간, 정인홍의 머리는 땅바닥에 쿵 하는 소리와 함께 떨어져 굴렀다. 어떤 비명 소리도 없었다. 지켜보던 많은 이들의 눈이 짧은 신음 소리와 함께 저절로 감겼다. 한동안 침묵이 흘렀다. 질끈 감겨진 눈가의 주름이 미처 다 펴지지 못한 정인홍의 얼굴은 땅바닥에 내동댕이쳐진 채 봄바람 속에 떠도는 꽃향기에 취한 듯 보였다. 아무리 대죄를 지은 이라도 팔순이 넘었거나, 정승을 지낸 사람은 참형까지는 하지 않는다는《대명률》이나《경국대전》의 규정은 그날부로 없던 일이 되었다.

곧 정인홍의 머리는 장대 끝에 꿰어져 군기시 앞길에 내걸렸다. 이처럼 참형을 받아 잘려나간 머리를 장대에 꿰어 내거는 것을 효수梟首라고 한다. 아마 그의 두 눈이 부릅뜬 상태였다면 그 '올빼미 효梟'라는 글자가 더욱 실감나는 형상이었을 것이다. 하지만 정인홍의 두 눈은 질끈 감긴 채 마치 깊은 생각에 잠긴 듯했다. 사실 그는 자신의 머리가 장대 끝에 꿰어져 세워질 때까지도 한참 동안 의식이 남아 있었다. 이미 고통은 사라진 지 오래였고, 더 이상 숨도 내쉬지 못하는 그의 육신에서 의식이 살아 있었다는 사실은 그 누구도 알지 못했다. 어쩌면 그건 의식이 아니라 뼈에 사무친 안타까움의 여운 같은 것이었을지도 모른다. 어지러운

세상에 나아감이 오히려 물러남보다 못하다는 진퇴에 대한 일생
의 확고함이 이제 와 그토록 큰 회한으로 남을 줄 누가 알았으랴.

군기시 앞길을 잔뜩 메우고 있던 군중은 너나 할 것 없이 어깨
를 잔뜩 움츠린 채 사방으로 흩어졌다. 저녁때가 가까워지면서
바람이 흙먼지를 날렸다. 풀어헤쳐진 정인홍의 백발이 뿌연 먼지
에 휩싸여 흡사 커다란 솜뭉치가 대로 한가운데 둥실 떠오른 것
같았다. 더 이상 정인홍의 효수된 머리를 올려다보는 사람은 없
었다. 질끈 감겼던 눈가의 주름이 그제야 마저 펴지더니 그의 눈
꺼풀이 스르르 열렸다. 물론 아무도 본 사람은 없었다.

내 일찍이 한나라 황후 양씨가 폐위될 때를 되돌아보아 자식이 어
머니를 폐하는 이치는 없다는 말로 도당都堂의 물음에 답했었다. 스승
에게서 학문을 배워 군신부자의 대의가 무엇인지는 안다고 생각했
다. 하지만 슬프구나. 초야에 물러가 있은 지 벌써 20여 년, 어지러운
세상사 듣거나 알려고도 하지 않았다. 하지만 나이 90세에 모진 목숨
아직도 버리지 못한 채 살아 있다가 마침내 폐모의 죄명을 얻게 되었
으니 이제 한 번 죽음에 들어 슬플 것은 없으나 장차 지하에서 무슨
면목으로 선왕을 뵙겠는가, 그것이 두려울 따름이다.

정인홍의 마지막 진술서였다. 정인홍의 참수를 명하는 능양군
綾陽君의 교서가 내려진 것은 바로 그날 아침이었다.

역적의 괴수 정인홍은 뱀과 같은 성품이며 음흉한 귀신같은 마음

을 가졌다. 처음에는 비록 산림에서 허명을 얻었으나 사실은 행세하는 토호에 지나지 않았다. 나중에 의병이라 핑계 대면서 오로지 지방에서 무단정치를 일삼았을 뿐이다. 완악하고 둔한 무리들을 끌어 모아 사사로이 이상야릇한 학문을 주창하였고, 이언적과 이황은 동방의 대현인데도 사감 때문에 상소하여 여지없이 배척하였을 뿐 아니라 단지 역적의 괴수 이이첨과 안팎으로 호응하여 번갈아 서로를 추천해서 산림을 주름잡고 정승의 자리를 차지하였다. 어두운 군주를 인도하되 반드시 형옥을 일삼았고, 사람을 불러들이되 반드시 아첨하는 자를 먼저 불러들였다.

계축년 옥사에는 차자를 올려 포학을 부렸는데, 대군大君을 가리켜 '우리 속의 돼지'라고까지 하였다. 폐모론이 일어나자, 먼저 폐위하고 난 뒤에 중국에 주달하자는 의논을 주창하여 심지어 애강哀姜과 문강文姜에까지 비교하였고 또 함께 하늘을 이고 살 수 없는 원수라고 하였으니, 대비를 유폐시키는 화가 그의 말로써 결정되었다. 이에 떳떳한 윤리가 무너지고 사람의 도리가 막히게 되었으니, 사람이 아무리 악한 짓을 한다 하더라도 누가 이처럼 극단에 이르리라고 생각했겠는가. 늙어서도 죽지 않은 것은 필시 하늘이 오늘을 기다린 것이리라.

이에 명하노니, 정인홍, 이이첨, 한찬남, 정조, 윤인, 이위경 등을 능지처참하여 머리를 사방에 돌리고 재산을 적몰하고 연좌법을 시행하며 집을 헐어 못으로 만드는 등의 일을 모두 율문에 따라 시행하라.

반쯤 열린 정인홍의 눈시울이 파르르 떨렸다. 고향 합천의 상왕산 자락에 지천으로 피어난 진달래꽃이 눈앞에 아른거렸다. 땅을 딛지 못해 헐거워진 정인홍의 의식은 그가 서울로 압송되어 올 때 그를 따라 그 먼 길을 함께 왔던 이대기와 조차마 곁으로 내려왔다. 그들은 머리가 없는 정인홍의 시신을 대충 수습해놓고 효수가 끝나 머리를 되찾을 수 있을 때까지 기다려야 했다. 그러나 적어도 사흘 이상은 걸릴 것 같았다. 두 노인은 정인홍을 쳐다보며 한바탕 창자가 끊는 울음을 꾹꾹 눌러 삼켰다. 정인홍의 제자인 합천 초계 사람 이대기의 나이는 일흔셋, 남명 조식 선생의 둘째 아들인 진주 산청 사람 조차마는 예순 일곱살의 노인들이었다. 이미 수십 명이 넘는 벼슬아치들의 집안이 풍비박산 나고 멸문지화를 당한 마당에 정인홍의 집안에서 그의 시신을 수습할 사람은 아무도 남아 있지 않았다.

어처구니가 없구나. 능양군 이종이 이귀와 김류, 최명길, 김자점, 장유, 심기원 등과 야합하여 역모를 일으키다니……. 일찍이 그의 동생 능창군이 신경희의 모반에 연루되어 유배를 떠나게 되었을 때 그 아비 정원군의 집터에 왕기가 성하니 어쩌니 하더니, 그 또한 빈말이 아니었구나. 자살을 했던 능창이나 병들어 죽은 영창이나 단지 억울한 죽음을 당한 게 아니라 그럴 만해서 그러했던 것을, 부인하고 피한다고 해서 역적들의 칼끝을 피할 수 있는 게 아니었구나…….

두 노인은 정인홍의 한탄을 듣지 못했다. 아니, 지난 열흘 넘게 그들 스스로 이미 수십 번도 더 곱씹었던 한탄이었고 울분이었다. 평산부사 이귀와 김류가 작당해서 역모를 꾸미고 있다는 사실이 임금의 귀에 들어간 것만 해도 두 번이 넘었다. 정인홍이 의병을 일으켜 적과 싸우는 와중에 지방에서 토호 짓을 한다고 여러 차례 터무니없는 무고를 했던 이귀나, 제 아비가 전쟁 중에 전사한 탄금대에서 기생을 끼고 풍악을 벌여 놀았다는 죄목으로 정인홍의 탄핵을 받았던 김류 같은 자들이 틈만 나면 권세를 쥐고자 어떤 짓이라도 벌일 수 있다는 사실을 모르지는 않았을 터인데, 왜 임금은 그들의 세력을 뿌리째 뽑지 못했을까. 생각할수록 어처구니가 없고 기가 막힐 따름이었다.

뒤늦게 요기라도 하고 잠잘 곳을 찾아보려고 이대기와 조차마가 군기시 앞길을 떠나 피맛길로 접어들고 있을 무렵 낙산 산등성이에 초승달이 떠올랐다. 낮빛이 파리하고 야윈, 날카로운 칼처럼 생긴 달이었다. 이제 정인홍의 의식은 육신을 벗어나 허공으로 흩어져갔다. 집집마다 밥 짓는 연기가 피어올라 달빛을 에워쌌다. 연기 속에, 달빛 속에 산과 들이 뒤집히고 나무와 집들의 모습이 겹치고 뒤섞였다. 오늘이 그때인지, 그때가 오늘인지 알 수 없었다. 을사년(1545년) 여름, 정인홍은 열 살이었다. 그해 여름 명종 임금이 즉위하자마자 큰 사화가 일어났다. 백여 명에 이르는 수많은 선비들이 속절없이 쓰러졌다. 봉성군 이완과 남명 선생의 친구였던 대사헌 규암 선생도 사약을 받았다. 70년 전, 그때 처음 본 한양의 모습과는 달리 이승의 마지막에 돌아본 한양은 엄청나게 변한 모습이었지만, 여전히 억울한 죽음과 안타까운 사연들은 그때나 지금이나 크게 다르지 않았다.

머리가 꼬리고, 꼬리가 머리가 되었다. 머리가 꼬리를 물고 돠리를 튼다. 진주 남강과 합천의 황강이 머리와 꼬리처럼 서로 뒤섞인다. 수천, 수만의 왜군들이 꽝꽝 조총을 쏘아댄다. 왜군을 쫓던 명군은 오던 길을 멈추고 민가 속으로 파고든다. 아낙들의 비명이 귀청을 찢는다. 매복해 있던 조선 의병이 우레 같은 함성을 지르며 왜군과 명군을 동시에 짓치고 부순다. 시체가 덤불처럼 쌓인다. 남강물이 완전히 검붉은 핏빛으로 물든다. 진주성이 무너진다. 백발의 정인홍이 단말마를 지르며 말을 달려보지만 말발굽이 자꾸만 모래 속으로 빠져든다. 다리가 잠기고 허리가 잠기고 말머리까지 모래 속으로 무너진다⋯⋯.

곤지붕학

입춘이 지났지만, 시루봉 쪽에서 불어오는 차가운 바람은 여전히 단호했다. 아직 봄은 멀었다고. 가장 추운 날 봄을 떠올리는 것이 입춘일 뿐이라고. 어쩌다 날이 험상궂을 때면 멀리 지리산에서 날려온 눈발이 희끗희끗 뿌려지기도 했다. 담 너머 양천강 언저리에 얼어붙은 살얼음이 여전히 하얗게 빛났다. 물길은 검푸른 색으로 깊이 가라앉아 소리를 죽였다. 양천강은 남서쪽으로 흘러 단성丹城에서 경호강과 합쳐져 남강이라는 이름을 얻고, 더 내려가 너우니에서 덕천강과 합쳐진다. '너우니'는 '넓은 여울이 있는 나루'라는 뜻을 가진 말이다. 거기서 더욱 풍성해진 물살은 남강 본류를 형성하여 그때부터 북동쪽으로 2백 리를 더 흘러가 이윽고 창녕 남지에 이르러 낙동강과 두물머리를 이룬다.

우옹宇顒이 뇌룡정 앞마당을 쓸다 말고 물끄러미 현판을 올려다보더니 불쑥 인홍仁弘에게 묻는다.

"행님아, 뇌룡이 무슨 뜻이고?"

우옹에게선 희미하게 소나무 갈비를 태운 불내가 난다. 좀 전에 계부당에 붙은 선생의 침소에 불을 때고 나온 모양이다. 인홍보다 네 살이 어린 우옹은 붙임성이 좋고 곰살맞다. 자주 통을 들으면서도 시도 때도 없이 엉뚱한 질문을 하곤 했다. 성주 사월곡에서 살다가 지난 설 무렵부터 산청의 덕계 오건 선생에게 와서 공부를 시작한 아이였다. 덕계 선생이 남명南冥, 조식의 호 선생을 뵈러 올 때마다 종종 뇌룡정에 와서 한 이틀씩 지내게 되었는데 영특함이 남다른 데가 있었다.

"우레 뇌, 용 용. 니는 글자도 모리나?"

"에이, 그거사 알제. 그란데 와 이런 이름을 부쳤냐꼬?"

"그기이……《장자》〈재유편〉에 나오는 말이라. 시거이용현 연묵이뇌성尸居而龍見 淵默而雷聲이라, 그랑께네 죽은 사람맹키로 가마이 엎디리 있다가 때가 오모 용처럼 일어나고, 깊은 연못처럼 묵묵히 가라앉아 있다가 때가 되모 우레처럼 소리친다는 뜻 아이가."

"와, 그라모 사람 시껍시키는 집이란 말이네. 시체맹키로 가마이 있다가 용처럼 솟구치고, 연못처럼 숨직이고 있다가 각중에 우레 겉은 소리를 낸다는 말이제, 만다꼬 그라는데? 지달리는 때가 오모 그런다는 긴가? 그라모 그때가 운제고?"

"머라캐쌌노. 그기사 사람마다 다른 기제. 씰데업시 함부로 나대지 말고 때를 기다리라는 말 아이겠나."

티 없이 맑은 우옹의 궁금증은 사실 핵심을 파고드는 것이었다. 가볍게 응수하며 마주 보고 속절없이 웃었지만, 인홍의 생각도 크게 다르지 않았다. 깊은 연못과 엎드린 시체, 그리고 우레와 용. 큰 뜻을 감추고 그 빛이 밖으로 새어나가지 않도록 한 뒤, 어둠 속에서 은밀히 힘을 기른다는 도광양회韜光養晦의 포부를 담은 말이다. 선생은 이를 곤지붕학鯤志鵬學이라 하였는데, 그것은 곤어鯤魚의 뜻과 붕새의 학문이라는 말이다. 즉, 그 크기가 몇천 리에 달하는 곤어가 북쪽 바다에 살면서 남쪽 바다를 꿈꾸다가 마침내 대붕이 되어 대자유의 세계에 도달하는 것처럼 큰 뜻을 세워 큰 학문을 이루리라는 포부였다. 곤어는 침잠과 침묵이며 대붕은 비상과 웅변이라, 선생은 이를 연못과 우레로 표현하였고, 스스로 아득한 남쪽 바다를 뜻하는 남명南冥을 호로 삼은 것도 그러한 연유에서였다. 침잠이 없으면 비상이 있을 수 없고, 무거운 침묵을 안에서 기르지 않으면 우레 소리를 밖으로 낼 수가 없다는 뜻, 그것이 바로 뇌룡정이 품은 뜻이다. 하지만 기다림의 시간은 정해진 것이 아니다. 어쩌면 일생이 다 가도록 용처럼 일어나고 우레처럼 소리칠 기회가 영영 오지 않을 수도 있는 일이다.

선생을 사사한 지 4년, 이미 선생은 쉰을 넘긴 춘추에 드셨지만 관직에 나갈 생각은 전혀 없으신 듯했다. 이미 향시鄕試는 치르셨고 대과大科만 보면 되는데 서른여섯부터는 아예 과거를 치르지 않으셨다. 서른여덟이 되던 해, 처음으로 헌릉참봉이라는 벼슬이 내려졌지만, 선생은 일언지하에 사양하고 나아가지 않으셨다. 그 후에도 주변의 천거로 전생서 주부나 종부시 주부와 같은 종6품의 더 높은 벼슬이 제수되었지만 그때마다 상소를 올려 관직을 피하셨다. 선생은 여전히 그의 연못이 더 깊어지기를, 그의 하늘이 더 높아지기를 기다리시는 듯했다.

"아, 참. 그런데 행님아."

"와?"

"어짓밤에 선생님한테 벌 받았더나?"

"벌은 무슨 벌?"

"아아들이 그라는데 어짓밤에 행님이 큰 대접에 물을 한거슥 담아갖꼬 그거를 밤새도록 들고 서 있었다 카데?"

"아, 그거. 벌은 아이고, 선생님이 전에 나더러 한번 해보라쿠시더라. 내가 내 스스로 몸을 얼마나 잘 다스릴 수 있는지……."

'언제나 뜻을 고상히 하고, 반드시 그 뜻을 견지하라.' 그건 선생께서 자주 말씀하시는 '경敬'과 서로 통하는 것이었다. '군자는 경敬으로써 안을 곧게 하고 의義로써 바깥을 바르게 한다'는 《주역》의 말에서 '경'과 '의'를 딴 선생은 경의 상징으로 성성자惺惺子라는 방울을, 의의 상징으로 '내명자경內明者敬 외단자의外斷者義'라고 하는 글귀를 새긴 경의검敬義劍이라는 칼을 차고 다니셨다. '안으로 자신을 밝히는 것은 경이요, 밖으로 과감히 결단하는 것은 의다'라는 뜻이다. 인홍은 과연 내 몸이 내 뜻을 지지할 수 있는지 한번 시험해보자 생각하고 어젯밤 큰 대접에 물을 가득 담아들고 서서 하룻밤을 새웠다. 선생께서 젊었을 때 그랬던 것처럼 밤이 새도록 한 방울의 물도 흘리지 않을 만큼 정신이 몸을 온전히 지탱해낼 수 있는지를 시험해보고 싶었다. 물론 쉽지 않았

다. 물을 쏟지는 않았지만, 그는 날이 밝기 전에 그 대접의 물을
모두 마셔버렸다.

"더뭐이 오데 있노?"

마당 건너 계부당鷄伏堂 쪽에서 터져 나온 선생의 큰 목소리에
깜짝 놀라 인홍은 황급히 마당을 가로질러 뛰어갔다. 닭이 알을
품어 병아리를 부화시키는 것처럼 학문을 통해 사람을 길러내어
야 한다는 뜻의 계부당. 물론 스무 살 약관의 나이를 코앞에 둔 그
가 병아리는 아니다. 그런데 선생은 닭이 알을 품듯 하는 것은 제
자를 가르치는 것만 그리한다는 뜻이 아니라 자신을 수양하는 것
또한 그래야 한다고 했다. 닭이 알을 품듯 자신을 수양하는 것이
어떤 것일지는 이해가 잘 되지 않았다. 언젠가 선생은 자신의 혁
대를 보여줬는데, '혀는 새는 것이요, 가죽은 묶는 것이니, 살아
있는 용을 묶어서 깊은 곳에 감추라舌者泄 革者結 縛生龍 藏漠冲'라는
글귀가 새겨져 있었다.

"선생님. 덕원德遠, 인홍의 자입니다."

"그래. 니 잠깐 들어오이라."

"예."

인홍은 미투리를 벗고 툇마루에 올라섰다. 순간 아찔하니 현기
증이 일었다. 잠을 제대로 못 잔 탓이다. 남명 선생은 단정한 옷차
림으로 정좌해 있었다. 넉넉한 살림은 아니었지만 선생은 적어도
의관만은 초라하게 입지 않았다. 언젠가 선생이 젊었을 적에 허
름한 옷을 입고 갔다가 장바닥에서 장사꾼들에게 봉변을 당한 적
이 있었다고 했다. 그 이후 옷은 자신을 위해서 입는 게 아니라 남

을 위해서 입는 것이라는 생각에 항상 단정하고 깨끗한 옷차림을 하게 되었다고 했다. 윗목에 놓인 화롯불은 이미 하얗게 식어 방 안은 좀 서늘한 기운이 감돌았다. 선생 앞에 놓인 궤 안에는 서찰인 듯 보이는 흰 봉투가 놓여 있었다.

"이거는, 대사성 영감한테 보낼 서찰이다."

"아, 퇴계退溪, 이황의 호 선생님 말씀입니꺼? 인자 답장을 보내실라꼬예?"

"맞다. 봉만이한테 오늘 중으로 부치라캐라."

"예."

서찰을 받아 들고 방을 나왔다. 축담에 서 있던 우옹이가 궁금하다는 듯 무슨 일이냐고 묻는 표정을 지었지만, 그는 선생의 서찰을 한 번 흔들어 보이고는 서둘러 가노家奴 봉만이를 찾았다. 그도 지난번 한양에서 인편으로 보내온 퇴계 선생의 서찰을 본 적이 있다. 선생과 동갑의 연세지만 아직 출사하지 않은 선생과는 달리 거의 20년 전부터 벼슬살이를 해왔던 퇴계 선생이 우리 선생께 서찰로 보낸 내용이 무척 궁금했던지라 선생이 출타 중일 때 방을 청소하다가 일부러 펼쳐보았다. 그 편지 내용은 깍듯했고 간곡한 어조였다.

퇴계 선생은 임금께서 어진 인재를 등용하기 위해 전례 없이 파격적으로 선생께 6품직의 벼슬을 하사했는데 이는 대단한 조처라고 하면서, '벼슬하지 않는 것은 의를 업신여기는 것이니, 어찌 군신 사이에 큰 의리를 저버릴 수가 있겠습니까? 남들이 나를 알아주지 못하기 때문에 관직에 나아가지 않는 것이라면 깊이 숨어 있는 곳에서 뽑고 또 뽑아 천거한 것이니 남들이 알아주지 못한 것이라고 말할 수 없으며, 나아갈 시기가 아니기 때문에 나아가지 않는 것이라면 전하께서 성스러운 현자를 목마르게 찾고 있으니 나아갈 시기가 아니라고 말할 수 없을 것입니다'라며 선생의 출사를 권유하는 내용이었다. 서로 천 리나 떨어져 있지만, 정신적으로 사귀는 것은 옛 사람도 귀하게 여기는 바니 만나보지 않더라도 천 리 신교를 맺을 수 있는 것 아니냐는 말로 끝을 맺고 있었다. 퇴계 선생의 처가가 여기서 가까운 의령이라 한 번씩 진주 쪽으로 온다는 소리는 그도 들은 적이 있다. 선생의 답신은 어떤 내용일까? 지금이라도 흔쾌히 몸을 일으켜 출사하겠다는 뜻을 전하는 편지일까. 하지만 인홍의 생각에도 선생의 대답은 정반대일 가능성이 높았다. 10년 전인 임인년(1542년), 회재 이언적 선생이 경상감사로 부임해 와서는 한번 만나보기를 청했을 때도 선생은 편지로 거절의 뜻을 전한 바 있다.

어찌 거자擧子의 신분으로 감사를 찾아갈 수 있겠습니까? 홀로 생각건대 옛 사람은 네 조정에 걸쳐 벼슬하였지만 조정에 있었던 것은 겨우 40일이었습니다. 제가 알기로는 나으리께서 벼슬을 버리고 고향으로 돌아가실 날이 멀지 않은 줄로 압니다. 그때 각건을 쓰고 나으리의 고향 안강리 댁으로 찾아뵈어도 늦지 않을 듯합니다.

이미 36세에 과거를 단념한 뒤 6년이나 지난 터지만 선생은 자신의 신분을 굳이 '거자', 즉 과거 준비생이라고 낮추었다. 선생을 은일隱逸, 즉 벼슬하지 아니하고 숨어 사는 학자로 천거했던 회재 선생이 감사라는 높은 벼슬을 하고 있다는 사실을 돋보이도록 하는 반면 주자朱子의 고사를 말함으로써, 도를 행함이 어려운 조정에 뭣 하러 그렇게 오래 남아 있느냐고 넌지시 힐난하는 것처럼 보였다. 실제로 그 후 3년이 채 못 되어 을사사화로 많은 선비들이 목숨을 잃었고, 2년 뒤 정미사화 때는 회재 선생 자신조차 강계로 귀양 가는 신세가 되어 유배지에서 영영 세상을 떠나고 말았다.

그때 선생의 편지를 받은 회재 선생은 '건중楗仲, 남명의 자의 편지는 내가 아직도 벼슬을 버리고 물러나지 않았음을 나무란 것이니 그의 기대를 저버린 것이 부끄럽다'며 벼슬을 물리치지 못한 자신을 개탄했다고 한다. 남명 선생이 보기에, 선비가 현실 정치에 나아가서 경륜도 펴보지 못하고 이용만 당하다가 망신당하는 주요 원인은 권세에 쉽게 유혹되고 헛된 이름에 만족하기 때문이었다. 선비가 권세를 탐내어 벼슬에 나아가면 그것을 지키는 데 골몰하여 상하좌우의 눈치나 살피고 사로써 공을 움직이게 마련이며, 또 허명에 도취되면 관직이나 차지한 채 눌러앉아 실질적인 일은 해낼 수가 없다. 그리고 집권자는 비판 세력을 약화시키기 위해 실제로 할 일도 없고 실질적인 권한도 없는 한직에 명망 있는 선비를 끌어들이는데, 허명을 좋아하는 선비는 모두 이 낚싯밥에 걸려들고 만다. 나라에서 여러 번 선생을 벼슬길로 불렀는데도 끝까지 나아가지 않은 이유는 바로 그것이 허명으로 선비를 유혹하고 농락하는 것임을 알았기 때문이었다. 하긴 선생처럼 큰 포부를 가진 분이 능참봉이나 하려고 권신들의 눈치를 볼 생각이야 애초에 없는 것이 분명했고, 또 마땅히 그러해야 할 일이었다.

그 뒤 회재 선생의 거듭된 천거로 조정에서 벼슬이 내려졌을 때, 선생은 물론 출사할 생각이 없다는 뜻을 밝히면서 회재 선생의 천거에 대해, "복고復古, 회재의 자가 일찍이 나를 등용하지 않은 유능한 사람으로 조정에 천거했다. 그때 나는 생각하기를 그와 더불어 하룻밤도 대화를 나눈 적도 없으니 복고가 실로 나에 대해서 별반 알지도 못할 것인데 어찌 나의 선악을 알겠는가? 남의 선악을 알지도 못하면서 다른 사람의 이야기만 듣고 임금에게 천거하였으니, 남의 이야기만 듣고서 나를 칭찬하였다면 훗날 반드시 다른 사람의 이야기를 듣고서 나를 비난할 수도 있는 일 아니겠는가"라고 한 적이 있다.

선생을 천거한 회재 선생 역시 자신도 사실 벼슬을 할 뜻이 없었는데 어쩌다 보니 조정에 오래 머무르게 되었다는 말을 한 적이 있었다. "젊었을 때, 나는 제대로 공부를 못한 상태에서 과거를 봤지. 그때 마침 몸도 편찮았던 상태였던지라 과장에도 늦게 들어갔거든. 사실 과거를 보겠다는 명확한 뜻도 없는 상태에서 뜻밖에 급제한 거라. 그때 김안국이 시관이 되어서 재변과 정치의 도를 책문하였지. 내가 젊어서 정치는 도에 근본하고, 도는 마음에 근본한다는 것을 배웠으므로, 이 뜻으로 글을 지었는데 다행인지 불행인지 급제하는 바람에 이렇게 신세를 그르치기에 이르렀으니, 평생 뉘우치는 바다"라고.

그 이야기를 들은 선생은 한마디로 잘라 말했다. "그건 마음에 없는 말이다. 벼슬길에 나아간 것을 평생토록 뉘우치고 한탄했다고 하면서 어째서 종1품, 재상의 품계에 이르도록 스스로 물러날 줄 몰랐던가?"

봉만에게 서찰을 건네주고 선생의 당부를 전하고 나서 뇌룡정으로 돌아왔다. 한낮이 되자 양천강의 물소리가 따그락 따그락 들리는 걸로 봐서는 날씨가 점점 풀리기는 풀리고 있는 것 같았다. 강학실로 들어서니 책을 읽고 있던 전치원이 머리를 들어 인홍을 쳐다본다. 그는 열여섯 살 때《소학》을 들고 황강 이희안 선생을 찾아가 배움을 청했는데, 황강 선생은 그가 이미《소학》배울 나이가 지났다며 제자로 받아들이지 않았다. 그러자 그는 그날부터 닷새가 넘도록 움직이지 않고 한자리에 앉아 가르침을 청했다. 그 자질을 시험해본 황강 선생은 '장차 대성할 인재'라 생각하고 비로소 제자로 삼았다는데, 올해 초에 토골로 와서 남명 선생에게 가르침을 청했다. 인홍보다는 여덟 살 위였다.

"선생님 심부름 갔다나?"

"예. 퇴계 선생에게 보내는 편지예."

"야아, 그 유명한 퇴계 선생과 우리 남명 선생님이 서로 서찰을 주고받는 사이가 됐구마. 그란데, 선생님이 이번에는 벼슬자리에 나가보실랑가? 거참, 이상한 일이재. 그렇키나 벼슬할 생각이 없는 양반이 젊었실 때 과거는 멀라꼬 보싰능고?"

선생은 20세가 되던 해 생원, 진사 양과의 초시에 1, 2등으로 급제했다.《춘추좌씨전》과 유종원의 문장을 좋아했고 고문에 능통하여 당시의 글이 아닌 옛 문장으로 답지를 써서 시험관들을 놀라게 했다. 그 글은 여러 사람의 입을 통해 전해져 칭송이 자자했다. 하지만 그 전해에 있었던 기묘사화(1519년)로 말미암아 당시의 시험관들이 모두 파직당하고 그 시험도 무효로 처리되었다. 그 이후 34세 때 선생은 경상우도 향시에 1등으로 급제했고, 같은 해에 퇴계 선생은 경상좌도 향시에 1등으로 급제했다고 하는데 그 시험을 끝으로 선생은 사실상 과거를 완전히 포기했고 벼슬을 해야 된다는 모친의 성화에 할 수 없이 과거를 보는 척하기만 했다.

"기묘사화 때 사림의 희망이었던 정암 조광조 선생이 죽고 선생님의 숙부 조언경 어른까지 파직당했으이 그런 시국에서 우리 선생님이 우찌 벼슬할 생각을 하셨겠십니꺼? 그때, 선생님 부친께서도 제주목사로 좌천되었는데 병을 핑계로 부임을 안했다꼬 관직을 모조리 삭탈당한 걸 행님도 암시로……"

"내가 그거를 와 모리겠노. 시절이 하 수상했제. 그때는. 하지만도 그기이 벌써 운젯적 일이고……."

아니다. 그건 결코 과거의 일만은 아니었다. 그러한 참화는 지금도 여전히 진행형이라고 봐야 했다. 지난 을사년(1545년)에 있었던 사화로 선생의 절친한 벗들인 이림, 곽순, 성우 선생 등이 화를 당했고, 2년 뒤에는 이조참판을 지낸 규암 송인수 선생까지 윤원형을 탄핵했다는 이유로 사약을 받아야 했다. 그 당시 홍문관에서 응교로 있던 퇴계 선생은 부제학 정언각 등과 함께 중종임금의 서자인 봉성군 완㞾을 역모의 빌미가 된다는 이유로 사사해야 한다는 상소를 세 차례나 올렸던 인물이 아니던가. 아직 어리기도 하거니와 종신 중에서 그래도 명망이 있는 왕자라 임금이 끝까지 보호하려 했는데도 불구하고 중신들의 거듭된 상소에 못 이겨 자진을 명하고 말았던 것인데, 그때 회재 선생도 화를 피하지 못했다.

"그라고 봉께 우리 남명 선생님 집안 어른들도 이런저런 화를 입은 것이 한두 번이 아잉기라. 더궈이 자네는 도사 문가학 이바구는 들어봤나?"

"문가학 도사예?"

우웅이 귀를 쫑긋하면서 끼어들었다.

"그러니까, 태종 연간에 역모죄로 주살되었다카는……?"

"하모. 그 도사가 남명 선생 징조모의 삼촌이라 안카나. 원나라에 갔다가 돌아올 적에 목화씨를 붓두껍에다 숨겨 와갖꼬 진주에서 목화를 시험 재배한 뒤에 우리나라 전역에 목화를 퍼뜨렸다카는 삼우당 문익점 선생의 조카가 바로 문가학인기라."

전치원은 아주 어릴 적에 들었던 이야기라며 문가학 이야기를 해줬다. 문가학이 소싯적에 산청의 정취암에서 책을 읽었는데, 매년 정월 보름날이 되면 중들이 절을 비운다고 했다. 그 이유인즉 해마다 정월 보름이면 젊고 번듯한 상좌 하나가 꼭 탈이 나서 병이 나거나 파계를 하는 등 변고가 생기므로 그날은 모두 다른 곳으로 피했다가 온다는 거였다. 문가학은 사내들이 무슨 그런 말을 믿느냐며 술 한 동이와 안주를 준비해달라고 한 뒤 절을 지켜보기로 했다. 한밤이 되자 과연 곱게 화장한 여인이 붉은 가

죽신을 신고 찾아왔기에 그는 그 여인에게 맛있는 술도 있고 좋은 안주도 있으니 같이 놀아보자고 권했다. 한 동이 술을 다 비우자 여인이 술에 취해 잠이 들었고 정체를 살펴보니 그 여인은 사람이 아니라 늙은 여우였다. 문가학이 그 여우를 동아줄로 꽁꽁 묶어 죽이려고 하자 여우는 저한테《청낭비결》한 부가 있는데, 그 책대로 하면 몸을 숨겨서 어떤 문이라도 출입할 수 있으며, 무엇으로든 변신이 가능하다고 하면서 그 책을 줄 테니 살려달라고 했다. 그는 동아줄로 묶은 여우를 따라 벼랑 아래로 들어가서 여우가 입에 물고 나온 책을 받았는데, 그 책을 받아 손으로 펼쳐 보던 중에 여우가 그 마지막 장을 찢어 입에 물고 뛰어 오르더니 순식간에 사라져버렸다. 그것은 바로 종적을 감출 수 있는 부적이었다. 그는 책대로 시험해보니, 과연 날짐승도 될 수 있고 길짐승도 될 수 있으며 무엇으로든 변신이 가능했다. 그러나 마지막 장의 부적이 없어서 마치 동아줄 하나가 아래로 늘어져 있는 것 같아서, 끝내 그 종적을 완전히 감출 수가 없었다. 그는 몇 년 뒤 새로 변하여 궁중에 들어갔다가 그 꼬리 때문에 발각되어 잡혀 죽었다.

"문가학이가 역모죄를 저질렀다카는데, 태종조에 기우제를 지내는 서운관을 맡고 있던 그 사람이 멀라꼬 역모를 일바싰는지 당최 알쏭달쏭한기라."

"여우가 그《청낭비결》한 장을 찢어가삐리서 문가학이가 변신을 하느라 했는데, 옷고름 하나 땜에 발각되어서 잡혀 죽었다카는 이야기를 만들어낼라꼬 그랬겠지요, 뭐. 태종조에 가뭄이 원캉 심해서 여러 번 기우제를 지냈다쿠는 기록이 있긴 하데예."

전치원도 역시 그 이야긴 아무래도 재미있으라고 꾸며낸 것 같다는 말을 덧붙였다. 그럴 만도 한 것이 세월이 흐르면 사람의 이름과 행장만이 남게 되는데, 이름마저 세월에 바래지고 그 행장도 쓰는 사람에 따라 이리저리 왜곡되어 본래의 모습은 온데간데없어질 수도 있는 거니까.

"또 지족당 조지서 어른의 경우만 해도 안 그렇나. 연산군이 동궁으로 있을 적에 우짜든동 정성을 다해 갤차줄라 한 것이 거꾸로 화근이 돼갖꼬 패주에게 부관참시를 당한 것도 모자라 그 시신까지 강물에 던져뿌렀으이…… 그런 일들을 생각하모 우리 선생이 출사에 엄청시리 엄격할 수밖에 없능기라."

지족당 조지서는 남명 선생의 조모와 남매간인데 연산군의 갑자사화 때 세 번이나 죽음을 당했다. 융隆,연산군의 諱에게는 허침과 조지서 두 명의 스승이 있었는데, 그들은 당시 학문과 명망이 높아 성종 임금이 친히 세자를 맡아달라고 부탁한 사람들이었다. 그런데 이들 두 스승의 성격은 사뭇 대조적이었다. 조지서는 엄하고 깐깐한 데 비해 허침은 너그럽고 포용력이 있는 사람이었다. 융은 장난기가 많았다. 그래서 딴짓을 하느라 자주 공부 시간에 빠지기도 했는데, 깐깐한 조지서는 툭하면 그 사실을 상감에게 고하겠다고 으름장을 놓곤 했다. 반면에 허침은 언제나 웃으면서 부드럽게 타이르는 편이었으니 어린 세자는 당연히 조지서를 싫어하고 허침을 좋아했다. 그러던 어느 하루, 세자 융은 벽에다 '조지서는 소인배요, 허침은 대성인이다'라고 낙서를 해놓기도 했다. 융의 이 낙서는 단순한 낙서로만 그치지 않았다. 융은 왕위에 오르자 1504년 갑자사화 때 조지서를 가장 먼저 죽여버렸던 것이다.

"결국 우리 선생께서는 영영 출사를 안 할라꼬 단념해뿌린 거 아닌가 싶으네. 자네 선생님의 〈우음偶吟〉이라는 시를 기억하나? '사람들 곧은 선비 사랑하는 것이 호랑이 가죽 좋아함과 비슷하구나人之愛正士 好虎皮相似. 살아 있을 때는 못 죽여 안달하다가 죽고 나면 칭찬을 아끼지 않네生則欲殺之 死後方稱美.' 결국 조변석개하는 인심을 얻을라쿠는 거보다는, 할 말은 할지언정 시류에는 엔간하면 영합하지 않겠다 카는 생각이 깊은 뿌리를 내린기라."

"사의士毅, 전치원의 자 행님 말씸이 백 번 옳으신 거 같습니더. 지난 번 감악산에 갔을 때, 그러니까 벌써 6년 전 여름이네예. 그때 개울물에 몸을 씻으시고 나서 지으셨다는 시, 〈욕천浴川〉을 보고 지는 마 간담이 다 서늘해지는 것 같습디더. '40년 쌓인 온몸의 때를 천 섬 맑은 물로 다 씻어낸다千斛淸淵洗盡休 全身四十年前累. 만일 진토가 오장 안에 생긴다면 곧바로 배를 갈라 흐르는 물에 부쳐 보내리塵土倘能生五內 直令剖腹付歸流.' 내 몸 안에 속세의 티끌이 조금이라도 생기면 스스로 배를 가르겠다쿠는, 이런 시는 물론 누구라도 쓸 수는 있겠지예. 문제는 선생님맹키로 자기 입으로 내뱉은 말 그대로, 진짜 그렇게 살아갈 수 있는 사람이 과연 올매나 되겠나 카는 점이지예."

전치원은 기지개를 쭉 펴면서 활짝 웃으며 말했다.

"와, 내 보기엔 더궈이 자네라모 선생님 못지않게 벽립천인壁立

千仞의 인품이라는 말을 들을 수도 있을끼다 싶네. 정인홍이라는 이름 석 자만 들어도 간신 모리배들이 벌벌 떨게 될 날이 올끼라 꼬 나는 믿거든. 하하."

발운산과 당귀

오전에 대사성 이황의 서찰을 받았다. 작년에 받았던 첫 편지에 답서를 보낸 뒤 계절이 두 번 바뀌었다. 그의 처가가 의령 가례에 있는지라 진주 근방까지 자주 온다고 하는데 그와는 아직 일면식도 없다. 그도 남명을 모르고 남명도 그를 모른다. 하지만, 그가 안동 예안 사람이고 신유년(1501년) 생으로 남명과 동갑이며 벼슬이 성균관 대사성에 이른 사람으로, 학덕이 높다는 이야기는 전해 들어 알고 있었다. 그는 남명에 대해 무엇을 알고 있을까.

작년 편지에서 그는 조정에서 힘써 숨은 선비를 찾아 전례 없이 6품직의 벼슬을 내리는 것인데 어찌 왕명을 받들지 않느냐고 했다. 성수침과 이희안은 이번에 같이 천거를 받아 출사했는데 어찌 남명 혼자 마다했느냐는 말이었다. 왜 벼슬길에 나서지 않느냐고 물어오니 막상 뭐라고 답을 해야 할지 막막했다. 이미 벼슬길에 나가 있는 그에게 지금은 출사할 때가 아니라 할 수도 없고, 벼슬을 한다면 상나라의 이윤처럼 큰 뜻을 펼칠 수 있기를 바라는데 지금 그럴 계제가 아니지 않느냐고 할 수도 없는 일.

한때 남명은 스스로 마음이 산란해서 이리저리 떠돌던 적이 있었다. 학문을 한다는 게 뭔지, 출사를 하는 게 어찌해야 하는 것인지 혼자 갈팡질팡하던 중이었다. 스물다섯에 산사에 가서《성리대전》을 읽었는데, 그때 벼락을 맞은 것처럼 큰 충격과 함께 그 해답을 비로소 찾은 듯했다. 송나라 사람 허형의 이야기에 그 해답이 있음을 알게 되었다. '이윤伊尹이 뜻한 바에 뜻을 두고 안회顏回가 배운 바를 배워라. 벼슬에 나가면 유익한 일을 하고, 산림에 처해서는 지조를 지켜라. 대장부라면 마땅히 이와 같아야 할 것이니, 벼슬에 나아가서도 하는 일이 없고 산림에 처해서도 지킨 것이 없으면 뜻한 것, 배운 것을 무엇에 쓸 것인가.' 그 구절에서 그는 자신이 가야 할 길이 무엇인지를 알았다고 확신했다. 그는 과거를 위한 공부를 아예 작파하고 산을 내려왔다.

이윤은 박학다식한 지략가이면서도 원대한 포부를 품은 인물이었다. 상商나라 탕왕에 의해 파격적으로 재상에 발탁되어 하夏를 정벌하고 백성을 구했으며 3년간 섭정으로 있으면서 상왕이 중국 역사상 두 번째로 통일된 국가를 세우는 데 이바지했다. 이에 반해 안회는 벼슬을 하지는 않았지만, 공자가 자신의 학문과 덕행을 후세에 온전히 전할 수 있는 사람으로 여긴 사람이다. 특히 학문과 덕이 높아, 가난한 생활을 이겨내고 도를 즐긴 사람으로 알려져 있다.

세상을 보는 시각이 어떤지 아직 알 수 없는, 이황에게 어떤 동의를 구할 생각은 버려야 할 것 같았다. 그의 명성을 들은 지 오래라고 했고, 그의 편지를 받으니 그가 마치 책 속의 옛 인물처럼 여겨진다는 이야기도 썼다. 그건 사실이다. 다만 남명 자신 심중의 뜻을 구구절절이 전할 수 있는 대상은 아니라는 생각이 들었다.

저 같은 사람은 어리석고 몽매합니다. 어찌 아낄 만한 학문이나 덕행이 있겠습니까? 다만 헛된 명예를 얻어 온 세상을 크게 속이고 결국 임금님에게까지 잘못 알려지게 되었습니다. 남의 물건을 훔치는 것도 도적이라고 하는데 하물며 훌륭하다는 명성을 훔쳤으니 어떠하겠습니까?

이황 당신은 사리를 정확히 분별할 수 있는 통찰력을 지녔지만, 나는 항아리를 머리에 이고 있는 것이나 마찬가지여서 아무런 식견이 없어 안타까우며 몇 년 동안 눈병까지 있어 사물을 제대로 볼 수 없게 되었으니 발운산撥雲散이라는, 눈을 밝게 해주는 약이 있다면 구해주시기를 부탁드린다는 말로 끝을 맺었다. 이황은 이후 한동안 연락이 없었다. 다시 온 편지는 하얀 눈밭에 까치 소리와 함께 찾아왔다.

지난여름, 답서를 보내 자세히 말씀해주셨기에 출처의 도리가 평소 가슴속에 정해져 있기 때문에 밖에서 찾아드는 명리에도 마음을 내어주지 않는 깊은 뜻이 있음을 알 수 있었습니다. 벼슬이 내리면 그

걸 받으러 오지 않는 이도 드문데, 하물며 재차 벼슬을 내려도 뜻이 더욱 확고해 흔들리지 않음을 보고서야 더 말할 나위가 있겠습니까. 그러나 세상에는 이를 귀하게 여길 줄 아는 사람은 대개 적은 편이고 노하고 비웃는 사람은 늘 많으니, 선비가 되어서 자기 뜻을 지키고자 해도 또한 어렵지 않겠습니까. 그러나 세상의 중론이 두려워 우왕좌왕하는 자는 진실로 뜻을 지키는 선비가 아니니, 공의 경우를 보고서 뜻을 세운 바 없는 저 자신이 더욱 부끄러웠습니다. 발운산을 달라고 하신 분부에 대해서는 어찌 따르고자 힘쓰지 않을 수 있겠습니까. 다만 저도 당귀當歸를 구하고 있는데 얻지 못하고 있는 형편이니, 공을 위해 발운산을 구해드리기는 어렵습니다. 공은 북쪽으로 오실 뜻이 없고, 제가 남쪽으로 갈 일은 조만간에 필시 있을 터이나 시기를 분명히 알 수 없으니, 그저 사모하는 마음만 간절할 뿐입니다. 이를 헤아려 주십시오. 추운 날씨에 더욱 건강에 유념하십시오.

첫 번째 보내왔던 편지보다 그의 어조는 따뜻했다. 첫 편지에서 그는 '벼슬하지 않는 것은 의를 업신여기는 것이니, 어찌 군신 사이에 큰 의리를 저버릴 수가 있겠습니까?'라며 출사하지 않으면 화가 미칠지도 모른다는 것을 경고하듯 말했다. 또 '남들이 나를 알아주지 못하기 때문에 관직에 나아가지 않는 것이라면 깊이 숨어 있는 곳에서 뽑고 또 뽑아 천거한 것이니, 남들이 알아주지 못한 것이라고 말할 수 없'다는 대목은 이언적의 천거를 감사하게 받아들이지 않는 것을 마치 힐난하는 말투였다. 더구나 '나아갈 시기가 아니기 때문에 나아가지 않는 것이라면, 전하께서 성스러운 데다 현자를 목마르게 찾고 있으니 나아갈 시기가 아니라고 말할 수 없을 것'이라고 말하는 대목에서는 마땅히 답할 말이 없었다. 이황의 그 말을 부정한다면 이는 곧 임금을 부정하는 셈이고, 그것은 역모의 뜻을 자인하는 것이기 때문이다. 그의 임금과 남명의 임금이 다르지는 않을 터이나, 남명의 인식과 그의 눈은 분명히 달랐다. 남명은 그 스스로가 단지 비루한 이름을 도적질한 자일 뿐이며, 건강 때문에 벼슬하기도 어려운 사람이 되는 편이 더 나았다. 남명이 눈병을 고칠 발운산을 구해달라고 했던 것은 지금 이 세상이 마땅히 출사할 때라고 생각한다면 그의 눈이 번쩍 뜨일 만큼 왜 그런지를 깨우쳐달라는 의미였다. 그러나 이황도 '당귀當歸'를 찾고 있다고 했다. 마땅히 벼슬을 버리고 돌아갈 것이라는 이야기였다.

하지만 그 뒤에 다른 이에게서 전해 듣기로는 남명의 답신을 받은 이황의 반응이 그 편지 속의 어조와는 달라도 너무 다른 것이었다. 이황은 그 답신을 받고 '그를 사욕이 없고 기품이 있다고 하는 사람이 많은데 학문으로 이렇다 할 공부가 이뤄진 게 없으므로 벼슬에 나아가지 않는 것'이라는 평가를 내리더라고 했다. 남명이 계속해서 출사를 거부하는 입장을 바꾸지 않는 데 대해서 그는 기본적으로 남명의 태도가 왕명을 무시하는 교만한 것이라고 하면서 학문적 수양이 부족한 소치로 간주했다고 하는 이야기도 들렸다.

지난여름, 이언적은 남명 외에도 이희안과 성수침을 조정으로 불러냈다. 때가 아니라고 말리고 싶었지만, 이희안은 일말의 기대를 안고 고령현감으로 나아갔다. 그때 경상감사로 있던 자가 정언각이다. 그는 윤원형과 이종지간으로서 7년 전, 양재역벽서 사건을 꾸민 자였다. '위로는 여주女主, 아래에는 간신 이기李芑가 있어 권력을 휘두르니 나라가 곧 망할 것'이라는 내용으로 된 익명의 벽서를 발견했다며 임금에게 바쳤다. 이를 빌미로 윤원형 일파는 을사년의 사화에서 역모 세력이 완전히 뿌리 뽑히지 않은 증거라는 구실로 남명의 오랜 벗인 송인수를 사사하고 이언적을 귀양 보내는 한편, 중종 임금의 서자인 봉성군 완까지 죽였다. 그 무렵 아홉 살밖에 안 되는 아들 차산의 요절에 이어 어머니의 상을 당해 시묘살이를 하고 있던 남명은 도무지 어찌할 수 없는 무력감에 몸을 떨어야 했다.

이제 완전히 그들의 세상이 된 마당에 국정을 농단하는 척신들이 미운 놈 떡 하나 떼어주듯 내미는 벼슬자리에 나가봤자 뜻을 펼치기는커녕 이름만 더럽히기 십상이었던 것을 이희안인들 몰랐을까. 남명은 그가 부임한 고령을 지나치면서도 그를 들여다보기는커녕 부채로 얼굴을 가린 채 외면하고 일부러 먼 길을 돌아오기도 했다.

바람이 제법 쌀쌀했다. 갑자기 가슴이 답답하여 바깥으로 나왔더니, 멀리 둔철산 시루봉 너머 지리산 쪽으로 해가 넘어가고 있었다. 기운 햇살은 산마루에 얹힌 구름을 붉게 물들였다. 언젠가 썼던 시가 떠올랐다.

취했다 버렸다 하는 세상인심 나무랄 것도 못 되지만
구름마저 그처럼 아첨할 줄 어찌 알았으랴?
먼저는 갠 날을 틈 타 다투어 남쪽으로 내려왔다가
날이 흐리면 서로 먼저 북쪽으로 내닫는구나.

황강 이희안은 결국 이태도 못 되어 감사인 정언각의 횡포를
견디지 못하고 곧 사직하고 낙향하였다. 그때 정언각이 그가 벼
슬을 그만둔 것을 두고 죄로 다스릴 것을 조정에 주청하는 바람
에, 이희안은 큰 곤욕을 치러야 했다. 그의 처벌을 두고 조정에서
는 갑론을박이 이어졌다. 당시 호조판서 조사수가 정언각의 주청
이 옳다고 했지만, 장령 유중영이 황강을 변호했다. "무릇 관직을
버릴 수 있는 사람이라면 재물을 탐하거나 백성들을 학대하지는
않았을 것입니다"라고 하면서, 유일로 기용했다가 벼슬을 그만
두었다고 중죄로 다스리는 것은 조정에서 선비를 대하는 예절이
아니라고 간언하여 다행히 벌은 면했다. 그때 남명은 시를 지어
은근히 그를 나무랐다.

산해정에서 몇 번의 꿈을 꾸었던고
황강 노인의 뺨에 흰 눈이 가득하네
반평생동안 대궐문에 세 번이나 이르렀지만
군왕은 한 번도 뵙지 못하고 돌아왔다지?

하지만 그의 낙향을 반기면서도 그런 힐난을 건넨 것은 그의

뜻이 제대로 펼쳐지지 못한 데 대한 안타까움 때문이었다. 물론 예견했던 바였기에 돌아온 그를 따뜻하게 맞이하고 싶은 마음이 더 컸다. 옛날, 김해 신어산의 산해정에서 성운과 신계성, 그리고 이희안과 함께 나누었던 뜻깊은 이야기가 그리웠다.

을묘년 왜변을 책문하다

　을묘년(1555년) 5월 11일, 근래 들어 심상찮은 행적을 보이던 왜구들이 결국 일을 벌였다. 이번에는 전라도 달량포였다. 무려 70척이 넘는 왜선이 벌떼같이 남쪽 해안을 유린했다. 경오년(1510년)에 있었던 삼포왜란 이후, 한때 왜인들이 아예 이 땅에 범접하지 못하도록 봉쇄했던 적도 있다. 그러나 2년 후에 일본 국왕의 명으로 대마도주對馬島主가 왜란을 일으킨 주모자를 처형하여 그 머리를 바쳤다. 포로로 끌고 갔던 조선인도 모두 송환하면서 화친을 청했다. 조정에서는 새로 임신약조壬申約條를 체결하여 제한적인 교역을 허용했지만, 온 나라가 전쟁터로 변한 일본 내부의 사정으로 대마도를 근거지로 한 왜구들은 허기진 이리 떼나 마찬가지였다. 갑진년(1544년)에는 20여 척의 왜선들이 통영의 사량진을 침탈했다가 패퇴한 후 여러 차례 통교의 재개를 간

청했으나 계속 거절해왔다. 그러다가 3년 후인 정미년에 대마도주의 통교를 제한하고, 세견선의 선형과 급료, 위반 시의 벌칙까지 규정하는 내용을 담은 정미약조丁未約條를 체결하여 부산포만 개방하는 조치를 취했다.

한때 삼포의 개방으로 이천 명에 달하는 왜인들이 왜관에 득시글거리면서 각종 이득을 챙겨왔었는데 그처럼 제한된 통교 조치에 만족할 리 없었다. 수시로 남쪽 해안을 들쑤시는 것도 모자라 멀리 명나라 해안까지 출몰하면서 노략질을 일삼더니 그 주력이 이번에는 조선의 달량포에 몰려든 것이었다. 이미 달량포는 물론 어란도, 장흥, 영암, 강진 등 전라도 남해안 일대가 쑥밭이 되었다. 왜구들의 칼에 절도사 원적元積, 장흥부사 한온韓薀 등은 전사하고 영암군수 이덕견李德堅은 포로가 되는 등 사태가 매우 위태로운 지경이었다. 이에 조정에서는 호조판서 이준경李浚慶을 도순찰사, 김경석金景錫, 남치근南致勤을 방어사로 임명, 왜구를 토벌하도록 파견했다.

"공들도 하마 모두 소식을 들었을 끼라 생각하는데……."

뇌룡정에는 스무 명 남짓한 문도들이 모였다. 매서운 느낌이 들 정도로 카랑카랑한 선생의 목소리가 오늘따라 쇳소리가 심했다.

"달량포에서 일어난 왜란 말씀이지예?"

제일 앞자리에 앉은 이제신이 말을 받았다. 그는 오늘 모인 문도들 중 가장 연장자였는데 오래전에 윤원형 일당을 피해 벼슬을 버리고 낙향한 지 10년쯤 되었다. 서른다섯에 산해정에 있던 선생을 찾아와 한 달 동안 머물면서 극진하게 공부했고, 선생이 토골로 돌아온 이후에는 하루도 빠짐없이 뇌룡정을 찾아왔다. 인홍은 강학당의 제일 말석에서 봐서 그런지 선생의 얼굴이 오늘따라 천길 절벽처럼 아득하게 느껴졌다.

"그렇소. 오늘 내가 공들에게 책문제策問題를 낼라꼬 하는데 모도 깊이 생각해갖꼬 마땅히 행해야 될 방도를 찾아서 나에게 제출하도록 하오. 요기 이 글은 내가 책문의 제로 정한 것인께네, 먼저 모두에게 한번 읽어주도록 할텐께 잘 들어보시오."

실천궁행이 없으면 헛된 공부에 그치고 마는 법. 선생은 여러 가지 사안을 놓고 문도들에게 책문을 지어내도록 하는 경우가 종종 있었다. 각종 병법이나 의료 지식과 같은 실용적인 학문 또한 관심을 가지도록 독려했고 그 길잡이가 될 만한 책을 골라 요약해서 일러주곤 했다. 학문이 학문을 위한 학문이 되어서는 안 되며 바깥으로 드러내어 실천하지 못하면 아무런 소용이 되지 못한다는 점 또한 기회 있을 때마다 강조해왔다.

섬 오랑캐가 지금 난리를 일으켜 우리나라 장수를 죽이고, 우리 임금의 위엄을 모독했다. 제포를 돌려달라는 것은 조정의 의사를 시험하는 것이다. 대장경 30부를 가져가겠다는 것은 우리를 우롱하는 것이다. 그런데도 조정에서는 벌벌 떨면서 어찌할 줄을 모르고 있다. 왜적을 제압하자는 주장도, 왜적의 공격을 막는 계책도 없단 말인가. 왜적의 사신을 도성 문밖에서 목 베기를 청하지는 못하더라도 어찌 세상을 어지럽히는 도적에게 예물을 주라는 명을 내린단 말인가. 임금

이 추상같은 화를 내어 위엄을 더하려 하면, 신하들은 '변경의 오랑
캐를 자극해 말썽을 일으킨다'고 하며, 뇌물을 받은 역관의 목을 베어
나라의 기밀을 누설하는 일을 엄히 단속하려 하면, 신하들은 '겸손한
말로 온순하게 대하는 것만 못하다'고 한다. 사정이 이와 같으니 과연
적에 대응할 말이 없고, 적을 막을 계책이 없는 것인가?

왜구들이 '제포를 돌려달라고 청한' 일은 사량진 왜변 이후 완
전히 폐지된 교역을 그 이전으로 돌이켜 시행해달라는 요청이다.
임신년(1512년)에 맺었던 약조에는 삼포에 왜인의 거주를 금하
고 제포만 개항하며, 종전의 세견선 50척을 반감하여 25척으로
줄이고, 해마다 대마도주에게 하사하는 쌀과 콩, 즉 세사미두歲賜
米豆도 반으로 줄여 100석만 준다는 내용을 담고 있었는데, 그들
이 사량진을 노략질한 이후 그마저도 완전히 끊어버렸기 때문이
었다.

또한 왜가 조정에 대장경을 인출해달라고 청한 것은 태조 5년
(1396년)부터인데, 세종 때에도 일본 사신이 경판을 요청하면서,
"대장경판을 얻지 못하고 돌아가면 반드시 죄를 받을 것이니, 먹
지 않고 죽을 수밖에 없다"고 단식투쟁까지 했을 정도였다. 세종
임금이 거부하자, 그는 발칙하게도 "대장경판을 주지 않으면 침
략할 수밖에 없을 것"이라고 하는 등 전쟁도 불사하겠다고 협박
했다. 이후로 일본 국왕은 물론 각 지역의 왜인들이 끈질기게 대
장경을 요구해왔다. 그리하여 그들을 가끔씩 달래기 위한 방편으
로 대장경을 주기도 했다. 지난 정유년(1537년)에도 일본 국왕은

사신 동양동당東陽東堂을 보내, 통신사를 청하고 대장경을 구했다. 이에 대해 조정에서는 논란 끝에 4월 14일, 사신에게 조선은 불교를 숭상하지 않은 지 오래되어 인출한 책이 없다는 핑계를 대고 주지 않았다. 이처럼 일본은 그동안 120회 이상 대장경과 경판을 요청했고, 조정에서는 그 요청의 반을 들어준 셈이다. 그렇게나 집요한 일본의 대장경판에 대한 욕심은 숭유억불책을 국시로 삼은 조선 조정의 속성상 억지를 부려서라도 잘만 하면 어느 정도 얻을 수 있으리라는 계산이 있었기 때문이기도 했다. 실제로 세종 연간에 경판은 아낄 만한 물건이 아니니 일본의 요구를 들어주자고 하는 움직임 또한 없지 않았다.

"그란데, 근자에 와서는 황당선荒唐船이라는 중국 배들도 왜구와 한패가 돼갖꼬 해서 지역에 출몰함시로 백령도, 군산 일대를 노략질한다 카는데, 우리 수군들이 이놈들을 잡아놓고도 상국의 백성이라니께 식량과 노자꺼정 조갖꼬 돌리보내는 일이 허다하다꼬 그라데예. 이기이 정말 황당한 일 아입니꺼. 듣기로는 황당선을 이끄는 명나라 사람 왕직이라는 인간이 스스로 정해왕淨海王이라 칭하고 왜구와 결탁해서 연안을 약탈하는 수괴가 되었다 카능기라예."

배신裵紳의 말이었다. 삼蔘이라면 사족을 못 쓰는 명나라 사람들이 육지의 인삼은 물론 바다의 해삼까지 싹쓸이하고 있다는 말도 덧붙였다. 그는 이번에 달량포를 침략한 왜구들도 그 황당선과 결코 무관하지 않다고 했다.

"저번에 사량진 왜변 때 중종 임금까지도 대마도의 왜구를 토벌해서 국가의 위엄을 보이야 한다 캤는데, 우참찬 신광한과 경상감사 이언적, 그리고 홍문관 전적 이황이 왜인들하고 화친을 해야 된다쿠는 소를 올렸다카이, 그 내용이 참으로 어이없을 지경인기라예. 물론 그때는 그런 상소들 자체를 일소에 부치고 말았지만도 지금도 이런 자들이 우짜든동 미봉책으로 임금의 눈을 흐리게 할 생각들만 하고 있는 것 같으이 우려스럽지 않을 수가 없는 기라예."

이제신이 참담한 표정으로 말을 이었다. 중종 임금이 왜구 토벌의 강한 뜻을 보이던 와중에 승하하고 지금의 주상이 보좌에 오른 뒤에도 그 논란이 계속되었다. 그때 퇴계의 논리는 왜구에게 은덕을 베풀어 교화시켜야 한다는 주장이었다. 즉, '이적과 화친하는 방법에는 조종하고 저울질하고 가부를 정하는 권權과 세勢가 있어야 하는데, 이 권세를 우리가 항상 가질 수 있어야 한다. 저들에게 죄가 있으면 거절하고, 새롭게 변하면 화친을 허락해야 한다. 이번은 그 권세가 우리에게 있어 은덕을 베푸는 것이 마땅할 때다. 그들을 평정심으로 대하면, 저들은 반드시 큰 덕으로 여겨 기뻐하며 정성을 다할 것이다. 그것이 바로 오랑캐를 교화시키는 것이다. '교만한 자식은 부모를 매도한다'고 하는데, 대저 자식도 미리 방비하고 검속하지 아니하면 반드시 교만하게 되고 이를 방치하면 매도까지 하게 된다. 이것은 자식이 자식답지 못한 것이지만 자식으로 하여금 그렇게 만든 것 또한 부모의 허물이 아니겠는가. 하물며 한 번 거역했다고 종신토록 배척하겠는가……'라는 것이었다. 하지만 대마도의 왜인이 교만한 자식이고, 자식이 부모를 매도하도록 만든 것이 조선의 허물이라면, 시도 때도 없는 왜구들의 침략에 어육이 되어버린 조선의 백성들에게는 과연 뭐라고 해야 하는 것인가. 인홍의 생각에도 퇴계는 백성이야 노략질당하든 말든 왜구들을 구슬려 피상적이나마 평온을 유지하는 것이 더 낫다는 미봉책을 간하고 있는 것에 불과했다.

"허허. 대마도의 왜노가 왜구하고 몰래 결탁해서 그 앞잡이가 돼갖꼬 저지르는 행실에 대해 우리나라의 왕명 자체가 멕히지를 몬하는 것 자체가 치욕스러븐 일인기라. 이거는 참말로 국가의 한 모퉁이가 무너지는 기나 마찬가지라. 이처럼 옛 신하를 대우하는 것은 주周나라의 예법보다 엄하면서도 원수를 총애하는 은덕은 망해가는 송宋나라보다 더한 꼴이 아이겠는가? 세종께서 남정하시고 성종께서 북벌하신 일을 본다캐도 오데 오늘날 같은 일이 또 있었던가 이 말이라."

남명 선생이 이제신의 우려에 말을 보탰다. 송나라의 흠종欽宗 원년(1126년)에 금군金軍이 변경을 포위했는데, 당시 송의 조정에서도 화전양론이 대립했다. 흠종은 본래 유약한 군주라 우선 급한 불부터 끄고 보자는 생각으로 금이 제시한 가혹한 조건을 모두 받아들이기로 한 뒤에 화의를 맺었다. 그런데 송이 주기로 한 금은보화를 나중에 모두 받기로 하고 금군이 먼저 철수하자, 송은 나머지를 주지 않고 버텼다. 그러자 금은 이듬해 다시 그것을 빌미로 두 번째로 남침하여 휘종과 흠종, 후와 비, 태자, 그리고 종실과 대신 등 3천여 명을 포로로 잡아가 송나라는 곧바로 망하고 말았다.

"대마도는 세종조 이후부텀 이미 조선의 영토가 되어 경상도에 속한 땅이고, 조정에 공납을 바친 지가 2백 년이 다 돼가는데, 우찌 오랑캐의 땅이라 할 수 있겠십니꺼. 단지 왜구의 근거지라 카는 까닭에 버린 자식으로 치는 셈이지만도, 그거는 그 땅이 원캉 척박해서 농산물의 생산 자체가 어렵기 때문에 노략질을 안 할 수가 없는 기지예. 요번 기회에 다시 한 번 정벌을 하고 매년 일정량의 곡식을 대어조갖꼬 왜구의 발생을 근본적으로 막는 기 더 낫지 않겠십니꺼? 그런 점을 감안하모 이황의 주장에도 일리는 있을 것 같은데예."

올해 나이 스물일곱인 이광우의 말이었다. 그는 형인 이광곤과 함께 5년 전부터 선생의 문하에 들어 공부를 하고 있는데, 그때 선생이 중용에 나오는 성, 경, 도, 의 등의 뜻을 물어보자 그는 그 오묘한 이치를 상세히 설명했다. 선생은 이광우의 대답을 듣고 기뻐하면서, "당초 내가 너의 자질이 둔하다고 생각했는데, 아주 정밀한 경지에 이른 것을 미처 몰랐구나"라고 칭찬했다.

좌중에는 잠시 정적이 감돌았다. 대마도가 부산포에서 백 리 길, 일본 땅에서는 4백 리 길이라 고려 시대부터 조선 땅으로 복속시킨 지 오래다. 그 사실을 모르는 바는 아니지만, 대마도가 일본에서 조선으로 오는 길목에 자리한 까닭에 왜인들이 조선으로 건너오는 징검다리쯤으로 여기고 있는 것 또한 사실이다. 망나니 짓을 일삼아 내친 자식이기보다는 어쩌면 왜놈의 피가 더 많이 섞인 사생아처럼 여기고 있는 편이 더 솔직한 심사 아니겠는가.

말석에 앉아 있던 인홍도 입을 열었다. 그의 나이 올해 스물, 이처럼 많은 문도들 앞에서 처음으로 의견을 말하는 거였다.

"이황의 주장은 부모의 은덕으로 자식을 교화시켜야 된다쿠는 것이지만도, 대마도의 왜구들은 절대로 조선의 자식이라 할 수가 없십니다. 지금까지도 정벌을 한 뒤 세사미두를 주고 노략질을 안 하도록 달래왔지만은 왜구의 노략질이 단 한 해라도 그친 적이 있었십니꺼. 근본적인 해결책은 대마도를 싹다 정벌한 다음에 우리 백성들을 좀 많이 이주시켜서 살도록 하고 조정에서 관리까지 파견해서 다스려야 됩니더. 태종조에 탐라국을 제주도로 흡수했던 것 맹키로 대마도주의 세습 직위는 싹 다 없애버리고 실질적으로 조선 땅으로 만들어 조선 백성이 살도록 해야 된다고 생각합니더."

"더궈이 말매키로 될 수 있다믄야 좋기야 하겠지만, 그 척박한 땅에 가서 살라쿠는 조선 백성이 올매나 되겠노."

이광우가 인홍의 말에 반신반의하는 표정을 지어 보였다. 몇 사람의 말이 더 이어지다가 조만간 각자 책문을 써내기로 하고 회합은 끝이 났다. 회합이 열리는 순간부터 끝날 때까지 선생의 표정은 어두웠다. 오랜 친구인 이윤경, 이준경 두 사람이 지금 전쟁터의 한복판에 있다는 사실 때문일지도 몰랐다.

얼마 지나지 않아 기다리던 승전보가 들려왔다. 도순찰사 이준경이 도착하기 전에 왜적이 이미 영암까지 쳐들어와 백성들은 모두 성 안에 모여 성을 지키는 중이었다. 전라도 관찰사 김주金澍가 영암에 와서 방책을 강구할 때, 어떤 사람이 전주부윤 이윤경

李潤慶이 지략이 있다고 하여 김주는 이윤경을 가장假將으로 삼아 영암성을 지키게 했다. 이윤경은 영암성을 사수할 계책을 세우고 심력을 다하여 군졸을 무마했다. 5월 24일, 왜적이 동서로 진을 나누어 성을 포위했다. 25일, 이윤경은 날랜 군사들을 뽑아 성 밖으로 나가 왜적들을 유인했다. 왜적이 후퇴해 향교로 들어가자 이들을 추격하여 왜적 104급을 베는 등 결정적인 승기를 잡았다. 이윤경은 그 공을 높이 인정받아 8월 2일, 전라도 관찰사에 임명되었다.

그해 10월에 대마도주 종의조宗義調는 약탈과 만행을 저지른 왜구의 목을 잘라와 사과하며 무역선의 증가를 간청해왔다. 이에 조선에서는 대마도의 생활필수품을 돕고자 식량 사정 등을 고려해 그들이 내왕 무역을 할 수 있도록 세견선 5척을 허용함으로써 을묘왜변은 수습 국면으로 접어들었다.

하지만 을묘왜변은 곳곳에서 나라 경영의 위태로운 허점을 드러냈다. 무엇보다 국가 위기 관리 체계의 하나인 봉수제가 사실상 유명무실해졌다는 게 문제였다. 봉수는 평상시에는 한 개의 홰를, 적이 나타나면 2홰, 경계에 접근하면 3홰, 경계를 범하면 4홰, 접전하면 5홰를 올리도록 되어 있었다. 만약 적이 침입했을 때 안개, 구름, 비바람으로 봉수가 전달되지 않을 경우에는 화포나 각성, 기로써 알리거나 봉수군이 직접 달려가 알려야 했다. 그러나 어찌된 일인지 을묘왜변 당시에는 왜구가 침입한 지 열흘이 넘도록 한 개의 홰만 전해졌다.

을사, 정미년의 양대 사화를 거친 후 수렴청정을 폐한 지 3년이 지나도록 문정왕후의 독선적인 정사 개입은 여전했다. 문정왕후를 배경에 둔 윤원형과 정난정은 무소불위의 권력을 휘둘러 그 집 담장 안의 재물이 국고보다 더 많다고 할 만큼 백성들의 원성이 자자했다. 심지어 정난정은 받은 뇌물을 감당하지 못해 집 앞에 시장을 열고 그것들을 팔기조차 했을 정도였다. 웬만하면 성년이 된 임금이 모후의 부당한 간섭과 외척인 윤원형의 전횡을 바로 잡으려 시도할 만도 했다. 하지만 임금에게 사사건건 정사를 지시하는 것도 모자라 누구 덕에 왕 노릇을 하는 줄 아느냐는 힐난과 함께 임금의 뺨을 때릴 정도로 횡포를 일삼는 문정왕후의 서슬 앞에 임금은 순한 양이나 마찬가지였다. 문정왕후는 봉은사 주지 보우를 앞세워 숭유억불이라는 국시를 무시하고 선비들의 수없는 상소에도 아랑곳 않은 채 왕실의 불교 행사를 대대적으로 열곤 했다. 매관매직과 방납의 부정으로 인하여 어육이 될 지경인 백성들은 삼삼오오 산으로 들어가 너도 나도 화적 떼로 변하여 출몰하게 되니, 이미 법도 원칙도 없는 난세의 조짐이 뚜렷했다.

단성현감사직소

　을묘왜변이 가까스로 수습되어가던 그해 10월 열하룻날, 남명에게 종6품 단성현감직이 제수되었다. 몇 차례의 유일 천거로 내려졌던 중앙의 벼슬자리를 마다한다면 가까운 고을인 단성현감 자리라도 맡아보라는 뜻인 것 같았다.

　옛날 맹자는 여러 제후를 만나 유세하면서, 하나같이 부국강병책을 듣고 싶어하는 제후들에게 인의仁義에 입각한 정치를 해야 한다고 역설했다. 제후들이 듣고 싶은 말은 따로 있었다. 하지만 그는 결코 지위나 권력을 얻으려고 자신의 지조를 굽히지 않았다. 제자인 진대陳代는 맹자에게 자신의 견해를 굽혀 먼저 권력을 얻을 것을 건의했다.

　"선생님이 제후를 만나보지 않는 것은 아마도 작은 절개에 구애되는 것 같습니다. 이제 한번 만나보시면 크게는 왕도를 펼 수 있고, 작게는 패도를 이룰 수 있을 것입니다. 또 옛말에도 '한 자를 굽혀 여덟 자를 편다'고 하였으니, 마땅히 해볼 만한 것 아니겠습니까."

맹자가 답했다.

"한 자를 굽혀서 여덟 자를 편다는 것은 이익을 두고 하는 말이니, 여덟 자를 굽히더라도 한 자를 펴는 것이 이익이 된다면 그 또한 해야 하겠는가! 만약 내가 도를 굽혀 제후들을 따른다면 어떻게 되겠는가. 그건 그대가 잘못 생각하는 것이다. 자기를 굽히는 사람이 남을 바로 잡는다는 것은 있을 수 없는 일이다."

결국 제후들의 현실적인 관심과 맞아떨어질 여지가 없었던 맹자의 왕도정치론은 어느 제후에게도 채택되지 못했으며, 맹자는 당대에 자신의 이상을 실현시키는 것을 포기해야 했다. 맹자처럼 선비로서, 천자 혹은 제후에게 신하되기를 포기하는 이도 있었다. 설령 그에게 나라를 나누어 주더라도 이를 달가워하지 않을 수도 있는 일이다. 그들이 품고 있는 포부가 크고, 가지고 있는 능력이 무거워 일찍이 남에게 가벼이 자신을 허여하지 않는 것이다. 용을 잡는 기술을 가진 사람은 양을 잡는 부엌에 들어가지 않고, 왕도 정치를 보좌할 수 있는 사람은 패도 정치를 하는 나라에 들어가지 않는 법이다.

"엄자릉이 이름을 바꾸고 양털 가죽옷을 입고 부춘강의 낚시꾼으로 살면서 한漢나라를 위해 자신의 뜻을 조금도 굽히려 하지 않았던 것은, 품고 있었던 포부가 남달라서 그랬던 것이 아니겠는가? 성현이 임금과 백성에게 마음 쓴은 한가지이나 그 시대를 만난 때가 행, 불행이었던 차이가 있었을 뿐이다. 하지만 엄자릉과 나는 그 도道에 있어서 반드시 같지만은 않다. 나는 결코 노장처럼 세상을 잊지 않았고, 여전히 공맹의 말씀을 배우고 실천하고자 하는 선비다."

남명은 붓을 들어 사직상소를 쓰기 시작했다. 먼저 스스로가 벼슬을 하려고 하지 않는 이유부터 설명해야 했다. 임금이 인재를 취하는 것은 장인이 심산 대택을 두루 살펴 재목이 될 만한 나무를 빠뜨리지 않고 다 취하였다가 큰 집을 짓는 것과 같은 것이다. 장인이 나무를 취하는 것이지 나무 스스로 쓰이고 싶어서 쓰일 수 있는 건 아니라는 것을 먼저 밝혔다.

신이 나아가기 어렵게 여기는 데는 두 가지 이유가 있습니다. 지금 신의 나이 60에 가까웠으나 학술이 거칠어 문장은 병과의 반열에도 끼지 못하고 행실은 쇄소의 일도 맡기기에 부족합니다. 당초부터 과거를 일삼지 않은 것은 아닙니다. 설사 과거를 탐탁하게 여기지 않았다 하더라도 마음이 조급한 평범한 한 사람에 불과하고 큰일을 할 만한 온전한 인재도 아닙니다. 하물며 한 사람의 능력과 선악이 과거에 뜻을 두었느냐의 여부에 달려 있는 것이 결코 아니지 않겠습니까? 미천한 신이 분수에 넘치는 헛된 명성으로 집사를 그르쳤고, 집사는 헛된 명성을 듣고서 전하를 그르쳤는데, 전하께서는 과연 신을 어떤 사람이라고 여기십니까? 사람의 됨됨을 모르고서 기용하였다가 후일 국가의 수치가 된다면 그 죄가 어찌 미천한 신에게만 있겠습니까. 헛된 이름으로 출세를 하는 것보다는 곡식을 바쳐 벼슬을 사는 것이 낫지 않겠습니까? 신은 차라리 제 한 몸을 저버릴지언정 차마 전하를 저버리지 못하겠으니 이것이 나아가기 어려워하는 첫째 이유입니다.

그런 이유로 남명은 그 스스로가 임금 앞에 나아가 천은에 사례하지 못하는 것이라는 점을 우선 이야기했다. 벼슬을 하지 않으려는 것은 다른 뜻이 있어서가 아니라 그 스스로가 그럴 만한 그릇이 되지 못함을 알기 때문이라는 말이었다. 하지만 이번에는 어쩐지 묻어두기만 했던 '다른 뜻'을 조금이나마 말하지 않을 수 없었다. 제자들에게도 그런 말을 한 적이 있었다. "일찍이 공자도 가난 때문에 출사한 적이 있다면서 어떤 사람이 정자程子에게 벼슬에 종사하기를 권했더니 정자는 굶주려서 문간에도 못 나가게 될 때에나 가서 한번 생각해보겠노라고 했다네. 내가 평생 불출 사하는 것을 두고 일견 쓸데없는 고집이라고 하는 사람도 있고, 실제 출사하여 정치를 제대로 할 능력도 없으면서 자존망대하고 있다는 의심을 받기도 하네. 내 어찌 그걸 모르겠는가. 그러나 귀산 양씨도 말했듯이 도道에 의해 벼슬에 나아가는 것과 녹祿을 위해 출사하는 것이 어찌 같은 것이겠는가."

전하의 국사가 이미 잘못되고 나라의 근본이 망하여 하늘의 뜻이 떠나고 인심도 이미 떠났습니다. 비유하자면 마치 백 년된 큰 나무에 벌레가 속을 갉아 먹어 진액이 다 말랐는데 회오리바람과 사나운 비가 언제 닥쳐올지를 까맣게 모르는 것처럼 된 지 이미 오래입니다. 조정에 충의로운 선비와 근면한 양신良臣이 없는 것은 아니나, 그 형세가 극한에 달하여 지탱해 나아갈 수 없고 사방을 돌아보아도 손을 쓸 곳이 없음을 이미 알고 있기에, 아래의 소관들은 시시덕거리면서 주색이나 즐기고, 그 위의 대관은 어물거리면서 뇌물을 챙겨 재물만 불리면서도 근본 병통을 바로잡으려고 하지 않습니다. 더구나 내신은 자기의 세력을 심어서 못 속의 용처럼 세력을 독점하고, 외신은 백성의 재물을 긁어 들여 들판의 이리처럼 날뛰니 이는 가죽이 다 해지면 털인들 붙어 있을 데가 없다는 것을 모르는 처사입니다. 이 때문에 신은 낮이면 하늘을 우러러 깊은 생각에 장탄식을 한 것이 한두 번이 아니며, 밤이면 멍하니 천장을 쳐다보고 한탄하며 아픈 가슴을 억누른 지가 오래입니다.

언제부터 준비해둔 비수였을까. 지금 이 상황에서 임금이 꼭 들어야만 할 이야기를 남명 자신이 하지 않으면 안 된다는 절박감 때문인지 그의 말은 날이 시퍼렇게 서 있었다. 가슴 밑바닥에서부터 온몸을 흔들어 오는 전율을 느꼈다. 누가 써서 붙인 것인지도 모르는 벽서였지 않았던가. 어쩌면 그들 스스로 흉악한 음모의 한 방편으로 만든 벽서일 가능성이 더 컸다. '위로는 여주, 아래로는 간신들 때문에 나라가 곧 망할 지경'이라는 내용은 결코 틀린 말이 아니었다. 오히려 너무나 맞는 지적을 담은 양재역의 벽서 때문에 규암 송인수와 준암 이약빙, 그리고 봉성군까지 사약을 받았고 회재 이언적을 비롯한 스무 명의 선비들이 귀양을 가야 했던 것이 8년 전 정미년(1547년)의 일이 아니던가. 아직 그 사화를 꾸몄던 자들이 조정의 안팎에 득시글대고 있는 터에 이

정도의 글이면 목숨이 몇 개라도 부지하기 힘들 것임은 불문가 지였다. 하지만 적어도 도리를 아는 선비라면, 지금 이 나라의 문제가 무엇인지를 진정으로 간하려는 마음을 가진 신하라면, 더욱더 직핍하여 보아도 못 본 체 외면하는 허위를 깨뜨리지 않으면 안 될 일이었다. 그의 나이 이제 환갑이 가까웠으니 살 만큼 살았다 생각하면 그만이었다.

자전慈殿께서 생각이 깊다고는 하지만 깊은 궁중의 한 과부에 불과하고, 전하께서는 아직 어리시어 단지 선왕의 한낱 외로운 후사에 불과합니다. 그러니 수많은 종류의 천재와 억만 갈래의 인심을 무엇으로 감당해내며 어떻게 수습하겠습니까. 강물이 마르고 곡식이 비 오듯 떨어지니 이 무슨 조짐입니까. 음악 소리는 슬프고 옷은 소복이니 백성들의 모습에서 이미 흉한 조짐이 나타나고 있습니다. 이러한 시기에 아무리 주공과 소공의 재주를 겸한 자가 대신의 자리에 있다 하더라도 어찌 할 수가 없을 것인데, 더구나 초개같은 일개 미천한 자의 재질로 어찌하겠습니까. 위로는 위태로움을 만분의 일도 구원하지 못하고 아래로는 백성에게 털끝만큼의 도움도 되지 못할 것이니 전하의 신하되기가 역시 어렵지 않겠습니까. 하찮은 명성을 팔아 전하의 관작을 사고 녹을 먹으면서 맡은 일을 해내지 못하는 것은 또한 신이 원하는 바가 아닙니다. 이것이 나아가기 어려워하는 둘째 이유입니다.

남명의 머릿속은 시간이 흐를수록 얼음장처럼 차가워지고 있었다. 어차피 각오한 죽음 아니던가. 문제는 왕후의 부당한 정사 개입을 막고, 주상이 온전하게 홀로 서서 군왕으로서의 의지를 공고히 하는 방법밖에 없는 일이었다. 주상이 보위에 오른 지 8년 만에 수렴청정을 폐했다고는 하지만, 여전히 척신 윤원형의 손발을 빌려 문정왕후가 국사를 좌지우지하는 상황에서 설사 이윤의 장한 뜻을 가진 신하가 있다 한들 무슨 수로 이 나라의 정사를 바로잡을 수 있겠는가.

　그리고 신이 보건대 근래 변방에 변이 있어 대부大夫들이 제때 밥조차 먹지 못합니다. 그러나 신은 이를 놀랍게 여기지 않습니다. 이번의 사변은 20년 전에 비롯되었지만 전하의 은덕에 힘입어 지금에야 비로소 터진 것이며 하루아침에 생긴 것이 아니기 때문입니다. 평소 조정에서 재물로 사람을 임용하고 재물만 모으고 민심을 흩어지게 하였으므로 필경 장수 중에는 장수다운 장수가 없고 성에는 군졸다운 군졸이 없게 되었으니 적들이 무인지경처럼 들어온 것이 어찌 괴이한 일이겠습니까. 이것은 또한 대마도의 왜놈들이 몰래 향도向導와 결탁하여 만고에 무궁한 치욕을 끼친 것인데 왕의 위엄을 떨치지 못하고 담이 무너지듯 패하였으니 이는 오래된 신하를 대우하는 의리는 주나라 법보다도 엄하면서도 구적을 총애하는 은덕은 도리어 망한 송나라보다 더한 것이 아니겠습니까. 세종께서 남쪽을 정벌하고 성종께서 북벌한 일을 보더라도 언제 오늘날과 같은 적이 있었습니까. 그러나 이와 같은 것은 겉에 생긴 병에 불과하고 속에 생긴 병은 아닙니다. 속의 병이란 걸리고 막혀 상하가 통하지 못하는 것이니 이 때문에 고위 관리들은 목이 마르고 입술이 타도록 분주하게 수고하는 것입니다. 근왕병을 불러 모으고 국사를 정돈하는 것은 구구한 형벌 체계에 있는 것이 아니고 오직 전하의 한 마음에 달려 있을 뿐입니다.

얼마 전에 진압된 왜란의 재발을 막기 위해서는 단지 그들을 구슬리고 달랜다고 해서 해결될 문제가 아니었다. 이번에 달량포를 침략한 왜선의 수가 무려 70척에 이른다는 사실을 결코 가벼이 보지 말고 좀 더 근본적인 대책을 세워야 했다. 앞으로 더 큰 침략에 대비하지 않으면 장차 닥쳐올지도 모르는 환란 앞에 이 나라의 종묘사직은 풍전등화의 형세나 마찬가지일 것이다. 그는 임금께서 좋아하시는 바는 무엇이냐고 물었다. 임금이 무엇을 좋아하느냐에 따라 이 나라의 존망이 달렸다고 말했다. 어느 날 임금이 나라의 미래에 대해 근본적인 근심과 두려움을 가지고 분연히 덕을 밝히고 백성들을 새롭게 다스리는 도리를 깨우치게 될 때, 비로소 나라가 균평하게 되고 백성들도 화평해질 수 있고 위태로움을 벗어날 수 있을 것이라 말했다. 임금이 불교를 좋아하는 마음을 학문하는 방향으로 옮길 것을 권하고, 겉치레만 보고 인재를 등용해서는 안 된다는 점을 거듭 강조했다.

뒷날 전하의 덕화가 왕도의 경지에 이르게 된다면 신도 마부의 말석에서나마 채찍을 잡고 마음과 힘을 다하여 신하의 직분을 다할 것이니 전하를 섬길 날이 어찌 없겠습니까. 삼가 바라건대 전하께서는 반드시 마음을 바로잡는 것으로 백성을 새롭게 하는 요체를 삼으시고 몸을 닦는 것으로 사람을 임용하는 근본을 삼으셔서 왕도의 법을 세우소서. 왕도의 법이 법답지 못하게 되면 나라가 나라답지 못하게 됩니다. 삼가 밝게 살피소서. 신 조식은 황송함을 가누지 못하고 삼가 죽음을 무릅쓰고 아룁니다.

붓을 놓았다. 남명은 의식적으로 긴 숨을 내쉬지 않고 한참을 참았다. 미처 몸을 빠져 나오지 못한 날숨이 다급하게, 그의 몸 곳곳을 두드리며 돌아다녔다. 천천히, 천천히 그 숨을 놓아주었다. 순식간에 맥이 풀리면서 설핏 현기증이 스쳐 갔다. 방문을 열고 바깥으로 나왔다. 동녘의 여명이 서너 번째의 홰를 치는 닭 울음소리와 함께 핏빛으로 번져오고 있었다. 원래 닭은 새벽마다 저렇게 핏빛이 밴 울음을 울었던가. 문득 괴이한 생각이 들었다.

인군의 길, 처사의 길

벌써 동짓달이었다. 평안도의 함종과 영유에 눈이 내리고 천둥
이 쳤다고 한 것이 이미 보름 전이었다. 환昑, 명종의 휘은 주강書講에
나가기 위해 편전으로 나서는 길에 희미한 햇무리를 보았다. 뒤
를 따르던 승지에게 물었다.

"저것이…… 백홍관일白虹貫日의 형상이더냐?"

"예, 전하. 양쪽으로 흰 귀걸이 형태가 있고 끈처럼 늘어졌으
며, 안은 적색이고 바깥은 청색인 것으로 보아 비슷한 형상인 것
으로 보입니다. 길조로 여기심이 가할 것으로 사료됩니다."

"음, 그래?"

흰 무지개가 해를 뚫는 모양이라는 백홍관일. 그건 양날의 칼과
도 같다. 지극한 정성이 하늘까지 감응시켜 나타난 길조라고 풀이
하기도 하지만, 그와 동시에 병란을 의미하는 흰 무지개가 임금을

뜻하는 해를 뚫고 지나가는 형상이라 임금의 신상에 위해가 닥침을 알리는 징조로 해석되기도 했다. 결국 코에 걸면 코걸이, 귀에 걸면 귀걸이라고 할 수밖에. 하지만 그로선 또다시 불안할 수밖에 없었다. 그가 임금이 된 지 1년도 채 못 되어 겪었던 악몽을 어찌 잊을 수 있겠는가. 서울 한복판의 땅바닥이 하루 종일 미친 듯 꿈틀거렸다. 궁성 안의 집들이 무너지고 담벼락이 줄지어 내려앉았다. 큰 바람이 일었다. 연기도 안개도 아닌 희뿌연 운무가 공중에 자욱하여 산과 들을 구분하기 어려웠다. 그것은 분명 이복형인 인종 임금이 보위에 오른 지 불과 여덟 달 만에 승하하고 그가 임금 자리에 오른 것을 매섭게 질타하는 매질이었다. 그를 왕위에 앉히기 위해 어머니인 문정왕후가 인종 임금을 독살했다는 소문까지 나돌지 않았던가. 그가 바란 것은 아니었지만, 차라리 아우에게 왕위를 물려주고서라도 계모인 문정왕후의 냉대를 벗어나고 싶어했던 인종 임금의 원한이 구중궁궐을 몸서리치게 뒤흔드는 것 같아 차라리 무릎이라도 꿇고 싶은 심정이었다.

햇무리, 달무리는 왜 그리도 자주 나타나는지, 그리고 시도 때도 없이 궐내로 스며드는 안개는 또 무엇인지 도무지 알 수가 없었다. 음산한 천둥소리와 희번덕거리는 번갯불은 가까스로 든 잠을 꼭 한밤중에 깨워놓기 일쑤였다. 왜 느닷없이 설날이 지나자마자 두견화가 피어나며 하늘에서 이상한 풀씨 같은 것들이 떨어져 내리는가 말이다. 재작년만 해도 경상도의 50여 고을이 지진으로 쑥밭이 되었다고 했다. 햇무리, 달무리가 서면 반드시 재난이 일어날 징조라고 하면서 지난 1월에도 강원도 관찰사 정준이 올린 장계에는 '하늘과 사람은 하나의 이치로 밀접하게 서로 통해 있기 때문에 인사가 잘못됨에 따라 하늘이 변괴를 보이는 것은 당연한 이치'이며 '지금 이단이 날로 퍼져 음기가 매우 성해졌으니 변괴가 계속되는 것이 당연하다'고 외숙 윤원형의 인사 전횡과 어머니 문정왕후의 불사佛事를 노골적으로 힐난하지 않았던가.

지난 계축년(1553년)에 그의 나이가 스물이 되어 어머니가 이제 청정을 폐지하고 그에게 친정을 하라고 했을 때, 그가 눈물 콧물 다 짜내면서 사양했던 것은 꼭 효심에서 우러나온 것만은 아니었다. 어차피 청정을 거둔다고 해도 어머니의 본능적인 권력욕을 무시하기란 애초에 불가능했다. 한번은 그가 외숙인 윤원형을 염두에 두고 슬쩍 운을 뗐던 적이 있었다.

"외척에게 큰 죄가 있을 경우에는 어떻게 처리해야 하겠습니까?"

그의 물음에 순간 싸늘하게 굳어지던 어머니의 그 눈빛을 어찌 평생을 두고서라도 잊을 수 있겠는가. 어머니는 말했다.

"주상, 이 어미와 외숙이 없었으면…… 주상이 왕 노릇을 어떻게 할 수 있었을 것 같습니까?"

달리 할 말이 없었다. 옥좌에 앉은 것은 환이지만, 왕권의 원천적인 소유권은 어머니와 외숙에게 있다는 말을 무엇으로 반박할 수 있겠는가. 공식적으로는 재작년부터 어머니가 청정을 거두었지만, 그 스스로 근본적인 변화를 도모해볼 수 있는 가망은 애초부터 없었다. 그는 어머니를 거역하지 않는 아들로, 허우대만 멀쩡한 왕으로 족해야 했다.

주강을 마치자마자 이조판서인 윤원형이 들었다.

"전하, 어젯밤에 황해도 황주에서 지진이 있었다고 합니다."

"그래요?"

"예. 요즘 아침 안개가 사방에 자욱이 끼고 지난밤에는 천둥이 치는 변도 있었으니, 앞으로 또 무슨 변고가 있으려고 이와 같은지 모르겠습니다."

"그러게 말입니다."

그는 아까 보았던 햇무리 이야기는 꺼내지 않았다. 결국 결론은 언제나 같을 뿐이다. '그가 덕이 없는 인군이라서 그런 것이다.' 그러니 어찌 보면 하늘이 무너지고 땅이 꺼진다 해도, 온 나라 백성이 거리에 나앉을 지경이라 하더라도, 모후나 외숙이 휘두르는 권력만이 그에게 가장 든든한 방패일 수도 있었다. 생각할수록 진정한 왕도를 어떻게 행해야 옳은 것인지 알 수 없었다. 누구의 말을 들어야 하는 것인지, 저놈이 충신인지 간신인지 주변 사람들을 믿을 수가 없었다. 열두 살에 즉위하여 어머니가 8년간 수렴청정을 할 때가 차라리 마음은 더 편했다. 여자지만 어머니는 강했다. 조정 대신들이 몇 달을 두고 농성하며 상소를 올려댔지만 눈썹 하나 꿈쩍하지 않았다. 보우를 불러들여 보란 듯이 도첩제를 실시했다. 선종, 교종에서 서른 명씩 승려를 뽑고 전국 사찰 3백 개를 공인하는 등 조선의 국시까지 무력화하는 일을 아무 거침없이 해치웠다.

"전하, 요즘 흉년으로 인하여 관리 숫자를 줄여온 것이 30여

명에 이르니 벼슬자리가 부족하여 이름뿐인 벼슬자리에 둔 자도 매우 많습니다. 그러므로 초상을 당했다가 탈상한 자가 오래도록 복직을 못하니, 사문을 숭상하고 소중하게 여기는 뜻에 어긋남이 있습니다. 금년 농사는 지난해에 비하면 조금이나마 풍년이 들었으니 줄인 문관직 중에 네다섯 개 부처의 정원을 다시 회복시키는 것이 어떠하겠습니까?"

"시세에 따라 행하면 되지 않겠습니까. 그리하시지요."

사실 벼슬자리가 부족한 이유는 따로 있었다. 관리 수가 많은 이조나 병조의 경우 권문세가들끼리 나눠 먹은 문음門蔭의 숫자가 워낙 많았다. 결국 그들의 몫은 그대로 지키면서 체면치레 또한 어느 정도 하지 않을 수 없으니, 누가 능참봉이라도 한 번 했으면 어지간한 수완 없이 자리를 지키기란 쉽지 않을 것이었다.

윤원형은 알 듯 모를 듯한 웃음을 남기고 물러갔다. 뒤이어 남치근이 들어섰다. 지난 10월 열하룻날 남치근을 종2품인 전라도 병마절도사로, 진주의 조식을 종6품인 단성현감으로 제수한 바 있었다. 지난 5월에 있었던 을묘왜변 때, 전라좌도방어사인 남치근은 도순찰사인 이준경과 함께 왜구를 물리친 공을 세웠지만, 나주목사 최환이 병이 들어 일을 제대로 못한다는 죄목으로 곤장으로 두들겨 죽인 포악함 때문에 지난달에 파직을 시켜야 했다. 하지만 왜구가 언제 또 몰려들지도 모르는 시국에 그나마 전공을 세운 무관 남치근은 다소 흠결이 있더라도 활용 가치가 충분히 있었다.

"왜구들이 내륙 깊숙이 노략질을 해왔는데도 도망가기에 급급

했던 전라도절도사 조안국과 급제 최인, 이희손, 홍언성, 유사 등은 모두 장일백杖一百에 유삼천리流三千里의 중형을 내렸으니 그리 알라. 경에 대해서도 나주목사를 장살케 한 죄를 물어 형장의 벌을 받음이 마땅하나 날마다 새로운 변란에 대비하여 군졸을 어루만지고 보살펴 그들을 가혹하게 다루는 폐단을 고치는 데 힘쓸 것을 믿고 승차시킨 것이니 나를 실망케 하지 말라."

"성은이 망극하옵니다, 전하."

남치근은 커다란 몸을 넙죽 엎드리며 지난달에 파직되었던 자신을 오히려 승차시킨 후의에 거듭 감사함을 표했다. 간관들의 차자에 따르면 그 역시 처음에는 겁을 먹고 머뭇거린 점이 전라우도방어사인 김경석과 크게 다르지 않다고 했다. 김경석은 영암 전투 때 지척에 있으면서 출동하지 않아 아군이 대패하게 만들었다는 비난을 받고 파직되었다. 오십보백보라는 말인데, 따지고 보면 전투 현장에서 벌어진 일을 누가 한 치의 틀림도 없이 공정하게 알려줄 수 있겠는가.

남치근을 내보내고 나서 승정원에서 가져온 진주 선비 조식의 상소를 읽다가 그는 자기 눈을 의심했다. 과거를 거치지도 않은 조식에게 전에 없이 종6품 벼슬인 단성현감을 제수했는데 감지덕지하기는커녕 국왕인 그를 비난하는 글을 노골적으로 올린 게 아닌가. 뿐만 아니라 모후인 문정왕후를 모멸하고 외숙인 윤원형까지 거칠게 나무라고 있었다. 이건 보통 상소문이 그렇듯이 비유적으로 뭔가에 빗대어 완곡하게 말하는 것도 아니고 글자 한 자, 한 자 시퍼런 눈을 부릅뜨고 대놓고 막말을 퍼붓는 것이나 마찬가지였다.

"나더러 아직 어린, 선왕의 한낱 외로운 후사? 그리고 모후더러 깊은 궁중의 과부에 불과하다? 이, 이, 이런 발칙한 놈 같으니……. 여봐라, 게 누구 없느냐?"

그는 자신도 모르게 목소리가 떨렸다. 내관에게 승정원의 승지들을 모두 불러오게 했다. 백인영白仁英, 신희복愼希復, 윤옥尹玉, 박영준朴永俊, 심수경沈守慶, 오상嗚祥 등이 한꺼번에 우르르 입시하였다.

"경들은 도대체 이 상소를 읽어보기는 했소? 이 조식이라는 자가 올린 상소 말이오."

"전하…… 신들이 조식의 소疏에 차마 송구스러운 내용이 있는 것을 알았지만, 경상도 감사監司가 이미 접수하여 올려 보냈기에 정원에서는 어쩔 수 없이 계장을 올릴 수밖에 없었습니다."

도승지 백인영이 쭈뼛거리며 변명 같지도 않은 변명을 내뱉었다. 그는 속에서 치밀어 오르는 욕지기를 억지로 삼키고 목을 가다듬었다.

"과인이 지금 조식의 상소를 보니 비록 간절하고 강직한 것 같긴 하지만, 대비에게 불손한 언사가 있으니 군신 간의 도리도 알지 못하는 자가 함부로 쓴 것 같아 지극히 괘씸하구나. 승정원에서는 이러한 상소를 뜯어보았으면 신하된 마음에 마땅히 통분해하며 그에게 벌을 주자고 청해야 할 것인데도, 대수롭지 않은 듯 한마디 아뢴 말이 없었으니 이 또한 한심한 노릇 아니겠는가."

"전하, 황공하옵니다. 그 소를 올릴 때 송구스러운 마음을 아울러 진달해야 했는데, 신들이 망령되게 헤아리기를, 식이란 자가 초야에 묻힌 사람이어서 글을 지어 올리는 격식을 미처 깨닫지 못한 것이니, 이와 같이 광망狂妄된 말은 구구절절 따질 것이 못된다고 여겼기 때문에 미처 아뢰지 못했습니다. 지금 전교를 받자오니 황공함을 견디지 못하여 대죄待罪하고자 합니다. 신들을 벌하옵소서."

"전하, 황공하옵니다. 저희를 벌하옵소서."

승지들이 일제히 머리를 조아리며 읍하는 꼴이 더욱 가소롭게 여겨져 그는 벌컥 짜증을 내지 않을 수 없었다.

"그럴 필요 없다. 대죄하지 말라. 애초에 감사가 그것을 보았을 것 같으면 말 같지 않다는 뜻을 응당 자세히 써서 급보로 알려야 했을 일이며, 설사 그렇게까지는 못하더라도 과인이 보기에 민망한 글을 올린 잘못을 바로잡아 책망하며 물리쳤어야 옳을 것이다. 감사부터 신자臣子의 체모를 크게 잃은 것 아니겠는가."

"전하. 신 좌승지 신희복이 감히 아뢰겠나이다. 옛날 구양수歐陽修가 황태후를 한 사람의 부인이라고 하였지만 태후는 그를 처벌하지 않았던 고사도 있습니다. 식의 상소는 그와 같은 선현의 말을 인용하여 글을 지은 것이니 그 뜻이 반드시 참람하다고만 볼 것이 아닌 줄로 압니다. 식이 비록 수령으로 임명되는 것을 영광으로 알고 부임하지는 않았으나, 초야에 묻힌 선비로서 나라를 근심하는 마음을 가지고 곧은 말로 작금의 폐단을 지적하고자 하는 충정으로 올린 글이니, 과히 허물치 않는 것이 전하의 성덕에 누가 되지 않을 줄 아옵니다."

신희복은 원래 조광조의 문인으로서 그가 대군으로 있을 때 사부였던 사람이었다. 그렇다면 승정원에서 조식의 상소를 올리면 임금이 대로할지도 모른다는 공론이 일어나기도 했는데 산림의 처사로서 죽음을 무릅쓰고 직언을 하고자 하는 뜻을 차마 도중에 꺾기가 어려웠다는 말이었다.

"허허. 이런 불측한 글을 써 올리는 자를 군신 간의 명분을 아는 사람으로 여겨 추천했단 말인가? 설령 임금이 어질지 못하다 해도 신하로서 차마 욕하는 말을 할 수 있겠는가? 이런 행위를 보고 어진 군자다운 사람이 임금을 사랑하고 윗사람을 공경하는 것이라고 할 수 있겠느냐? 곡식을 바친 사람에게 벼슬자리를 주는 일이 비록 아름다운 일은 아니라 해도 옛날부터 있던 제도인 바, 그것은 백성들의 목숨을 소중히 여기다 보니 어쩔 수 없는 일이 아니었더냐. 이제 한갓 고상한 이름만 숭상하면서 백만 백성들이 굶주려 이리저리 헤매다가 도랑이나 골짜기에 꺼꾸러져서 죽는 꼴을 가만히 앉아서 보고서도 구제하지 말라는 것이더냐?"

그의 기억 속에 각인된 조식의 상소문 한 구절, 한 구절이 혈관 속의 피톨을 곤두서게 했다. 하지만 침착해야 했다. 자식이 된 도리를 저버릴 수 없어 모후의 과도한 간섭을 물리치지 못하는 나약한 군주는 될지언정 신하의 우국충정을 무시하는 패주의 모습은 보이지 말아야 했다. 그의 아버지인 선왕이 곧 패주 연산을 끌어내리고 신하들의 택군擇君으로 옹립한 임금이 아니었던가.

"또 날더러 불교를 좋아한다고 했는데, 내 비록 학식이 넉넉하지 못해서 하늘이 부여한 덕을 밝히고 백성을 새롭게 만드는 공적은 없다 해도 그 어찌 불교를 숭상하기까지야 했겠느냐? 비록

그렇다 하더라도 그런 말은 그래도 받아들일 수 있다만 '과부'라
는 불경한 말이 대비에까지 미쳤으니 매우 통분하지 않을 수 없
구나. 허나, 허나…… 임금에게 불경스럽게 군 죄를 다스려야 마
땅한 일이지만 그가 숨은 선비라고 하니, 내 이를 그만 불문에 붙
이고자 하노라. 이조에 명하여 그를 빨리 단성현감직에서 파면토
록 하라. 내가 덕이 없는 임금인 줄도 모르고 위대하고 어진 분에
게 조막만 한 고을을 다스리라고 했으니 그를 욕되게 한 것이구
나. 이는 내가 영민하지 못해서 그렇게 된 것이니, 승정원에서는
그렇게 알지어다."

그는 입 안에서 쓰디쓴 약 덩어리를 내뱉듯 말을 끝내고 옥좌
에서 일어나 무엇에라도 쫓기듯 바깥으로 나와버렸다. 여섯 명의
승지들은 망연자실한 표정으로 그의 뒤통수에다 대고 성은이 망
극하다는 말로 읍하고 있다가 발소리를 죽이며 멀어져갔다.

다음 날 조계를 통해 조식의 일을 다시 심리했다. 시강관 정종
영이 조식의 불손함이 자전께 미쳤다면 그 죄를 다스려도 될 것
이나 예로부터 제왕은 초야에 물러나 숨어 있는 선비와 갑옷을
입은 무사는 그 거친 태도를 책망하지 아니하고 그가 벼슬을 버
리고 물러나 있는 뜻을 귀하게 여겨야 한다고 했다. 지난번에 이
희안이 고령현감의 벼슬을 버리고 떠나자 정언각의 상신에 따라
잡아다 추문하려다가 그만둔 것이나 이번 조식의 소 역시 마찬가
지의 경우가 아니겠느냐고 했다.

정언 이헌국은 조식이 상소에서 '전하의 신하가 되기가 어렵
다'고 한 것은 임금인 주상을 업신여겨서가 아니라 그가 벼슬을

하더라도 무엇을 어떻게 해볼 수가 없는 상황임을 강조하고자 하는 말이라고 했다. 정종영이 이헌국의 말을 다시 이었다.

"한나라 광무제가 엄광을 친구로 대우했으니, 엄광이 광무제의 배에 그의 발을 올려놓은 것 또한 큰 문제가 되지 않을 수 있었습니다. 그리고 주당周黨의 경우에도 군신의 분수가 있는데도 부복하기만 하고 배알하지 않았는데, 박사 범승이 그가 '군신 간의 예의가 없다'고 하자, 광무제가 '옛날의 성제나 명왕도 모두 복종하지 않는 신하를 두었다'고 하면서 그에게 상을 주었기 때문에 선비의 기개가 더욱 흥기되어 청수한 선비가 많게 되었습니다. 그러므로 한나라 말엽에 간웅들이 틈을 엿보았지만 감히 어쩌지 못한 것은 청의가 그것을 부지하였기 때문입니다. 그러니 조식의 소가 이와 같은 것은 국가의 복이라고 볼 수도 있습니다."

"국가의 복? 허허, 참."

"전하. 전하께서 정원에 전교하기를, '군신 간은 정의가 부자父子와 같다'고 말씀하시지 않으셨습니까. 신하가 전하의 뜻을 믿지 않고 모두 말하기를 꺼려하니, 이것으로 보건대 뒷날 비록 찬탈하려는 화가 있더라도 임금의 녹을 먹는 자로서 누가 기꺼이 임금을 위하여 말을 하겠습니까?"

희한한 일이었다. 보통 때 같으면 별것도 아닌 일로 서로 헐뜯고 비방하는 일이 잦았던 조계에서 산골 구석에 묻힌 조식이라는 선비의 불손한 상소에 대해서는 하나같이 관용적인 태도를 보여야 한다고 주장하고 있으니 알다가도 모를 일이었다. 더 이상 논의를 이어가 봐야 그 자신만 쪼잔한 임금이 되기 십상이었다.

"내가 위에서 생각하는 것이 깊지 못하고 배운 것이 없기 때문에 사리를 잘 모른다. 그렇지만 임금과 신하의 높고 낮은 명분에 대하여 신하로서는 응당 알아야 할 것이다. 비록 파묻혀 있는 선비라 하더라도 이런 의리를 모르고 있다면 어떻게 어진 사람이라 말할 수 있겠는가. 그의 말이 공손하지 못한 형편이니 신하들로서는 그에게 죄 줄 것을 청함이 마땅하다. 그렇지 않으면 조정에도 임금을 공경하지 않는 불순한 싹이 자라날 수 있다. 만일 그 상소문의 내용이 옳다고 말한다면 그것 역시 정당한 의견이 아니다. 그러나 조식을 초야에 파묻혀 있는 곧은 선비로 보기 때문에 너그럽게 용서하고 그 죄를 다스리지 않을 뿐이다. 다들 그리 알라."

물론 파장은 그 정도로 끝나지 않았다. 상소 내용을 전해들은 외숙 윤원형을 비롯한 중신들로부터 의금부에 명하여 조식을 불경군상죄不敬君上罪로 처벌해야 한다는 간언이 빗발쳤다. 하지만 산중에 묻힌 선비 하나를 죽여 만고의 영웅으로 만드는 것보다는 그냥 묻어두는 편이 낫다는 의견 또한 없지 않았다. 그의 생각도 크게 다르지 않았다.

그러나 조식은 어느새 유자들 사이에 영웅이 되어가고 있었다. 성균관 생원 안사준安士俊 등 5백여 명이 연대하여 상소문을 올렸다. 그가 한 달 전에 재변의 원인과 대책을 구한다는 하문을 내렸음에도 불구하고 달포가 지나도록 재변을 막는 데 도움이 될 만한 계책을 올리는 자가 있다는 것을 듣지 못했다. 그건 임금이 구언求言한다고는 하지만 구언한다는 명분만 내세울 뿐 듣고자 하는 진실한 마음이 없어서 누가 어떤 말을 하더라도 채택되지 않을 것을 알고 있기 때문이었다. 온 나라의 공론으로 반대한 불교의 양종 회복 문제만 해도 그렇고, 조식의 상소는 강직하고도 절실한 의론으로 정녕 나라를 걱정한 성심에서 나온 것이며, 시폐에 적중한 말이었다고 그들은 입을 모았다. 임금이 그것을 받아들여 행하였다면 지금의 재변을 없애는 방법의 출발점이 되었을 것인데, 단호히 그의 말을 거절하여 꺼리는 빛을 크게 보였으므로, 인심이 감복하지 않고 언로가 막혀 사림의 기대가 무너진 것이라고까지 하였다. 그리고 내관 박한종 하나를 내치는 것이 뭐가 그리 어려워 공론을 거부하느냐며 묻고 있었다. 또 조정의 예산이 고갈됨을 우려해 비용을 줄이고 봉록을 감했다 하는데, 이는 진실로 재변을 당하여 조심하는 아름다운 뜻이기는 하나, 여러 절에 공불하는 비용은 예전의 만분의 일도 감하지 않았으니, 임금이 하늘을 공경하는 정성이 부처를 공경하는 정성만 못한 것이 아닌가 한다는 내용이었다.

유구무언 또 유구무언일 뿐이었다. 진정 그들이 임금인 그가 왜 불교를 배척하지 못하고, 왜 박한종을 내치지 못하는지 몰라서 하는 말이겠는가. 임금이면 임금답게 어머니의 그늘을 벗어나 제대로 정사를 펼쳐달라는 노골적인 요구임을 그 또한 아는 일이다. 하지만 그는 그들의 요구를 들어줄 수 없었다. 비답을 내렸다.

"내가 부덕한 몸으로 신민의 주인으로 있으면서 잘못하는 점이 많았도다. 재변이 겹쳐 우려됨이 끝이 없으니 상하가 절실히 자책할 뿐이다. 지금 상하가 가부를 논하고 있으니 입을 다물고 말하지 않는 폐단이 없도록 하라."

또 어디선가 우르르 천둥소리가 들렸다. 편전을 물러나와 인왕 쪽을 바라보니 희끗희끗 눈발이 날리고 있었다. 문득 지리산 아래 진주라는 도읍이 어떤 곳인지 가보고 싶은 마음이 들었다. 하지만 거긴 천 리가 넘는 변방이었다. 거기에도 저 눈발이 날리고 있을까. 여러 번에 걸쳐 내렸던 버슬도 마다하고 매일 끼니를 걸러가면서도 한나라의 엄광처럼 지리산 아래 산속에 파묻혀 살아간다던 조식을 탓할 일은 아니었다. 임금인 그를 기꺼이 섬기지 않는 신하까지 거짓으로라도 품어야만 치자의 도리가 될 수 있다면 까짓 거 상관없었다. 서슬 퍼런 어머니의 아집에 한 번이라도 맞서볼 생각을 왜 해보지 않았겠는가. 그가 어머니의 뜻을 꺾지 못한다면 외숙인 윤원형도 그의 뜻이 어디에 있든 털끝 하나 신경 쓰지 않을 게 분명했다.

하지만 어머니 문정왕후가 누구던가. 왕자를 출산하자마자 세상을 떠나버린 장경왕후의 외숙인 윤임은 오로지 어린 세자(인종)가 걱정이었다. 그때 중종 임금의 총애를 받고 있던 경빈 박씨의 소생 복성군 같은 후궁의 자식들이 세자를 넘보게 할 수는 없는 일이었다. 윤임은 자기 집안의 규수였던 그의 어머니 문정왕후를 천거하여 나이 열일곱에 중전의 자리에 오르게 했다. 세자를 보살펴줄 왕비가 필요했던 것이다. 그런 계산 덕에 어머니는 국모라고 하는 왕비의 자리에 올랐지만 자기보다 나이 많은 후궁들의 등쌀도 심했고 왕자를 생산하지 못하고 딸 넷을 줄줄이 낳은 탓에 왕비로서의 삶 자체가 위태로웠다. 아버지 중종 임금의 첫 왕비는 연산군 때 좌의정을 지냈던 신수근의 딸인 단경왕후

신씨였다. 반정을 일으켜 연산군을 내치고 그의 이복동생인 아버지를 임금으로 옹립한 성희안, 박원종, 유순정 등이 신수근을 제거하면서 그의 딸인 신씨를 왕후 자리에 그대로 앉혀둘 리 만무했다. 신씨는 곧 폐위되어 사가로 쫓겨났다. 그처럼 신하들의 위세 앞에 힘없는 왕일 수밖에 없었던 아버지의 세 번째 왕비인 어머니의 앞날 또한 한 치 앞도 예측하기 어려울 만큼 불투명했다. 어머니는 그가 태어나기 전 17년이라는 세월을 오로지 세자의 보호자를 자처하면서 세자의 안위에 자신을 의탁했다. 그녀는 경빈 박씨와 그 아들 복성군이 세자를 해코지할 목적으로 '작서의 변'을 꾸민 주범으로 몰려 죽어가는 모습도 지켜보았으며, 혹시 어머니가 아들을 낳아 세자를 위협하게 될까 두려워하는 윤임의 견제도 늘 의식하며 살아야 했다. 돌이켜 보면, 모든 불행은 어머니가 아들인 그를 잉태하면서부터 시작된 것이었다. 이복형인 인종 임금은 왕좌에 올랐으나 8개월도 안 되어 세상을 떴고, 그가 보위에 오르고 난 뒤 아버지의 다른 아들들은 줄줄이 역모의 저주를 받아 사약을 받아야만 했다.

어머니와 외숙 윤원형의 질주를 그치게 하려면 그의 신하가 되어줄 사람이 필요했다. 그가 처외숙인 이량李樑을 중용하고자 작심한 것도 그런 이유에서다. 누이인 대왕대비를 믿고 정난정과 함께 조정을 분탕질하고 있는 윤원형을 조금이라도 견제할 수 있기 위해서는 누구라도 필요했다. 머지않아 그의 뜻을 펼칠 수 있을 만큼 세력이 모였을 때, 어쩌면 그는 그들이 바라는 진짜 인군이 될 수 있을지 모른다. 그러나 지금은 아니다.

2부

폭풍전야

유두류록

마음을 잃어버리고 살아가는 사람은 걸어 다니는 시체나 다를 바가 없다. 부들부들 떨리는 마음으로 단성현감에 부임하기를 거절하는 을묘사직소를 쓸 때만 해도 이 나라 조정과 백성을 향한 단심 하나만은 살아남을 수 있으리라 생각했다. 진정 죽기를 각오하였던가.

그랬다. 꼭 해야 할 말을 하지 못한 채 세상을 외면하고 돌아앉는다면 참된 유자가 아니라 불자나 도가와 다른 점이 무엇이겠는가. 그런데 그 말을 하고도 그는 살아남았다. 그렇다고 해서 죽기를 각오하고 올린 글을 그들이 귀담아듣고 무언가를 고쳐 행하려 하지도 않았다. 남은 것은 썩은 명리뿐. '하늘 높이 우뚝하다壁立 千仞'느니, '태산같이 우람하다泰山喬岳', '서릿발처럼 차갑고 뙤약 볕처럼 뜨겁다秋霜烈日', '한 시대를 굽어본다俯視一世' 등의 헛된 명성만 살아남았다. 탐할 생각이 없었던 것을 얻은 꼴이 되고 말았으니, 모든 것을 그만 내려놓아야 했다. 티끌 하나 남김없이 비워 버려야 했다.

지리산으로 들어가는 것은 이번이 열두 번째였다. 작년에 무려 25년 만에 속리산으로 대곡 성운을 찾아가 만났을 때 그가 물었다. 매일 두류산을 꿈꾸고 있는데 그곳에 가면 뭐가 그리 좋으냐고. 속리산 깊이 은거하고 있는 그가 그 연유를 몰라서 물었겠는가. 남명은 다만 눈이 푸르러져서 좋다고 대답했다. 그날 거기서 함께 만났던 서경덕徐敬德과 성제원成悌元이 빙그레 웃으며 말없이 고개를 끄덕이는 모습을 어찌 잊을 수 있을까. 특히 그때 초면이었던 성제원은 남명보다 나이가 여섯 살이나 젊었지만, 남명이 그에게 먼저 벗 삼기를 청했다. 당시 보은현감이었던 그는 세상 사람들이 '머리 깎지 않은 중'이라고 부를 정도로 세상의 잇속과 공명을 멀리하는 사람이었다. 그도 한눈에 남명을 자기와 같은 부류임을 알아봤던 것일까. 헤어지는 날, 그는 남명의 손을 쉽게 놓지 못했다. 언제 또 만날 수 있을까 싶은 마음은 남명도 마찬가지였다. 석별의 아쉬움을 떨쳐내지 못하던 성제원과 남명은 이듬해 추석에 합천 해인사에서 다시 만나기로 했다. 내년 8월에는 벼슬을 버리고 자유로운 몸으로 남명을 다시 만나러 오겠다는 것이었다. 올 추석 무렵이면 그 성제원을 다시 만날 수 있을 것이었다.

이희안이 토골로 먼저 왔다. 고령현감을 하다가 어렵게 벼슬을 벗어던지고 초계로 돌아온 지 3년 만이었다. 4월 열하룻날, 아우환曺桓과 원우석元右釋과 함께 계부당에서 아침을 먹고 진주로 출발했다. 진주목사 김홍金泓과 약속하기를 사천泗川에서 배를 타고 섬진강을 거슬러 올라 쌍계사로 들어가기로 했다.

진주에는 해거름 때 도착했다. 이희안과 이런저런 이야기를 나누다 보니 60리 길이 그다지 멀지 않았다. 진주 말티고갯길에서 우연히 이준민李俊民을 만났다. 이준민은 자형인 이공량李公亮의 아들로서 홍문관 수찬을 거쳐 작년에 사헌부 지평에 오른, 기백이 넘치는 젊은 선비였다.

"외숙부님. 비가 크게 오실 것 같응께 일단 아버님 댁으로 가시지예."

"비가? 음. 그라모 서두를 일은 아이재. 김 목사는 객사에 묵기를 권했지만도, 오랜만에 자형 집에도 한번 가봐야제. 자네랑 이야기도 좀 나눌 겸 자네 부친 댁으로 가세. 김 목사한테는 따로 전갈을 보내야 되겠네."

"예. 제가 사람을 보내겠십니더."

자형의 집은 갓 쓴 선비들이 많이 산다고 해서 갓방이라고도 불리는 진주 금산 관동에 있었다. 남명과 나이가 동갑인 자형 이공량은 세상을 피하여 술에 몸을 감춘 지 오래였지만, 사람들과 어울리는 데 거리낌이 없는 호인이었다. 음력 4월치고는 꽤 큰비가 내렸다. 남강 백사장 쪽은 물안개가 자욱했다. 진주목사 김홍이 인편에 술과 음식을 보내면서 비가 그칠 때까지 머무르기를 권했다. 다음 날, 비안개를 헤치고 김 목사가 왔고 소를 잡아 잔치를 열었다. 이희안과 김 목사, 그리고 준민과 많은 이야기를 나누며 술을 마시고 취했다.

주변이 조용해졌을 때 준민이 말했다. 주상의 뜻 또한 척신 윤원형의 전횡에 문제가 많음을 알고 이를 견제하기 위해 왕비의 외숙인 이량李樑을 중용하려 하며, 준민은 이를 기회로 여겨 이량에게 의지하여 윤원형 일파의 축출에 앞장서고 있다고 했다. 실제로 이량은 승정원 동부승지를 거쳐 홍문관 부제학에 올라 서서히 세력을 키워가는 중이었다. 그러나 이량은 이를테면 큰 도둑 윤원형을 몰아내기 위해 불러들인 작은 도둑일 뿐이었다. 작은 도둑에게 힘이 실리면 그 또한 큰 도둑이 되는 것은 시간문제였다. 외척의 문제를 다른 외척을 이용하여 풀겠다는 것은 문제의 핵심을 비껴간 또 다른 눈속임이 아니고 무엇이랴. 준민에게 이량은 윤원형의 해결책이 될 수 없음을 말하고 각별히 처신을 조심하라고 당부했다. 비는 내리 이틀을 장맛비처럼 끈질기게 내렸다.

4월 열나흘, 비가 그쳤다. 자형의 집에서 꼬박 사흘을 보내고 진주를 떠나 사천에 도착했다. 사천 구암에 있는 이정李楨의 집에서 하루를 묵고 배를 탈 예정이었다. 이정은 남명의 친구 송인수의 제자였다. 송인수는 갑오년(1534년)에 김안로의 재집권을 막으려다 제주목사로 좌천되었는데 신병으로 부임하지 않은 죄로 사천에 유배되었던 적이 있었다. 그는 배소인 사천에서 스물세 살의 이정을 가르쳤는데, 이정은 스물다섯에 별시 문과에 장원급제 해 벼슬길에 나갔다가 청주목사에서 물러난 뒤 늙은 어머니를 봉양하기 위해 고향인 구암리에 머물고 있었다. 이정은 그의 일행에게 칼국수, 단술, 생선회, 찹쌀떡, 기름떡 등을 차려 내었다.

다음 날, 드디어 배에 올랐다. 진주목사 김홍과 그의 동생과 아들, 이정과 그의 동생, 일꾼들과 기생들 열 명까지 더하여, 일행은 근 40여 명으로 불어났다. 사천현감 노극수魯克粹가 찾아와 고을 주인 자격으로 간단한 주연을 베풀고 술과 안주, 그리고 여행에 필요한 물건들을 실어주고 돌아갔다. 이래저래 번잡한 여행길이 되고 말았지만, 벼슬길로 이리저리 얽혀 있는 그들이 서로 우의를 내세워 크고 작은 편의를 봐주는 것을 굳이 탓할 수도 없는 노릇이었다.

달빛이 밝았다. 어이하아, 어이하아. 끊어질 듯 이어지는 사공들의 뱃노래 소리가 깊은 물속의 이무기를 불러낼 것 같았다. 북두칠성 동쪽의 삼태성이 하늘 복판에 이르자 동풍이 제법 일었다. 서둘러 노를 걷고 돛을 달아 올리자 바람을 담뿍 안은 돛이 서쪽으로 팽팽하게 부풀었다. 초저녁에 창선도를 지나고, 조금 전에 노량을 지났으니 금오산 너머는 하동 땅이었다. 이제 곧 섬진강을 거슬러 올라가겠지. 밤이 깊어 모두 가로, 세로로 누웠다. 김 목사의 담요와 겹이불 폭이 넓어 한쪽을 빌어서 누웠더니 잠결에 이불을 거의 다 차지했다. 고의는 아니었다 해도 좀 미안하다 싶었다.

설핏 들었던 잠을 깨고 보니 벌써 하동 땅을 지났다고 했다. 이때 아침 해가 막 떠오르는데 검푸른 물결 가장자리가 붉게 타는 듯했고 양쪽 언덕의 푸른 산 그림자가 출렁이는 물결에 거꾸로 떠올랐다. 악공들이 깨어나 퉁소와 북을 다시 연주하여 바람과 물결을 일으켰다. 서북쪽 구름 낀 봉우리가 두류산의 바깥쪽이려니 싶었다.

악양岳陽 고을을 지나고 삽암揷巖이라는 강변 마을을 만났다. 고려 말에 벼슬을 마다하고 지리산으로 들어가 죽을 때까지 세상에 나오지 않은 한유한韓惟漢의 낚시터가 있던 곳이며 그를 기리는 모한대慕韓臺가 근방에 있었다. 어진 사람을 칭송하여 세상 밖으로 나오기를 청하는 것은 어쩌면 초나라의 섭자고葉子高가 용을 좋아했다는 것만도 못한 일. 섭자고가 용을 좋아해서 온갖 물품에 용을 그려 넣고 집 안의 벽까지 용을 새겨 넣었다는 말을 듣고 용이 그 앞에 모습을 드러내었더니 그만 혼비백산해서 달아났다는 이야기. 그건 결국 세상이 곧은 선비를 좋아한다 말하지만, 이는 곧 살아 있는 호랑이가 아니라 그 가죽을 좋아하는 심사나 마찬가지라는 이야기였다. 문득 술 한 잔 가득 부어놓고 한유한을 생각하니 탄식이 절로 일었다.

한낮이 되어 배가 도탄 마을에 도착했다. 여기서 한 마장쯤 되는 화개 덕은리가 일두 정여창 선생의 옛 거처인 악양정岳陽亭이 있던 곳이다. 덕은德隱이라는 마을 이름 자체가 현자가 숨어 살았던 곳이라는 뜻이다. 선생은 함양 출신의 유종儒宗으로 학문이 깊고 독실하여 우리 도학의 줄기를 이은 분이다. 오직 학문만 하려고 처자를 이끌고 산으로 들어갔다가 성종 임금의 부탁으로 세자의 교육을 담당하는 시강원의 관리가 되었으나 연산군은 그를 좋아하지 않았다. 결국 외직인 안음현감으로 나와 맑은 정사를 폈으나 무오사화 때 함경도로 유배를 가게 되었고, 갑자사화 때 부관참시까지 당했다. 스승인 점필재佔畢齋 김종직金宗直 선생의 잘못을 고하지 않은 죄를 물어서였다.

여기서 멀지 않은 하동 옥종 정수역 객관 앞에 정려문旌閭門이 있는데, 이는 지족당知足堂 조지서趙之瑞의 부인 정씨를 기리는 열녀문이다. 조지서 역시 시강원에서 세자의 사부로서 군왕의 도를 열어주려 했으나 연산군이 선왕의 업적을 잇지 못할 인물임을 알고 벼슬에서 물러나 10년 전부터 지리산에 은거해 있었다. 그러나 그는 결국 화를 면치 못하여 목숨을 잃고 부인은 적몰되어 죄인 신세가 되었다. 부인은 그 후로 성 쌓는 일에 끌려다니며 노역을 하면서도 품에는 두 젖먹이를, 등에는 신주神主를 짊어지고 상식을 올렸다고 한다.

한유한은 평생 벼슬을 마다하고 숨어 살았고, 정여창은 출사했다가 죽임을 당했고, 조지서는 난세임을 직시하고 벼슬에서 물러나 깊은 산속에 숨어 살았지만 죽음을 면치 못했다. 한유한, 정여창, 조지서. 이 세 군자의 행복과 불행이 이러하니 어찌 운명이 아니겠는가.

쌍계사 석문에 도착했다. 검푸른 빛깔의 바위가 양쪽으로 마주하고 있는데 먼 옛날 고운 최치원이 오른쪽에 '쌍계雙溪', 왼쪽에 '석문石門'이란 네 글자를 손수 썼다고 한다. 자획의 크기가 사슴의 정강이만큼이나 깊고 크게 새겨져, 지금까지 천 년의 세월이 흘렀는데 앞으로 몇천 년이나 더 갈지 알 수 없는 일이다. 절 이름을 쌍계라 지은 것은 신응사가 있는 의신동의 물과 불일암 청학동의 물, 두 시냇물 사이에 자리하기 때문이다. 쌍계사의 중 혜통

과 신욱이 차와 산나물을 내왔다. 이날 초저녁 무렵, 갑자기 구토
와 설사를 만나 음식을 물렸다.

다음 날 아침, 진주목사 김홍이 와서 해남에 왜구의 배가 정박
해 있다는 봉수대의 전갈이 와서 먼저 산을 내려가야겠다고 했
다. 을묘왜란이 있은 지 3년, 설마 또 왜구가 침략해왔을까 싶지
만, 알 수 없는 일이다. 일단 우리보다 먼저 도착한 호남 선비들에
게 술 한 잔씩을 권하고 필수 인력들을 제외한 나머지 사람들은
모두 돌려보냈다. 온종일 큰비가 그치지 않았다. 검은 구름이 사
방을 뒤덮어 저 멀리 인간 세상과의 사이에는 구름과 물이 몇 천
겹으로 둘러싸인 것 같다. 어젯밤에는 남명의 속이 편치 않더니
오늘은 이정이 토사곽란 증세를 보였고, 자형인 인숙도 몇 차례
토했다. 동생 환이 타는 말까지 병이 나 진塵이라는 사람에게 맡
겨 보살피게 했다. 저녁 답에 호남에서 역리가 종사관의 편지를
가져왔다. 아침에 봉화대에서 보고된 해남의 배는 왜구가 아닌
두 척의 조운선漕運船이라 했다. 지극히 다행스런 일이 아닐 수 없
다.

다음 날도 비는 계속 내렸다. 산길이 비에 젖어 불일암도 오르
지 못하고 시냇물이 불어 신응사도 가지 못하고 쌍계사에 그대로
머물렀다. 호남순변사 남치근과 하종악의 종 청룡과 정황의 종이
술과 생선을 가지고 찾아와 인사를 하고, 신응사 지임 윤의가 와
서 인사했다.

여행을 떠난 지 9일 째인 4월 열아흐레. 아침을 재촉하여 먹
고 북쪽 오암으로 향했다. 좁고 험한 길을 타고 나아가는데, 시냇

가 중간중간의 큰 돌에 '이언경李彦憬, 홍연洪淵'이라는 글씨가 보이고, 오암에도 '시은형제枾隱兄弟'라고 글자가 새겨져 있었다. 썩지 않는 바위에 이름을 새겨 영원히 전하려는 것이겠지만 대장부의 이름을 구차하게 숲속 잡초더미 사이, 이리나 다람쥐가 사는 수풀 속 바위에 새겨 썩지 않기를 바라고 있으니, 아득히 날아가버린 새의 그림자만도 못한 짓이었다. 세상 사람들이 지나가버린 새의 그림자를 보고 그것이 무슨 새인 줄 어떻게 알겠는가? 모름지기 그 이름은 사관이 책에 기록하거나 넓은 땅 위에 사는 사람들의 입에 새겨져야 할 것 아니겠는가.

열 걸음에 한 번 쉬고 아홉 번을 돌아보면서 비로소 불일암에 도착하니 거기가 바로 청학동이었다. 바람소리, 우레 같은 물소리가 서로 뒤얽혀 아우성치며 마치 하늘과 땅이 열리듯 낮도 밤도 아닌 상태에서 물과 바위를 구별할 수 없을 정도였다. 남명이 이희안을 돌아보며 "물길이 만 길 아래를 향해 곧장 내려만 갈 뿐, 갈 길을 의심하거나 뒤를 돌아봄이 없다 하더니, 여기가 바로 그와 같은 곳일세" 하자, 그도 정녕 그렇다고 맞장구를 쳤다. 오를 때는 발을 내딛기 어려웠지만 아래로 내려갈 때는 발만 슬쩍 들어도 몸이 절로 흘러내렸다. 선善을 좇는 일이란 산을 오르는 것처럼 힘들고, 악惡을 따르는 일은 산길에서 미끄러지는 것만큼이나 쉬운 것이 아닌가 싶었다. 누구나 산에 들어서면 적어도 하나씩은 깨우친다. 명산에 들어온 자라면 누구나 한 번쯤 마음을 씻을 테고 누구인들 자신을 소인이라 하는 것을 달가워하겠는가. 하지만 필경 군자는 군자이고 소인은 소인이니, 한 번 햇볕을 쬐는 정도로 달라질 것은 아니다.

다음 날, 쌍계사에서 10리쯤 되는 신응사로 갔다. 세차게 흐르는 냇물을 건너 절 입구에서 가까운 반석 위에 올라가 앉았다. 만섬의 구슬을 들이마시고 내뿜으며 다투어 솟는 듯하고, 번개와 천둥이 으르렁거리듯 하늘의 은하수가 뻗쳐 뭇별이 빛을 잃고 시들어버린 듯했다. 또한 손님을 맞아 잔치를 벌인 곤륜산 못에 비단 방석이 어지러이 널린 듯 바위들이 흩어져 있었다. 검푸르게 깊은 소沼는 용과 뱀이 비늘을 숨긴 듯 그 깊이를 헤아릴 수 없고, 우뚝 솟은 돌은 소와 말이 모습을 드러낸 듯 서로 뒤섞여 셀 수 없을 정도였다.

신응사에 들어온 지 사흘이 되도록 비가 계속 내렸다. 돌다리가 시냇물에 잠겨 절 안에서 밖으로 통할 수 없다. 마치 중국 한나라 고황제가 흉노족에게 7일 동안 포위되어 백등산에 갇혀 있던 상황이 이랬을까 싶다. 호남의 선비 기대승奇大升 일행 열한 명이 천왕봉을 올랐다가 비에 길이 막혀 아직 내려오지 못했다는 이야기도 들렸다. 신응사에 온 건 이번이 세 번째다. 30년 전에 성우成遇와 천왕봉에서 이 절을 찾아온 적이 있고, 그 뒤 약 10년 만에 하중려河仲礪와 찾아와 한여름 내내 머물면서 독서를 한 적이 있다. 그리고 20년 세월이 지나 두 사람은 모두 저세상 사람이 되었다.

사흘 만에 신응사를 나와 귀로에 올랐다. 냇물을 건너 10리 남짓 길을 가자 하종악河宗岳의 노복 청룡이 그 사위와 함께 술독과 소반에 생선과 고기를 차려와 기다리는데 차린 음식이 시장이 아니면 구할 수 없는 것들이었다. 청룡의 처 수금水金이 예전에 서울에서 살았는데 이공량과 이정이 혼인을 맺어준 은혜 때문에 인사를 드리러 온 것이었다.

악양현 객사에서 하룻밤을 묵고 새벽에 흰죽을 먹은 후 동쪽 고개를 올랐다. 삼가식현三呵息峴이라 하는 높은 고개가 하늘에 가로놓였다. 이정이 지나온 두류산을 찾아 사방을 둘러보는데 검은 구름에 가려 산의 위치를 짐작하지 못하자 "산은 두류산보다 큰 기이 없는데, 한눈에 볼 수 있을 만큼 가찹게 있지만 사람들이 눈을 멀쩡히 뜨고도 오히려 보지 못하네. 하물며 두류산보다 어질지 못한 산은 눈앞에 있어도 분명히 볼 수 없으니 우찌해야 되겠노?"라고 탄식한다.

사방을 돌아보는데, 동남쪽으로 남해의 금산이 파랗게 높이 솟았고 바로 동쪽으로 하동, 곤양의 산들이 가득 차서 물결처럼 일렁거리고 있다. 또 동쪽 은은한 하늘 저편에 검은 구름과 같은 사천의 와룡산臥龍山이 솟았고 그 사이로 서로 꿰이고 뒤섞여 강과 바다와 포구를 이루는 혈맥이 경락처럼 얽혀 있다. 우리나라 산하는 그 견고함이 중국의 위나라와 못지않다. 드넓은 바다를 접하고 견고한 성곽에 의지해 있으면서도 오히려 조그맣고 추잡한 섬 오랑캐들에게 거듭 곤란을 겪고 있으니, 옛날 길쌈하던 과부가 실이 적은 것을 걱정하지 않고 중국 주나라 왕실이 잘못될까 근심했다는 것이나 마찬가지 아니겠는가.

그가 덕산동德山洞을 거쳐 두류산으로 들어간 것만 세 번이었으며, 장항동獐項洞으로 들어간 것 또한 한 번이었다. 오직 산수만을

탐하여 왕래했다면 어찌 번거로운 일이 아니었겠는가? 하지만
그 나름대로 오직 두류산 한쪽 모퉁이를 빌어 일생을 마칠 장소
로 삼으려 했던 평생의 계획이 있었다. 그러나 일이 마음과 어긋
나 그곳에 머무를 수 없음을 알고 배회하고 돌아보며 눈물을 흘
리면서 나오기를 열 번, 이제 시골집에 매달린 박처럼 걸어 다니
는 산송장 신세가 되었다.

누렁이소 갈비 같은 두류산을 열 번이나 유람했고,

頭流十破黃牛脇

차가운 까치집 같은 가수마을에 세 번이나 둥지를 틀었네.

嘉樹三巢寒鵲居

몸을 보전하는 백 가지 계책이 모두 틀어졌으니

全身百計都爲謬

이제 방장산과의 맹세도 저버렸구나.

方丈於今已背盟

하지만 남명은 알고 있었다. 지리산의 신선이 되었다고 하는
고운 최치원처럼 그는 한 마리 학이 되어 청학동에서 살아갈 것
을 원하는 것이 아니었다. 세상을 살아가려면 어찌 얽매임이 없
을 수야 있겠는가. 무루無累가 곧 위루爲累라, 남에게 누를 끼치지
않는 것이 오히려 누가 된다는 것을 아는 이상, 청학동은 마음 깊
은 곳에 남겨두고 깊은 산속을 떠나 저 아래로 흘러내려가는 시
냇물을 따라 인간 세상으로 돌아와 현실 속에 파묻혀야 한다는

것을 그는 잊지 않았다.

추석 이틀 전, 가을비치고는 가히 장대비라 할 만큼 비가 사납게 내렸다. 지난번 속리산에서 만났던 동주 성제원과의 약속을 지키기 위해 길을 나섰다. 궂은 날씨라 동생, 제자들이 모두 말렸다. 부실 송씨도 걱정스런 얼굴빛을 감추지 못했다. 하지만 사내끼리 한 약속을 어길 수는 없는 일, 여러 사람의 걱정스런 눈길을 외면하고 길을 떠났다.

삼가에서 출발하여 오후 늦게 황강에 도착했다. 합천 고을을 지나 빗속을 하루 종일 걸어 가산에서 하룻밤을 묵고, 다음 날 두모산 오른쪽 기슭을 넘어, 야로를 거쳐 홍류동紅流洞 계곡을 끼고 해인사로 향했다. 연일 내리는 비로 시냇물은 불어 곳곳에서 바위에 부딪혀 허연 물보라가 솟으면서 굉음을 내었다.

해 질 녘에 해인사 문 앞에 도착하여 주위를 둘러보니, 성제원이 먼저 도착하여 문루에 올라가 비에 젖은 도롱이를 막 벗고 있던 참이었다.

"동주!"

큰 소리로 부르니 그가 환한 웃음으로 돌아보았다. 남명보다도 훨씬 먼 6백 리 길을 걸어왔을 그가 빗길에 얼마나 고생을 했을지 능히 짐작 가는 일이었다.

"우째, 자네 혼자 왔는고? 대곡大谷, 성운의 호은?"

"그 늙은이는 몸이 부실해서 길을 나서지 못했네. 야아, 우리가 여기서 다시 만나다니……!"

성제원과의 그 밤을 어찌 잊을 수 있을까. 그들은 밤을 하얗게

밝히며 밤새도록 이야기를 나눴다. 함께 오지 못한 대곡 성운이
쓴 시도 그들과 함께 그 밤을 밝혔다.

> 남쪽 가야산으로 향하는 발걸음 가벼우니
> 멀리서 기약한 처사 이제 서로 만나리.
> 종산의 밭 가는 늙은이 안부 묻거든
> 나이 많고 병들었다고 전해주게나.

그렇게 폭우 속의 해인사에서 만났던 성제원과는 그 후 다시는
재회할 수 없었다. 병약한 몸에 추석 무렵 며칠 내내 찬비를 맞았
던 탓인지 이듬해 그가 세상을 영영 뜨고 말았기 때문이다. 재취
까지 했지만, 그는 단 한 점의 혈육도 남기지 못했다.

황강과 남강

　황강 이희안 선생이 세상을 떠났다. 작년 4월에 남명 선생과 함께 지리산을 유람하고 돌아온 이후 이듬해에 병을 얻어 시름시름 앓다가 결국 올가을을 넘기지 못했다. 향년 56세였다. 남명 선생은 황강 선생의 상여 줄을 직접 잡고 곡을 하며 초상을 치르면서 너무나 비통해했다. 사실 두 분은 먼 친척 관계이기도 했다. 황강 선생의 어머니는 최윤덕의 증손녀였고, 남명 선생의 외조모는 바로 그분의 따님이었으니까. 최윤덕은 세종조에 북방의 여진족과 대마도를 평정했던 무장이면서 병조판서를 거쳐 좌의정까지 올랐던 분이다. 하지만 그런 관계보다도 남명 선생의 가까이에서, 선생을 가장 잘 이해해주었던 분이라는 점에서 황강 선생은 누구보다 각별한 친구였다. 언젠가 선생께서 지으신 황강 선생 모친의 묘표를 보고 인홍은 황강 선생에 대한 선생의 지극한 마음을 알 수 있었다. 그 글은 단순한 묘표가 아니라 한 편의 아름다운 시였다.

당하에서 부인을 뵌 적이 있었는데, 상아 같은 면모를 보고 보통 사람이 아님을 알게 되었다. 멀리서 바라보면 엄숙하면서도 겸손한 모습은 마치 제사를 받들고 남편을 모시는 것과 같았고, 온화하면서도 엄격한 것은 첩이나 노비를 어루만지고 자녀를 가르치는 법이었다. 부인이 어찌 힘써 공부한 적이 있어 수신제가의 도를 행한 사람이겠는가? 단지 타고난 자질 자체가 아름답고 훌륭하여 스스로 원래 지니고 있는 것을 잃지 않았을 뿐이다. 금金이 불을 위해 순수한 것이 아니고, 옥玉이 사람을 위해 따뜻한 것이 아니다. 대개 그 타고난 성질이 그러할 뿐이다.

황강 선생의 묘소는 선생이 직접 지은 황강정의 건너편인 쌍책 오서리 골짜기에 자리 잡았다. 삼우제를 지낸 조문객들이 대부분 돌아가고 난 뒤였다. 남명 선생은 한참 동안 저녁노을이 내려앉는 황강정을 바라보며 서 있었다. 친구의 죽음에서 자신의 마지막을 예감하는 것일까. 두 분이 서로를 얼마나 아낀 사이였는지 감정 표현을 좀처럼 하지 않는 선생의 말투에서도 인홍은 잘 느낄 수 있었다.

"우옹愚翁, 이희안의 자이 내보다 세 살이 아래거등. 집이 서로 가찹기도 해갖꼬 형제처럼 지낸 친구였제. 그 사람이 아직 쪼맨한 얼라 때 기묘년 사화가 일어났딘데, 우옹의 아버지와 둘째 행님이 사화에 엮이가 고초를 겪다 죽었제. 거게다 첫째 부인 권씨도 우옹보다 5년이나 앞서 세상을 베릿는기라. 권씨와의 사이에는 딸 하나밖에 없었고, 나중에 첩한테서 아들 하나를 봤을 뿐이재. 나이 쉰둘에 이씨를 후처로 맞았는데, 그 사이에는 자녀가 하나도 없었능기라…… 인생이 참 썰썰한 사람이었던기라."

황강 선생이 세상을 뜬 후 후처 이씨는 넋이 나간 사람 같았다. 짚신을 신고 삼베옷을 입은 채 머리도 빗지 않고 수삼 일 동안 간장 한 모금도 먹지 않았다고 했다. 그대로 숨을 놓아버리기를 원하는 사람 같았다. 그저 남편을 따라가기 원했다고 했다. 하지만 산 사람이 할 일은 살아남아야 하는 것이 전부였다. 죽은 사람을 기리는 것은 살아서 해야 될 일이었다. 이씨는 그 후 몇 달이 지나서야 겨우 정신을 차렸다. 정성을 다해 돌을 다듬어 남명 선생에게 비문을 구한 것도 그 무렵 일이었다.

"황강 선생께서는 활 솜씨와 말타기가 뛰어나갖꼬 무장으로서도 능히 그 자질이 충분했다꼬 그러데예."

"하모, 그랬제. 작년 지리산에서 돌아오는 길에서도 그 솜씨는 여전하더마. 악양에서 적량 삼화실로 넘어가는 고갯길이 워낙 가파르거든. 걸음 한 번 떼고 숨을 세 번씩 몰아쉰다꼬 삼가식현이라는 이름이 붙은 덴 기라. 딴 사람들은 말이고 사람이고 말키 땀에 젖어 죽을 동 살 동 보도시 올라가고 있는데, 그 사람이 지 혼자 답답했던강 말을 심껏 몰아서 제일 높은 고개 먼당에 한참 먼저 가갖꼬 땀을 식히고 있길래 내가 싫은 소리 한마디 하기도 했재."

"예. 나중에 추중된 것이기는 하지만서도, 증조부님과 조부님이 병조참의와 병조참판에 제수되었으니 무골 집안이라꼬 할 만도 하네예. 근데 선생님이 황강 선생님더러 유하혜柳下惠와 같다고 말씀하신 거는 무신 뜻인가예?"

유하혜는 춘추시대 노나라 사람인데 사사士師라는 관직에서 세 번이나 쫓겨났다. 사람들이 그만 다른 나라로 떠나기를 권하자 "바른 도리로 남을 섬긴다는 것이 쉽지 않아 겪는 일일 뿐이다. 내 뜻이 그런즉 어디로 간들 또 쫓겨나는 일을 겪지 않겠는가. 그렇다고 도를 굽혀 남을 섬길 바에야 하필 부모님의 나라를 떠나 다른 곳으로 가서 할 일이겠느냐"고 대답했던 사람이었다.

"떠날라카다가도 끌어댕겨서 머물러라카모 또 그대로 머문 기이 유하혜나 마찬가지라는 말이제. 사람이 너무 어질어서 그란지 출처에 원칙이 뚜렷하지 못한 경우가 더러 있었거든. 그 친구의 맺고 끊는 기이 아쉬워서 했던 말이라."

황강정 앞 모래사장은 끝없이 넓고 포근했다. 상류의 빠른 물줄기는 깊이를 탐하며 많은 것을 제 주머니에 쑤셔 넣으려 하지만, 하류의 느린 물줄기는 모든 것을 다 내려놓고 다만 끝 간 데 없는 넓이를 취하려 했다. 그래서 황강정 앞 강물은 발목에 찰방거릴 정도로 얕고 살진 모래사장은 저 멀리까지 아득하기만 했다.

이윽고 선생과 인홍은 천천히 걸어서 산을 내려왔다. 선생의 꼿꼿한 자세와 말투는 을묘년 그때와 그다지 다름이 없었지만, 황강 선생의 초상을 치르면서 잠을 제대로 못 자서 그런지 얼굴이 눈에 띄게 푸석푸석해 보였다. 돌이켜 보면 선생의 일생 또한 황강 선생 못지않게 고적한 편이었다. 스물두 살에 김해의 남평 조씨와 혼인했던 남명 선생은 딸만 하나 두었을 뿐 아들을 보지 못하다가 서른여섯에 아들 차산_{次山}을 얻었었다. 차산은 늦게 본 아들이지만 영특하기 이를 데 없었다. 그런데 그 아들이 아홉 살 나이로 그만 요절을 하고 말았다. 선생 자신도 역시 아홉 살 어린 나이 때 병을 얻어 자리보전을 했던 적이 있었다고 했다. 그때 선생은 근심하는 어머니에게 "하늘이 사람을 태어나게 함에 반드시 부여한 일이 있을 것인데, 어찌 요절할 것을 근심할 필요가 있겠습니까"라고 말해 주변 사람들을 놀라게 했다는 일화가 있었다. 하지만 정작 선생의 아들 차산은 똑같은 아홉 살에 병을 얻어 다시 일어나지를 못했다. 이듬해 을사년 사화 때 이림, 곽순, 성우 등 선생의 절친한 친구들이 줄지어 화를 당했다. 게다가 그해에 선생이 모친상을 입게 되자 묘표를 지어주며 위로해주었던 친구인 대사헌 송인수마저 3년 뒤 정미년, 하필이면 자신의 생일날에 사약을 받아 세상을 떠났다. 양재역벽서사건을 빌미로 과거 윤원형을 탄핵한 것이 화근이 되어 사약이 내려졌던 것이다.

그때 선생이 얼마나 깊은 절망에 빠졌을지 짐작되고도 남는 일이었다. 선생이 쓴 글 중에서 '집도 없고 아들도 없는 게 중과 비슷하고, 뿌리도 꼭지도 없는 이 몸 구름 같구나_{靡室靡兒僧似我 無根無我如雲}'라는 시가 그때의 정황을 말해주었다. 공자의 제자였던 자하가 아들을 잃고 너무 슬퍼 울어 눈이 멀었다는 고사를 떠올리며 선생은 그 무렵 '수많은 근심에도 눈은 멀지 않았지만, 만사엔 조금도 관심 없다_{百憂明未喪 萬事寸無關}'라는 글을 조카 이준민에게 보내기도 했다.

당초 빈한한 살림 탓에 대대로 김해에서 부유한 집안이었던 처가에서 어머니를 봉양했던 선생은 모친의 탈상을 하자마자 처가살이를 접고 삼가의 토골로 혼자 돌아왔다. 부인은 김해의 산해정에 그대로 남았다. 인홍이 선생을 처음 찾아뵈었던 곳은 토골에 지었던 그 뇌룡정에서였다. 선생은 아내 남평 조씨를 평생 공경하여 손님처럼 대했다고 하는데, 주변의 말에 따르면 "부인이 때때로 눈을 흘기고 뜻을 거스르므로, 선생은 부인을 떠나서 몇 해를 떠돌아다녔다"고 했다. 그러니까 두 분의 부부간 금실은 그다지 좋지 못했던 것 같다. 남다른 꼬장꼬장함으로 평생 벼슬길에 나아가기를 거부하는 남편의 뜻을 온전히 이해하고 존중한다는 게 쉬운 일은 아니었을 것이다. 선생은 뒤늦게 토골에서 열아홉 살 나이의 은진 송씨를 측실로 맞아 임자년(1552년)에 아들 차석次石을 얻었는데, 그 아이가 올해 또 아홉 살이 되었다. 다행히도 차석은 무탈했다.

돌이켜 생각하면, 을묘년에 선생이 조정에 올린 사직상소의 내용은 그야말로 뇌룡 그 자체였다. 깊은 연못 한가운데에서 천둥이 치듯, 물 밑에 가만히 엎드려 있던 용이 하늘을 차고 오르듯, 그 뇌룡은 바로 선생 자신이었다. 선생의 상소는 바로 왕에 대한 직접적인 비판이었다. 다른 신하의 잘못에 대한 비판이기보다는 왕의 잘못을 노골적으로 추궁하는 것이라 모골이 더욱 송연해질 수밖에 없었다. 결국 선생은 자신의 목숨을 걸고 바른 치세의 실현을 왕에게 정면으로 요구한 것이었다. 하지만 그들은 선생을 죽이지 않는 대신 철저히 무시하는 쪽을 택했다.

다시 초계의 황강 선생 집으로 돌아오니 저녁상이 겸상으로 차려져 나왔다. 먼 곳에서 왔던 어른들은 점심을 먹고 집으로 일찌감치 돌아간 탓에 젊은 그가 선생과 겸상하는 황송함을 면하기 어려웠다. 선생은 괜찮다고, 함께 밥을 먹으면서 밀린 이야기나 마저 하자고 했다. 밥은 몇 술 뜨지 않고 반주만 자주 비우는 선생께 물었다.

"요새 토골 형편은 좀 어떻십니꺼? 듣기로는 선생님 때꺼리도 거를 정도라고 카던데예."

"거, 무신. 요즘은 아아들이 양천강에서 피리를 잡아갖꼬 고기 반찬도 해주는데, 허허. 그란데 지대로 된 그물도 없응께 아아들 땀만 됫박으로 흘리지……."

선생의 빈한함은 이미 어제오늘의 일이 아니다. 하도 끼니를 자주 거르는 것을 보다 못해 청도에 사는 삼족당 김대유 선생이 늘 곡식을 보내주곤 했다. 몇 년 전에 그분이 돌아가시면서 자식들에게 자신이 죽은 뒤에도 선생께 꼭 식량을 보내드리라는 유언을 남겼다고 했을 정도다. 그나마 선생은 삼족당이 죽은 후 그의 자식들이 보내온 곡식을 정중히 사양하고 도로 돌려보내고 말았다.

"더권아."

"예, 선생님."

"니가 생원시에 등과한 기이 재작년 맞제?"

"예."

"그럼 대과는 운제 볼라꼬?"

"선생님. 지는 과거를 더 이상 안 볼라캅니더."

"와?"

"소생이 보기에도 과거라 카는 기이 헛된 명예와 이익을 탐하는 것뿐이다 싶습니더. 과거에서 출제되는 책문이라는 것도 도나 학문을 깨우치서 백성을 다스리는 거를 기준으로 삼는 기이 아이고, 말장난에 치우친 사장학詞章學만 숭상하니…… 명분만 쫓아 댕기는 선비들이 벼슬을 탐하는 수단이 되고 마는 것 같더라고예. 그나마 사전에 급제시킬 사람을 미리 정해놓고 뽑는 부정까지 천지 삐까리로 저질러진다 하기도 하고……."

"……."

선생은 잠시 말이 없었다. 인홍도 말없이 선생의 빈 잔을 채웠다. 선생은 슬며시 웃음기를 띠며 말했다.

"열한 살 때라고 캤나? 니가 〈왜송矮松〉이라는 시를 지었다카는 게……."

"예? 아, 그거를 우찌 선생님이……"

밥상을 물리고 술상을 다시 봐오라고 해야 하나 어쩌나 생각하던 와중에 선생의 느닷없는 말씀에 깜짝 놀랐다. 〈왜송〉이라는 시는 인홍이 어릴 때 산사에서 글을 읽고 있던 중에 지은 시였다. 장례원 판결사가 절에 왔던 김에, 밤중에 글을 외는 인홍을 기특하다고 칭찬했다. 그러면서 시를 지을 줄 아느냐고 물었고 인홍은 엉겁결에 잘 짓지는 못하지만, 지을 수는 있다고 했더니 탑 근처에 있는 왜송을 글제로 내고 시를 지어보라고 했던 것이었다.

짧고 짧아 보잘 것 없는 소나무 탑 서쪽에 서 있으니

短短孤松在塔西

탑은 높고 솔은 낮아 서로 가지런하지 못하네

塔高松下不相齊

오늘 저 외로운 솔이 짧다고 말하지 말라

莫言今日孤松短

솔이 자라 다른 날이 되면 탑이 도리어 짧으리

松長他時塔反低

　인홍이 그 자리에서 지은 시를 보여주자 판결사는 빙그레 웃으며 "앞으로 너의 명성이 자자하겠구나. 그러나 그 뜻이 분수에 지나치니 부디 자만을 경계하고 조심하거라"라고 당부의 말까지 덧붙였다. 그 판결사가 바로 지금 인홍의 장인어른인 구졸암九拙菴 양희梁喜 선생이었다. 장인은 당시 노정, 이후백과 함께 영남삼걸 중의 한 사람이라는 명망이 있었다.

　"자네 장인에게 안 들었나. 내 벌써 알고 있었다 아이가. 흐흣. 이제 그 외로분 솔은 얼마나 컸능고? 아직 탑보다 더 크지는 안했제?"

　"아이고, 선생님. 사람들이 말키 제가 그 소나무에다 소생을 빗댄 것이고, 탑이 장인을 가리키는 기라꼬 말들 해쌌는데, 절대 그런 생각으로 쓴 거는 아입니더."

　"넘으 말하기 좋아하는 사람들이야 머라카든 그기이 머 중한 일이겠노. 사나가 그 정도 기개는 온당하게 갖차야 될 일인데. 중

성仲成이 니를 두고 예사로운 아아가 아이라꼬 할 때도 내는 절대
로 그 말을 나쁘게 듣지는 안했거든."

거창 안음에 계신 갈천 임훈 선생에게 글을 배울 때였다. 그때
인홍의 나이가 열다섯 살쯤 되었을 때다. 어느 가을밤이었는데,
그날따라 서당에는 아무도 없고 홀로 소학을 읽고 있던 참이었
다. 누군가 고양이처럼 사그락 발걸음으로 문밖에 다가와 한참
동안 서 있었다. 그러다 문이 빼꼼 열렸다. 갈천 선생님 댁의 여종
인 향아였다. 향아는 워낙 자색이 고운 편이라 인홍도 그녀를 대
하면 자신도 모르게 가슴이 벌렁거리던 적이 있었다. 향아는 그
에게 무어라 속삭이듯 말했다. 무슨 말인지 잘 들리지 않아 그저
멀뚱멀뚱 쳐다보는데, 생글생글 웃는 향아의 뺨이 발그레 달아올
라 있었다. "잠깐 내가 말할 끼 있거든……." 어느새 방 안에 들어
와 그의 곁에 바짝 다가앉은 향아에게서 갓 피어난 복사꽃 냄새
가 났다. 어지러운 향기였다. "니 눈에서 진짜 별이 솟아나는 것
같다 아이가…… 반짝반짝 빛나는 별, 우찌 사내 눈이 요리 신비
로울까……." 향아는 하얀 손을 뻗어 그의 얼굴을 가만히 더듬으
며 속삭였다. 금방이라도 숨이 막힐 것 같았다. 하마터면 향아의
그 부드러운 가슴에 얼굴을 파묻을 뻔했다. 그는 눈을 딱 감은 채
자리에서 벌떡 일어섰다. 그리고 뒤도 돌아보지 않고 방문을 열
고 나왔다. 차가운 밤공기 속에 참았던 숨을 털어놓으니 그제야
살 것 같았다. 하지만 뛰쳐나온 방으로 자꾸만 되돌아가고 싶은
생각에 몇 번이고 발을 헛디뎠다. 나중에 문도들이 그랬다. 갈천
선생이 향아를 시켜 그를 시험해본 것이라고. "그 지지배한테 안

넘어간 아아는 너뿐이다"라고 문도들이 말했다. 인홍에게 니는 참 이상한 놈이라고, 혹시 고자라서 그런 건 아니냐고 키득키득 웃으면서 놀리기도 했다.

"중성仲成. 임훈의 자이 그때 나한테 그리 말했거든. 니 스스로 잠을 참아내기 위해 맨살을 꼬집어 피딱지가 앉을 지경이 된 기나, 젤로 예쁜 계집종을 시키갖꼬 니를 유혹해봤는데 끝까정 흔들리지 않는 기나, 아무래도 더꿔이는 자기보다는 내가 거두어 가르치야 될 아아라 생각했다쿠대."

선생은 따뜻한 웃음을 지으며 말했다. 왜 지나간 일을 새삼스레 꺼낸 것인지 알 수 없었다. 하지만 그때 그가 어찌 향아에게 흔들리지 않았다고 말할 수 있으랴. 그는 몇 번이나 향아를 부둥켜안았고, 그 향긋한 뺨에 그의 얼굴을 갖다대고, 그 가슴 속살을 더듬지 않았던가. 마음과는 달리 꽁꽁 얼어 붙어버린 그의 손을 뻗지 못해서, 어찌 할 바를 몰라 흔들리는 눈빛을 감추지 못하고 바깥으로 단지 뛰쳐나갔을 뿐이었다. 말없이 그의 얼굴을 잠시 바라보던 선생이 말했다.

"내사 지금에 와서 고백하는기지만…… 내는 니처럼 그리 몬했다."

"예?"

"내 선친께서 함경도에 단천부사로 가 계셨을 때였재. 내 나이가 그때 니만큼 어린 열여섯 살쯤이었다 아이가. 나와 동갑내기였던 관비 하나가 있었능기라. 그란데 그 아아한테 고마 내 마음을 뺏기뿌린 기라. 한참 학업에 열중해야 할 때 내는 한참 동안 그

북관의 계집아아 하나 때문에 지독하게 상사의 열병을 앓았응께 그 우찌 부끄러운 일이 아니었겠노. 그래서 나는 더꿔이 니가 더 장하고, 앞으로 애나 큰 인물이 될 끼라꼬 믿는 기라."

"선생님, 그거는 너무 과찬입니다. 제 그릇이 원캉 쪼맨하고 용렬하다 봉께 넘들하고 쉽게 어울리지도 몬하고, 그저 지성을 다해갖꼬 선생님을 본받을라꼬 애쓸 뿐인기라예."

"아이다. 선비로서 가장 기본이 되어야 할 태도가 무엇이겠노. 내가 늘 말했던거 맹키로 바로 안으로는 지 스스로를 철저하게 다그칠 수 있는 경敬을 밝혀야 되고, 밖으로는 그거를 실천에 옮길 줄 아는 의義를 잃지 않아야 하는 것인께, 이미 니는 바른 길을 가고 있는 기라."

인홍은 더 이상 아무런 말도 하지 못하고 선생 앞에서 머리를 깊이 조아릴 수밖에 없었다. 오랜 세월의 뒤편에 묻어두었던 자신의 허물을 들추어 보이면서까지(그런데 과연 그것이 허물이기는 한 것인가?) 그에게 하교하고자 하는 스승의 뜻을 짐작하기 어려웠다. 선생은 유가적 세계관을 지녔으되 통상의 유가는 아니었고, 도가적 세계에 관심을 두었으나 흔히 아는 도가가 아니었다. 선생은 장자와 같이 완전한 포기가 완전한 획득이라는 것을 알고 있는 것 같았다. 그러나 무심하게 흘러가는 강물 속에다 자신을 던져버릴 수는 있어도 세상을 완전히 잊을 수는 없는 분이었다. 그 때문에 심산유곡에 파묻혀 있으면서도 '바람에 떨리는 나무를 생각하고, 의리를 지키다 억울하게 당한 사람을 생각한다네 卽懷風振木 曾義冤人'라며 슬피 노래했던 게 아니겠는가. 바람이 일어나 나뭇잎이 떨어지는 것을 보고도 선생은 사화로 안타깝게 죽은 친구들을 생각할 수밖에 없는 분이었다. 자연 속에 파묻혀 현실의 시비를 잊고 초월적 삶을 영위하고자 하면서도 차마 세상을 온전히 잊을 수가 없는 것 같았다. 그보다 더 철저한 유가적 논리가 어찌 가능하겠는가. 선생은 '학식이 있으면서도 벼슬하지 않은, 유자儒者' 그 자체였다. 선비가 공부하고 학문을 닦는 것이 단지 벼슬길에 올라 출세하는 것에 이용하기 위한 것이라면 그처럼 부끄러운 일이 어디 있으랴.

"덕원아."

"예, 선생님."

"지리산 밑에 덕산 사륜동이라는 데가 있거든. 그서 천왕봉이 엄청 잘 보이는기라. 암 해도 내년쯤에는 거게서 살게 되지 싶다."

"아, 그라모 토골을 떠나실라꼬예?"

"응, 거기 전답과 집은 동상들한테 다 나눠주뺏다. 나는 인자 거기서 제자들을 가르침시로 살끼다. 그렁께 아직 나이 창창한 니는 출사하는 거를 다시 한 번 생각해보거라. 대장부란 평소에 산과 같이 무겁고 만길 절벽맹키로 우뚝 서 있다가도 세상에 한번 나가면 천 발의 화살로 만 겹의 단단한 벽을 뚫블 수 있도록 해야 되지, 결코 새앙쥐 한 마리 잡을라꼬 화살을 쏘아서는 안 되는기라. 단디 생각하고 또 단디 행동해야 되는기라."

"예."

천 발의 화살과 만 겹의 벽. 더 이상 과거를 치르지 않겠다는 말씀을 드렸는데도 선생은 그가 내일이라도 당장 벼슬길로 나설 사람에게 당부하듯 말했다. 생쥐라 함은 누구를 의미하는 것일까. 선생은 그를 잠시 지그시 바라보다가 그만 술상을 거두고 침소로 들어갔다.

신명사명

    도처에 도둑이 들끓었다. 황해도 구월산에는 임껵정이라는 큰 도둑이 무리를 지어서 관아에 쳐들어가 옥을 부수고 죄수들을 탈주시켰다는 소문까지 나돌았다. 뿐만 아니라 평안도의 관아 몇몇 군데에서는 그 임껵정이란 자가 서울 세도가의 친척임을 내세워 관가의 양곡과 피륙을 후리기도 했는데, 정작 사기를 당한 관리들조차 한참 동안 그 사실조차 까맣게 모르고 있었다는 한심한 이야기도 들렸다.

    세상은 더할 나위 없이 어지러웠지만, 초겨울에 접어든 산천은 맑고 깨끗했다. 지리산 아래 덕산으로 들어가는 길, 우옹의 마음속 어딘가에 숨겨두었던 고향의 모습이 이런 것일까. 산은 두텁고 물은 깊었다. 그의 나이 열다섯 되던 해 산청의 덕계 선생에게 학문 배우기를 청하러 갈 때 처음 보았던 지리산의 웅자를 다시 대하니 저도 모르게 가슴이 탁 트이는 느낌이 들었다. 덕천강 양편의 능선은 절정을 갓 지난 단풍의 불길이 물가에까지 옮겨붙었다. 시리도록 맑은 물에는 비늘을 번뜩이며 물고기가 헤엄치고 있었다. 이름을 알 수 없는 새, 그것의 울음인지 노래인지 모를 소리가 물소리와 뒤엉켜 냇바닥의 편편한 돌바닥 위에서 자글자글 굴렀다. 단성 쪽에서부터 걸어 들어온 벼랑길이 끝날 때쯤 저절로 생겨난 듯 보이는 큰 석문이 보였다. 남명 선생이 입덕문入德門이라 이름 지었다는 그 석문이려니 싶다. 그러면 저 글씨가 바로 도구 이제신이 쓴 글인가.

그에게 처음 학문의 길을 열어준 덕계 오건 선생은 어렸을 때부터 정말 부지런히 공부한 사람이었다. 하지만 열한 살에 부친상을 당한 것을 시작으로, 열네 살에 조모상, 열여섯 살에 조부상, 스물네 살에 모친상, 스물다섯 살에 계조모상을 당하여 스물일곱 살이 되던 해가 되어서야 비로소 오랜 시묘살이에서 벗어날 수 있었다. 그동안 혼례를 치를 수도 없었고, 과거에 응시하지도 못했으므로 스물여덟 살이 되어서야 혼인했다고 한다. 선생은 가난한 살림 때문에 이름난 스승에게 배우지도 못했다. 책도 없어서 단지 《중용》을 천 번 넘게 반복해서 읽는 식으로 공부하여 그 내용을 완전히 꿰뚫었을 뿐만 아니라 그 책에 나오는 작은 주석까지 송두리째 외울 정도였다. 서른한 살에 처음으로 삼가 토골로 남명 선생을 찾아뵈어 제자가 되었고, 그해에 진사 시험에 급제했다. 읽고 또 읽어 진리를 깨우친 공부법은 남명 선생의 가르침과도 통하는 데가 있었다. 남명 선생 또한 그의 독실함을 매우 사랑하여 스무 살이나 아래인 그를 '선생'이라는 호칭으로 불렀다. 남명 선생이 그를 얼마나 아꼈던지 그가 공부를 마치고 돌아갈 때면 산천재에서 10리쯤 떨어진 곳까지 걸어와서 전송하곤 했다. 이 때문에 사람들은 그곳을 송객정送客亭이라 불렀고, 한 번은 스승의 전별주에 취한 덕계 선생이 말에서 떨어져 이마에 상처를 입었다고 해서 그 마을을 면상촌面傷村이라 부르게 되었다는 말도 있었다. 우옹도 열서너 살 무렵에 삼가 토골에서 남명 선생과 덕원 형을 몇 번 뵌 적이 있었다. 단지 그때는 정식으로 선생님의 문하에 입문하지 못한 아이에 불과했다. 또 선생이 지리산 아래 사륜동으로 옮겨오고 나서는 처음으로 찾아뵙는 셈이다.

이윽고 양당촌에 다다랐다. 남명 선생이 두류산 양단수가 만나 큰 못兩塘을 이루는 이 마을이 바로 무릉도원이라고 했던 곳이다. 집집마다 나무를 길러 숲을 이루었고, 복숭아나무가 아닌 감나무가 집들을 둘러 그윽하고 맑은 기운이 흐르고 있다. 당시 성균관 학유로서 성주향교의 교수직을 맡고 있던 덕계 선생에게서 한강 정구와 함께 수학하기 시작하던 그때부터 스승에게 얼마나 자주 이야기 들었던 남명 선생이던가. 3년 전에 돌아가신 아버지의 상을 탈상한 뒤 상복을 벗자마자 혼인하기를 재촉하는 우굉 형님을 비롯한 가족들의 성화를 뒤로 하고 남명 선생을 만나러 온 데에는 그만한 이유가 있었다. 생전에 그의 부친이 경상도 경차관으로 왔던 길에 남명 선생을 만나 뵙고 그 인품과 학식에 크게 감읍되어 우굉 형님과 우옹을 제자로 거두어 줄 것을 일찌감치 부탁했던 바 있기 때문이었다.

산천재山天齋에서 선생께 예를 올렸다.

"선생님. 지를 기억하실랑가 모르겠심니더. 경상도 성주에서 온 김우옹이라 합니더. 열다섯 살 때부터 덕계 선생에게 나아가 공부하다가 선생님의 더 큰 가르침을 받을라꼬 이리 찾아뵙게 되었심니더."

"니가 칠봉 김희삼 선생 막내아들 우옹이라캤나. 나도 자강子强, 오건의 자에게 양강兩岡이 있다는 말을 들었는데, 한강 정구는 3년 전에 내한테 와서 잠시 공부를 했고, 나머지 동강이 자네다 이 말이재?"

"예. 한강은 저보다 세 살이 밑입니더. 둘이서 같이 덕계 선생에게서 배웠지예."

남명 선생의 눈빛은 강렬했다. 아끼는 제자를 배웅하기 위해 10리 길도 마다하지 않으며, 스무 살이나 어린 제자에게 '선생'이라는 호칭도 아끼지 않았던 선생의 부드러움은 어디에 숨어 있는 것일까.

"그래. 그라모 내한테 와갖꼬 무신 공부를 하고 싶은 기고?"

"선생님. 요즘 퇴계 선생하고 기대승이라는 사람하고 둘이서 사단칠정논쟁을 하고 있다카는데, 선생님은 그거를 우찌 생각하시는지요. 정지운이라는 사람이 쓴 《천명도설天命道說》에 '사단은 이에서 발동하고, 칠정은 기에서 발동한다四端發於理 七情發於氣'라고 쓴 거를 퇴계 선생이 '사단은 이理가 발동한 것이고 칠정은 기氣가 발동한 것이다四端理之發 七情氣之發'라고 고쳤다카데예. 그거를 보고 기대승이 그것은 이와 기를 너무 이원화시킨 기고 사실은 이와 기라는 기 서로 떨어질 수가 없는 기라꼬 비판했다꼬 그카데예."

"이황은 결국 이기가 서로 뒤섞일 수 없다는 기고, 기대승은 이기가 서로 분리될 수 없응께 사단은 칠정에 포함시켜야 된다카는 이바구 아이겠나."

"절대적으로 선한 것이 사단을 일으킨 이라면, 기는 선악이 공존하는 칠정을 일으키는 것이니 구분해야 된다카는 기 퇴계 선생이고, 기대승은 이와 기 모두가 선악이 공존하는 기라꼬 주장하는 기 아인가 싶은데예."

"하모. 니 말이 맞다. 그래서 그 기대승이라는 자가 다분히 기회주의적인 기질이 있는 인물 아인가 싶은 생각이 드는 기라. 도를 좇는 선비가 그 절대적 가치인 이에도 선악이 공존한다꼬 생각하는 거는 지극히 위험한 것 아이겠나. 내는 일찍이 그 기대승이라는 자가 뜻을 얻으모 반드시 시사時事를 그르칠 인물이 될 끼라꼬 경계한 적 있었는 기라."

선생은 그의 질문에 몇 마디 답을 하다 말고 인상을 찌푸렸다. 이미 두어 해 전 봄에 퇴계 선생의 제자인 금난수가 삼가의 토골로 선생을 찾아 뵀을 때 퇴계 선생에게 전할 말을 일러주었다는 것이다.

자네도 호남 제생諸生들이 퇴계와 함께 벌인 성리논변설을 보았겠지. 전현前賢들이 성리논석性理論釋을 다 이루어놓았으니, 후생이 전현에 못 미침이 요원하여 전현의 말을 찾아 실천하는 데도 힘이 모자라는 실정이다. 그런데도 전현의 뜻을 실천할 방법을 구하지는 않고 성리를 고론高論하는 학문을 찾자 하니 나는 그것이 옳은 줄 모르겠다. 묻는 자가 비록 묻는다 해도 퇴계는 그것을 중지시키는 것이 옳다. 그런데 퇴계 또한 그렇게 물을 만난 듯 호응하니 이해하기 어렵다. 혹은 나더러 또한 그렇게 논변하라고 하지만 나는 전현의 말씀에 아직 착수조차 못하였다. 어느 여가에 성리를 다시 논하겠는가. 자네가 나의 말을 퇴계에게 전해주면 좋겠네.

"이 보래이. 지금은 누구 말이 맞고, 안 맞고 그런 거보담도 젊은 선비가 그런 논쟁을 일으킬라 카믄 사문의 종장이라는 명망을 받고 있는 사람 같으모 그런 부질없는 논쟁을 마땅히 꾸짖어갖꼬 멈추게 해야 할 낀데 우찌 그와 더불어 한가하게 갑론을박을 일삼고 있단 말이고. 지금, 이 세상이 그렇게 한가한 논쟁이나 하고 있을 때라 생각하나? 성性과 천도天道는 공자 문하에서도 참말로 드물게 말했던 기라. 북송대의 윤돈尹惇이 이에 관해서 다른 설을 내놓응께, 정 선생程先生이 그처럼 경박한 설을 함부로 내지 말라꼬 저지했을 정도인 기라. 요즘의 선비들을 함 봐라. 손으로 물 뿌리고 빗자루질 하는 절차도 모림시로 입으로만 천상의 이치를 주워섬기는데, 가들의 행실을 공평하게 살펴보모 오히려 무지한 사람만도 못한 경우가 부지기수 아이더나."

"선생님. 근데예, 각처의 선비들이 그 두 사람이 주고받는 고담준론에 대해 흥미를 갖다본께네, 서로 의견 차이를 토론하고 성리학에 대한 공부를 더 깊이 해보고자 하는 계기가 되고 있는 측

면도 무시 몬할 사실이 아인가 싶습니다."

우옹은 선생이 두 사람 간의 논쟁이 세상을 속여 이름을 도둑질하는 기세도명欺世盜名의 혐의까지 있다는 말에 조심스럽게 말을 꺼냈다. 상달의 세계가 명확하게 설정되지 않고 하학의 의미만 지나치게 강조할 경우, 자칫 진부한 실천윤리로 고착되거나 일종의 불가지론으로 빠질 염려가 있다는 그들의 견해에도 일리가 있다는 생각에서였다.

"우옹아."

"예, 선생님."

"큰 도회지의 저자를 함 거닐어 봐라. 금은보배 등 없는 것이 없다 아이가. 그란데 종일 그 가격만 흥정하다가 끝내 저그 집 물건으로 만들지 못하는 것보다야 한 필의 베라도 팔아 한 마리 생선이라도 사 오는 편이 더 낫지 안하겠나. 오늘날 선비라는 자들이 고상한 뜻으로 성리설만 파고든다캐도 정작 지한테나 백성들 사는 데에는 아무런 이익도 없으니 그거하고 뭣이 다르겠노? 젊은 선비는 현실을 냉정히 바라보고 조리에 안 맞는 현실을 하나씩 혁파해나갈라쿠는 뜻을 키워야 하는 기라. 모두 앵무새처럼 천리에 대해서만 말함시로 저그들도 마치 학문의 종장이나 된 것처럼 거들먹거리는 기 우찌 아름다운 일이겠노. 도에 대한 논의는 이미 송나라 때 선현들이 강구해서 밝혀놓은 기 제대로 갖춰지고 극진해서 물을 담아도 한 방울도 안 새는 그릇처럼 빈틈이 없는 기라. 그러니 후세의 학자들은 그 도를 실천하는 데 힘을 쓰는 것이 느슨한가, 맹렬한가에 그 성취 여부가 달려 있을 뿐이라.

도학이 세상 살아가는 현장에 절실한 하학을 뒤로 돌리고, 상달에만 매달리려꼬 하는 거는 유가의 도가 실현되는 거를 오히려 막고 방해하는 기다 이 말이라. 유행처럼 '역학계몽'이나 '태극도설' 같은 거를 배우는 거는 몸과 마음에 아무런 이익이 없고 마침내 명리나 위하는 것이 되고 마는 기라. 《근사록》과 《성리대전》을 부지런히 읽어 전현의 말씀들을 깨우치고 체득해갖꼬 실천하는 것을 급선무로 삼아야 된다, 이런 말인기라."

"알겠습니다. 선생님."

"내가 자네한테 일러둘 기 있다. 남이 한 번 만에 잘하게 되모 자네는 백 번을 하고, 남이 열 번을 해서 잘하게 되모 자네는 천 번을 해서 더 잘 하겠다카는 생각으로 공부를 해야 된다. 그거를 명심하거라. 내가 자네에게 주고 싶은 괘가 있는데, 그거는 바로 《주역》의 서른네 번째인 뇌천雷天이라. 세상을 물러나 피할 수만은 없으니 자네처럼 성정이 가라앉아서 겉으로 잘 드러나지 않는 사람은 천둥이 하늘에서 울려 퍼지드끼 크고 강성함을 가져 세상에 나아가 활도活道를 행하도록 하라는 뜻인기라."

"예, 선생님."

"그건 그렇고, 자네 탈상도 했으니 인자 혼인을 해야 안 되겠나. 집안에서 점지해놓은 처자가 따로 있는 기가?"

"아직 정해진 데는 없습니다만, 집안에서 막 서두르고 있는 형편입니다."

"그래? 글타카모 내 외손녀가 자네 배필이 될 만한 데 우떻겠노?"

"예? 아…… 우떤 처자인가예?"

"음, 그 아이는 능히 군자의 처가 될 만하지. 어허헛."

선생은 겸연쩍은 웃음으로 얼버무렸지만, 선생이 그를 외손녀 사위로 삼을 뜻을 비쳤다는 사실 하나만으로도 우옹은 가슴 벅찬 감동을 느꼈다. 덕계 선생의 가르침을 받은 지난 10여 년간 남명 선생을 깊이 흠모해온 그로서는 설사 그 외손녀라는 처자가 곰배 팔이라도 마다할 생각이 없었다. 선생님 같은 대학자가 그를 곁에 두고 싶은 제자로서 인정해준다는 것, 차마 그 기쁨을 겉으로 드러낼 순 없었지만 정말 가슴 뿌듯한 일이었다.

"선생님, 그런데 퇴계 선생의 학문에 대해서는 우떻게 생각하시는지 한번 여쭤봐도 괜찮을까예?"

"응? 퇴계의 학문이라…… 나는 고문古文을 공부했지만도 원했던 만큼 이루지를 몬했고, 퇴계의 글은 원래 금문今文, 즉 일상적인 문체지만 도리어 성취했다꼬 할 만하지. 비유를 하자면 나는 비단을 짜다가 온필을 이루지 못해 세상에 쓰이기는 어려븐 반면에, 퇴계는 명주를 짜서 온필을 이루었으니 제대로 쓰일 수 있게 되었다꼬 할 수도 있을끼라."

선생은 다소 뜬금없는 그의 물음에 대해 더 이상 바라기 힘들 정도로 진솔한 대답을 했지만, 그 표정에서 왠지 모를 쓸쓸함이 묻어나는 것 같다고 느꼈다. 단지 우옹의 생각이 용렬하기 때문일까. 그가 선생께 그런 질문을 했던 것은 그의 둘째 형인 우굉이 얼마 전에 퇴계 선생에게 보낸 편지가 생각나서였다.

남명 선생에 대한 퇴계 선생의 말이 전해지기로는 10년 전 계축년(1553년)에 영주 사람 황준량의 장인인 이문량李文樑이 퇴계 선생에게 벼슬자리를 알선해주기를 부탁하는 편지를 보냈는데, 퇴계 선생이 답하기를 '옛 사람은 말할 것 없고, 지금 사람인 조식 같은 자라 할지라도 오히려 주부主簿의 관직을 탐탁지 않게 여겨 취임하지 않을 줄 알거늘, 공의 인물과 풍골이 어찌 조식보다 못하겠는가!'라고 했다는 얘기를 우굉 형에게서 들은 바 있다. 퇴계 선생은 그 이후 곧바로 남명 선생에게 처음으로 편지를 보내 선생이 '출사하지 않는 것은 군신 사이에 큰 의리를 저버리는 것'이라고 했다는 것이다. 이에 대해 남명 선생이 답장을 보낸 것을 보고 제자인 홍인우洪仁祐에게 그 편지를 보여주면서 했다는 말이 "그를 개결하고 고상하다고 하는 사람이 많은데, 학문상에 이렇다 할 공부를 한 게 없으므로 벼슬에 나아가지 않는 것이다"라고 폄하하면서 선생의 거듭된 출사 거부는 왕명을 무시하는 교만한 태도이며 학문적 수양이 부족한 소치라고 했다는 것이다.

그 뒤, 선생이 단성현감사직소를 올림으로 해서 엄청난 파장을 몰고 왔음에도 불구하고 별일 없이 무마되어 선생이 처벌을 면한 것을 모두들 다행으로 여기는 데 대해, 퇴계 선생은 "남명이 비록 이학으로 자부하나, 다만 별난 선비일 따름이다. 그의 의론과 식견이 매양 새롭고 기이한 것을 높게 여겨 세상을 놀라게 하는 주장에 힘쓸 뿐이니, 이것이 어찌 참으로 도리를 아는 자라 하겠는가"라고 준엄하게 비판하는가 하면, "무릇 상소란 참되게 직언하여 피하지 않는 것을 귀하게 여긴다. 그러나 모름지기 완곡하게 돌려서 뜻은 곧되 말은 순하여 과격하고 공손치 못한 병통이 없어야 아래로는 신하의 예를 잃지 않고, 위로는 임금의 뜻을 거스르지 않는 법이다. 남명의 소疏는 참으로 지금 세상에서 얻기 어려운 것이다. 그러나 언사가 지나쳐서 비방하고 까발리는 것에 가까우니, 임금이 보고서 노하시는 것은 당연한 일이다"라고 하며 남명의 문장이 지나치게 직선적이어서 유자답지 못할 뿐 아니라 신하의 도리에도 어긋난다고 비판했다.

퇴계 선생의 남명 비판은 거기서 그치지 않았다. 사천의 구암 이정이 남명 선생의 《신명사명神明舍銘》의 필사본을 보내온 것을 보고, 이를 '계부당명鷄伏堂銘'이라 잘못 전해 듣기도 했지만, "그 설說이 아득하고 신비스러워 노장의 책 속에서조차 보지 못하는 바이네. 일찍이 배운 적이 없으니 어찌 감히 논급할 수가 있겠는가? 그 사람됨이 실로 예사롭지 않으며, 그의 학문도 또한 배우기 어려운 것이네"라고 한 데 이어, 황준량에게 보내는 편지에서 '이 사람들은 노장老莊이 문제가 된 경우가 많은데, 우리 학문에 있어서는 대개 깊지 못하다오. 깊이 파고들지 못한 것을 어찌 괴이하게 여길 것이 있겠소? 요컨대 마땅히 그 장점만 취하면 될 뿐이오'라고 하여 남명 선생을 유림의 이단으로 몰아가기까지 했다는 것이다.

남명 선생에게도 배웠고, 퇴계 문하에서도 학문을 익힌 바 있었던 둘째 형 우굉이 이를 전해 듣고 놀라 퇴계 선생에게 편지를 올렸다.

남명 선생이 우도에 계신 것과 선생께서 좌도에 계신 것은 마치 하늘에 해와 달이 있는 것과 같습니다. 그러나 모두 다 우리 유학을 일으키는 것을 자신의 임무로 삼고 있습니다.(······) 조 선생께서는 더욱이 하학을 위주로 하여 말씀하시기를, '공부하는 것은 어버이를 섬기고 형을 따르는 것에서 벗어나지 않는다. 만약 이것에 힘쓰지 않는다면 이는 사람의 일에서 천리를 구하는 것이 아니니, 끝내 얻는 것이 없을 것이다'라고 한 것에서 보듯이 한마디라도 허무한 데 가까운 것이 없습니다. '이제 노장이 문제다. 학문이 깊지 못하다'라고 하시는데, 저는 망령되이 '학문은 인륜의 일상에서 벗어나지 않는 것으로, 마음을 간직하고 살펴서, 그 일에 익숙하게 된 뒤에 실질적인 얻음이 있다'고 생각합니다. 우리 학문이 이 밖에 어디에 있는지를 감히 묻겠습니다. 선생께서 함부로 이단이라고 헐뜯고 배척하시는데 아마도 선생의 큰 도량에 손상이 있을 것입니다. 시원하게 말씀해주어 갈수록 심한 저의 의혹을 풀어주시기 바랍니다.

퇴계 선생의 답신은 뜻밖이었다.

내 자신도 허술하고 박덕하거늘 남을 배척할 수 있겠는가. 다른 사람에게도 그렇게 하지 못할 터인데 남명을 배척하겠는가. 남명이 이 말을 들었다면 범연히 흘려듣고 개의치 않았을 것인데 공은 무엇 때문에 유언流言에 신경을 쓰면서 이렇게까지 하는지 모르겠다. 내가 평소 화담과 남명을 앙모하여 왔거늘, 어찌 거리낌 없이 비난할 이치가 있겠는가? 다만 좋아한다 하여 아첨을 하거나 지나친 칭찬을 하지 않았을 뿐이다.

남명을 이단시한 것은 뜬소문으로, 자신은 전혀 그런 말을 한 적이 없고, 남명의 유학자로서의 순수성에 대해 뭐가 같고, 뭐가 다른지에 대한 논의는 우굉 형이 보낸 편지에서 이미 다 말하였으니, 다시금 고쳐 평할 것이 없다고 했다는 것이다.

"선생님, 그런데 퇴계 선생께선 어째서 선생님을 노장에 물든 병통이 있다고 하시는 긴지 저희들은 쪼매 혼란스럽기도 합니더."

"퇴계가 나를 노장이라 카던가? 허허헛. 그건 아마도 내가 나이 어려 공부에 힘쓰지 않았을 때 세상을 가벼이 여기고 남에게 오만했던 일을 들어서가 아일까 싶으네. 주자가 이르기를, '솔성率性의 설說에서 얻어야 한다'고 하였으니, 내가 하늘로부터 얻은 것은 어느 한 가지라도 빠뜨릴 수가 없응께, 노자가 말하는 무無라는 기 도道가 아이라는 거를 알 수 있재. 지금 내가 옛날의 습관을 남김없이 내삐맀다 해도, 그 솔성의 도에 있어서는 아직도 다하지 못한 바가 있을 것이라. 만약 내가 도를 다하지 못한 점이 있다카믄 비록 넘이 말하지 않는다캐도 내 스스로 그 병통을 가지고 있는 기고, 내가 능히 도를 다했다면 넘이 뭐시라 칸다캐도 나는 내 스스로 손상될 것이 없으니 내가 병통으로 여길 것이 뭐가 있겠노? 오직 내가 스스로 다함에 있을 따름이니, 넘을 탓할 필요가 없는 기라. 자네도 넘을 탓하지 말고 자기를 책하여 도를 다하고자 하는 편이 오히려 좋을 끼라 이 말인 기라."

선생의 설명은 오묘했다.《중용》제1장에는 '천명지위성, 솔성 지위도天命之謂性 率性之謂道'라는 말이 나오는데, 이는 '하늘이 내린 천명을 성이라 하고, 성을 따르는 솔성을 도라고 한다'는 뜻이다. 유가에서는 천리天理, 즉 자연의 도에 잘 순응하는 것을 솔성하는 도라고 하는데, 도가道家에서는 마음의 바탕을 발견한 것을 견성 見性이라 하고 그것을 개발하는 것을 양성養性, 또는 솔성率性이라 한다. 견성은 비유컨대 갑부가 자신의 재산을 자기 것으로 알지 못하고 지내다가 비로소 알게 된 것과 같고, 솔성이라 하는 것은 이미 자신의 소유인 것을 알았으나 전일에 잃어버리고 지내는 동 안 다른 사람에게 모두 빼앗긴 바가 되었는지라 여러모로 주선하 여 그 잃었던 권리를 회복함과 같다고 했다.

다음 날부터 우옹은 남명 선생의 〈신명사도神明舍圖〉에 빠져들 었다. 그것은 선생이 심성 수양의 요체를 임금이 나라를 다스리 는 것에 비유하여 그린 그림이었는데, 그건 곧 안으로 마음을 밝 히는 경敬과 바깥으로 결단하여 행동하는 의義를 구체적으로 도 식화한 것이었다.

〈신명사도〉는 천지신명, 즉 절대자가 사는 집의 그림이라는 뜻 이다. 사람의 마음을 절대자, 즉 자연의 섭리와 동일시하여 '마음 이 머무는 집'으로 풀이한 것이다. 내 안의 작은 우주가 곧 천지 만물의 섭리와 다를 게 없다고 본 것이다. 그래서 마음의 주인장 을 '태일군太一君'이라 칭했다. 태일군은 '사사로운 욕심이 없는 순수한 마음 자체'이며, 나라를 다스리는 왕으로 표현했다. 마음 의 작용을 나라를 다스리는 일과 동일시한 것이다. 사람은 자기 속에서 일어나는 사사로운 욕심과 싸워 이겨야 하고, 세상만사 모든 유혹과 죄악을 물리쳐야 비로소 '선善'의 경지에 이를 수 있다고 보았다.

선생의 인성 수양 체계는 '타고난 자신의 본마음을 잘 보존해 함양하는 존양敬-마음이 시비, 선악 등을 구분하는 성찰義-사욕이 일어나는 기미를 살피는 심기-사욕의 기미가 있으면 물리치는 극치-지어지선', 이 다섯 단계로 구성되어 있었다. 우옹은 스승의 신명사도명을 좀 더 이해하기 쉽도록 하기 위해 이를 뼈대로 하여 〈천군전天君傳〉이라는 이야기를 지었다.

태초에 건원제가 하계를 다스릴 자를 물으니 모두 그의 맏아들을 추천하매, 태사太史로 하여금 책명策命을 짓게 하고 유인국有人國을 맏아들에게 맡기니 백성들이 그를 높여서 천군이라 불렀다. 초명은 이理이고, 사람으로 봉하여 심心이라 개명하고 흉해胸海, 가슴에 도읍을 정하였다. 원년에 태재太宰인 경敬을 가슴속에 거처하게 하여 천군의 궁부를 숙청하게 하고 백규白揆 의義에게는 태재와 협동하여 직무에 순응하도록 하였다. 두 재상이 충성을 다하고 여러 신하가 화합하여 나라를 잘 다스렸다.

그러나 천군이 미행微行을 좋아하여 태재가 간하여도 듣지 않고, 요망한 신하인 해懈, 게으름와 오傲, 거만함 등에 의하여 태재가 쫓겨나고 백규도 가버렸다. 천군이 방황하여 법궁이 비고 법도가 흩어져 간적 화독譁督 등이 난을 일으켜 습격하여왔다. 천군의 군대는 패하고 적의 괴수 유척柳跖은 스스로 임금이 되어 방촌대方寸臺에 들어와 살게 되니 궁궐이 황량하였다. 천군이 나라를 잃자 공자 양良만이 그를 따르며 시를 지어 천군을 깨우친다. 깨달은 천군이 군사를 모으고 태재 경의 도움으로 지위를 되찾아 집으로 들어가며, 대장군 극기가 선봉이 되고 공자 지志가 원수가 되어 적을 무너뜨린다. 천군이 신명전神明殿에서 위位를 바로잡자 백규도 와서 태재와 합심하여 다스리며, 적의 잔당이 침범하여오는 것을 대장군이 추격하여 땅을 모두 되찾았다. 이에 나라가 평안하여지고 각자 직책에 충실하여 나라에 일이 없자, 천군은 재위 100년 만에 육룡을 타고 건원제의 조정에 배알하고 돌아오지 않았다.

한편, 그 뒤 선생은 퇴계 선생에게 직접 편지를 보내 8년여를 끌어오고 있는 기대승과 퇴계 선생의 사단칠정논쟁에 관해 문제점을 지적했다.

요즈음 공부하는 사람들을 보니 손으로 물 뿌리고 비질하는 예절도 모르면서 입으로 천리를 이야기하며 헛된 이름이나 훔쳐 남들을 속이려 하고 있습니다. 그러나 도리어 남에게서 상처를 입게 되고 그 피해가 다른 사람에게까지 미치게 됩니다. 이것은 아마 선생 같은 어른이 꾸짖어 그만두게 하지 않기 때문입니다. 저 같은 사람은 마음에 간직한 것이 거칠어 배우러 찾아오는 사람이 드물지만, 선생 같은 분은 몸이 높은 경지에 이르러 있으므로 우러러 보는 사람이 정말 많은 것이니 충분히 억제하고 타이르는 것이 어떻겠습니까? 삼가 헤아려 주시기 바랍니다.

얼마 지나지 않아 보내온 퇴계 선생의 답신은 기세도명欺世盜名에 대한 그런 우려를 십분 이해하고 경계한다고 하면서도, 배우고자 하는 선비들의 열의를 어찌 꾸짖어 중단시킬 수 있겠느냐며 게다가 자신처럼 병으로 쓸모없어져 숨어 살며 도에 어둡고 학문에 어두운 사람에게는 그럴 자격도 없다고 거절의 뜻을 밝혔다.

보내주신 서신에서 '배우는 자들이 이름을 훔치고 세상을 속인다'는 말씀에 대해서는 선생뿐만이 아니라 저도 걱정하고 있습니다. 그런데 그들을 꾸짖어 그만두게 하는 것은 쉬운 일이 아닙니다. 마음 씀씀이가 본래 세상을 속이고 이름을 훔치려 하는 자들에 대해서는 말할 것도 없습니다. 그렇지만 하늘이 사람들에게 양심을 내려주어서 사람들이 선善을 좋아하게 되는 것이니, 천하의 영재로서 진심으로 배우기를 좋아하는 사람들이 어찌 한둘이겠습니까? 만일 세환世患을 범했다는 이유로 '학문에 힘쓰는' 모든 사람을 꾸짖어 그만두게 한다면, 이는 하늘의 뜻을 어기는 일이 되고, 또한 천하 사람들의 도道를 향하는 길을 끊어버리는 일이 될 것입니다. 이렇게 되면 하늘과 성인의 문 앞에서 크게 죄를 얻게 될 것이며, 그러면 어느 겨를에 사람들이 세상을 속이고 이름을 훔치는 것에 대해 걱정하겠습니까?

하지만 선생의 편지에 퇴계 선생은 상당한 충격을 받은 것으로 보였다. 그는 다음 해에 기대승에게 시 한 수를 보내며 그동안 이어오던 논쟁을 그치자는 뜻을 알리고 기대승도 여기에 동조함으로써 논쟁은 중단되었다. 이정, 정유일, 이덕홍 등에게 보낸 서한에서 '남명의 말은 진실로 우리들에게 약석藥石이 될 만하다. 그의 비판은 두려워해야 할 것이다. 우리가 성현의 말씀을 강론하면서 실천하지 못한다면 세상을 속인다는 그 말씀이 옳지 않겠는가? 남명의 말씀이 어찌 기대승 혼자만이 경계하고 두려워할 바이겠는가?'라고 하였다.

또한 다른 편지에서는 학자가 '이름을 도둑질하는 죄는 남의 눈을 의식하는 마음爲人之心에서 생기는 것이라고 하였는데, 이 설명이 매우 합당하네. 그러나 학문하면서 이름을 도둑질하고자 하면 학자라고 할 수 없는 일이니 남명은 사람들의 진실됨과 거짓됨을 구분하지 않고 무조건 꾸짖어 중지시키려고만 하니, 이것이 비록 세속에 대해 분개하고 사특한 것을 미워하는 마음이라 하지만 그 말에 역시 병통이 있는 것이라' 하면서 다소 언짢아하였다고 했다.

하지만 언짢은 마음은 선생도 마찬가지였던 것 같다. 선생은 한탄했다.

"이 시대 사람들이 숭상하는 것을 익히 보니, 그 고질병이 기린 모형에 당나귀 가죽을 씌워놓은 것처럼 되어버렸구나. 온 세상이 모두 그러하여 혹세무민하는 데 급급하고 있으니, 비록 대현이 있더라도 이미 구제할 수가 없을 지경이 되었도다."

남명을 만나다

　결국 진주의 조식을 조정으로 부르게 했다. 이미 그는 환갑 진갑 다 지난 늙은이였다. 아무리 촌구석에 엎드려 있는 처사라지만 천하의 권력을 한 손에 거머쥔 어머니를 겁도 없이 '과부'라고 불렀던 선비다. 벌써 10년도 넘는 세월이 흘렀지만 아직도 그때의 당혹스러움이 생생하다. 그때 환이은 잔뜩 얼굴을 찌푸린 채 목소리까지 부들부들 떨어가며 말했다. 조식을 처벌함이 마땅하나 산림에 묻힌 선비를 아끼는 마음으로 그만 덮어두겠노라고.

　조식의 말마따나 구중궁궐의 과부로 21년간이나 홀로 지냈던 어머니 문정왕후는 작년에 세상을 버렸다. 아니, 어쩌면 세상이 어머니를 버렸는지도 모르겠다. 어머니가 떠나자 그동안 숨죽인 채 엎드려 있던 대신들이 무논에 개구리 울 듯 떠들고 일어났다. 경상도의 유생 김우굉은 요사스런 중 보우를 주살해야 한다고 연거푸 열아홉 번이나 상소를 올렸다. 듣기에 그 김우굉도 조식의 제자라고 했다. 어머니의 비호를 받아 병조판서까지 지냈던 보우를 결국 제주도로 귀양을 보냈다. 제주목사더러 보우를 참형시키도록 한 것도 그로부터 한 달이 채 못 되어서였다. 재산이 왕실보다 많다고 했던 외숙 윤원형과 그의 처 정난정은 황해도 강음으로 유배시켰다. 사약을 내리기 전, 둘은 거기서 자결했다. 환으로선 미뤄두었던 숙제를 한 것처럼 한편으로는 개운하기도 했다. 대놓고 설치는 윤원형을 견제하라고 이량李樑을 이조판서에까지 중용했지만 그는 날이 갈수록 윤원형을 닮아갔다. 그의 집 대문 앞이 시장 바닥이 될 정도로 뇌물을 챙기고 국정을 농단하여 그를 윤원형, 심통원과 함께 삼흉三凶으로 부를 정도라니 어쩔 수 없었다. 3년 전에 멀리 평안도 강계로 귀양을 보냈다. 이량은 중전인 인순왕후 심씨의 외숙이었다.

　역대 선왕들과는 달리 환은 순회세자의 죽음 이후 자식을 얻지 못하였다. 왕비인 인순왕후와의 사이에서 태어났던 그의 유일한 혈육인 아들 부順는 열세 살 어린 나이에 후손도 잇지 못하고 세상을 떠났다. 순회세자로 책봉된 지 6년 만이었다. 하나밖에 없는 자식의 죽음에 애끓는 심정이야 필설로 형용할 수 없을 정도였지만, 그가 흘리는 눈물이 염치없음을 그 역시 모르는 바가 아니었다. 따지고 보면 을사년과 정미년, 그처럼 많은 신하들이 죄 없이 떼죽음을 당하였는데도 그가 임금 자리에 있으면서 말리지 못하였으니, 그의 자식이 어떻게 탈 없이 군왕이 되기를 바라겠는가. 순회세자의 죽음 이후 그는 다른 혈육을 낳지 못했다. 아니더는 자식 볼 엄두가 나지 않았다.

이제 어머니도, 보우도, 윤원형도 사라진 조정에서 그가 일국의 임금으로서 무엇을, 어떻게 다시 시작해볼 수 있을까. 생각할수록 자신의 처지가 바로 적막강산이었다. 순회세자의 죽음 이후 조정의 대신들이 꾸미고 있을 그의 후계 문제 또한 언제 터져 나올지 모르는 폭탄이었다. 강계에 부처된 처 외숙 이량이라도 다시 불러들여 도움을 받고자 했지만, 영상 이준경을 비롯한 삼사의 중신들이 벌떼처럼 일어나 불가하다고 막았다. 상중에 개성부의 선비들이 송악산 근처의 사당들을 무차별적으로 불태워버린 일 역시 그랬다. 그 사당들 중에는 선왕과 선후가 봉안된 곳도 있거늘 어찌 유생들이 함부로 태워버릴 수 있느냐며 처벌하려고 했지만, 삼정승을 비롯한 중신들은 물론 성균관 유생들까지 나서서 그것은 미신을 타파하는 것이니 유학자의 처신으로 잘못이라 할 수 없다고 막아섰다. 개성 유생 스무 명을 의금부에 잡아들였다가 결국 하루 만에 풀어주고 말았다. 그는 왕이되 왕이 아니었다. 이제는 어머니가 아니라 사림 세력을 등에 업은 영상 이준경의 그림자가 그를 덮어 눌렀다.

이준경은 이세좌의 손자로, 이세좌는 패주 연산군의 생모인 폐비 윤씨에게 사약을 받들고 간 입직승지였다. 연산군 10년 갑자사화 때 이준경의 조부 이세좌와 부친 이수정은 사약을 받았다. 이준경과 그의 형 이윤경은 충청도 진천 관아의 노비로 보내져 괴산에서 종으로 살았다. 중종반정 이후 2년 만에 노비에서 풀려난 후 그는 외가에 의탁하여 조광조의 문하에서 사림의 길을 걸었다. 과거에 급제하여 불과 10여 년 만에 판서 벼슬까지 오를 정도로 명문가 자손다운 능력을 발휘했다. 이준경은 환이 인종 임금의 세제世弟로 책봉되는 과정에서 적지 않은 도움을 주었으며, 결과적으로 그가 보위에 오를 수 있도록 도운 중신 중의 한 사람이었다. 영의정에 오르기까지 20년 넘는 관직 생활을 했지만, 권신들에게 아부하거나 뜻을 굽혀 뇌동하는 일이 없었다. 평생 살던 스무 칸 남짓한 집도 부인이 길쌈을 하여 마련한 것이라는 이야기가 있을 정도로 청렴한 도학자로 알려졌다.

그런 이준경이 왕이되 왕 같지 못한 그의 뜻을 온전히 받들어 줄 것으로 기대하기는 어려웠다. 그들의 요구에 못 이겨 강계에 귀양 가 있던 이량을 내지로 옮기려던 것도 포기했다. 개성의 사당을 불태운 유생들 또한 처벌하려다 하루 만에 방면했으며, 내수사의 인신을 폐지하고 불교의 양종선과도 폐지했다. 그 모든 것이 이준경을 전면에 내세운 사림들의 뜻대로 된 것이었다. 그러던 중 올해 4월에 이준경은 스스로 기력이 쇠잔하여 조정의 대례에 모두 참석하기 어려운지라 영상에서 물러나겠다고 사직을 청했다. 한 번 반려했다가 두 번째 사표를 냈을 때, 그는 못 이긴 척 사표를 수리했다. 그러나 그것으로 끝이 아니었다. 홍문관에서 이 중차대한 시기에 그의 사직을 윤허해서는 안 된다는 차자가 빗발쳤고 재야 사림들까지도 들고 일어나 상소를 올렸다. 그는 다시 이준경의 사표를 반려할 수밖에 없었다.

대신들은 이량 같은 훈척들보다는 을사년 사화 이후 초야에 흩어져버린 명유들을 조정으로 다시 불러들여야 한다고 간언했다.

그들의 주청에 따라 경학에 밝고 행실이 깨끗한 선비로 성운, 이항, 임훈, 김범, 한수, 남언경 등 6인을 불렀다. 그러자 경상도관찰사 강사상姜士尚이 다시 진주의 조식을 천거했다. 을묘년의 일이 떠오르지 않을 수 없었다. 늙고 병든 시골 선비를 불러봤자 얻을 게 뭐 있겠느냐고 했지만, 산림처사로 조식만한 이가 없다는 것이 중론이라고 했다. 특히 영의정 이준경이 조식을 빠뜨려서는 안 된다며 신신당부했다. 지금과 같은 시국에 조식만한 인재를 등용하지 않으면 어찌 성군이라 할 수 있겠느냐는 말과 함께. 그는 헛웃음이 나오는 걸 겨우 참았다. 성군이라니, 그처럼 그를 대놓고 욕보이는 말을 어찌 할 수 있단 말인가. 사관들이 그를 어떤 군왕으로 기록할지 그라고 모를 리 있겠는가. 그들은 아마도 어머니의 치마폭에서 헤어 나오지 못한 나약한 군왕으로 기록할 것이다. 그런들 어쩌겠는가. 듣기로는 이준경과 조식은 죽마고우라고 했다. 조식이 산림에 묻힌 처사라면, 이준경은 벼슬길에 나선 도학자로 둘 다 세상의 명리를 초월한 구도자 같은 삶을 살고 있다는데…… 밑에서부터 왈칵 쓴 물이 올라오는 걸 느꼈다.

조식에게는 정5품 상서원 판관尚瑞院 判官을 제수했다. 백 년 된 큰 나무에 벌레가 속을 갉아 먹어 진액이 다 말랐을 정도로 그의 국사가 이미 잘못되었고, 나라의 근본이 이미 망하여 하늘의 뜻도, 인심도 이미 떠났다고 했던 조식이었다. 종6품인 단성현감 벼슬을 내렸을 때, 아무리 주공과 소공의 재주를 겸한 자가 대신의 자리에 있다 하더라도 어찌할 수가 없을 것인데, 자신처럼 일개 미천한 자의 재질로 어찌 그의 신하가 될 수 있겠냐고 되묻던 그였다. 이제 그가 과부라고 칭했던 어머니 문정왕후도, 척신 윤원형도 없는 이 조정에서 품계를 두 단계나 더 올린 벼슬을 내렸으니 그의 뜻이 어떠한지 하문하고자 하는 마음도 없지 않았다.

10월 초엿새, 침전에서 아침 수라상을 물린 뒤 사정전으로 나갔다. 가을 아침이라 편전은 서늘했다. 내관 박한종의 실수로 강녕전, 흠경각까지 죄다 불타버린 것이 아직도 복원되지 못한 상태였다. 박한종은 인종 임금이 세자였던 시절부터 어머니의 수족이 되어 줄곧 편전의 염탐을 맡아왔다. 그가 보위에 오르고 나서도, 또 어머니가 수렴청정을 거두고 나서도, 박한종은 줄곧 어머니의 눈이며 귀가 되어 그의 일거수일투족을 감시하고 통제했다. 때로는 그를 죽이고 싶은 충동이 생기기도 했다. 하지만 그가 무엇을 할 수 있었으랴. 어머니의 뜻을 거스른다는 것은 바로 연산군 같은 패주가 되는 것을 뜻했다. 어머니의 눈과 귀 역할을 한 박한종은 내관으로서 최고의 지위와 영예를 누렸다. 그리고 어머니보다 2년 먼저 병이 들어 죽었다. 어머니보다 앞서 간 그의 죽음조차 그가 누렸던 최고의 행운이었다.

조식은 이번에 옥과현감에 서임된 상주의 김범과 함께 입궐했다.

"진주에서 올라온, 신 조식 주상 전하를 알현하옵니다."

"상주의 김범, 주상 전하를 뵈옵니다."

두 늙은이가 올리는 배례를 받으면서 둘 중에 누가 조식인지 금방 알 수 있었다. 서릿발처럼 허연 눈썹과 수염으로 뒤덮였지

만 그의 얼굴은 강가의 조약돌처럼 단단하고 맑았다. 예순여섯이
라는 나이가 믿기지 않았다. 약간 가는 윗입술을 단단하게 받들
고 있는 아랫입술이 들썩일 때마다 쇳소리에 가까운 카랑카랑한
음성이 놋대야를 두들기는 소리처럼 울림이 컸다.

"말로만 듣던 경을 이렇게 직접 만나니 반갑소. 그래 천 리 길
을 올라오느라 노독이 심하시진 않으셨소?"

"황공하옵니다. 미천한 신에게 내의원의 약재까지 내려주신
전하의 하해 같은 은혜에 무엇으로 보답해야 할지 황감하기 이를
데 없사옵니다. 신의 어리석음이 끝내 이름을 도적질한 꼴이 되
어 주상 전하의 혜안을 가리게 되고 분수에 넘치는 벼슬까지 내
리시니 몸 둘 곳을 몰라 하다가 이렇게 사은숙배할라꼬 입궐하게
되었십니더."

"불민한 내가 외람되이 신민의 주인이 되어 비록 어진 이를 좋
아하는 정성은 모자라나, 어찌 어진 이를 구하고 싶은 뜻이야 없
겠는가. 고금의 치란과 세도의 청탁, 나라를 다스리는 방법과 학
문을 하는 방법, 가언과 선정에 대해 듣고 싶으니 기탄없이 말해
보시오."

"고금의 치란에 대해서는 선현들의 책에 모두 갖춰져 있으니,
신이 비록 아뢰지 않더라도 어찌 모르시겠습니꺼. 신이 아뢰려고
하는 것은 별도의 다른 뜻이 있습니더."

"그것을 말해보시오."

"군신 사이에 정의情義가 서로 맞아서 막힘이 없고 틈이 없어야
한다꼬 생각합니더. 서로 마음을 연 상태라야, 어떤 신하는 조심

성이 있고 중후하니 어려운 일을 신중하게 처리할 수 있는 사람임을 알 수 있을 끼고, 또 어떤 이는 재주 있고 민첩하니 후일 필요한 계책을 마련할 만하다 생각하시지 않겠십니꺼? 또 어떤 이는 굳세고 곧으니 마땅히 귀에 거슬리는 말을 진언할 것임을 알 수 있을 끼고, 어떤 이는 줏대가 물렁하니 반드시 아첨하는 무리가 될 것임을 경계할 수 있을 낍니더. 신하들 역시 주군의 생각을 능히 짐작하여, 선한 생각은 마땅히 십분 개발하고 인도하여 확충시키려 할 끼고, 불선한 생각은 마땅히 막고 끊어 뻗어나가지 못하게 할 수 있을 낍니더. 옛날의 제왕은 신료를 대우하기를 절친한 벗처럼 대했다 카는데, 이렇게 항군에 더불어 연구하는 마음을 가지시모 치도治道는 저절로 이루어질 겁니더.”

절친한 벗처럼 신하를 대한다…… 그게 어디 가능한 일인가. 틈만 있으면 옳으니 그르니 그를 가르치려 드는 늙은 중신들도 그렇고, 걸핏하면 그가 저들의 말을 듣지 않으면 안 된다고 우기기나 하고, 서로 눈치나 보면서 나중에 책잡히지 않으려고 술에 술탄 듯, 물에 물탄 듯 하나 마나 한 소리만 앵무새처럼 지껄이는 그들과 어찌 마음으로 통할 수 있단 말인가. 이번에는 김범이 말했다.

“신의 생각에는, 학문을 강구하여 이치를 밝히고 덕성을 함양해서 마음을 한결같이 화평하게 한 다음이라야 조정이 공경하고 겸양하여 정화가 널리 미치어 만민이 편안하게 될 끼라고 생각합니더. 고금의 치란은 널리 방책에 기재되어 있으니, 잘 다스려졌을 때와 같은 도를 행하면 흥하지 않을 리 없고, 어지러워졌을 때와 같은 일을 행하면 망하지 않을 리 없는 것 아이겠십니꺼? 요컨대 선을 본받고 악을 경계하는 데 달려 있는 것입니다."

조식의 말은 날카로운 놋쇠 소리처럼 예리했으나 김범의 말은 지나치게 겸손하여 떠듬떠듬 말이 시원치가 못했다.

"두 사람의 말, 모두 마땅하오. 상하의 정이 서로 통한 다음에 라야 정의가 서로 미덥게 된다는 말은 더욱 좋소. 옛날 임금이 군신과 정사를 논할 때 거리낌 없이 찬성하고 반대하던 것은 어느 때에 있었고, 임금은 어둡고 신하는 아첨하던 것 또한 어느 때 있었던 것이오? 비록 방책에 있다 하더라도 들은 바에 따라 말해보시오."

"군신 간에 거리낌 없이 찬성하고 반대하던 것은 중국의 하, 은, 주 삼대三代 때이고, 임금은 어둡고 신하는 아첨하던 것은 역대가 모두 다 그러했십니다. 대저 임금이 현명하면 신하는 곧고, 임금이 혼암하면 신하는 아첨을 했는데, 이것은 자연의 이치입니다. 옛날의 임금은 신료들을 벗처럼 친근하게 접대하며 그들과 더불어 치도를 강명하였는데, 지금은 그렇게 할 수는 없다카더라도 반드시 따뜻한 마음이 서로 통하여 상하가 서로 미덥게 된 연후에야 일이 제대로 될 낍니더. 이러한 일은 내실에서 환관이나 궁첩들과 더불어 하서서는 안 되고 반드시 시종이나 정사와 더불어 하셔야 합니다."

"치도는 반드시 오래 계속되고 마음과 힘을 모아야 완성될 수 있습니다. 덕을 굳게 지킨 연후에야 끊어지거나 잡됨이 없고, 마음을 잡고 놓는 기미와 선과 악이 소장하는 이치를 깊이 통찰하여 맹성한 연후에야 오래도록 정치에 이를 수 있을 낍니더."

조식의 말을 곧바로 이은 김범의 말은 잘 들리지 않았다. 김범의 목소리가 작아서가 아니라 그가 조식의 말끝에 남은 여운을 따라가다 보니 김범의 말을 놓쳐버린 탓이다. 그는 조식 쪽을 향해 다시 물었다.

"경들의 말은 아름답지만, 그게 어디 말처럼 쉬운 일이겠소. 내가 아무리 마음을 열고 그들의 말에 귀를 기울이려 해도 신하들마다 제각각 주장이 다르고, 시시때때로 서로 못 잡아먹어 으르렁대는 말싸움이나 하는 그들을 보면 어느 누군들 마음을 열어 보이기가 쉽지 않은 터에…… 대왕대비가 계실 때는 그나마 조정의 의론을 한군데로 모으기라도 쉬웠는데, 지금은 걸핏하면 누구누구를 내쳐야 한다며 길길이 날뛰기나 하고 있으니……."

"전하, 황공하오나 그래서 주상 전하께서 중심을 잘 잡으시야 된다쿠는 말씀을 드리는 것입니다. 임금의 학문은 모든 정치의 근본이므로 스스로 터득해야만 무엇이 옳은 긴지, 무엇이 그른 긴지를 판별할 수 있고, 소모적인 파당의 이해에 휩쓸리지 않을 수 있는 것입니다. 그러하니 단지 성현의 말씀을 듣고 배운다고 해서, 조정 대신들이 내세우길 좋아하는 명분을 따른다고 해서, 정사가 바로 펴질 수는 없을 것입니다. 평소에 전하께서 친히 서사書史를 보시면서 반드시 스스로 바른 길을 터득할 수 있도록 노력하시야 합니다. 지리산 골짜기에 틀어박혀 있는 소신이 세상 물정을 어찌 잘 알겠습니꺼. 그러나 지금 이 나라 백성들은 더할 수 없이 궁핍하여 둑이 무너지드끼 뿔뿔이 흩어져서 그들 태반이

유랑걸식을 하고 있고, 전국 곳곳의 마을들이 텅텅 비어가고 있습니다. 지금 당장 시급한 불을 끄기 위해 조정의 온 신하들과 함께 뜻을 모아서 서둘러 구제에 나서야 할 때입니다. 주상 전하께서 이 같은 상황을 유념하시고 온갖 계책을 준비하고 계신지는 모르겠사오나, 수십 년간에 걸친 폐단이 좀처럼 개선되지 못하고 있습니다. 신은 감히 잘은 모르겠습니다만, 신하들이 전하의 뜻을 잘 봉행하지 못해서 그런 것입니까, 아니면 전하께서 혹시 옳은 말을 가납하지 않으셔서 그런 것입니까?"

"허허, 글쎄. 포은 정몽주와 같은 만고의 충신이 간하는 말이라면 내가 어찌 귀담아듣지 않았겠소. 경과 같은 사람이 바로 그런 충신이 되어주기를 바라는 마음에서 내가 부른 것 아니겠소."

이자는 결국 그가 무능한 군왕이라는 말을 하고 싶은 모양이었다. 후……. 저 밑바닥에서부터 와락 치밀어 오르는 짜증을 간신히 꾹꾹 눌러두었다. 답답한 마음에 숨이 빽빽하게 차올랐다. 도대체 이자는 그를 어디까지 시험해보려는 것일까. 그의 학문이 부족하고, 그의 덕이 모자라 줏대 없이 신하들에게 휘둘리고 있다는 뜻을 돌려서 말하는 것이 분명했다. 그 와중에 문득 포은을 들먹인 것은 환으로서도 의외였다. 온 나라의 유생들이 그가 만고의 충신이며 조선 성리학의 시조라고 칭송하면서 부왕인 중종대왕의 재임 중에 그를 문묘에 배향하도록 청했던 것이 생각나서였다. 그렇다면 너도 정몽주처럼 이 나라의 종묘사직을 위해 목숨까지 버릴 수 있는 충성심을 가졌느냐고 한번 물어보고자 하는 의도였을 것이다. 조식의 대답은 뜻밖이었다.

"주상 전하. 전하께옵서는 포은이 과연 충신이라꼬 생각하십니꺼?"

"허허. 경은 어찌 그리 물으시오? 고려 왕조를 끝까지 지키려고 했던 포은의 충성심을 몰라서 하는 말이오?"

"신은 포은에 대해 쪼매 달리 생각하기 때문입니다."

"달리? 어떻게 말이오?"

"당시의 명망으로 보아 만약 길재吉再처럼 포은이 과감히 벼슬을 버리고 은둔하였시모 고려가 그리 쉽게 망하고 조선이 아무런 저항 없이 건국되기는 어려웠을 것입니다. 포은이 그라지 못했기 때문에 제대로 된 절의가 기운을 잃어서 후대에 선비란 자들이 출처에 엄정하지 않게 된 것입니다."

"그거야 망해가는 고려 왕조를 끝까지 지키려는 충성심이 있었기 때문에 저항하려는 뜻으로 조정에 머물렀던 것 아니겠소."

"포은 정몽주는 고려의 공민왕대에 대신 노릇을 30년이나 하였습니다. 그러한데도 '불가하면 벼슬을 그만 둔다'는 도리를 지키지 않고 신돈의 비첩 소생인 신우 부자를 우왕, 창왕으로 섬기갖꼬 오랫동안 벼슬을 하였으니 두 임금을 받들었다는 비난을 면하기 어려울 낍니다. 설사 우왕을 공민왕의 아들, 즉 왕가의 출생으로 잘못 알아서 섬깄다카모 15년을 신하로서 섬기다가 폐가입진廢假立眞이라는 명분을 내세워갖꼬 우왕과 창왕을 추방하는데 앞장섰응께 그가 어찌 충신의 도리를 다했다꼬 말할 수 있겠습니꺼? 주희 역시 맹자의 역성혁명을 지지하면서도, '앞의 임금이 걸주처럼 포악하고 뒤의 임금이 탕무처럼 유덕할 때에만 가능한 것이지, 그렇지 않을 경우 왕위 찬탈의 구실밖에 되지 않는다' 고 하지 않았습니꺼? 포은은 조선왕조의 필요에 의해 만들어진 충신이지, 유자의 도를 지킨 참된 충신이라고 볼 수는 없습니더. 오히려 고려 왕조가 망하기 전에 사직하고 초야에 묻혔던 길재는 두 임금을 섬길 수 없다카면서 태종조에 내린 벼슬을 사양했고, 세종대왕께서 그의 절의를 높이 사 길재의 자손을 등용하려 하자, 자신이 고려에 충성한 것처럼 자손들은 조선에 충성해야 할 것이라 카면서 자손들의 관직 진출을 허락해주었다쿠니 그야말로 진정한 충신이라고 할 수 있을 것입니더."

들고 보니 조식의 말에도 일리가 있었다. 정몽주는 진정한 고려의 충신이 아니라 조선의 필요에 의해 만들어진 고려의 충신이라는 사실, 새로 개국한 조선왕조가 필요로 하는 이는 고려 왕조와 함께 운명을 함께했던 길재보다는 정몽주를 더 추켜세워줄 필요가 있었던 것이 분명했다.

"그나저나, 경은 선왕께서 내리신 벼슬도 마다하고, 지금까지 여러 번 조정에서 관직을 제수하였는데도 한결같이 사양하고 있으니…… 내 경에게 한 가지 묻고 싶은 게 있소."

"하문하소서, 전하."

"옛날, 초려에 있으면서 세 번이나 출사를 권했던 한 신하가 있었는데, 그때는 어떠했기에 한 번 불렀을 때 오지 않고 세 번이나 찾아간 다음에야 왔다고 생각하시오.

"그것은 소열제昭烈帝 유비의 일 아이겠십니꺼. 당시는 세상이 시끄럽고 혼란스러웠으므로 소열제는 반드시 영웅을 얻어 함께 해야만 꾀하는 바를 성취할 수 있었기 때문에 세 번이나 찾아갔던 기라 생각합니다. 제갈량은 영웅이지예. 일을 헤아리는 것 역시 어찌 범연하였겠습니까만, 한 번 불렀을 때 나아가지 않은 것은 반드시 당시의 형편이 그럴 만했을 것입니더."

"그렇다면, 경은 과인이 삼고초려의 정성을 다해야만 조정을 위해 출사할 수 있다고 생각했던 것이오? 내 이번에 다섯 번째로 경에게 벼슬을 내리는 것이라 묻는 말이오. 선왕께서 제수한 관직까지 친다면 여섯 번째이오만."

"……."

조식은 잠시 고개를 수그린 채 말이 없었다. 옆자리에 부복한 김범도 숨을 죽인 채 고개를 숙이고 있었다. 도대체 이 작자가 품은 뜻이 얼마나 대단하면 과거에 급제하지 않은 산림처사에게 종6품의 벼슬을 내려도 마다하는 이유가 무엇인지 들어보기나 하자는 마음에서였다. 그가 차 한 모금을 삼키고 나자 조식은 가만히 얼굴을 들고 말했다.

"전하, 신이 생각하기로는 제갈공명은 소열제의 삼고초려에 의해 벼슬에 나아갔지만, 벼슬길에 나아갈 수 없는 때에 나아간 것이라 제대로 쓰이지 못했다쿠는 아쉬움을 면하기 어렵다고 생각합니다. 만약 끝까지 소열제를 위해 일어서지 않고 융중에서 늙어 죽어 천하 후세가 그의 뜻을 모르게 되었다 카더라도 그 또한 불가한 일은 아닐 것이라 생각하옵니더."

"그러면 제갈량의 출사표에서 언급한 열여섯 자(이기고 지는 것과 유리하고 불리함은 미리 분별할 수 있는 바가 아니니, 이 몸의 모든 정성을 다하여 싸우다가 죽은 뒤에나 그만둘 따름이다成敗利鈍 非所逆睹 鞠躬盡瘁 死而後已)에서 볼 수 있는 것처럼 출사의 성패에 관계없이 소열제에게 벼슬하고 군사를 일으킨 것을 높게 평가하지 못한다면, 그의 깊은 뜻을 제대로 파악하지 못한 것 아니오?"

"전하, 촉한이 조위보다 후한을 이은 정통이 된다고 생각하시옵니꺼? 그거는 또 무슨 근거에서이옵니꺼? 조조가 천자를 끼고 제후를 호령했다고 해서 한나라의 정통이 아니고 적신이라 한다면, 은나라 탕왕도, 주나라 무왕도 역적으로 폄하되어야 마땅한 거 아니겠사옵니꺼? 제갈량의 출사 역시 황제를 참칭한 유비의 신하로서 역적 막료의 의리에 불과할 수도 있는 것이옵니다. 변방인 탁현의 돗자리 장수에 불과한 자가 황숙이라고 하다가 황제를 참칭한 것이 더 정통성이 있다고 보기는 어렵습니다. 결국 제갈량은 안 될 줄 알면서도 백성과 군사를 동원해서 대량 살상에 이르게 한 것이고, 그것이 그의 대의라고 한다면 어리석다고밖에 생각되질 않습니다. 물론 진정 대의명분이 있다면 죽을 줄 알면서도 당연히 출사해야 하겠지만, 그게 아이라모 그의 출사는 가벼운 것이었다고 봐야 합니다. 유비의 삼고초려는 존현사능尊賢使能, 즉 현인을 대하는 예우로 높이 살 만하고 후세 제왕들의 귀감이 될 만하지만, 와룡 선생 제갈량의 일어남은 '와룡이 잘못 깨어 일어나면 용이 아니고 이무기가 되고 만다'는 점에서 비판할 여지가 없지 않다는 것이옵니다."

이것 봐라. 생각하기에 따라서는 그의 발언은 매우 위험하고 발칙한 것이었다. 그럼 조식 이자가 출사하지 않은 것은 벼슬길에 나아갈 수 없는 때 나아가 제대로 쓰이지 못할 것을 우려했기 때문이라는 말 아닌가. 그가 내린 벼슬자리가 와룡이 이무기가 되고 마는 하찮은 자리라는 말인가?

"전하. 소신의 경우에는 신의 그릇이 용렬하고 깨우침이 부족한 터에 도를 행하지도 못하면서 벼슬자리에 머물러 물러나지 않는다면 역시 구차하게 녹을 탐낸다는 오명을 면치 못할 것이라는 생각 때문에 나아가지 않은 것이옵니다."

"그럼 경은 광무제가 그렇게나 등용하려고 애썼던 엄광이 이름까지 바꾸고 부춘산에 은거한 것이나 마찬가지로 혼자 세상을 멀리 하고 유유자적하는 것이 유자의 도리라고 생각하는 것이오? 그처럼 유유자적할 수 있는 것 또한 군왕의 치세의 덕이라 하지 않을 수 없는데 말이오."

최대한 역정을 내지 않고 그를 명망 있는 선비로 대접하고자 했지만, 말을 하다 보니 그 자신도 모르게 격한 감정에 휩싸이는 걸 느꼈다. 지난번 조식이 상소를 올린 것을 두고 처벌하려고 하자 정종영이 그를 엄광에 빗대어 옹호했던 기억이 났다. 엄광은 후한後漢의 초대 황제인 광무제光武帝의 친구로 어릴 적부터 함께 수학했던 사이였다. 황제가 된 광무제가 그를 거듭 세 번이나 불렀다. 엄광이 광무제를 찾아가 술을 마시고 예전처럼 흉허물 없이 함께 누워 잤는데, 엄광이 잠결에 광무제의 배 위에 다리까지 올려놓은 모습을 신하들에게 보이게 되었다. 조정 대신들이 그의 무례함을 들어 벌을 내려야 한다고 주청했으나 광무제는 개의치 않고 그에게 간의대부의 벼슬을 내렸다. 그러나 엄광은 벼슬을 받지 않고 부춘산으로 돌아가 몸을 숨겨버렸다. 이를 두고 명 태조 주원장도 말했다. 엄광이 낚시를 즐길 수 있는 것도 임금의 은혜라고. 엄광처럼 조정으로 초빙되었는데 출사를 거부하고 관직을 그만둬버렸을 때, 만약 천자의 덕과 재주가 부족하여 결국 백성이 그 피해를 당하고 세상이 황폐해지게 된다면, 그가 어찌 낚시를 즐길 수 있을 것이며 유유자적할 수 있단 말인가? 조식이 대답했다.

"전하. 소신과 엄광이 벼슬에 나가지 않고 은거함은 같으나, 신이 출사하지 않는 것과 엄광이 세상을 잊은 것과는 성질이 다른 깁니다. 선비의 본분은 출사해서 왕권을 돕는 데만 있는 것이 아인 줄로 압니다. 대도大道에 입각하여 현실 정치를 비판하고 도를 후세에 전하는 것이 경우에 따라서는 출사보다 더 중요한 일일 수 있는 것이옵니다. 또 소신의 생각에는 그렇다 하더라도 엄광이 성인의 도를 추구한 사람으로 부족함이 없다고 생각합니다. 만약 광무제가 가장 어진 임금이라면 자신의 자질만으로도 스스로 그 일을 하기에 족하니 친구인 엄광을 기다릴 것이 없었을 것입니다. 실제로 광무제는 성군으로 일컬어 부족함이 없는 제왕 아니었습니꺼. 반대로 그가 제왕의 도를 망각하고 패도 정치를 폈다면, 친구라고 해서 그의 신하가 되어 단지 높은 벼슬과 막중한 녹을 탐낼 수는 없는 기라 생각합니다."

"어진 임금은 저 혼자서도 잘하니 굳이 거들 필요가 없고, 패도 정치를 하는 임금이면 그의 신하가 되어 녹을 받을 수 없다. 그렇다면 결국 엄광은 이렇든 저렇든 벼슬할 이유가 없다는 말 아니오. 그런데 엄광의 낚시질은 세상을 잊은 것이고, 경의 불사는 도를 후세에 전하기 위함이다…….”

뭐라 더 할 말이 없었다. 제갈공명의 출사도 잘못된 것이고, 엄광은 진정한 성인의 도를 다한 사람이며, 온 세상이 말하는 정몽주 또한 참된 충신이라 할 수 없다고 하니 조식이 말하는 출처의 도리를 제대로 지킬 만한 사람이 얼마나 되겠는가 하는 생각이 들었다. 그가 이번에 조식에게 제수한 상서원 판관 벼슬자리를 감지덕지 받아들이려는 마음으로 입궐했을 리가 없었다. 광무제가 끝내 신하로 삼지 못한 엄광은 비록 나라를 나누어 주더라도 이를 조그만 물건처럼 가볍게 생각하여 달가워하지 않는다고 했다던가. 용을 잡을 만한 능력을 가진 사람은 양을 잡는 부엌에는 들어가지 않고, 왕도 정치를 보좌할 수 있는 사람은 패도 정치를 하는 나라에 들어가지 않는 법이라고 하는 것이 그들의 논리다. 그의 능력은 어떨지 모르는 일이나 조식은 결코 그의 신하가 될 사람이 아니었다. 아닌 게 아니라 그가 조식을 접견한 지 이레 만인 10월 열하룻날, 조식은 끝내 사직을 청하고 진주로 내려갔다. 그는 조식을 더 이상 붙잡지 않았다. 조식은 자신이 이미 늙고 눈이 어두워 사리 판별을 잘 못하지만, 그의 제자 중에 정인홍이란 자가 기백이 넘치는 선비로서 능히 임금을 보좌할 만한 인물이라 생각한다며 천거했지만, 환은 아예 귀담아두고 싶지 않았다.

삼동에 베옷 입고 암혈에 눈비 맞아

삼동에 베옷 입고 암혈에 눈비 맞아
구름 낀 볕뉘도 쬔 적이 없건만
서산에 해지다 하니 눈물겨워 하노라

주상이 승하했다. 몹시 뜨거웠던 정묘년(1567년) 6월 그믐, 시난고난 늙어버린 해가 느릿느릿 땅거미를 끌며 마지막 열기와 함께 사그라지던 해거름에 부고가 왔다. 이틀 전인 28일 축시丑時라 했다. 이제 불과 서른넷의 젊은 나이였다. 남명이 주상을 알현했던 것이 작년 병인년(1566년) 10월이다. 임금은 그를 만나기 한 해 전에도 생사의 기로에 섰었다. 문정왕후가 세상을 떠난 바로 그해 을축년(1565년) 9월에 기어이 세상을 버리는가 싶을 정도로 생사의 고비를 넘나들다가 가까스로 회복되었다. 동고 이준경이 그랬다. 임금은 늘 가슴이 답답하다고 했는데, 가슴에 울화가 가득 차서 도무지 풀어낼 방도를 몰라 했으니 거친 솔로 심장을 박박 문지르는 듯 아프다고 했다. 목에 가래가 많이 끼고 웃음이 한번 절로 나오면 그칠 줄을 몰라 했으며, 도통 잠을 이루지 못하고 밤중에도 속이 답답하여 방문을 열고 뛰쳐나가기도 했다고.

남명의 평생에 유일하게 대면했던 임금의 용안이었다. 그의 생에 마지막 기회가 될지도 모른다는 기대 같은 건 없었다. 을묘년의 그 상소를 보고도 그의 목숨을 부지시켜준 데 대한 최소한의 도리라 생각했다. 용안을 알현했을 때, 그때 본 임금은 10년 전 그가 사직상소에서 말했던 그 '선왕의 외로운 후사' 그 모습 그대로였다. 지금은 강계부사로 가 있는 조카 이준민보다 열 살이나 더 어린 임금의 얼굴은 강파른 느낌이 들 만큼 창백했다. 문정왕후의 드센 기세에 눌려 오랫동안 심열증을 앓고 있었다는 것은 알고 있었다. 그러나 서른세 살 한창 나이인 임금의 얼굴에서 그동안의 적폐를 일신하고 새로운 국정을 펼치고자 하는 열망은 찾을 수 없었다. 단지 피곤하고 지친 모습이었다. 그를 불러올린 뜻 또한 그에게서 뭔가를 기대하는 눈빛이 아니었다. 달리 그가 할 일은 없었다. 그냥 내려가고 싶다는 마음밖에 일지 않았다.

진주로 내려오는 길에 영상인 이준경을 찾아가 만났다. 그가 일생을 바쳐온 임금과 조정은 어떤 것인지 궁금했다.

"내가 서울에 와갖꼬 옛 친구로서 편지까지 보냈거늘 공은 전갈 한 번 없었으니, 어찌 정승 자리에서 스스로 더 높이려 하시오?"

"하하. 이보게, 친구 사이의 우의를 저버릴 수는 없으나 영의정이라는 자리에 있는 나로서도 조정의 체모를 내 스스로 깎아내릴 수는 없는 일 아니겠는가."

그의 말 또한 옳았다. 정5품 상서원 판관을 제수 받은 사람에게 만인지상인 영의정이 찾아주기를 바라는 건 염치없는 일이다. 남명이 그저 농으로 그런 말을 건넸음을 그 역시 모르지 않을 것이다. 그가 정승의 반열인 우의정, 좌의정에 제수되었을 무렵에 눈병을 이유로 사직한 적이 여러 번 있었다. 그때 남명은 그런 편지를 보냈었다. '뒤늦게 눈병을 얻으셨다는 사실을 알고서 놀라움과 탄식을 금치 못했습니다. 다만 공의 눈병이 좀 더 일찍 생기지 않은 것이 한스럽습니다'라고. 좀 더 일찍 눈병이 났더라면 벼슬을 그만두기 쉬웠을 텐데 이제는 그러기도 어렵게 됐다는 말이었다. 사실 그는 문정왕후 사후부터 신진 사림의 뜻을 등에 업고 주상을 더 이상 물러설 데가 없는 곳까지 몰아붙인 셈이다. 지난 4월에 그는 내수사의 개혁 문제가 마무리되자 기력이 쇠하여 더 이상 국사를 보기 어렵다는 이유로 사직을 청했다. 요구할 만큼 요구한 마당에 짐짓 한 발 물러서는 모습이라도 보일 필요가 있었을 것이다. 그러니 이젠 너무 높은 자리에 올라 그만두기도 어렵게 되었다고 골리는 남명의 편지를 언짢아할 사람은 아니었다. 그의 뜻은 확고했다.

"지난 9월에 주상의 병이 위중하여 자리에 누운 채라도 좋으니 인견하기를 청했네. 환후가 위태로운 지경인데도 국본國本을 미처 세우지 못하고 있는 형편 때문에 모두 불안했거든. 그런데 이른 아침에 주상께서 군신 간의 예에 어긋날까 염려된다고 그 몸으로 굳이 관복까지 갖추고 몸소 경춘전까지 나오셨네 그려. 그런데 너무 열이 심하여 앞에 서 있는 도승지가 누구인지조차 알아보지 못하실 정도였네. 후우, 어쩌겠는가. 이 조정의 원로가 된 나로서는 그처럼 어진 임금을 도와 백성을 윤택하게 하고, 사직을 편안하게 하는 것으로 즐거움을 삼을 수밖에."

남명은 그의 뜻을 수긍했다. 수십 년 전, 그는 천 리 바깥에 있는 남명을 위해 《심경心經》을 보내주기도 했다. 그때 책을 읽고 난 후 뒷장에 그의 뜻을 적었던 게 있다. '마음은 죽고 육체만 걸어다닌다면 금수가 아니고 무엇이겠는가. 그렇다면 내가 이 책을 저버린 것이 아니라 바로 친구 이준경을 저버린 것이며, 이준경을 저버린 것이 아니라 바로 내 마음을 저버린 것이다……. 내가 안자顔子와 같이 되는 길이 바로 여기에 있다'라고.

결과론이 되겠지만, 남명이 안회가 되기를 원했다면 이준경은 이윤의 길을 택한 셈이다. 지금의 주상이 상의 탕왕과 같은 임금이든 아니든, 이미 그는 평생 그 길을 걸어온 셈이다. 그는 정승의 반열에 오른 관리지만 누구보다도 청렴했다. 나라와 백성의 안위를 진실되게 걱정하는 몇 안 되는 인사였다. 적어도 이준경이 영의정으로 있는 조정이라면, 남명은 자신이 가고 싶은 길을 가면 되는 셈이었다. 진주로 내려오는 길은 의외로 홀가분했다.

무겁게 가라앉은 마음으로 정인홍, 김우옹, 이제신 등과 함께 산천재에서 북쪽 하늘을 우러러 절을 네 번 올리고 주상을 추모했다. 불행한 임금이었다. 모후의 뜻에 의해 왕위에 올랐지만, 그 모후의 살벌한 기세 때문에 한 번도 군왕의 길을 제대로 걷지 못하고 생을 마감한 임금이었다.

"열두 살에 보위에 올랐으니 22년간 재위하셨네예. 짧은 세월은 아니지만, 참말로 아쉬운 성산聖算에 이렇게 떠나시다니……."

그의 뒤에 부복하고 있던 인홍이 말끝을 흐렸다. 인홍은 주상과 비슷한 나이에 이르도록 여태 과거에 나아가지 않았다. 지난번 그가 주상을 알현한 자리에서 인홍을 천거한 것은 인홍이 가진 대쪽 같은 기상과 맑은 식견이라면 이준경처럼 곧은 길을 걸어온 대신을 능히 올바르게 보필할 수 있으리라는 생각에서였다. 하지만 주상도 이준경도 그 뒤 아무런 하문이 없었다. 인홍은 합천을 떠나와 덕산 양당촌에 몇 달씩 머무르면서 공부를 계속해왔다. 전국 각처에서 산천재로 찾아오는 문객들을 만나 막혔던 것을 서로 묻기도 하고, 세상 소식을 전해 듣기도 하며 그의 곁에 오래도록 머물렀다.

"후궁의 손자이고 또 사가에서 자란 하성군이 새 임금이 되었다카데예? 올해 16살배끼 안 돼서 아직 성산이 미령하니 대비께서 또 수렴청정을 할라카겠네예."

이제신이 걱정스러운 눈으로 물었다. 그는 인종 임금이 서거한 직후 윤원형과 이기를 비방했다는 죄로 자칫 큰 화를 입을 뻔했으나 기회를 보다 청하교관淸河敎官으로 물러나 을사사화의 피바람을 피했던 사람이었다. 그는 이후 세상과 인연을 끊고 살다가 몇 년 전부터 아예 산천재로 내려와 살고 있었다. 그와 이름이 같은 청강 이제신은 아까 부고와 함께 예조정랑으로 제수되었다는 소식이 들려왔다. 나이 일곱에 벌써 시 짓는 솜씨가 뛰어나 주위 사람들을 놀라게 했던 인재였는데 도구 이제신과는 사뭇 다른 길을 걸어온 셈이다. 남명은 지난번 서울에 갔을 때 들은 이야기를 제자들에게 해주었다.

"지난번 을축년 때, 주상의 목숨이 경각에 다다라 시급히 후계 문제를 논의하는 자리에서 그랬다카더구먼. 중전은 시어머니인 문정왕후와는 달리 스스로 '문자도 깨우치지 못한 무식한 아녀자'를 자처함시로 '식견이 없는 부인'에 불과한 자신이 그처럼 망극한 결정을 할 수 없는 기라꼬 몇 번이나 자리를 피했다쿠데. 그러다가 영상 이준경이 수차 시급함을 주청하니 나중에 어쩔 수 없었는지 덕흥군의 셋째아들 이균(하성군)을 입시해서 약시중을 들게 하라는 뜻을 언문 교서로 내렸다꼬……. 그런데 주상께서 며칠 후 의식을 회복하고 병석에서 일어나셨으이, 각중에 영상 입장이 올매나 난처해졌을 끼고. 감히 택군擇君을 할라캤다는 비난까지 들어야 할 지경이 됐으이. 결국 하성군을 국본으로 정하는 일은 없었던 일이 되고 말았지만, 그 후 2년이 다 되도록 세자를 따로 책봉하지 않은 터에 갑자기 주상이 승하하게 됐으이, 을축년의 교서대로 시행할 수배끼 없는 일인기라. 이제 대비가 된 중전 인순왕후도 얼마간 수렴청정을 할라꼬 하겠지만, 중전의 외숙인 이량이 윤원형처럼 국정을 농단하는 것만은 우짜든동 막아야 할 일인기라."

지난번 서울에서 이준경에게 들었던 내용은 그보다 좀 더 곤혹스러운 것이었다. 하성군이 입시하여 약시중을 들도록 결정했던 과정을 중전이 적극적으로 해명하지 않았기 때문에 자칫 이준경이 불충으로 몰릴 수도 있는 상황이었다. 다행히 민기와 윤개가 이준경을 적극 옹호했고, 이준경 자신도 두 번이나 상소를 올려 그 과정이 불가피했음을 변명하고 용서를 구한 후에야 주상의 노기를 가라앉힐 수 있었다고 했다. 인홍이 물었다.

"그때 중전이 귀양 가 있는 이량과 윤원형을 사면해갖꼬 조정으로 불러들일라꼬 캤다면서예."

"글캤다 카데. 주상이 덜컥 승하할지도 모른께네 주변에 자기 사람이라도 두고 싶은 마음이었을끼라. 그때는 물론 영상이 단호하게 반대하기도 했고, 주상이 곧 깨어나서 없던 일이 되고 말았지. 인자 윤원형은 죽었고, 이량은 아직 강계에 유배되어 있응께…… 그때보다는 낫다캐야 하나."

"새 주상은 우떤 임금일까예?"

김우옹이 물었다. 그러고는 들은 이야기를 먼저 앞세웠다.

"항간에 떠도는 이야기로는, 승하하신 주상께서 순회세자를 잃고 난 뒤에 나이가 어린 여러 왕손과 함께 있는 자리에서 왕손들에게 자기가 쓰고 있던 익선관을 벗어 다들 한 번씩 써보라고 했다카데예. 그런데 하성군은 그중에서 젤로 나이가 어린데도 써보기를 사양하고 '그것이 어찌 보통 사람이 쓰는 것이오리까' 하면서 익선관을 도로 임금께 바쳤다카데예."

"나이 열여섯이면 그만한 뜻은 알만큼 알 나이 아이겠나. 사가에서 교육을 받았다카니 군왕의 도를 깨우치는 학문을 앞으로도 엄청 가열차게 해야 될 끼라."

생각하면 참으로 답답한 일이었다. 그동안 모후의 위세에 눌려 심열증까지 앓아가며 전전긍긍 긴 세월을 숨죽여 살아온 주상이었다. 이제 온전히 자신의 뜻을 세워 이준경처럼 곧은 신하의 보필을 받아, 시간은 좀 걸리더라도 점차 제대로 된 나라꼴을 갖춰갈 수도 있겠거니 하는 기대가 전혀 없었던 것도 아니었다. 그런데 창졸간에 후사도 제대로 정하지 못하고 갑자기 세상을 떠났다니…… 열여섯 나이의 어린 임금, 그리고 홀로 된 인순왕후의 수렴청정, 다시 을사년의 혼미한 세상이 그대로 되풀이될지도 모르는 국면이었다. 집으로 돌아가는 이제신을 배웅도 할 겸 멀리 천왕봉이 마주 보이는 산천재 앞마당을 가로질러 천천히 걸음을 옮겼다.

"아 참, 선생님. 요번에 둘째 외손녀 사우로 보신 곽재우는 우찌, 마음에 드시는지요?"

김우옹이 얼굴 가득 웃음을 담은 채 물었다. 4년 전에 사위 김행의 첫째 딸을 김우옹에게 시집보내고, 이번에 둘째 딸을 의령에 사는 곽재우에게 시집보냈으니 둘은 동서지간이 된 셈이다. 남명이 두 외손녀를 일러 '능히 군자의 처가 될 만하다'고 장담하여 결혼을 시킨 셈이다. 솔직히 그 외손녀 자매가 모두 자색이 고운 편도 아니고, 어미를 닮아 성정이 드센 편이라 거꾸로 군자 같은 인품을 가진 사내가 아니라면 가까이 두기 쉽지 않을지도 모른다는 걱정이 앞섰던 것도 사실이다. 고백하자면 순전히 그의 욕심이었다. 그만큼 김우옹과 곽재우, 두 젊은이는 남 주기 아까운 인물이었다.

"재우 말이가? 허허. 작년에 우리 집에서 소태국을 한 솥 끓였길래 몸에 좋은 약이라꼬 아이들에게 쭉 돌리가미 묵어보라캤더이 한 입, 두 입 떠묵어보더마는 다른 아이들은 오만상을 찌푸리가며 못 먹겠다카는데, 재우는 국 한 그릇 싹 다 비우데. 그래서 물었는 기라, 니는 안 쓰냐꼬. 그랬더마는 가가 한다는 말이 '원래 입에 쓴 것은 몸에 약이 된다고 들었습니더. 그래서 내 몸이 좋아질 끼다, 생각하고 묵으니 그런대로 묵을 만했습니더' 그라데. 그걸 보고 내 외손녀 짝으로 딱 점찍었다 아이가. 나이 차이는 에북 마이 나지만서도, 자네한테는 동서니께 잘 인도해주게나."

"아 예, 선생님. 나이 차이가 띠동갑이 넘는 동서라캐도, 몸매가 다부진 기 한편 든든하기도 하데예."

"그런가. 허헛."

우옹은 올해 병과에 급제했다. 그는 누구보다도 몸가짐이 정갈한 선비였다. 한 번 가르치면 그 속을 끝까지 파고들어 의심이 없어질 때까지 깊이 침잠할 줄 아는 심성을 가진 것이 무척 대견했다.

다행히 인순왕후의 수렴청정은 오래 가지 않았다. 이준경을 원상으로 삼고 재야의 선비들을 폭넓게 등용하여 조정을 혁신하려는 움직임도 없지 않았다. 새 임금의 친정은 이듬해인 무진년(1568년)부터 시작되었다. 친정의 시작과 함께 조야를 막론하고 널리 의견을 구할 때, 그 역시 몇 가지의 당부와 현실 개혁안을 담은 무진봉사소를 올렸다. 조정을 발칵 뒤흔들었던 을묘사직소 이후 13년 만에 올린 상소였다.

새 임금에게 바라는 것은 어떤 제도나 법을 새롭게 정비하기보다는 통치의 주체인 군왕이 먼저 제대로 된 덕치를 해야 하며, 사람을 등용할 때 재주를 보기보다는 덕을 봐야 한다고 아뢰었다. 수신이 되어 있지 않으면 군왕의 마음속에 저울과 거울이 없으므로 선악을 구별하지 못하여 사람을 쓰고 버리는 데 실수하게 된다는 것을 강조했다. 또 선비의 역할을 두 가지로 들었는데, 그 하나는 덕치가 실행될 때 그 덕치를 펴는 군왕을 보좌하는 것이고, 또 다른 하나는 덕치가 실행되지 못할 때 덕치를 실행하도록 군왕에게 간언하고 현실 정치를 비판하는 일이라고 했다.

남명의 상소에서 가장 많은 부분을 차지했던 것은 서리胥吏들이 나라를 망치고 있다는 현실 진단이었다. 과거 역사상 권신, 임금의 외척, 왕비, 신관 등이 나랏일을 제멋대로 하여 국가를 문란하게 한 일은 있지만 서리, 즉 아전들이 나랏일을 마음대로 했던 일은 들어본 적도 없는 일이었다. 당당한 왕조 국가로서 200년 업적이 있고, 직위가 높고 낮은 수많은 관리들이 임금을 도와 위정을 펴는데도, 군인과 백성에 대한 정사와 기밀이 모두 서리의 손에 맡겨져 온갖 부정부패가 대를 물려가며 만연하고 있었다. 더욱 문제인 것은 관리들이 서리들과 결탁하여 서로 숨겨주고 함께 나라를 좀먹고 있으니 공물을 바치다 지친 백성들은 유랑민이 되고 이를 규찰하고자 하는 관리는 도리어 견책되거나 파면되는 일까지 허다하게 벌어지고 있었다. 이를 해결하기 위해 임금이 결단을 내리고, 신하들과 얼굴을 맞대고 원인과 해결책을 찾아야 한다고 강조했다. 이 부분에서 그는 그가 썼던 〈민암부民巖賦〉의 내용까지도 일부 삽입했다. '물이 배를 띄우듯 백성들은 임금을 떠받들기도 하지만, 물이 배를 뒤집듯 나라를 뒤집기도 한다'며 위정자들이 백성을 무서워할 줄 알아야 한다고 강조했다.

벌써 일흔 고개를 앞둔 그로서는 갓 즉위한 새로운 젊은 임금과 조정 요직에 있는 사람에 대한 일말의 기대와 함께 세상이 제대로 바뀌기를 희망하는 염원을 행간에 가득 담을 수밖에 없었다. 그의 상소는 한마디로 임금의 도덕성의 완성을 토대로 한 덕치가 핵심이며 인재의 등용에서만 아니라, 현실 문제의 해결 등 모든 정치의 출발점임을 강조했다. 즉, 인재를 등용하는 것도, 서리들의 비리를 척결하는 것도, 그 밖의 모든 정치·사회적인 문제를 해결하는 열쇠는 바로 임금의 덕에 달렸다는 것이다. 따지고 보면 이러한 성군론은 조광조의 지치주의에 입각한 왕도 정치에 접맥되는 것이기도 하거니와 사실 위험한 주문이기도 했다. 실제 임금은 성군이 아닐 수도 있고, 임금의 수양을 통한 왕도 정치의 실현은 임금 자신이 수용하려 하지 않을 수도 있기 때문이다.

제 임금이 아니면 섬기지 않고 제 백성이 아니면 부리지 않으며 세상이 평온하면 나아가 벼슬을 하고 혼란스러우면 물러난 것이 백이伯夷이고 누구를 섬긴들 임금이 아니며 어느 사람을 부린들 백성이 아니냐고 하며 세상이 평온하거나 혼란스러우나 계속 벼슬을 한 이는 이윤伊尹이지만, 벼슬을 할 만하면 나아가 관직을 맡고 일을 멎어야 할 때면 그만두고, 오래 일할 만하면 계속 머물러 있고, 빨리 가야 할 때면 속히 떠날 줄 아는 분은 오직 공자孔子뿐이라.

《맹자》〈공손추〉 편을 떠올렸다. 그는 단 한 번의 출사도 하지 않았으니 백이나 공자에 비길 수도 없지만, 한 소쿠리의 밥과 한 표주박의 물로 누추한 곳에 지내면서도 즐거움을 잃지 않았다는 안회의 길을 걸어왔다고 한다면 그에게 누가 되지는 않지 않을까…….

진주음부옥

    김해부사로 있는 장인 양회 선생을 만나 뵙고 돌아오는 길은 마음이 착잡하고 무거웠다. 사위인 인홍을 유독 각별하게 챙기는 장인어른의 편애 탓이었는지 처남 홍주弘澍의 패악이 날이 갈수록 심해져가고 있었다. 자형인 그를 눈엣가시처럼 생각하는 것은 물론 장인이 하는 말마다 거역하고 노골적으로 대들다 보니 장인은 급기야 장남 홍주를 없는 자식으로 생각하고 집안 대소사를 차남 홍보洪潽에게 맡겨 처리해온지 오래였다. 홍주는 장인의 처사를 더욱 분하게 여기고 아우를 시기하다 못해 그가 첩으로 삼았던 여종 봉학이 자신의 패악질을 아우 홍보에게 전해 아버지 귀에 들어가게 했다는 이유로 때려죽인 것이 불과 얼마 전의 일이었다. 그런 고충을 겪고 있는 장인을 뵈올 때마다 인홍은 송구스럽고 안타까운 마음일 수밖에 없었다. 장인이 그를 보자고 한

건 뜻밖의 일 때문이었다.

8년 전에 돌아가신 황강 선생의 후처 이씨가 음행을 저지르고 있다는 고변이 신임 경상감사 박계현에게 들어왔는데, 고변자는 사천의 구암 이정이었다. 감사가 관내 순시차 사천에 갔던 길에 이정의 집을 방문했을 때, 그가 넌지시 그런 소문이 있다며 관련자들을 심문해보기를 요청했다는 것이다. 지역 사정에 밝지 않았던 감사가 장인에게 조사를 의뢰했고, 장인은 황강이 남명 선생의 오랜 벗이었음을 알고 남명의 제자인 그에게 먼저 상의한 것이었다.

그가 사는 가야에서 불과 한나절 거리에 있는 쌍책에서의 일이라 사람을 놓아 조사를 해보았더니 그런 소문이 있는 것은 사실이었다. 하지만 다분히 악의적으로 만든 소문일 가능성이 높았다. 황강 선생이 부인을 사별하고 재취를 하기 전에 잠시 어떤 기녀가 황강 선생을 자주 모셨던 적이 있었다고 했다. 하지만 선생이 후처 이씨를 맞이한 이후에는 그 기녀의 집 안 출입을 금지시켰는데, 선생이 돌아가시고 난 후 후처 이씨가 혼자 남게 되자 다시 그 기녀가 집안 사람들과 내통하여 은연중에 출입을 하다가 후처 이씨의 제지를 받게 된 것이었다. 그런 연유로 그 기녀가 앙심을 품고 나쁜 소문을 만들어낸 것 같다는 게 주변 사람들의 짐작이었다.

"아니, 이 무신 숭한 이바구가 다 있노? 황강 후처의 행실이 좋지 못하다꼬? 그거를 딴 사람도 아인 이정이가 고변했다꼬?"

어느 정도 소문의 정체를 파악한 후 산천재로 찾아가 남명 선생에게 저간의 경위를 설명했다. 선생은 매우 놀라며 노기 띤 목소리로 펄쩍 뛰었다.

"이런, 그 인간이 적반하장도 유분수지, 제 집안의 아녀자들과 무관치 않은 흉측한 소문이 이미 항간에 파다하거늘, 제 집안 일은 덮어서 쉬쉬함시로 그렇게 음덕이 높은 황강 부인에게 문제가 있다꼬 감사에게 일러바쳐? 이 위인이 오데가 단단히 잘못된 거 아이가?"

"선생님. 그러니까 황강 선생 집안이 아이고 오히려 구암 선생 집안에 그런 문제가 있다는 말씀입니꺼?"

인홍이 놀라 물었다.

"저어기 수곡에, 오래 전에 세상 베린 하 진사 말이라, 내 조카가 하 진사의 전처 아이가. 그 아아가 오래 전에 고마 일찍 죽어삐고 후처로 들어온 기 함안이가 그 계집이거든. 그란데 그 계집이 이정의 첩실하고는 시누, 올케가 되는 관계인기라. 그란데 하 진사가 죽고 나서 벌써 오래 전부터 그 후처라는 계집이 머슴 놈들과 음행을 저지르고 있다쿠는 소문이 나돌았거든. 글치만도 내사 어찌 남의 집안 일에 이러쿵저러쿵 할 수 있었겠노."

"아, 그럼 선생님께서는 진즉에 그런 소문이 있다쿠는 걸 알고 계셨는가베예."

"하 진사 딸 매옥이가 나한테는 외손녀 아이가. 어려서 지 애미를 잃은 그 매옥이가 하마 몇 번이나 나를 찾아와서 그라데. 제 아비가 세상을 뜨고 나니 그 계모라는 년이 난잡한 음행을 일삼는 바람에 집안이 풍비박산되삐릴 지경이라꼬, 동네 부끄러워 못

살 지경이라카데. 글치마는, 내가 나서서 해결할 수 있는 문제는 아인기라. 그런 차에 작년 2월 초에 이정이 성묘하러 왔던 길에 단속사에서 나랑 잠깐 만난 적이 있었거등. 그때 그 사람이 나보고 그라데. 처음에는 차마 말을 꺼내기가 어려운지 한참 뜸을 들이더마는, 한참 있다 하는 말이 '사족 부인의 실행失行 문제를 우찌 처리해야 할지'를 묻데. 내가 좀 어이가 없었재. 내가 그 이야기 할 적에는 듣는 둥 만 둥 하더마는, 인자 와 갖꼬 처음 들은 거 맹키로 사족부인의 실행이라니…… . 내사 당연히 그 계집 이야긴 줄 알고 그냥 원칙적인 말만 했재. '사족 부인의 실행은 관아에서 다스릴 일이고, 선비는 자신을 다스리느라 한눈 팔 겨를이 없는데, 어찌 어떤 부인의 음행을 다스리는 일에 직접 나서겠는가'라고만 했재. 내 조카딸이야 출가외인이니 이정 그 사람 집안 문제이기도 하고, 집안 체면이 걸린 문젠께 큰 소란 엄시 관아에서 조용히 처리하도록 할 줄 알았재. 그란데 엉뚱하게 하마 죽고 없는 친구 집안을 뒤집어놓을 수도 있는 무고를 했다니, 그라모 지가 말하던 그 사족 부인이라는 기 황강의 후처 이씨라는 말 아인가베. 이런 기가 찰 일이 오데 있노. 진짜 그 땜에 고민을 했다쿠모 나한테 먼저 말해야 되는 거 아이가."

이정은 순천부사로 있던 계해년(1563년)에도 산천재로 선생을 여러 번 찾아왔었다. 벼슬에서 물러나면 자기도 덕산에 집을 짓고 선생과 함께 여생을 보내고 싶다는 말을 여러 차례 하더니 실제로 산천재 근방에 집을 한 채 짓기도 했다. 그러나 이따금 찾아와 며칠 머물다 가곤 했으나 아예 덕산에 눌러앉아 살 엄두까지는 나지 않는 것 같았다. 그는 무오년(1558년)에 선생과 더불어 두류산 유람을 하기도 했고, 선생이 쓴 〈신명사명〉을 이어받아 〈신명사부(神明舍賦)〉를 짓기도 했을 정도로 서로 간에 교감이 깊었던 문도였다.

"그라모 구암 선생도 이미 하 진사 후처에게 그런 소문이 있다 쿠는 걸 알고 있었다는 말입니꺼?"

"알기사 10년도 더 된 일이재."

"10년이라꼬예?"

"전에, 그렁께네 무오년에 내가 지리산 유람을 간 적이 안 있나. 그때 그 사람이 나하고 황강이랑 같이 갔었재. 마침 둘이서 걷는 참에 내가 그 집안에 그런 소문이 들리는데 아, 그거를 그냥 두고 보고만 있냐꼬 머라캤재. 근데 그 사람이 내 말에 우물쭈물 말을 돌리더마는 대답을 피하더라꼬. 뭐 집안에 우사스러운 일이고 해서 그런갑다 싶어서 더 이상은 말을 안 했재. 나중에 알고 본께 그 함안이가 계집한테서 서울 한강변에 논하고 논지기 종 몇 명까지 받았다 카능기라. 지가 얻어묵은 기 있응께 딱 뿌러지게 처리를 몬하는구나 싶었지. 그렁께 우짜노. 그냥 두고 볼 수밖에 없었재."

하종악은 수곡리 근방에서는 꽤 이름난 부호였다. 그러니 그의 유산을 둘러싼 이해관계의 다툼이 있을 법했다. 그리고 후처인 함안 이씨는 김종직의 문인으로 대사헌을 지낸 이인형의 손녀이자 성균관 전적 벼슬을 지냈던 이령의 딸로서 비록 서얼 출신이라 해도 세도가 집안의 여식이라 할만 했다. 나이 스물여덟 살에 하 진사의 후처가 되었으나 얼마 안 가 하 진사의 사망으로 젊은 나이에 과부가 된 것이었다. 하모정과 원석 등 이씨와 음행을 저지른 간부의 이름까지 거명이 될 정도로 소문이 구체적이라면 전혀 근거 없는 뜬소문일 가능성은 희박했다. 그러면 왜 이정은 이 시점에 뜬금없이 황강 후처의 실행 소문을 조사해달라고 부탁했던 것일까. 가능성은 두 가지였다. 하나는 함안 이씨의 소문을 다른 곳의 문제로 돌리기 위함이거나 선생과 먼 인척 관계이자 절친한 황강 선생 집안 문제를 공개적으로 거론할 만큼 어떤 앙심을 품었거나…… 그는 일단 선생께 황강 선생 후처의 실행 소문은 아무래도 악의적인 소문으로 비롯된 것인 것 같다는 점을 말씀드렸다.

"선생님, 사실이 글타면 경상감사한테서 조사를 위임받은 저희 장인께 그리 전해 올리도록 하겠습니다. 황강 선생님 집안일은 너무 심려치 마이소."

"그래, 그라모 그렇지. 문제는 황강 집안이 아이고 하 진사 집안인기라, 그 후처에게 그런 소문이 나돈 지가 에북 오래 되었다 쿤께네."

그는 좀처럼 노기를 누그러뜨리지 못하는 선생을 안심시킨 뒤, 산천재를 떠났다. 참으로 고약한 일이었다. 젊은 나이에 혼자가 된 양갓집의 여인이 암암리에 다른 사내와 음행을 저지른다는 소문이 떠돌 지경이면 평소의 행실에 필시 문제가 있었을 것이다. 그런 소문은 입에서 입으로 퍼지게 마련이고 그 집안 사람들에게는 견디기 힘든 우셋거리가 될 수밖에 없는 일이다. 황강이 죽었을 때, 식음을 전폐하고 그와 함께 묻히기를 원했던 후처 이씨가 어떻게 그런 음행을 저지를 리가 있겠는가. 황강이 죽은 후 그 동안의 정리를 봐서라도 뭔가 남겨줄지도 모른다는 기대를 가졌음 직한 그 기녀가 후처 이씨의 푸대접에 앙심을 품고 만들어낸 악의적인 헛소문이 분명할 것이다. 물론 그렇다 하더라도 모를 일이다. 구중궁궐보다 더 깊고도 깊은 남녀 간의 상열지사를 아무리 버선목처럼 뒤집어 본다 해도 사람 속을 어찌 낱낱이 알 수 있겠는가. 문제는 그런 일을 함부로 거론한 이정에게 있었다. 지난 번 지리산 유람을 함께 떠났다가 그 이듬해에 영영 세상을 떠나버린 친구 이희안과의 의리를 생각한다면 어찌 그처럼 가볍게 입을 놀릴 일이겠는가. 더구나 사천에 사는 이정이 합천에 사는 황강의 후처 일을 어찌 제대로 알고 한 말이겠는가. 소태국을 먹은 것보다 입맛이 더 썼다.

그 일이 있기 전에도 이정은 퇴계와 남명 선생 사이를 오가며 이미 선생에게 모멸을 안겨준 일이 없지 않았다. 이정은 그의 돌아가신 아버지의 비를 만들면서 비문은 남명 선생에게서 받고 글씨는 퇴계에게 부탁했다. 선생이 쓴 비의 서문과 명을 자세히 읽은 퇴계는 일반적인 격식과 준례에 맞지 않는 표현이 있다고 하면서 열 군데 정도를 고쳤고, 두 군데는 표현 자체를 아예 바꿔버렸다. 그러면서 다음과 같은 서찰을 통해 수정에 대한 양해를 구했다.

조정의 부름을 받고 나가지 않은 선비인 남명의 글은 창고하고 준위하여 진실로 가상합니다. 다만 격식과 준례를 따르지 않는 곳이 왕왕 있으니, 이는 비록 산림에 있는 처사가 세상의 좋아하는 바를 따르지 않는 높은 뜻이나, 모든 각명刻銘은 후세에까지 전하는 것이니, 만약 이것을 지금 짚지 않는다면, 후세에 지적하는 자들은 장차 붓을 잡은 자까지 언급하면서 "어찌하여 서로 따르기를 이와 같이 하였는가"라고 말할 것입니다. 나와 남명은 정신으로 사귄 지가 오래되었고, 지금 남쪽 지방의 고사로는 유독 이 한 사람을 꼽고 있는데, 예로부터 고상한 선비들은 의례 기이한 것을 좋아하고, 자기 지혜를 쓰는 사람이 많습니다. 기이한 것을 좋아하다 보면 구구한 법식을 따르지 않게 되고, 자기의 지혜를 쓰다 보면 남의 말을 듣지 않게 되니, 남명이 나의 말을 본다면 혹시 꾸짖고 비웃으면서 진부하므로 족히 채택할 것이 못 된다고 여기지 않을까 염려됩니다.

퇴계는 선생이 이를 비루하다며 꾸짖고 비웃을까 염려했지만, 선생은 별말 없이 퇴계가 수정한 부분을 모두 수용했다. 서로를 존중한 퇴계와 선생은 그 상황에서 흠결 없는 태도를 보였지만, 선생과 퇴계 사이를 교묘하게 왕래하면서 은연중에 인지도가 더 높은 퇴계 쪽에 제 몸의 무게를 더 싣고자 했던 이정의 얄팍함에 선생이 얼마나 불쾌했을지 충분히 짐작이 갈 만했다.

일은 이상하게 꼬여갔다. 인홍의 고변으로 합천의 황강 후처가 아니라 진주의 하종악 후처에게 그런 소문이 있다는 사실이 알려지자 장인은 곧 경상감사 박계현에게 그 사실을 보고했다. 그러자 박 감사는 하 진사 후처와 간음한 자로 지목된 하 진사 집의 머슴인 원석과 하모정, 그리고 중간에서 그 만남을 주선했다는 여러 명의 계집종 등 거의 열 명에 가까운 혐의자를 옥에 가두고 조사를 하게 했다. 하지만 사실관계가 확인되기 전에 양반 댁의 부인을 직접 취조할 수는 없는 일이라 하 진사의 후처까지 직접 조사하지는 않았다. 당시 경상감사 박계현은 감사직을 사직하고자 상소를 올려놓은 상태였다. 그래서 감사를 대신하여 도사 김일준의 주관 하에 진주목사 최응룡, 곤양군수 조유성이 추관이 되어 그들을 심문했다. 그러나 달포가 넘도록 그 죄를 실토하는 이는 나오지 않았다. 음행의 소문이 이미 파다하니 그것이 사실인지 여부를 캐물어야 했고, 그 사실을 자백하면 그에 응당한 처벌을 하고 사건을 마무리 지으면 될 일이었다. 하지만 어차피 실토를 한다 해도 죄가 가벼워질 일도 아니고, 그런 일이 없다고 잡아떼고 버티면 어쩌면 살 수도 있을 것이라는 희망이 그들의 입을 끝까지 봉하게 만든 것 같았다. 하늘에 맹세코 그런 일은 없었다고 잡아떼는 머슴 원석에게 급기야 고신이 가해졌고, 고신을 이기지 못한 원석의 숨이 끊어져버렸다. 그들이 스스로 자백을 하지 않는 터에 음행의 증거를 드러낼 방법은 없었다. 그러니 합당한 벌을 주고 사건을 종결할 수도 없었다. 음행의 현장을 덮치지 않는 한, 항간에 나도는 소문만으로 음행의 사실 여부를 가린다는 것 자체가 애초에 불가능한 일이었다.

　문제는 애매한 이정의 태도였다. 친구였던 황강의 후처가 음행을 저지르고 있다고 뜬금없는 고변을 했던 그가 아닌가. 하지만 그의 뜻과는 달리 정작 황강 후처가 아니라 하 진사 후처의 음행에 대한 조사가 이뤄지게 되자 선생에게 편지를 보내 한다는 말이, 자신은 진정 그런 일이 있는 줄 몰랐다고 했다. 이미 소문이 그 정도로 널리 퍼졌다면 반드시 그 일과 관련 있는 계집종과 간부를 찾아내어 죽여야 한다는 뜻을 감사와 추관에게 전했다고도 했다.

하지만 그 뒤에 추관이던 진주목사 최응룡이 선생을 찾아왔을 때 물어보니 이정이 그런 뜻을 밝힌 적은 없고 도리어 하 진사 후처에게는 죄가 없다고 강변했을 뿐이라고 했다. 그러자 박 감사가 학식이 있는 사람의 말이라고 해서 반드시 정직하다고 볼 수는 없는 일이라고 하면서 10년 전의 계집종까지 불러들여 진상을 밝히려고 하자, 두 번째로 선생에게 편지를 보내왔다. 그 자신도 진상을 알아버린 것이 너무 늦어져서 선생을 차마 뵐 면목이 없으며 감사와 추관들에게도 사죄하겠다고 했다. 그 무렵 9월에 박 감사의 사직상소가 받아들여지고 이조판서를 지냈던 정유길이 경상감사 후임으로 오게 되었다. 그때까지 혐의자들에게서 음행 사실에 대한 확실한 단서를 잡거나 자백을 받지 못한 채 시일만 끌어왔던 터라 정 감사는 부임하자마자 그들 모두를 석방해버렸다. 이 과정에서 하 진사 후처 이씨가 미암 유희춘의 부인 송덕봉과 외사촌 지간이었던 관계로, 유희춘이 직접 나서서 진주목사에게 함안 이씨가 죄가 없음을 강변하고, 신임 경상감사 정유길을 직접 찾아가 구명했다.

결국 정 감사의 전격적인 석방 조치는 이정과 유희춘의 뜻이 작용한 것이었다. 새로 경상감사로 온 정유길과 어릴 적부터 친한 중종 임금의 부마 송인에게 이정이 사람을 보내 하 진사 후처의 음행설에는 아무런 증거도 없음을 호소했다는 것이다. 선생에게 보냈던 편지의 내용과는 달리 이정이 전혀 다른 목소리를 냈던 정황은 곳곳에서 드러났다. 설상가상으로 선생의 외손녀 매옥이 후처 이씨 대신 하 진사의 유산을 상속받기 위해 간음설을 꾸며내 그녀의 사촌 대부인 남명 선생에게 참소했고 이에 선생이 도사 김일준에게 부탁해 무옥을 일으켰다는 음모론까지 제기되었다. 옥에 갇혔다가 풀려난 머슴과 계집종 가족들의 입에서 남명 선생이 무옥을 일으킨 장본인이라고 비난하는 말이 나올 수밖에 없는 상황이었다. 결과적으로 인홍이 선생을 아주 곤란한 상황에 처하게 만들어버린 것이었다. 너무나 송구하고 죄송스러운 마음을 가눌 길이 없었다. 평생 동안 부귀영화를 초개처럼 여기고 살아온 선생이 외손녀가 아비의 유산을 차지할 수 있도록 멀쩡한 부인을 무고하여 생사람을 잡았다는 말을 듣게 만든 셈이었다. 규방의 깊숙한 곳에서 이뤄진 음행인 까닭에 명백히 밝혀낼 수도 없는 죄를 고변하여 멀쩡한 사람들이 잡혀가서 억울한 고생을 했다며 비난하는 사람들의 원성이 높아지고 있었다.

"선생님, 괜히 지가 나서서 일을 너무 크게, 너무 엉뚱하게 만들어삐린 거 아닌가 싶습니다. 송구하고 또 죄송합니다. 선생님이 이런 치욕까지 겪게 만들었으이……."

"그러게, 이게 아인데. 황강 집안 사람들이 그런 고초를 겪도록 해서는 안 된다는 생각에, 그쪽이 아이라 이쪽이 문제라꼬, 10년 묵은 소문을 들차내서 뭐 우짤라꼬 그랜 긴지…… 애초에 이런 일은 들어도 못 들은 척, 보고도 못 본 척해야 맞는 긴데. 허어…….”

기가 막힐 지경이었다. 황강 부인이 결백하다는 점을 강조하다가 얼떨결에 이정과 무관하지 않은 하 진사 집안과 관련한 음행의 소문을 거론했을 뿐이다. 하지만 결과적으로는 선생이 멀쩡한 양갓집 아낙을 무고한 셈이 되었고, 그로 인해 사람까지 죽게 되었는데도 아무런 범죄 사실도 밝혀내지 못한 채 모두 옥에서 풀려나게 되자, 수많은 사람들의 원성이 선생에게 쏟아지는 지경이 되어버린 것이다.

무엇보다도 선생은 끝까지 표리부동한 태도를 보인 이정에게 분노를 감추기 어려운 듯했다. 처음에는 음행의 사실관계 자체가 분명하지 않다고 했다가, 그 뒤에는 과연 그게 맞는 것 같다고 수긍하더니, 끝에 가서는 그 모두가 뜬소문에 불과한 일이라고 세 차례에 걸쳐 태도를 바꾼 이정이 괘씸하기 이를 데 없었다. 이정은 처음부터 감사와 추관에게 선생이 소문을 잘못 듣고 발고하였다면서 자기가 하 진사와 한집안 사람이라 직접 본 바이니 귀로 들은 사람이 어찌 더 잘 알겠는가, 만약 그런 일이 있었다면 자기가 비록 처벌하는 데 앞장서지 못한다 하더라도 그런 부정한 짓을 한 자를 편들 까닭이 있겠느냐고 하면서 힘써 변명했다는 것이었다.

이에 선생은 이정에게 절교를 통보하고 그와의 관계에서 이 사태의 전말을 알아야만 한다고 판단되는 문인인 오건과 정탁에게 서신을 보내어 자신이 이정과 절교를 하게 된 이유를 들었다. 첫째, 음부의 사건 무마 청탁을 받고 그로부터 한강변 논과 그 논을 경작하고 있는 수명의 노비를 뇌물로 받았다는 점. 둘째, 윤춘년과 이량 같은 소인배를 아첨하고 섬겼다는 점. 셋째, 이미 고인이 된 친구(황강 이희안)를 배반했다는 점. 넷째, 사건 발생에서 석방될 때까지 남명과의 대화와 서신 왕래에서 누차 말을 바꾸고 표리부동하였으니 이정은 성현의 글을 읽고 경의를 말하는 자의 소행이라고 볼 수 없다는 점. 다섯째, 이로써 선생을 환난 속에 빠지게 하니 의리상 단절하지 않을 수 없다는 점을 설명했다.

이 사태를 지켜본 제자들은 스승의 곤혹한 처지를 더 이상 두고 볼 수가 없었다. 하 진사의 집안사람인 하항을 비롯한 남명 문인 쉰여섯 명이 음란한 여인과 같은 우물을 쓸 수 없다 하여 하 진사 집으로 몰려가 하 진사의 후처를 몰아내고 그녀와 간통한 혐의가 있는 계집종의 남편 하모정과 머슴 원석의 집을 헐어버렸다. 감사 정유길은 이 같은 유림들의 집단행동을 무뢰배의 횡포로 간주하여 단죄하려고 했으나, 인근 10여 개 고을의 유생들이 들고 일어나 상소하고 또 조정에까지 알려지게 되자 사헌부의 탄핵으로 감사 정유길과 추관인 진주목사 최응룡, 곤양군수 조유성이 일괄 파직되었다. 결국 조정에서는 고경진을 경차관으로 파견하여 사건에 관련된 유생들을 일단 하옥시키고, 그들을 처벌하는 문제를 두고 몇 달씩이나 조정의 공론이 들끓었다. 결국 그들을 처벌하는 것이 마땅하지 않다는 결론이 나서 유생들을 모두 방면시켰다.

한편, 선생에게서 의절의 통보를 받은 이정은 그 후 선생에게 편지 한 통을 보내왔다.

군자가 사람들의 잘잘못을 가릴 때 각각 들은 것으로 판단합니다. 제가 하써 집안 종 형제의 속임에 넘어가 이리저리 떠도는 말을 가볍게 해, 이런저런 이야기가 다 나오고 있습니다. 알지 못하는 사람들이 선생과 저의 다른 생각을 다른 무리들에게 들리게 해서는 안 됩니다. 이 점을 깊이 염려합니다. 앞 말의 실수가 다른 사람들의 논의에 이른 것을 통렬히 후회하고 있습니다.

편지를 읽은 선생은 아무 반응이 없었다. 사실 지금에 와서 무슨 말을 할 수 있겠는가. 그 후 이정은 그런 상황을 퇴계에게 서찰로 전하고 어떻게 하면 좋을지를 문의했다고 하는데, 이정의 편지에 대한 퇴계의 답신 내용이 세상에 알려지면서 선생은 더욱 더 쓰디쓴 세평 앞에 다시 한 번 곤혹스러움을 벗어나기 어려웠다.

남명 조 군은 일세의 고사高士인지라, 나는 천하 만물이 그 마음을 얽어매지 못할 것이라고 생각하였습니다. 저 여염집 부인네의 실행 여부는 속세의 더러운 일 중의 하나에 불과합니다. 설사 그가 이 일과 관련하여 소문을 들었더라도 귀를 씻고 못 들은 체해야 옳거늘, 자기 스스로 고절을 깎아내리고 손상시켜가면서까지 남과 시비를 다투느라 심기를 소진하고 여러 해 동안 그칠 줄을 모릅니다. 참으로 이해하지 못할 일입니다. 공은 불행하게 이 변을 만났지만 조목조목 변명할 필요가 없습니다. 또 상심하며 탄식할 필요도 없습니다. 오직 스스로 반성하면서 마음을 굳게 먹고 전연 못들은 척 처신하는 것이 좋을 것입니다. 또 예전처럼 교분이 온전해지기를 기대해서도 안 될 것입니다.

어떻게 이럴 수가……. 기가 막히고 통절할 노릇이었다. 여염집 부인의 실행에 대해 관가에 고변을 한 사람은 이정이고, 선생은 단지 제 집안에 이미 허물이 있는 사람이 친구 집안의 망측스러운 소문을 고변한다는 게 말이 되느냐며 화를 냈을 뿐이었다. 먼저 감사에게 고변이 들어온 사안에 대해 사실은 황강 집안이 아니라 하 진사 집안의 일이라고 바로잡은 것은 바로 정인홍, 그가 했던 일이다. 그런데 그 전후 상황도 모르는 가운데 선생을 이처럼 조롱하고 힐난하는 것도 모자라 이정에게 변명할 필요도 없다며 기세를 북돋워주는 퇴계의 처신은 선생의 등에 칼을 꽂는 것이나 마찬가지가 아닌가. 인홍은 오랫동안 침통해했고 선생에게 너무나 죄송스러운 마음에 몸을 떨어야만 했다.

경의검과 성성자

신미년(1571년) 정월에 퇴계의 부음을 들었다. 한 달이나 늦게 당도한 소식이었으니 실제로 그는 경오년(1570년) 12월에 세상을 떠난 것이었다. 그와 같은 해에 태어난 퇴계가 떠났으니 이제 남명도 세상에 남아 있을 날이 얼마 남지 않았음을 직감했다. 퇴계가 하 진사 후처 사건과 관련하여 6월에 이정에게 보냈다는 편지 내용을 전해 듣고 마음이 많이 상하기도 했다. 하지만 누구를 탓할 수 있으랴. 많은 사람들의 원망 속에 떠다니는 그의 신세가 살아 있어도 이미 죽은 목숨이나 다를 게 없었다. 오랜 시간 동안 산천재 방 안에 근심만 가득 차올랐다. 비록 그가 의도한 바는 아니었다 해도 평생 구차하게 남을 따르지 않고 높은 뜻을 지키고자 한 노력이 하루아침에 장바닥의 조롱거리가 되어버린 것 같았다.

퇴계는 죽으면서 "내 명정에 처사이공지구_{處士李公之柩}라고만

쓰라"는 유언을 남겼다고 했다. 종1품인 우찬성 벼슬까지 지낸 사람이 벼슬 이름을 쓰는 대신 벼슬을 전혀 하지 아니하고 초야에 묻혀 살던 선비라는 의미의 처사로 써달라고 부탁했던 뜻은 무얼까. 생전에 할 벼슬은 다 했으면서도 명리에 초연했던 학자이고 싶었고, 그런 벼슬을 초개처럼 생각했다는 뜻을 남기고 싶었던 것일까. 그의 후손들은 평생을 벼슬하신 분을 처사로 쓴다는 건 부당하다는 의견을 따라 묘비에는 '퇴도만은진성이공지묘退陶晚隱眞城李公之墓'라고 새겼다고 했다. 퇴도는 그의 또 다른 호이고, 만은은 만년에 은사隱士로 숨어 살았다는 뜻이리라. 한평생 벼슬을 하지 않은 남명도 은사라고 하기에는 부끄러움이 있는 터에 그 또한 적절치 않음은 물론이었다. 퇴계는 생전에 그에게 보낸 편지 중에 '저는 집이 가난하고 친구들이 강권하는 바람에 과거에 급제해 이록을 취해왔고 당시에는 변변한 견식이 없어서 먼지와 티끌 같은 일에 골몰해 나날이 다른 일을 할 여가가 없었으니 무슨 말을 하겠습니까? 그 후 병이 더욱 깊어지고, 또 세상을 위해 스스로 꾀할 바가 아니라는 것을 깨달아 비로소 머리를 돌려 조용히 앉아 옛 성현의 책을 더욱 취해 읽었습니다'라고 말한 적이 있었다.

하지만 퇴계는 세상을 떠나기 직전까지도 벼슬로부터 자유롭지 못했다. 명종 임금은 말년에 퇴계를 공조판서 겸 홍문관, 예문관, 대제학, 지성균관사, 동지경연 춘추관사를 겸임시킨 벼슬을 내리고 빨리 상경하도록 재촉했다. 한 나라의 글을 저울질한다는 의미에서 문형文衡이라고 일컫는 양관 대제학으로 퇴계를 부른 것이었다. 그래도 건강을 이유로 올라오지 않자 임금은 독서당 관원들에게 '어진 이를 불러도 오지 않는다는 탄식招賢不至歎'을 제목으로 율시 한 편씩을 지어 올리라는 분부까지 내렸다고 했다. 남명이 서울에 가서 처음이자 마지막으로 임금을 알현했던 바로 그 무렵이었다.

결국 이듬해(1567년) 6월, 퇴계는 왕명을 받들어 서울에 올라갔지만 명종 임금은 그를 만나 보지 못한 채 승하하고 말았다. 그후, 금상이 보위에 올라 퇴계를 예조판서에 올렸지만 명종 임금의 행장을 지어 올린 뒤 8월에 사직하고 안동으로 내려갔다. 그후 계속되는 부름에도 사양을 하던 끝에, 이듬해(1568년) 7월에 급기야 의정부 우찬성 벼슬을 제수받아 다시 서울로 올라갔다. 그때 영의정 이준경이 서울에 온 퇴계가 다른 사람들을 만나느라 한참 늦게 그를 찾아온 것에 대해 옛날 기묘사화를 부른 정암 조광조 때의 사습과 같은 풍조라며 매우 탐탁치 않게 여겼다고 했다. 고매한 학자로서 세상의 유명세를 치르는 거야 퇴계 쪽의 사정이지만, 서울에 왔으면 응당 조정의 수상부터 만나봐야 하는게 아니냐는 지적이었다. 그러거나 말거나 세인의 이목은 이미 퇴계에게 집중되어 있는 상황이었다, 그는 이조판서, 판중추부사 등의 벼슬을 역임하고 다시 몇 번의 사양 끝에 이듬해(1569년) 3월에 낙향을 허락받았다. 그의 처신을 두고 김개金鎧 같은 이는 "퇴계의 이번 행차는 소득이 적지 않았구먼. 잠시 서울을 방문해서 손에 1품 임명장을 거머쥐고 돌아가게 되었으니 향리의 영광으로 어찌 충분하지 않겠는가?"라고 조소를 보내기도 했다. 새로 보좌에 오른 금상이 사림의 추앙을 받는 퇴계를 가능한 한 붙잡고 싶은 절박함 때문이기도 했지만, 세상을 뜨기 직전까지도 퇴계는 벼슬살이를 지속했다. 그런 그가 굳이 왜 처사를 자처하고 싶었을까.

전해지는 퇴계의 이야기가 있었다. 그는 스물네 살 되던 갑신년(1524년)까지 연거푸 세 번이나 과거시험에 낙방했다. 처음에는 시험에 떨어져도 아무렇지 않았다. 그런데 그게 아니었다. 어느 날 집에 있는데 누가 '이 서방'이라 부르자 자기를 가리키는 줄 알았더니, 늙은 종을 부른 것이었다. 퇴계는 자기가 아직도 이름을 얻지 못해 이런 수모를 당한다고 생각해 과거시험에 더욱 집착하게 되었다고 했다. 결국 계사년(1533년) 가을에 남명이 경상우도 향시에 1등으로 급제했던 그해, 그도 경상좌도 향시에 1등으로 합격했고 이듬해 3월 식년문과 을과에 급제해서 관직에 나갔다. 3년 후 남명이 어머니에게 과거를 더 이상 치르지 않겠다는 뜻을 밝히고 끝내 허락을 받았을 때, 퇴계는 정6품인 성균관 전적 벼슬을 하고 있었다. 벼슬에 나아가는 출사는 도를 실현하려는 의지인 '행도行道'와 자신이 존귀해지고 싶은 '욕귀欲貴' 중에서 말할 것도 없이 '행도'를 당위로 해야 하는 일이다. 즉, '행도'에 '욕귀'의 작용이 앞서지 않아야만 바람직한 군자의 출사 동기가 될 수 있는 것이다.

남명은 퇴계의 출사에 대해 말했던 적이 있었다. "퇴계는 왕을 도울 만한 학문이 있고, 근일에 벼슬하는 자들의 출처가 절도에 맞지 않는 경우가 많았지만 오직 퇴계만은 거의 고인古人에 가깝다고 생각했다. 그러나 그의 출사에 욕귀가 앞서지 않았는가를 따지면 필경 분수에 아직 다 차지 않는 면이 있다"라고. 벼슬길에서 칠진칠퇴七進七退한 그에게서 석연치 않음을 자주 보았기 때문이었다.

남명이 병인년(1566년)에 임금을 알현하기 위해 서울에 갔을 때였다. 그와 함께 부름을 받은 이항李恒이 "이황은 문장을 통해 들어갔으니, 그 학문은 그릇된 것"이라 했다. 남명은 "퇴계의 학문은 그대와 내가 알 수가 없다. 그대는 활 쏘는 법이나 논했을 뿐이고, 나는 경서나 외었을 뿐이니 어찌 그의 학문의 깊이에 대해 논할 수 있겠는가?"라고 했을 정도로 원칙적으로는 그를 변호하는 입장이었다. 하지만 퇴계가 오랫동안 이끌어온 이기 논쟁은 사림의 의기가 몇 차례의 사화로 꺾이고 지리멸렬해진 바로 그 어지러운 암흑시대의 한복판에서 7년간이나 지속되었다. 실천궁행을 위한 실천적 지식을 함양하는 것이 무엇보다 절실한 그때, 그 8할이 천리를 다투는 소모적 논쟁에 몰두한 데 대한 비판을 아끼지 않을 수 없었다. 그럼에도 살아생전에 퇴계를 한 번도 만나보지 않고 영영 떠나보냈으니 그 스스로 어찌 진실로 퇴계를 온전히 안다고 할 수 있으랴.

'누추한 마을이여. 황량한 구석이로구나! 기성箕星과 두성斗星이 떨어졌건만 하늘은 거두지를 않네.' 공자는 안회의 죽음 앞에 애석함을 못 이겨 노래했다. 증삼이 말했다. "선생이시여. 안회는 비록 떠나갔지만, 그래도 그 도는 남아서 죽지 않은 것이 있는데 어찌 그의 죽음에 대해 그리도 근심하시나이까." "그래. 그렇다면 그대는 그 도를 기록하라." '천자는 천하로써 자신의 영토를 삼지만 안자는 만년의 세월로써 영토를 삼는 이이므로 누추한 마을이 결코 그의 영토일 수는 없다. 천자는 만대의 전차로써 자신의 지위를 삼지만 안자는 도덕으로써 지위를 삼는다. 팔을 굽혀 베는 것이 결코 그의 지위일 수 없다. 그러하니 그의 봉토는 얼마나 넓은가! 그의 지위는 얼마나 높은가!'

남명은 그가 지은 〈누항기陋巷記〉를 속으로 거듭 외어보았다. 이준경이 이윤의 길을 갔다면, 남명은 안회의 길을 가고자 했다. 퇴계는 이윤과 안회의 길을 번갈아 걸으며 칠진칠퇴했던 것인지도 모른다. 퇴계가 주장했듯 '이理는 존귀하고 기氣는 천하다理尊氣卑'는 사고방식은 천지·남녀·군신·부자·부부 등이 상호보완적 관계가 아니라 원래부터 주어진 상하질서 관계로 고착되는 것을 옹호하는 것으로 주자의 정분론定分論을 고수하는 극단적 보수의식이라 할 만했다. 실제로 계축년(1553년) 10월에 조정에서 서얼 허통 문제를 논의했을 때, 퇴계는 나라의 풍속을 갑자기 바꾸기는 어렵고 적서·귀천의 명분을 갑자기 허물 수 없다고 주도적으로 반대했다. 서얼을 허통하면 서자가 적자를 핍박하고, 천인이 귀인을 멸시해 강상이 무너진다는 거였다. 30만 평이 넘는 전답을 보유하고 수백 명의 노비까지 거느린 퇴계는 이미 그 자신이 권력의 단물에 취해 있었다. 그로서는 혹독한 수양을 통한 실천적 지식인이 되어 현실 상황에 대해 적극적으로 비판하여 그 모순을 극복하려 하기보다는 현실을 합리적으로 설명하는 틀을 제시하는 역할에 스스로 위안과 만족을 얻을 수밖에 없었을 것이다.

"저 문 한번 열어봐라. 아침 해가 차암 좋네."

임신년(1572년) 2월 8일 아침, 숨 쉬기가 조금은 수월해졌다. 창호지를 뚫고 방 안으로 파고 든 햇살이 눈부셨다. 작년 12월부터 병에 걸려 앓았다. 그러다 동지 무렵에는 조금씩 나았다. 정월에 김우옹, 정구, 하응도, 최영경이 문병을 왔다가 돌아가지 못하고 산천재에서 기거하고 있었다. 최영경이 문안 인사차 들어왔다가 방금 닫았던 문을 다시 열었다. 안개도 없는 맑은 아침이었다. 멀리 하늘 높이 치달은 천왕봉 등줄기를 따라 희끄무레한 잔설이 두터웠다. 이 깊은 산골에 아직 봄은 멀었다.

"선생님."

"……응."

"심드시지예? 쪼매 일바시드릴까예?"

"괘안타. 내가 일나보꾸마."

하지만 마음뿐이었다. 몸이 뜻대로 잘 움직이지 않았다. 김우옹의 부축으로 가까스로 벽에 등을 기대고 앉았다. 방 안이 어수선하다. 병석에 든 지 벌써 석 달. 좁은 방에 가득 차 있던 약내가 방 안으로 밀려드는 차가운 바깥바람에 떠밀려 흠칫 물러선다. 최영경은 주섬주섬 방을 치우고 있었다. 그는 명종 임금의 국상 때 서울에서 남명을 찾아와 제자되기를 청하고 집지하였는데, 그때 예물로 보통 많이 쓰는 육포 대신 죽순을 올렸다. 국상 중이라 고기를 올리기가 곤란해서 대신한 것이나 남달리 죽순을 올릴 생각을 한 것은 범상치 않은 일이었다. 나관중의《삼국지연의》에 나오는 관우를 연상하게 하는 그의 비범함이 아깝고 또 아깝다는 생각이 자주 들었다. 때마침 정인홍이 들어왔다.

"선생님, 기침하셨습니꺼?"

"응, 그래."

"뒷산에 나무 서리가 갑옷처럼 두껍게 얼어붙은 걸 보니 어젯 밤에 억수로 추웠던 것 같심니더. 옛말에 나무에 서리가 엉키갖 꼬 갑옷 같은 모양이 생기모 성현이나 현달한 사람한테 해롭다는 말이 있던데 걱정입니더."

"허헛. 그기 와 걱정이고. 나는 성현도 아이고 현달하지도 몬 했는데……."

인홍의 말에 슬며시 웃음을 지으면서 대답하자니 문득 허전했 다. 인홍이 보았다는 나무서리는 상고대를 말함이리라. 상고대가 어찌 어제오늘 아침만 생겨났겠는가. 헤아릴 수 없이 많은 생명 들이 이 땅을 떠나고 또 태어나듯 앞으로도 이른 봄날 아침의 상 고대는 무수히 생겨났다가 이슬처럼 사라지게 될 것이다. 저 울 진에 산다는 남사고南師古가 이런저런 예언을 잘한다고 하는데, 남명의 혼불을 대신할 자미성紫微星이라도 봐두었을까 싶었다.

"금상今上께서 분부하셔서 조정에서 보내신 내의內醫가 곧 도착 할 거라고 합니더. 선생님, 의원이 올 때까지 좀 기운을 내시야지 예."

인홍은 금방이라도 내의원이 들어올 것처럼 연신 바깥쪽을 내 다보며 말했다. 남명은 가만히 눈을 감았다. 편안했다. 그가 임금에게 마지막으로 받았던 벼슬은 재작년에 제수받은 종친부 전첨으로 정4품의, 높지만 한가한 자리였다. 이미 이윤의 길이 아닌 안자의 길을 택한 그가 나이 일흔의 노구를 이끌고 나가 받을 벼슬이 아니었다. 단 한 번의 벼슬길도 온전히 나아가지 않은 그에게 임금이 내의를 보내 병을 살피도록 하는 것 또한 이미 과분하기 이를 데 없는 일 아니던가. 정월 보름께부터 몸이 심상치 않음을 알았다. 김우옹이 동쪽으로 머리를 두고 누우면 생기가 좀 날 것이라 해서 그대로 했다. 김우옹이 물었다.

"선생님이…… 돌아가시면, 무신 칭호를 쓰는 기 좋겠십니꺼?"

남명은 빙그레 웃었다. 그야 물론 종1품 벼슬까지 했던 퇴계까지 탐냈던 '처사'라고 써야 할 일이다. 자꾸만 그를 노장에 물들었다고 이단시했던 퇴계의 지적을 받아들이자면 더욱 더 그는 스스로를 유자儒者로 지목하기보다는 처사로 하는 것이 가할 것이었다. 그는 도학자의 길을 걸었지만 퇴계와 다른 도학의 길을 걸어왔던 셈이다. 체제를 받아들이고 순응한 벼슬아치들의 도학은 철저하게 노장을 경계해야 할 필요가 있었을지 모르나, 산림에 있었던 그에게 도는 장자에게서도, 육상산에게서도 빌어올 수 있는 것이었다. 그것을 굳이 허물하려 든다면 그 또한 굳이 부인할 필요까지야 없지 않겠는가. 인홍이 그를 한참 쳐다보더니 제자들에게 하고 싶은 말씀을 남겨달라고 했다. 이제 남명에게 그다지 시간이 많이 남지 않았나 보았다.

"여기 있는 공들 모두 들으시게."

그는 긴 숨을 한 번 몰아쉬고 문도들에게 이야기를 시작했다.

"내가 평소 벽에 써 붙이둔 경敬과 의義 두 글자는 성현들의 가르침을 달이갖꼬 만든 환약과 같은 기라. 이 두 가지는 매우 절실하고 중요한 것인께네 앞으로도 심껏 익히도록 하시게. 나는 여태 그러한 경지에 제대로 이르지 못하고…… 이제 죽는갑다."

"선생님!"

"그리고, 덕원아."

"예, 선생님."

남명은 인홍에게 그가 차고 다니던 경의검을 건네주었다. 그리고 김우옹을 불러 그의 허리춤에 찼던 방울, 성성자를 건네주었다. 그들이 있으니 그는 죽어도 영원히 사는 것 같았다. 바깥이 웅성거렸다.

"선생님, 사모님과 아드님이 마지막으로 인사드리고 싶다고 합니더."

"아이다. 차석이하고 차마만 들라캐라. 평생 내 땜에 고생했는데, 지 애미한테 우째 내 마지막 숨까지 거두라꼬 할 수 있겠노."

그의 나이 일흔둘, 살 만큼 산 셈이 아니라 너무 오래 살았다고 해야 할 일이었다. 마지막으로 방을 깨끗이 정리시키고 모두가 물러간 다음, 남명은 천천히 육신의 무게를 내려놓았다. 까마득히 높은 천왕봉 꼭대기에서 내려다보는 것처럼 지리산 양당촌의 산천재가 점점 작아져서 티끌처럼 아스라이 보이다가 그의 의식 속에서 완전히 사라져버렸다.

남명의 묘비명은 그가 원했던 대로 '처사남명조선생지묘'라고 하면 족했다. 하지만 나중에 그 묘비명은 '징사 증 대광보국숭

록대부 의정부 영의정 문정공 남명 조선생지묘徵士贈大匡輔國崇錄大
大議政府領議政文貞公南冥曺之墓'라고 거창하게 바뀌어 다시 세워졌다.
한참 세월이 흐른 뒤, 인홍의 주도로 스승 남명을 추숭하여 사후
에 영의정 벼슬과 시호까지 받았음을 나타내기 위한 것이었다.
하지만 그 또한 더욱 쓸쓸한 일이었다. 죽는 날까지 벼슬을 마다
하고 절개를 지킨 한 사람의 산림 처사로 남고 싶었던 그의 뜻을
끝까지 지켜주려 했으면 그러하지 않았을 것을⋯⋯.

부음정의 장진주사

송강 정철이 부음정으로 내암 정인홍을 찾아왔다. 병술년 (1586년) 10월, 추석을 얼마 지나지 않아서였다. 정철은 내암이 5년 전 사헌부 장령직을 사퇴하고 낙향한 뒤 처음으로 만나는 조정 대신이었다. 뜻밖의 방문에 합천 가야의 부음정 안팎이 오랜만에 왁자해졌다. 내암은 남명 선생이 돌아가신 이듬해인 계유년 (1573년)에 처음 황간현감으로 출사하여 사헌부 지평과 영천군수를 거친 다음 사헌부 장령의 보임을 맡았다. 그때 외척의 권세를 앞세워 국정 농단을 일삼던 심의겸과 함께 탄핵의 대상으로 삼았던 이가 바로 송강 정철이었다. 탄핵은 정론으로 채택이 되었다. 하지만 탄핵의 대의에는 공감하면서도 그 대상자들에 대한 삭탈관작 등 분명한 후속 조치가 한참 동안 이뤄지지 않고 미적거리는 국면이 계속되었다. 대사헌 이이가 정철을 감싸고돌았기 때문이었다. 내암은 당시 사헌부 지평이던 최영경과 함께 관직을 버리고 고향으로 내려왔다.

　정철은 그해 8월에 전라도로 잠시 낙향했지만, 그건 세간의 여론을 무마하려는 시늉에 불과했다. 그는 곧 전라감사를 거쳤다가 성균관 대사성, 예조판서 등 고위직을 전전하는 벼슬살이를 계속했다. 파직되었던 심의겸도 다시 전주부윤으로 복직되었다. 그 모든 것이 이이의 영향력 덕분이었다. 내암이 어머니와 아버지의 초상을 두 해 걸러 연달아 치르고 있던 지난 4년 동안 정철은 임금에게서 총마龍馬를 특별히 하사받아 '총마어사'라는 별호까지 얻었을 정도였고, 벼슬은 종1품인 의정부 우찬성까지 올라 주상의 신임을 듬뿍 받고 있었다.

　그러다 이태 전 갑신년(1584년)에 이이가 돌연 지병으로 세상을 떠났다. 이제는 정철이 사실상 서인의 수괴이자 정신적 지주라 할 만했다. 그리고 작년 을유년(1585년) 9월, 오랫동안 버텨왔던 심의겸이 결국 다시 파직되었다. 임금의 총애를 받던 정철도 조정 내부에 파당을 만들어 나랏일을 그르치는 무리의 우두머리로 지목되어 사간원 및 사헌부, 양사의 논핵을 받고 벼슬에서 물러났다. 잠시 악화된 여론이 가라앉기를 기다리며 서울 근방의 고양에 머물러 있던 그는 좀처럼 동인들의 비난이 가라앉지 않자 고향인 창평으로 아예 낙향해야 했다. 그게 바로 작년 가을의 일이었다.

　그런 우여곡절을 거쳐왔던 정철이 내암을 찾은 이유를 알 듯하면서도 뭔가 석연치 않았다. 알 듯하다는 것은 내암이 이미 5년 전에 벼슬에서 물러나 오랫동안 낙향해 있었다는 사실만으로도 정철이 그를 새삼 경계할 만한 이유가 없기 때문이 아니겠느냐는 점이었다. 석연치 않다는 것은 그가 설령 내암의 탄핵이 오로지 외척의 발호를 경계하려는 직책상의 충정에서 나온 것이지, 정철 그에게 어떤 사감이 있어서가 아니라는 점을 과연 액면 그대로 받아들일 정도로 포용력이 있는 인물이던가 하는 점이었다. 내암과 가까운 이발이나 최영경은 정철과는 물과 기름 같아서 결코 섞일 수 없는 성정이었다. 최영경은 노골적으로 정철을 소인배로 여기고 상종하려 들지 않았다. 그처럼 그동안 쌓여온 감정의 앙금이 쉽게 걷힐 만한 것이 아닐진대 왜 그를 찾아온 것일까…… 심경이 복잡했다.

"성상께서 '백관 중의 독수리요, 대궐의 맹호라 할 만하다'고 했던 대감이 우찌 이 촌구석까지 몸소 찾아오셨십니꺼? 소생이 듣기론 근자에 대감께선 또 창평으로 내려가셨다카더마는……."

"하하. 이보시오, 정 공. 나야말로 지난 10월에 정 공이 익산군수로 오실 줄 알고 목 빠지게 기다렸지라. 근디 그새 또 사직상소를 냈다면서라?"

"4년 전 임오년에 어무이가 갑자기 돌아가시고, 얼마 안 돼서 아버지까지 세상을 베리셨는데 이제 탈상한 지 몇 달 되지도 않은 터에 낯설고 물 설은 익산까지 어떻게 벼슬길에 나설 수 있겠십니꺼? 그전에 있었던 탄핵으로 사단을 일으키고, 조정에 분란을 일으켰응께 그냥 촌에 들어앉아서 좀 더 자숙하고 있어야 맞는 일 아니겠십니꺼."

"오호, 그래요? 그랑께 내가 여그까지 찾아올 수밖에요. 한때 산천초목을 벌벌 떨게 하던 사헌부의 성 장령이 심 대감과 나를 탄핵했을 때, 내가 그러지 않았소이까. 딴 사람은 몰라도 정 장령의 강직함은 내가 일찍이 아는 바잉게로 비록 나를 멀리 귀양 보내도록 논핵했지만, 길에서 그대를 만난다면 더불어 술이라도 한잔 나누고 싶다고 했던 거…… 정 공도 들으셨지라? 하하하!"

정철은 짐짓 더 호방하게 웃음을 터뜨렸다. 사실 뜻밖의 방문이라 그를 맞이하는 내암으로서도 혼란스러운 기분이었다. 이미 사위어가는 늦가을의 낙조가 부음정 추녀 끝에 위태롭게 매달려 있었다. 내암은 그를 방 안으로 들게 하고 주안상을 차려 나오게 했다. 부음정에 올라선 정철은 누각에 걸린 현판들을 주욱 훑어본다. 우람한 풍채에 비해 생각보다는 키가 작은 편이다. 허리도 약간 구부정하게 굽었다. 그는 율곡 이이와 마찬가지로 내암과 동갑인 병신년(1536년) 생으로 올해 쉰하나의 나이다.

"부음무구孚飮無咎라, '믿음을 가지고 술을 마시면 허물이 없다'는 뜻이지라?"

"예,《주역》상구上九에 나오는 말이지예."

"글타면, 오늘 나가 산림장령 내암 정 선생과 서로 믿음을 가지고 술 한잔 찐허게 마셔보고 싶소만, 어떻겠소잉?"

"좋지요. 그란데 사실 저 부음은 꼭 누룩으로 만든 술을 마신다는 말은 아입니더."

"아니, 누룩으로 맹건 술이 아니면 머를 마신단 말이어라?"

"그렇께네, 하하. 말하자면 술이지만 술이 아일 수도 있고, 마신다카지만 마시지 않는다카는 뜻이기도 한데…… 하늘에 바라는 것 아무것도 엄꼬 남한테 달리 구하는 것 없이 스스로 한가롭고 편안한 것이 바로 이 누각에서 마시는 바요, 절친한 벗들이 찾아와 글을 논하는 것이 그 마시는 밑천이고, 하늘의 달과 구름이 그 안주고, 저 찬 소나무와 외로운 대나무는 마시는 이웃이라…… 뭐, 그런 이야깁니더. 하하. 하지만 내 오늘 대감께서 이 누추한 곳을 찾아 주셨응께 특별히 좋은 술을 대령할까 합니더."

"하하. 좋지요."

술에 관한 한 정철은 누구보다 할 이야기가 많은 사람이었다. 오죽했으면 주상이 제발 술 좀 많이 마시지 말라고 특별히 은잔銀盞을 하사하면서 그 잔으로 딱 한 잔씩만 마시라고 했겠는가. 정작 그는 그 은잔을 황감하게 받아들기는 했지만 그 잔의 크기가 작은 까닭에 몰래 두들겨 펴서 크기를 늘렸다는 이야기까지도 이미 널리 회자되고 있었다.

촛불이 파르르 떨리더니 촛농이 주르르 흘러내렸다. 손님 대접으로 아랫목에 앉은 정철은 한동안 말코지에 걸린 도포 자락을 하릴없이 쳐다보다가 깜빡 잊었다는 듯 다시 술잔을 들었다. 안채에서 들리던 가솔들의 두런거리는 소리도 잦아들었다. 띄엄띄엄 밤새 우는 소리가 들린다. 갑자기 심신이 아득해지는 듯했다. 정철은 약간 취한 듯 눈을 지그시 감고 그가 지은 시조인 〈장진주사〉를 읊조렸다.

"한잔 먹세 그려, 또 한잔 먹세 그려. 꽃 꺾어 산算 놓고 무진무진 먹세 그려."

정철, 그는 나름대로 강직한 성품을 가진 사람이었다. 원래 종실과 혼반으로 연결되어 어릴 적부터 궁궐을 출입하며 당시 경원대군이었던 명종 임금과 동무 사이로 지냈다. 그러나 명종 임금의 즉위 이후 역모의 누명을 쓴 계림군이 작은 누이의 남편이었기 때문에 아버지와 큰형이 함경도와 전라도로 유배되었다. 아버지를 따라 변방에서 어린 시절을 보낸 그는 열 살 남짓한 나이 때부터 권력에서 밀려난 자의 아픔을 뼈저리게 실감했을 것이다. 아마도 그는 임금의 뜻을 받들 수 있는 중앙 관직에 대한 갈증이 누구보다 컸을 법했다. 돌이켜 보면, 정철은 내암과 같은 나이지만 10년은 더 일찍 벼슬길에 나갔다. 관직에 오른 지 5년 만인 병인년(1566년), 명종 임금의 종형인 경양군이 그의 서얼 처남을 살해한 죄 때문에 투옥되었을 때, 사헌부 지평이던 그는 임금의 간곡한 부탁을 끝내 못 들은 체했다. 결국 원칙대로 처리된 경양군은 사약을 받아야만 했다. 정철은 파직되어 고향으로 내려갔고, 명종 임금은 그해 6월에 세상을 떠났다.

"이 몸이 죽은 후에 지게 우에 거적 덮어 주리혀 메여 가나 유소보장에 만인이 울어 예나 어욱새, 속새, 떡갈나무, 백양나무 숲에 가게 되면 누른 해, 흰 달, 가랑비, 굵은 눈…… 소소히 바람 불 제 뉘 불러 한잔 먹자 할꼬."

사람 한 몸 죽으면 그만인 것을, 거적으로 대충 덮어 지게에 지고 가서 묻으나 꽃상여로 호화찬란하게 장사 지내나 어차피 그게 그거 아니냐, 그러니 살아 있을 때 술이나 실컷 마시자는 권주가. 듣기에 따라서는 태종 임금이 정몽주의 마음을 떠보기 위해

읊었다는 〈하여가〉와 비슷한 맥락이었다. 이런들 어떠하리, 저런들 어떠하리, 우리도 만수산 드렁칡처럼 얽혀서 한백년 살고지고…….

"하물며 무덤 우에 잔나비 휘파람 불제 뉘우친들 어쩌리. 크으, 좋다."

정철은 마지막 구절을 읊은 뒤, 남은 잔을 주욱 비우고 잠깐 말없이 내암을 쳐다보았다. 그가 지금 하고 싶은 말이 무언지 대충 짐작은 갔다. 그가 임금의 두터운 신임을 받고 있던 작년 1월, 민심은 동시서비東是西非라, 곧 '동인이 옳고 서인은 그르다'가 국시라도 되는 것처럼 정철의 일파들을 다그쳤다. 훈척인 심의겸이 당파를 만들고 무리를 지어 사림에 화를 끼쳤으며, 정철이 그 무리의 수괴이므로 내쳐야 한다는 여론이 날이면 날마다 빗발쳤다. 내암이 신사년(1581년)에 심의겸과 정철을 탄핵했을 때는 임금이 극도로 신임하는 대사헌 이이가 그들의 버팀목 역할을 해주었지만, 이이가 죽고 난 뒤에는 임금의 생각도 차츰 바뀌어갔다. 내암이 심의겸을 탄핵한 이유는 그가 아비의 상중에 있으면서도 누이인 인순대비로 하여금 출사를 주선해주도록 부탁하여 권세를 잡으려 했기 때문이며, 그것은 곧 척신 정치의 잔재를 청산하고자 하는 신진사류의 바람을 정면으로 거스르는 일이었기 때문이다. 그때 심의겸이 사류를 끌어모아 성세를 조장했다고 하는 차자를 읽고, 그럼 그 사류들이 누구냐고 묻는 임금에게 내암은 윤두수, 윤근수와 함께 정철을 거명하지 않을 수 없었다. 이이는 정철이 거명되었다는 사실 자체만으로도 무척 심란해했다. 정철

과 가까운 이이의 난처한 입장 때문에 내암 역시 대놓고 정철을
표적으로 삼기에는 마뜩찮은 구석이 없지는 않았다.

정철이 입을 열었다. 어느새 취흥이 싹 가신 목소리였다.

"이보시오, 덕원."

"예, 말씀하이소."

"몇 년 전부터 저잣거리에 아그들 입에서 입으로 퍼지고 있는
노래가 있어라. 하마 들어보신 적 있을랑가 모르겠지만, 그 노래
가 '나라를 어지럽히는 자들은 동인이요, 나라를 망하게 할 자는
서인이라' 이런 내용이랑께."

"……."

"하하하. 물론 나라를 어지럽히는 거이 망하게 하는 것보다야
낫긴 하겠지라."

"우째서 그런 노래가 아아들 입으로 번져가고 있을꼬?"

"그니까 말씨, 그거사 그쪽 어른들이 고렇게 지어내갖꼬 아그
들한테 퍼뜨린 거겠지요. 서인들이 시방 나라를 망치는 역적놈들
이다, 이런 뜻으로다……."

정철이 말하는 그쪽이란 소위 동인들을 두고 하는 말이었다.
동인이니 서인이니 하는 말, 그 유래가 어떻든 내암으로선 그런
구분에 선뜻 동조하기 어려웠다. 남명 선생의 오랜 벗이었던 동
고 이준경 대감이 죽기 전에 임금에게 올린 차자에서 조정에 붕
당의 조짐이 나타나고 있다며 그 위험을 경고한 바 있었다. 그때
이이는 "조정이 청명한데 어찌 붕당이 있으리오? 사람이 죽으려
할 때에는 그 말이 착한 법인데, 준경은 죽을 때까지 그 말이 악

하구나!"라고 언짢아하며 비난했다. 이이는 왜 동고 대감의 경고를 그렇게나 못마땅해 했을까. 그의 비난으로 자칫 동고 대감은 죽어서까지 탄핵당할 지경에 몰리기도 했다. 그러나 동고 대감의 예언은 그가 죽기 전에도 이미 뚜렷한 불씨가 되어 타오르고 있었다.

임신년(1572년)에 남명 선생이 아꼈던 제자 오건이 낙향하면서 관례에 따라 추천권을 행사하여 이조정랑직에 김효원을 천거했다. 이에 심의겸은 김효원이 윤원형의 집에 처가살이를 하고 있던 사위 이조민과 친하여 한때 척신 윤원형의 문객이었음을 이유로 반대하고 나섰다. 남명 선생과 퇴계 선생의 문하를 거쳐 당시 소장 사림들의 대표적인 인물로서 청렴한 성품으로 신진 사류들의 존경을 받던 김효원이 등과 이전에 잠시 척신 윤원형의 식객이었다는 이유로 반대했던 심의겸의 지적도 물론 터무니없는 반대는 아니었다. 심의겸 역시 외척이면서도 사림 세력들을 숙청하려는 이량에 맞서 신진 사류들을 보호했다는 명분이 있었다. 결국 김효원은 2년이 더 지나서야 이조정랑직을 맡게 되었다. 그후, 을해년(1575)에 김효원의 후임으로 심의겸이 그의 동생인 심충겸을 추천했을 때, 김효원이 보였던 반발은 사실 지극히 당연한 결말이었다. 김효원은 심충겸이 심의겸과 마찬가지로 인순왕후의 형제인 척신이라는 이유로 이조정랑직에 적합하지 않다며 강하게 배척했다. 이때 김효원 쪽의 논리를 따른 이들인 김우옹, 이산해, 허엽, 유성룡, 이발, 우성전 등을 일컬어 동인이라 불렀고, 심의겸 쪽은 박순, 정철, 김계휘, 구사맹, 홍성민 등으로 서인이라 구분했다.

　이준경의 유지에서 언급한 붕당의 조짐에 대해 이이는 한치 앞도 내다보지 못했던 것일까. 아니면 세상 사람들이 모두 다 짐작하는 일을 혼자 부인하려고 했던 것일까. 그는 붕당의 실체를 부인할 수 없는 현실 앞에서 자괴감을 느꼈던 탓인지 스스로 당쟁의 조정자 역을 자임하고 나섰다. 하지만 그는 자신이 도움을 받았던 훈척들을 다분히 옹호하는 입장에서 결코 자유롭지 못했다. 중재자를 자임하는 자는 표면적으로 동과 서의 중간에 서 있다고 해서 자격을 갖추는 것이 아니다. 오히려 언제나 겉으로만 중간에 서려고 하는 자는 기회주의자로 보일 뿐이다.

　이이에 대해 극히 비판적이었던 대사간 송응개가 그랬다.

　"숙헌叔獻, 이이의 자이라는 자가 원래 인륜을 저버리고 중이 되었던 자 아니오. 선비들이 너 나 할 것 없이 그자와 한자리에 서는 것조차 수치로 알았는데, 좌의정을 지내다 뇌물 받은 것 때문에 파직된 외척 심통원沈通源이 주선하여 비로소 선비로 행세할 수 있었지요. 숙헌이 심씨 집안과 인척 관계에 있다는 것은 모두 아는 사실이잖소. 그러니까 숙헌은 심의겸의 심복 같은 사람이라 모두가 심의겸의 처신을 문제 삼을 때 숙헌만은 그걸 무마하려고 애쓸 수밖에 없다는 건 인지상정이라. 지난번 덕원이 의겸을 탄핵했을 때, 이이는 장관으로서 사사로이 덕원을 만나 만류하려고 애쓰다가 여의치 않자 뜻을 굽혀 따르면서 마치 애초에 의겸의 죄상을 전혀 몰랐던 것처럼 시치미를 떼지 않았소이까. 급기야 덕원이 정철도 의겸과 한패라 하여 같이 논핵해야 한다고 하자,

이이는 또 어떻게 했습니까? 그자가 이르기를 '정철이 의겸에 대하여 비록 정은 서로 깊지만 생각하는 바와 심사에 있어서는 두 사람이 전혀 다르다' 했는데 그것은 그 와중에서 정철을 빼내기 위한 것이었지만 사실은 바로 자신에 대한 변명이기도 한 것이지요. 공론이 일어난 뒤에는 감히 대놓고 의겸의 처지를 다시 두둔하지는 못했지만 말입니다. 비록 성상께서 진정에 힘쓰셨기 때문에 동서의 설이 겨우 잠잠해지기는 했지만 겉으로는 조정을 한다고 하면서 내심 상대를 무너뜨릴 모책을 자행했으니 그는 간사한 사람입니다. 처음에는 둘 다 옳지 못하다고 떠들다가, 그다음에는 의겸을 위해 변명하면서 '의겸의 뜻은 사실 나쁘지 아니하며 크게 죄가 될 것은 없지 않은가'라고 했다가 끝에 가서는 '정철은 의겸과는 전혀 다르다' 하여 전후 3차에 걸쳐 의겸을 논하면서 그때마다 말을 바꾸었으니 알 만한 사람이지 않겠소."

송응개는 그해 이이가 말을 상납하면 군역을 면제해주겠다는 방책을 시행했고, 또 왕명을 받고도 병을 이유로 입시하지 않은 죄를 묻는 상소를 올렸다. 이에 대해 영의정 박순과 성혼의 반박을 받았고, 남명의 문도로서 왕자인 임해군과 광해군의 사부였던 하락河洛 역시 이이를 변호했다. 하지만 송응개와 허봉, 박근원 등은 다시 이이의 탐욕과 말뿐인 당쟁 조정에 대해 비판했고, 정철은 아예 그들 각자의 죄를 소상히 밝혀 시비를 가리자는 승부수를 띄웠다. 결국 송응개는 회령, 허봉은 갑산, 박근원은 강계 등 극변 지방에 유배되고 말았다. 정철은 그때를 회상하며 말했다.

"아, 그래도 숙헌은 붕당의 폐해를 막고 보합保合을 이뤄볼라꼬

솔찬히 애썼다는 것이사 정공도 잘 아시지 않소이까?"

"양시양비兩是兩非에 머물렀다고 해서 이대감이 조정을 잘했다고는 할 수 없지예. 명색이 삼사의 언관들이 이 대감 본인에 대해 다소 거친 상소를 올렸다고 해서 그들을 죄다 변방으로 유배시키고 언로를 완전히 틀어막아버렸으니…… 그 일은 사실 대감께서 직접 주도한 일로 아는데, 아입니꺼?"

"그거사 내가 이참에 조정을 문란케 맹그는 시시비비를 싹 다 가려내서 죄가 있다면 밝히고자 한 거이고, 그 사람들이 사감을 가지고 정직을 가장한 채 공론을 들먹여 대신을 몰아내었응께 응당 그에 맞는 처벌을 해야 쓴다고 주장했지라. 그다음 해에 바로 숙헌이 세상을 뜨는 바람에 그 세 사람의 죄를 감해달라는 건의조차 할 틈도 없었고……."

"지난 신사년(1581년)에 나는 대감과 심의겸 대감을 공명정대하게 논핵해서 파직을 건의할라꼬 했는데, 이 대감이 논핵보다는 차자를 올리는 선에서 절충하자고 합디다. 그래서 그리했지예. 대감이 심의겸과 함께 사류들을 끌어들여 세력을 일으켰다는 점을 들어 문제로 삼았을 때 말입니더. 이 대감 자신의 입으로 얼마 전에 주상에게 정 대감은 고결한 선비라 칭송하기도 했는데 이제 와서 그를 심의겸의 당이라 배척한다면 자기가 뭐가 되느냐며 나더러 좀 변명이라도 해달라는 기라예. 지로서는 고민 끝에 대감이 심의겸과 사사로이 결탁할 정도는 아니었는데, 제 말이 좀 지나쳤다고 스스로 번복하고 낙향할 수밖에 없었지예. 따지고 보면 애초에 김효원과 심의겸이 붕당의 물의를 빚었을 때, 심의겸은 한양에서 가까운 개성 유수로, 김효원은 저 멀리 함경도의 경흥 부사로 나가게 한 것은 누가 봐도 이 대감이 심의겸 쪽으로 치우 쳤다고 볼 수밖에 없는 거 아입니꺼."

"그거는 아니지라. 숙헌은 둘 다 외직으로 내보내자고 했고, 실제 임지를 정한 거는 주상 전하께서 직접 그리 정하신 거지라. 오히려 숙헌은 김효원이 깊은 병을 가진 환자니 좀 더 가찹은 곳으로 옮겨달라꼬 부탁했지라. 그래갖꼬 김효원이 삼척으로 유배지가 바뀐 거 모르셨소이까……. 하하, 이 또한 옛날 야그인 기라. 헌데 이미 숙헌이 저세상 사람이 되고 말았으니 이 또한 부질없는 후일담인 것이고, 한때 숙헌의 문하에 있었던 정여립까지 이발에게 붙어서 숙헌을 비난하고 나서니 세상인심 참 고약허지 않소잉?"

송강이 정여립의 이름까지 들먹였을 때, 내암은 그의 심중에 단단히 또아리를 틀고 있는 적개심을 느꼈다. 한때 이이를 극진히 모셔왔던 정여립이나 이이를 무척 좋아했던 것으로 알려진 이발이었다. 당시 서인들의 주류는 유속을 따르는 옛 신하들이 대부분이라 노당老黨이라 불렸고, 젊고 진취적인 기상을 가진 자들은 대개 동인들과 교류하는 사람이 많았다. 중종반정 이래 임금이 네 번이나 바뀌면서 켜켜이 쌓여온 훈척 대신들은 결점이 두드러지고 있는 반면, 전조에서 중책을 맡지 못했던 명사들이 점차 삼사의 장관 등으로 형세가 바뀌게 되는 와중이었다. 이발과 정여립이 비록 같은 전주 사람이라고는 하나 이이가 죽고 나서 정여립까지 이발의 편에 선다는 것은 정철을 비롯한 서인들로서는 차마 용납하기 힘든 일이었던 것 같았다. 항간에서는 정여립이 이조전랑으로 물망에 올랐을 때 이이가 끝내 반대했기 때문에 그가 돌아서고 말았다는 식으로 해석하고 있는 모양이었다. 내막이야 어찌 되었든 정여립은 스승을 배척한 신의 없는 사람으로 치부될 수밖에 없었고, 급기야 임금의 눈 밖에까지 나게 되자 그는 낙향하지 않을 도리가 없었다.

이발과 정철은 이미 오래전부터 소문난 앙숙이었다. 들리는 말로는 언젠가 이발이 정철의 수염까지 몇 가닥 뽑아 수모를 준 일도 있다고 했다. 수염이 뽑힌 정철은 허탈하게 웃고는 시를 지어 감회를 남겼다고 했다.

푸른 버들 관북의 말발굽은 썩썩한데
綠楊官北馬蹄驕
객의 베갯가엔 사람 없어 적막함과 짝했구나
客枕無人伴寂寥
서너 개 긴 수염을 그대가 뽑아가니
數箇長髥君拉去
늙은 사내의 풍채가 문득 쓸쓸하여라
老夫風采便蕭條

사실 도승지와 대제학을 지냈던 이중호는 자신의 아들인 이발과 이길에게 이웃에 사는 정철과 가깝게 지내도록 특별히 부탁까지 했다고 한다. 그런데 일찍이 정철의 집안이 왕실의 인척으로 반역 사건에 휘말려 몰락했다는 이유로, 이발 형제는 그를 대놓고 배척했다는 게 정철의 말이었다. 동인의 돌격장이라 할 수 있는 이발과, 서인의 수문장 같은 정철의 화해 없이는 동서 보합이 사실상 불가능함을 알게 된 이이는 두 사람을 화해시키기 위해 술자리까지 마련했지만, 정철은 취중 논쟁 끝에 이발의 얼굴에 침까지 뱉는 불상사를 저지르고 말았다. 화합을 시도했던 자리가 두 사람을 영원히 갈라놓게 만든 것이었다.

밤이 깊어갔다. 송강과 함께 부음정에 나란히 누웠다. 생각하면 할수록 송강이 내암을 찾은 이유가 뭔가 아리송했다. 그가 말했듯 내암이 비록 그를 논핵했지만 "정덕원 같은 사람은 그 마음이 공정하니, 만일 길에서 만나면 내 마땅히 술 한잔을 함께 마시겠소"라고 했다는 그의 의중은 무엇일까. 단순한 허세였을까. 아니면, 오늘처럼 불쑥 먼 길을 걸어 내암을 찾아올 것을 미리 암시라도 했던 것일까. 모를 일이었다.

문득 그 무렵의 일들이 떠올랐다. 마흔다섯의 나이에 사헌부 정4품인 장령掌令을 제수받았을 때, 그해 돌아가신 장인 구졸암 양희 선생을, 그리고 8년 전에 돌아가신 남명 선생을 생각했다. 장인은 동지사로 명나라에 갔다가 타관인 옥하玉河의 객관에서 병사했다. 내암을 친아들보다 더 애틋하게 여겼던 선생을 먼 타관에서 돌아온 주검으로 대면할 수밖에 없었다. 8년 전에 돌아가신 남명 선생의 말씀은 아직도 생생했다. "나는 이제 덕원이 있으니 영원히 사는 것 같구나." 내암은 처사로 일관했던 선생의 삶과 중앙 정계로 나아가 당쟁의 회오리 한가운데에서 직언을 하던 끝에 결국 낙향하고 만 자신의 삶을 견주어보았다.

그들은 내암을 동인東人으로 지목하고 있었지만, 사실 내암이 처음 논핵한 이는 서인이 아니라 동인이었다. 수원현감 우성전. 자신이 맡은 고을의 일은 돌보지 아니하고 부모를 뵙는다는 핑계로 항상 서울에 머물러 있었으며, 많은 돈과 곡식을 서울 집으로 가져가 술과 안주를 차려서 방자하게 놀고 마시면서 업무에 태만하다는 죄목을 들어 그를 논핵했다. 그의 장인인 허엽許謙은 공교롭게도 내암이 영천군수를 지낼 때 경상감사였던 사람이었다. 그때 허엽은 비웃음이 담긴 눈으로 말했다. "정치는 밝게 다스렸을지 모르겠으나 바치는 것은 어째 풍성하지 못하네?" 그의 노골적인 모욕을 참아낼 만큼 벼슬에 미련은 없었다. 내암은 주저 없이 사직상소를 올리고 영천군수직을 내려놓았다.

그다음으로 역시 동인 쪽에 속하며 이황의 문인이기도 한 이조좌랑 이경중을 탄핵했다. 그가 정여립의 전랑 임명을 계속 반대하는 것은 능력 있는 사람을 시기하고 배척하는 행위로 해석되었다. 그때 대사헌 정탁이 내암의 의견에 반대하므로 각각 소견대로 달리 아뢰고 사퇴하기로 했는데, 사간원에서는 대사헌 정탁을 사임시키고 내암을 출사하게 할 것을 청했다. 그때 그의 논지가 좀 더 직무에 충실한 것으로 인식되었고 또 그것을 공론으로 인정했던 셈이다.

정철의 탄핵 때 지나치게 소극적인 태도를 보인 대사헌 이이, 그는 어느 한쪽에 치우치지 않은 조정자를 자임했지만, 결국 나중에는 노골적으로 자신은 서인의 편에 서 있음을 공고히 했다. 내암과는 같은 해에 태어난 그는 13세에 진사 초시에 합격했으나 친모인 신사임당이 사망한 뒤 계모의 구박에 시달리다 봉은사로 출가했다. 그로부터 불과 1년 만에 다시 세상에 나왔으나 한때 중의 신분이었다는 것은 그에게 치명적인 결함일 수도 있었다. 하지만 그는 아홉 번이나 내리 장원급제를 하는 명석함으로 세상의 손가락질을 꺾어버렸다. 그는 자신이 대사헌으로 재직하고 있는 사헌부의 장령으로 내암이 천거된 것을 처음에는 무척 반겼던 것 같았다. 나중에 확인해본 이이의 《석담일기》에는 내암을 칭송하는 한편, 그를 적대시하는 세력들이 생겨나고 있음을 암시하고 있었다.

　　장령 정인홍이 어버이를 뵈러 시골로 돌아갔다. 인홍은 사헌부에 있으면서 위풍으로 제재하여 백료들이 진작되고 숙정되었고 거리의 장사치들도 감히 밖에다 금하는 물건을 내놓지 못하였다. 한 무사가 시골에서 입경하여 어떤 이에게 말하기를, "장령 정인홍은 그 모습이 어떻게 생겼는가? 그 위엄이 먼 외방까지 뻗치어 병사, 수사나 수령 무리까지도 두려워하고 삼가 경계하니, 진실로 장부로다"라고 하였다. 이 말을 이이가 듣고는 웃으면서 말하기를, "덕원이 헌관이 되니 많은 사람들이 꺼려하고 미워하는데, 이 무사는 오히려 칭찬하니 그가 바로 장부다" 하였다. 이에 정인홍이 서울을 비우니 성 안의 방종한 자들은 모두 기뻐하기를, "이제야 어깨를 펴겠다" 하였다.

하지만 내암의 논핵이 심의겸을 거쳐 정철에게 이르게 되자 이이는 곤혹스러운 속내를 굳이 감추려 하지 않았다. 그가 많은 사람들의 신망을 받고 있는 중신이라는 점을 모르는 바 아니었던 내암으로서는 조정의 공의를 떠나 동서의 진영 논리에 자신을 가두는 이이의 처신을 이해할 수가 없었다. 이이는 자신이 천거했던 안민학에게 말했다. "나는 덕원을 가죽鞲으로 삼고 덕원은 나를 줄弦로 삼아 그와 내가 하나로 합친다면 어찌 중한 일을 도모하지 못하겠는가." 그러나 정철처럼 아주 젊은 나이에 출사했던 그는 내암과 동갑이면서도 노회한 늙은 대신과 다를 바가 없었다. 이이의 눈에 비친 내암 정인홍은 단지 젊은 혈기를 내세운 촌뜨기 원칙주의자에 지나지 않을지도 몰랐다. 내암은 그가 보합을 위한다는 명분으로 교묘하게 중도를 탐하는 태도의 진정성을 믿을 수가 없었다. 그것이 결국 내암이 벼슬을 버리고 낙향하게 한 이유이기도 했지만, 내암은 그 이후 중앙 조정에 다시는 발을 들여놓고 싶지 않았다.

죽도의 피바람

이듬해 공주교수 조헌이 만언소萬言疏를 올렸다. 정철을 변호하고 정여립과 이발의 흉패함을 논박하는 등 다섯 차례에 걸쳐 지부상소持斧上疏하는 결기까지 보였다. 그의 괄괄함은 이미 정평이 나 있었다. 생전의 이이가 그의 성급함을 언짢아하며 말했던 기억이 있다. "매양 요순의 정치를 당장에 회복할 수 있다고 여기는지 쓸데없이 요란함을 면치 못하니, 그 사람은 좀 더 단련되고 통달하기를 기다려야 할 텐데……."

조헌이 정철을 변호하고자 하는 뜻은 명확했다. 정철이 술을 주체 못한다는 비난을 받기도 하지만, 안으로는 몸을 해친 사실이 없고 국가의 대사를 담당해서는 제대로 처리해나가는 능력도 있는 사람이지 않느냐는 것이었다. 하지만 정여립은 스승을 배반한 자이며, 이발, 이길 형제는 정철이 백방으로 충고하여 미혹에서 돌아오기를 바랐는데도 끝끝내 정철을 해치려드는 자라고 비방했다. 임금은 "무익한 시비의 논쟁을 하기보다는 각자 자신을 돌이켜 스스로 반성하는 것이 바람직스럽다"라고 말하며 받아들이지 않았다.

나이 서른의 유생 이귀는 한술 더 떴다. 이이와 성혼의 문하에서 공부한 자라고 하는데, 이발과 정여립을 비난하는 장황한 상소에서 서인의 억울함을 개탄했다. 그는 서인이라 지목되는 사람은 처음에는 심의겸의 친구와 그를 따르는 사람들로서 삼윤三尹 같은 무리가 바로 그들이며, 다음에는 서인을 구원하러 나서는 자를 지목하는 말이니 정철 같은 무리를 일컫는 말이며, 그다음에는 동인도, 서인도 아니며 중립하여 치우치지 않는 사람까지 서인이라 했다. 이는 이이와 같은 선비를 일컫는 것이고, 오늘날에 이르러서는 사림으로서 이이와 성혼을 높일 줄 아는 사람을 서인이라 한다고 주장했다. 임금은 그가 소장에서 거명한 심의겸에 빌붙던 무리가 창을 거꾸로 들고 이제 심의겸을 공격하는 자들이 누구인지를 물었고, 이귀는 백유양, 노직, 송언신, 박근원, 송응개, 윤의중, 이산해, 정희적 등을 거명했다. 임금은 이귀의 말에 한편으로는 솔깃한 듯 보였다.

그런 상소들의 여파가 편전을 어지럽히고 있던 기축년(1589년) 10월이었다. 뜻밖의 역모 소식이 들려왔다. 죽도의 정여립이라고 했다. 그런데 정여립이 있는 전라도가 아닌 황해도에서 역모의 고변이 조정에 당도했고, 조정에서 파견한 관군들이 죽도를 온통 포위한 가운데 정여립이 스스로 자결했다는 것이었다.

"자결을 했다꼬? 정수찬이?"

소식을 가져온 문홍도에게 내암은 버럭 소리를 지르지 않을 수 없었다. 정여립이 자결을 했다면 역모를 인정했다는 것이고, 그렇게 된다면…….

"진안현감 민인백이 장계를 올렸는데, 죽도로 달아났던 정수찬이 칼을 거꾸로 땅에 꽂고 지 스스로 목을 베고 죽었다카는데, 이기 말도 안 되는 기라예. 암만캐도 그 민인백이가 정수찬을 죽이놓고 자결한 것처럼 꾸민 것 같십니더. 아니, 역모를 도모했시모 일을 꾸민 수하들하고 한바탕 전투라도 벌이다가 죽든지 도망가든지 해야 마땅한 일 아입니꺼. 그란데 매가리 없이 지 스스로 그리 허망하게 죽었다카는 거는 말도 안 되는 기지예. 재작년 정해년에 손죽도에 쳐들어온 왜구들을 말끔히 소탕했을 정도로 잘 훈련된 대동계 조직이 있었다카는데, 병장기나 무기 한 점도 발견하지 못했다 하거든예. 정작에 역모를 꾸몄다는 증거가 하나도 없으이 이 자체가 조작 아이겠습니꺼."

"그게 언제라캤노? 여립이 언제 죽었다꼬?"

"10월 14일이랍니더. 정수찬은 죽도에서 죽었는데, 그 시체와 함께 아들 옥남을 잡아 서울로 끌고 갔다고 합니더."

그러면 이제 겨우 사흘이 지난 셈이다. 정철이 부음정을 다녀간 지 꼭 3년 만이었다. 그사이 갑신년(1584년)에 파직되어 쫓겨났던 심의겸이 죽었다. 또 정철이 합천에 왔던 병술년(1586년)에 송사련의 자식들인 송익필, 송한필 형제는 노비가 되지 않으려고 멀리 황해도로 도망가서 숨었다. 추노꾼들이 쫓았지만 서인 쪽 벼슬아치가 숨겨주고 비호하는 바람에 잡을 수가 없었다. 송익필의 아비인 송사련은 원래 노비였는데, 주인인 안당을 모함하여 역모를 고변하는 바람에 순흥 안씨 일족이 신사무옥으로 멸문의 화를 입었다. 안당의 손자 안윤의 노력으로 70년이 흐른 병술년(1586년)에 와서야 복권되었는데, 안윤은 송사련 일족이 무고를 통해 벼슬까지 했으나 원래 자기 집안의 노비였으므로 환천還賤해야 한다는 판결을 받아냈다. 하루아침에 송익필은 노비로 전락하게 된 것이다. 송익필은 천민 출신이지만, 학문과 문장이 뛰어나 이이와 성혼 등과 친분이 두터웠다. 한때 송익필을 가리켜 서인의 제갈공명이라는 말까지 생겨났을 정도였다. 그런 송익필이 다시 노비의 신세로 전락하게 될 위기를 맞이하게 된 데에는 이발을 비롯한 동인들이 가세한 측면이 있었으므로, 송익필로서는 동인들에게 원한을 깊이 품을 만했을 것이다. 정철이 낙향한 이래 조헌과 이귀, 조광현 등이 만언소를 올리고 동인들의 실책을 낱낱이 지적했던 것도 송익필과 무관치 않아 보였다. 임금까지도 조헌의 지부상소는 조정에 원한을 품은 송익필의 사주가 있었으리라 짐작했을 정도였다.

정여립이 역모를 일으켰다? 믿을 수 없는 일이었다. 그가 서인들의 표적이 된 것은 정여립을 천거했던 이이가 죽고 난 후 정여립이 동인인 이발과 가깝게 지내면서 사실상 동인으로 전향했기 때문이다. 더구나 경연에서 이이와 성혼의 처신을 비판했던 것을 두고 서인들이 그를 가리켜 스승을 배반한 송나라의 형서邢恕와 같은 자라고 비난함과 아울러 눈엣가시처럼 생각했으며, 임금 또한 그를 언짢게 여겼던지라 정여립은 버슬을 그만두고 낙향하지 않을 수 없었다. 하지만 내암이 알기로는 정여립이 이이의 제자라고 하는 건 억지였다. 정여립이 이이를 처음 만났을 때, 그에게서 처음 받은 질문은 고향이 어디냐는 것이었다. 전라도 전주라고 하자 이이는 "어찌 하여 서인인 나를 찾아왔는가?"라고 물었다고 했다. 그 당시 호남의 선비들 대부분이 동인의 편에 서 있었기 때문이다. 정여립은 이이에게 그는 서인당西人黨을 찾아온 것이 아니라 이이 선생을 찾아온 것이라 대답했다고 한다. 둘의 나이 차이는 열 살 정도였으며, 이이가 편지에서 정여립에게 존형尊兄이라는 호칭을 쓴 걸로 봐서 두 사람이 사제지간이라고 보기는 어려웠다. 이이의 문하에 있던 의주목사 서익이 말했듯 정여립이 이이를 가리켜 "공자는 익은 감이고, 율곡은 덜 익은 감이다. 이렇게 반쯤 익은 감이 다 익지 않을 수 있겠는가. 율곡은 진실로 성인이다"라고 했다는데, 그리 치자면 서인이었던 남언경이 정여립을 가리켜 "학문이 뛰어날 뿐만 아니라 그 식견은 다른 사람이 감히 따르기 어렵다"며 주자에 비기기도 했던 헌사는 또 어떻게 봐야 하겠는가.

아무튼 이이를 비롯하여 정철과 송익필까지 자기네 사람이라고 생각했던 정여립이 이이가 죽은 다음에 동인으로 돌아섰다는 사실에 대해 그들은 매우 분개했다. 조헌과 이귀의 상소에서도 빠짐없이 정여립을 신의가 없는 사람으로 몰아붙였다. 하지만 낙향한 정여립이 더 이상 버슬을 하기 어려운 것을 비관하여 일거에 조정을 뒤엎을 거사를 꾸몄다는 것은 아무리 생각해도 납득하기 어려운 일이었다.

저녁이 되었을 때 거창에서 정경운이 왔다. 거의 10년 전부터 내암의 문하에 들어 수학을 하고 있는, 올해로 나이 서른넷의 선비였다.

"선생님, 이런 변이 있십니꺼? 정여립이 역모로 몰렸다쿠모 자칫 선생님한테꺼정 화가 미치지 않을까 싶어 걱정이 돼서 왔십니더."

"무신 그런 걱정까지……."

내암은 쓴웃음을 지었다. 아닌 게 아니라 그가 정여립하고 전혀 무관하다고만 할 수는 없었다. 그가 사헌부의 장령으로 있을 때 정여립이 몇 번이나 청현직에 추천된 것을 거듭하여 불가하다고 했던 이조좌랑 이경중을 탄핵한 적이 있다. 능력 있는 사람을 뚜렷하지 않은 이유로 일부러 배척한다는 것은 옳지 않다고 봤기 때문이다. 그때 이발은 정여립을 지지했고, 유성룡은 이경중과 함께 반대편에 섰다. 동인인 유성룡과 이경중도 정인홍과 뜻을 달리했던 것이다. 정여립의 역모가 사실로 굳어지면, 결국 이경중이 선견지명이 있었던 셈이고 내암은 금일의 역적을 비호했던 셈이 된다.

정경운이 들고 온 소문은 그뿐이 아니었다. 정여립은 전라도 진안의 죽도에 틀어박혀 있었는데, 그가 역모를 꾀한다는 고변이 관가로 들어간 것은 뜻밖에도 황해도에서였다. 10월 2일, 황해감사 한준이 장계를 올렸다. 재령군수 박충간과 안악군수 이축, 신천군수 한응인 등이 정여립의 대동계원이라는 조구와 이수, 그리고 승려 의암을 붙잡아 서울로 압송하면서 '전직 수찬인 정여립이 모반을 꾸미고 있다', '역적들이 장차 금강을 건너 한강에 이르고 연로 봉수와 역졸들의 왕래를 끊어 궁궐을 범할 계책을 세우고 있다'는 내용이었다. 그러니까 전라도와 황해도에서 동시에 군사를 일으켜 강이 어는 겨울에 서울을 치려는 계책을 세우고 있다는 것이었다. 그런데 하필이면 왜 황해도에서였을까. 이이가 거처하고 있던 황해도는 이이 사후에 정여립이 이이를 등졌다고 해서 그에 대한 원망이 자자했던 곳인데 거기서 정여립이 역모를 일으킬 계책을 꾸몄다는 것 자체가 말이 안 되는 일이었다. 결국 송익필이 조작한 것이라 볼 수밖에 없었다. 송익필은 황해도 백산 부근에 은거하고 있다는 소문이 있었다. 역모에 가담했다고 하여 잡혀온 조구와 이수, 의암을 친히 추국하던 임금은 "이렇게 우매한 자들과 어떻게 역모를 일으킬 생각을 했더란 말인가"라고 한탄할 지경이었다고 했다. 장계에 올라간 거사 계획은 아마도 그 우매한 자들의 입에서 나온 자백이었을 텐데, 제 몸 하나 건사하기도 쉽지 않을 무지렁이들이 미리 알고 있을 만한 계책이라고 보기는 어려웠다.

"그 왜, 지난번에 왔던 정대감 있지 않습니꺼?"

"정철 말인가?"

"예. 그 정대감이 지난 열하룻날 입궐해갖꼬 주상을 만나 비밀 차자를 올렸다카네예."

"정철이, 비밀 차자를?"

"예. 그라고서 바로 우의정에 임명이 되고, 역모 사건을 조사하는 위관이 되었다는 기라예. 근데 정수찬을 잡으러 집으로 쳐들어간 금부도사 유담이 죄인이 달아나서 행방이 묘연하다는 장계를 올렸는데, 그 정대감은 정수찬이 죽도에 가 있다는 사실을 이미 알고 있었다고 하더랍니더."

전라도에 있던 정철이 서울에 올라가 임금을 뵙고 비밀 차자를 올린 뒤 위관이 되고, 그가 이미 정여립의 행방까지 알고 있었다면…… 누군가를 시켜 정여립을 죽도로 유인하여 민인백이 살해한 후 자살로 위장했다는 이야기다. 황해도에서 잡힌 무지렁이 세 사람을 추국하던 임금도 처음에는 설마 그럴 리가 있겠냐며 의아해 했지만, 정여립이 죽도에서 스스로 목숨을 끊었다는 장계를 받아보고서는 역모를 확신할 수밖에 없었을 것이다. 정여립을 죽도로 유인한 사람은 변숭복이라는 대동계원이었다고 하는데, 그도 정여립의 칼에 맞아 그 자리에서 즉사했다고 했다. 정여립도, 변숭복도, 죽은 자는 말을 할 수 없으니…….

열흘 뒤인 10월 27일, 서울로 압송된 정여립의 시체는 군기시 앞에서 조정 백관들이 차례대로 도열한 가운데 능지처사를 당했다. 또한 정여립의 부모와 아내 및 자식들도 모두 붙잡혀와서 교살됐고 그의 첩과 노비들은 정여립 일행의 나포에 공이 많은 진안 현감 민인백 등 공신들에게 하사되어 그들의 소유가 됐다. 또 정여립이 살던 집을 파서 연못으로 만들었고 정여립과 조금이라도 인척이 되는 집안들은 전주에서 먼 지방으로 모두 쫓겨났다. 임금은 백관들을 거느리고 종묘에 역적을 소탕했음을 고하고 중죄인을 제외한 잡범들을 석방하는 등 사건이 거의 마무리되는 듯했다.

그러나 동짓달 초하루에 임금이 역모 사건에 대한 소회를 널리 묻고자 구언求言하는 교서를 내리자마자 곳곳에서 역모 관련자들을 논척하는 상소가 빗발쳤다. 정여립의 조카 정집鄭緝이 모진 고문 끝에 실토하면서 정신없이 끌어낸 사람만 해도 70여 명에 이르렀다. 역모에 관련된 자로 정언신, 정언지, 홍종록, 정창연, 이발 등의 이름이 나왔다. 또 이틀 뒤에는 호남의 생원 양천회가 이발, 이길, 김우옹, 백유양, 정언신, 최영경 등이 역적 정여립과 교분을 맺어 서로 복심이 된 자라고 논척했다. 좌상이던 정언신과 아우 정언지는 정여립과 일가라는 이유로, 송익필과 적대 관계에 있던 이발, 이길은 평소 정여립과 교분이 깊었다는 이유로, 정개청은 정여립의 집터를 봐주었다는 이유로, 병조참지였던 백유양은 정여립과 사돈을 맺었다는 이유로 문초를 받다가 장독으로 죽거나 유배지에서 죽었다. 김우옹도 정여립과 주고받은 편지 때문에 회령으로 귀양을 갔다.

양천회의 상소에 이름이 올랐지만, 수우당 최영경에 대해서는 양사에서 거듭 죄를 묻기를 청했으나 경상우도에서 명망이 높았던 탓에 좀처럼 임금의 허락이 떨어지지 않았다. 전라감사 홍여순이 최영경은 정여립과 함께 역모를 계획한 상장군 길삼봉이라고 적시하는 비밀 장계를 올리자 이듬해(1590년) 8월에 최영경을 잡아와 국문했다. 그동안 정여립 역모의 핵심이라고 전해진 길삼봉을 찾기 위해 각도에서 길삼봉 소문을 들은 자마다 잡아서 족쳤다. 이들이 말하기를 "삼봉은 나이 60세쯤 되고 낯은 쇠빛이고 살이 쪘더라", "삼봉은 나이가 30세인데 키가 크고 낯이 여위었다", "삼봉은 나이 50세쯤 되고 수염은 길어서 허리에까지 내려오며 낯은 희고 길다" 등등 저마다 말이 달랐다. 나중에 가서는 "삼봉은 진주에 사는데 나이는 60세이고 낯은 수척하고 수염을 배까지 길렀고 키가 크다, 삼봉은 곧 최영경이다"로 모아졌다.

나중에 알게 된 일이지만, 양천회는 정철의 사주를 받아 최영경을 길삼봉이라 지목한 것이었고, 전라도 화순에 사는 진사 정암수가 여러 명과 연명으로 이산해, 정언신, 정인홍, 유성룡 등은 역당이므로 멀리할 것을 청하는 상소를 올렸다. 특히 정인홍은 정여립과 친분이 매우 두터우며 정인홍의 딸을 정여립의 아들에게 출가시키기 위해 혼담이 오가는 사이라는 무함까지 하였는데, 그 상소문 자체가 정철의 손에 의해 작성되었다는 증언까지 나왔다. 양천회는 두 번에 걸친 국문 끝에 장독으로 죽었고, 있지도 않은 딸을 정여립의 아들에게 시집보내려 한다는 정암수의 상소 자체가 무고를 입증하는 근거가 되어 내암은 별 탈이 없었다.

하지만 최영경은 무슨 조짐이라도 느꼈던 것일까. 한때 성혼과 가깝게 지내던 최영경은 어느 날 술자리에서 정철을 실망스럽고 형편없는 소인이라고 말하던 끝에 자신의 무릎을 쓰다듬으며 "이 무릎이 나중에 정철에게 고문을 당하는 일이 있을지 모르지만, 내 어찌 소인을 군자라 할 수 있겠는가"라고 했다고 했다. 결국 성혼과의 관계도 멀어졌다. 최영경이 옥에 갇혔을 때 성혼의 제자들이 최영경을 구원해주기를 청했을 때 성혼은 "그자가 원래 성질이 편벽된 사람이라, 또 그의 호가 삼봉이었다는 걸 너희들은 모르느냐?"라고 했다. 성혼의 제자들은 모두 혀를 차면서 "수우당이 죽는구나"라며 안타까워했다. 최영경의 억울한 누명을 안타깝게 여긴 이항복이 좌의정 유성룡에게 대신으로서 억울한 죽음을 막아줘야 하지 않겠느냐고 했더니, 유성룡은 "나 같은 사람이 어찌 그를 구할 수 있겠는가. 그대도 목숨을 소중히 하시게"라며 딴청을 피웠다.

정여립이 최영경에게 '두류산에서의 약속'이라는 글귀가 포함된 편지를 보낸 걸로 봐서 평소에 두 사람이 친밀했던 것은 분명하며, 역모가 드러나기 전에 정여립이 최영경의 집까지 몸소 찾아온 적도 있었으니 서로 결탁한 것은 움직일 수 없는 사실이라고 승정원에서 아뢰었다. 최영경은 쓸쓸한 목소리로 진술했다. "그런 편지가 있는 줄은 생각도 못했는데, 답장을 쓴 일은 없고 몇 백 리 떨어져 사는 정여립이 내 집에 왔다는 건 전혀 사실이 아니다. 한때 이이가 세상에 이름이 나자, 온 세상 사람들이 옛날의 어진 사람이 다시 나타났다고 칭송했다. 나는 '그게 반드시 그렇지 않다'라고 말하며 혼자 웃었더니 나중에 나더러 선견지명이었다는 사람들이 있던 반면, 이이와 그의 추종자들이 나를 원수 보듯이 하더니 결국 이런 모함을 받게 될 줄이야……."

최영경은 국문을 몇 차례 당하고 옥에서 풀려났다가 다시 투옥이 되는 등 우여곡절을 겪더니 한 달여 만인 9월 10일, 감옥에서 숨을 거두고 말았다. 최영경이 길삼봉이라고 지목했던 홍여순의 장계에 대해 그 근거를 묻자 김수, 강경희, 홍정서, 정홍조 등 많은 사람들의 이름들이 거명되었으나 실체는 오리무중이었다. 결국 근거 없이 최영경을 무고한 홍정서 등이 반좌율의 죄를 받을까 우려한 나머지 옥졸을 매수하여 최영경을 독살했다는 소문까지 나돌았다. 70여 명의 이름을 거명한 정집은 처형되기 전, "많은 관료들을 이 역모 사건에 끌어들이면 살려주겠다더니 왜 나를 죽이느냐"고 원통해했다. 김빙이라는 자는 원래 안질이 있어 찬 바람을 쐬면 눈물을 흘리곤 했는데, 정여립의 추형이 있던 날 그가 정여립의 죽음을 애도하여 눈물을 흘렸다는 누명을 쓰고 장살되었다. 최영경에게 편지를 보내 '이 사건은 역모가 아니라 죄 없는 선비들을 몰살하는 사화士禍라고 해야 맞다'고 했던 이황종李黃鐘과 최영경의 동생 최여경崔餘慶도 고문 끝에 죽었다.

내암은 최영경의 무고함에 대해 두 차례나 상소를 올려 그를 구원하고자 했지만 끝내 최영경의 목숨을 구할 수 없었다. 무엇보다 어릴 때부터 최영경이 어떤 사람인지를 잘 아는 성혼이 최영경의 무고를 간하지 않았고, 또 정승으로서 책임을 가진 유성룡 또한 죄 없는 그를 충분히 구원할 수 있음에도 나 몰라라 방치했다는 사실에서 내암은 깊은 절망과 분노를 홀로 삭혀야만 했다. 기축년(1589년)에 시작된 옥사는 최영경의 죽음 이후에도 신묘년(1591년)까지 끈질기게 이어졌다. 신묘년 윤3월에는 칼춤을 미친 듯이 춰왔던 정철이 파직되었고 6월에는 진주로 귀양을 갔다. 정철의 후임으로 좌의정이 되어 위관을 맡은 유성룡은 옥에 갇힌 지 2년이 된 이발의 노모와 어린 아들을 신국하도록 했다. 옥사의 마침표를 찍어야 했기 때문이다. 우의정 이양원이 늙은이와 어린아이에게는 형벌을 실시할 수 없다고 하였지만, 받아들이지 않았다. 노모 윤씨는 82세였고, 아들 명철은 열 살이었다. 노모는 장형을, 아들은 압슬형을 받다가 죽었다. 이발의 가문에서 화를 면한 자가 없었고 가산은 모두 적몰되었다.

3부

애나다, 애나다! 진퇴양난

아, 진주성

신묘년(1591년) 3월, 일본에 갔던 통신사가 돌아왔다. 작년 3월에 일본으로 떠났던 통신사 일행이 7월에 일본에 도착한 후, 넉 달을 더 기다려 11월에서야 관백 풍신수길이란 자를 만나고 돌아왔다. 꼭 1년이 걸린 셈이다. 풍신수길이 보내온 친서는 충격적이었다. 명을 치려고 하니 조선이 선봉을 서라는 내용이었다. 도대체 수길이란 자가 어떤 자인지 임금이 물었다. 정사 황윤길이 그는 눈빛이 예리하고 담력과 지략이 있는 위인이라 단순히 엄포로 그칠 것 같지 않다고 했다. 그러나 부사 김성일은 풍신수길이 쥐새끼처럼 용렬하게 생긴 걸로 보아 두려워할 만한 위인이 아니며 괜한 엄포로 조정을 희롱하는 것 같다고 했다. 둘 중 누구의 말이 옳다 하더라도 왜국의 동정이 심상치 않다는 건 엄연한 사실이었고 서둘러 최소한의 대비책을 세워야만 했다. 또 하나 난처한 문제가 있었다. 일본의 동향에 대해 명에 그 사실을 알려야 하나 말아야 하나……. 그걸 두고 입씨름하느라 두 달이나 시간을 보냈다. 허장성세로 끝나게 되면 명의 비웃음을 살 것이며, 이 사실을 알리지 않았다가 왜적이 쳐들어오면 조선과 왜국이 서로 짜고 명을 치려는 것으로 오해할 수도 있는 일이었다. 오랜 설전 끝에 일본에 잡혀갔다가 도망쳐온 포로가 진술한 것으로 가볍게 전하는 것으로 낙착되었다.

하지만 명은 이미 알고 있었다. 걱정했던 대로 조선과 왜국이 동맹하여 명을 치려고 한다는 것으로 의심했다. 명의 오해는 풀고 일본의 침략에 대비한 대책을 세워야 했지만, 3년을 끌어온 기축사화의 후유증은 이만저만이 아니었다. 송나라의 진덕수眞德秀가 말하기를, "나라 안에 관리들의 도둑질이 있은 후에 밖에서 오랑캐가 쳐 들어온다"라고 했다. 만약 이 와중에 왜적이 쳐들어온다면 나라의 원기라고 할 수 있는 선비들을 무참하게 몰살시킨 나라 안의 도적들이 오랑캐를 불러들인 것이나 마찬가지였다. 어쩌면 그 도적들 중의 괴수는 다름 아닌 임금이라 해도 지나침이 없었다. 권세에 밀려났던 자들이 평소의 사사로운 원한을 반역이라는 허물로 뒤집어씌운다 하더라도 임금 스스로 그 미친 칼춤을 3년이나 끌고 갔다는 사실만으로도 이 나라는 이미 나라가 아니었다. 전국 곳곳의 지방관들은 왜군의 침입에 대비하기 위해 농민들을 무리하게 징발하여 축성 공사를 벌였다. 농사철을 놓친 백성들의 원성이 커졌지만 어쩔 수 없는 일이었다. 더구나 유생들까지 축성 공사에 동원하니 성벽이 높아질수록 밑바닥 민심은 더욱 피폐해졌다.

1년이 금방 흘렀다. 임진년(1592년) 4월 14일, 왜군 15만 명이 부산포로 몰려왔다. 이틀 만에 부산진과 동래성이 떨어졌다. 초기 전투에서 별다른 타격을 입지 않은 왜군은 파죽지세로 북상을 거듭했다. 신속하게 한양을 점령하는 것을 목표로 했기 때문에 탄금대전투가 벌어진 4월 28일 이전에는 왜군 주력부대의 진로가 경상우도 지역을 비껴갔지만, 산발적인 노략질은 이미 곳곳에서 시작되고 있었다. 신립이 탄금대에서 어이없이 패하고 임금은 다시 개성에서 평양으로 파천했다. 개전 한 달도 안 되어 서울까지 위태로웠다.

4월 19일, 고령의 김면金沔이 합천에 왔다. 공조좌랑을 지냈던 그는 고령지역의 부호였다. 내암은 그와 함께 경상감사 김수金睟를 만나 왜군 토벌을 위해 일어서고자 하는 뜻을 밝혔으나 그는 전혀 호응할 생각이 없었다. 사실 김수는 왜군의 위세에 놀라 진주를 비워두고 거창, 합천으로 피신을 온 처지였다. 그는 대놓고 의병을 불신했다. 의령의 곽재우가 이미 4월 22일에 장정 50여 명을 이끌고 창의했을 때 곽재우를 도둑으로 몰아 처벌하려다 마찰을 빚기도 했다. 의병이 초계와 신반현 관아의 창고를 뒤져 무기와 군량을 확보했기 때문이었다. 실제로 의령에서 정대성이란 자가 의병을 모집한다더니 장정들을 모아 도적질을 하다 합천군수 전현룡에게 잡혀 참수되는 일까지도 있었다. 다행히 초유사招諭使 김성일金誠—이 공문으로 통유문을 적어주고 공식적인 의병으로 인정해주어 곽재우는 무사했다.

내암은 김면과 함께 경상우도 고을마다 통문을 돌렸다. 드디어 5월 10일, 합천군 가야면 숭산동에서 약 3천 명의 대군으로 창의했다. 전치원, 박성, 곽준, 곽율, 문경호, 박이문, 박이장, 조응인, 문홍도, 정인함, 허종선, 정경운 등 창의한 68인의 의병장들은 대개 남명 선생의 문인들이었다. 전체 병력을 창병, 사수, 기병 등으로 조직적으로 편제하고, 부산진 첨사를 지낸 손인갑을 중위장으로 삼았다. 초유사 김성일은 내암에게 의병대장 칭호를 주어 공식적인 의병 창의로 인정했다. 합천, 초계, 고성, 진주 등에서 군졸과 백성들이 굶주림을 참지 못하여 도적이 되어 대낮에 관곡을 탈취하기도 했다. 노비들이 주인에게 반항하여 들고 일어나기도 했다. 굶주린 백성이나 가혹한 노역으로 피땀을 쥐어짜이는 노비들에게는 사실 서리들이나 왜적이나 그게 그거였다. 그들이 화적떼가 되지 않고 의병에 합류하도록 만드는 것 또한 무엇보다 중요했다.

첫 전투는 낙동강변 무계에서 벌어졌다. 왜군의 주 보급로인 낙동강을 통한 주운을 봉쇄하기 위한 작전이었다. 6월 5일 새벽, 무계의 보루를 야습하여 의병군은 왜군 100여 명과 왜장 수 명을 참살했다. 조정은 영남의병의 공을 치하하고 내암에게 진주목사를 제수했고, 박성은 공조정랑, 김면은 합천군수에 보했다. 전쟁터를 전전하는 의병장들에게 그런 벼슬은 칼 한 자루, 쌀 한 가마니보다도 못했다. 보름 뒤에는 왜군의 주운에 동원된 선단을 직접 공격했다. 낙동강 곡류 부분에 장애물을 설치하여 왜군의 선박들을 좌초시킨 다음 집중 공격을 퍼부어 1, 2진으로 나눠진 손인갑의 부대는 적선 열두 척을 모조리 수장시켰다. 하지만 불운하게도 이 전투에서 장군 손인갑孫仁甲을 잃고 말았다. 거제현령이었던 김준민金俊民이 손인갑을 대신하도록 했다. 7월 6일에는 김준민과 더불어 군사 2천8백여 명을 거느리고 안언의 적을 공격하여 400여 명을 섬멸했다. 8월 중순부터는 성주성 공격을 시도했다. 성주성은 대구와 추풍령을 잇는 왜군의 주 보급로를 지키는 요충이었기 때문에 성주를 탈환하면 왜군의 보급에 막대한 차질을 줄 수 있었다. 성을 지키는 왜군이 2만 명을 넘었다. 초유사 김성일의 도움을 받아 운봉과 구례의 관군 5천여 명을 지원받았다. 하지만 1차 공격은 실패로 끝났다. 김면은 의병대기義兵大旗를 잃었고, 고령의 가장 손승의가 탄환에 맞아 전사했다.

의령의 곽재우도 5월 말부터 6월 초까지 낙동강 지류를 중심으로 벌어진 정암진 전투에서 쾌승을 거두었다. 9월 중순에 영산, 창녕을 탈환했다. 이와 함께 경상우도 북측 노선을 통해 전라도로 진입하려던 왜군은 전라도 의병과 조선군의 저항으로 이치, 웅치, 금산 전투에서 막혔다. 이제 호남으로 통하는 길은 남해안 육로를 따라 고성을 통해 진주를 치는 방법밖에 없었다. 진주는 호남의 보장保障으로 진주가 없으면 호남이 없고, 호남이 없으면 나라 전체의 앞날도 위태로워질 것이 뻔했다. 초유사 김성일 스스로 죽지 않고서는 진주성을 나가지 않겠다고 했을 정도였다. 왜군의 대대적인 침입이 예상되는 가운데, 진주목사 김시민은 의병을 포함한 군사들을 모아놓고 큰소리로 물었다. 모두 애〔창자〕

가 터져 죽을 때까지 싸우겠느냐고 물었다. "애나가?" 병사들은 하나같이 큰 소리로 화답했다. "애나다! 애나다!" 그것을 야간전투시 암구호로 삼기로 했다. "애나가?" "애나다!" 한마음이 되어 외치는 조선군의 악에 받친 함성 소리에 터져 나온 그들의 창자가 이미 진주성벽에 몇 겹으로 주렁주렁 내걸린 것처럼 비장함이 넘쳐흘렀다.

10월 1일, 함안 쪽에서 왜군들의 분탕질이 시작되었다. 인근의 반성창班城倉이 불에 탔다. 다음 날, 진주성 동쪽 소촌에 대략 3만이 넘는 대군이 몰려들었다. 새로 경상감사로 임명된 김성일은 조종도趙宗道를 전라좌우도 의병장들에게 보내어 원군을 요청했다. 삼가의병장 윤탁, 의령의병장 곽재우, 초계가장 정언충 등은 동쪽에서, 김준민을 장수로 한 내암의 의병군은 북쪽에서, 전라의병 최경회는 서쪽, 고성의 조응도와 복병장 정유경은 남쪽에서 지원했다. 곽재우의 의병도 일부 수성군에 합류했다.

3천8백여 명의 군사가 진주성을 지켰다. 성 밖의 의병들이 곳곳에서 소리 지르고 북을 두드리며 포를 쏘았다. 밤중에 곽재우의 군사 2백 명이 북산에 올라 횃불을 들고 나팔을 불며 방포하면서 함성을 질러댔고 성 안의 군사들도 크게 외치면서 호응했다. 성 안팎에서 만만찮은 의병들의 기세에도 불구하고 적군들은 차츰 진주성을 조여들었다. 남강변의 절벽이 둘러싼 남쪽과 서쪽은 견고했으나 해자가 있는 북쪽과 성 아랫마을과 연결된 동쪽이 취약했다. 동쪽, 북쪽에서 겹겹이 몰려드는 적의 군세는 살기가 등등했다. 천둥처럼 터져 나오는 적의 함성에 강물까지 몸을 떨었다. 10월 8일, 적의 본격적인 공성이 시작되었다. 조선군의 진천뢰, 질려포가 쉴 새 없이 불을 뿜었고, 아름드리 돌덩어리가 수십 차례 아래로 굴렀다. 적은 끈질기고 교활했다. 2경頃 무렵, 고성 조응도와 복병장 정유경이 군사 5백여 명으로 치고 빠지는 유격전을 펼쳤다. 성 안팎에서 조선군과 의병은 호각을 불고 대종을 쳐서 많은 수의 구원병이 오는 것처럼 위장해 적의 사기를 꺾었다.

그렇게 성 밑을 파고들다가 물러서기를 수십 차례. 그로부터 이틀이 흘렀다. 10월 10일 4경 초에 왜군이 막사에 불을 밝히고 수레에 짐을 실어 나가기 시작했다. 적이 퇴각하는 것 같다는 보고에 조선군의 사기는 하늘을 찌를 듯했다. 하지만 그건 속임수였다. 적은 다시 어둠을 틈타서 성 밑으로 소리 없이 스며들었다. 만여 명의 왜군이 한꺼번에 동문 쪽으로 집중되었다. 화살과 돌을 피하기 위해 방패나 멍석으로 머리를 싸거나 쑥대를 엮어 만든 관을 쓴 적들이 사닥다리를 타고 올랐다. 가면을 쓴 풀 인형을 먼저 사닥다리에 올려 조선군을 속인 후에 적들이 성에 기어올랐고 기병 천여 명이 뒤를 따라 돌진했다. 비가 퍼붓듯 총알이 쏟아지고, 우레 같은 적의 함성이 먼저 성을 넘었다. 왜장들은 말을 타고 칼을 휘두르며 끊임없이 독전했다. 김시민 목사는 동문 쪽에 사수를 집중 배치했다. 진천뢰의 포탄이 가급적 공중에서 터져 적의 머리 위에서 철편이 쏟아지도록 신관 장치를 조절하도록 했다. 질려포도 무수히 터뜨렸다. 성 안의 백성들도 끓는 물을 옮겨 와서 들이붓고, 불붙인 짚단까지 어지러이 던졌다. 적이 성을 오르기 전에 모두 죽여야 했다. 성 밑에 수북이 깔린 마름쇠를 밟고 발이 찢겨진 왜군, 화살을 맞고 떨어지는 왜군, 시석에 맞아 죽거나 머리와 얼굴이 데인 왜군들이 성 아래에 삼단처럼 쌓여갔다.

성 동쪽의 저항이 워낙 완강하자 적의 2진, 만여 명이 어둠을 틈타 갑자기 북문 쪽으로 몰려들었다. 물이 깊지 않은 성 북쪽의 해자는 크게 도움이 되지 못했다. 수십 개의 사다리를 성벽에 대었다. 수천 발의 총알이 쐑쐑 소리를 내며 귓속을 파고들었다. 성 가퀴를 지키는 군사들이 일시에 무너졌다가 최덕량, 이납, 윤사복 등의 활약으로 대오를 다시 정비했다. 남녀노소 불문하고 돌과 불을 던져 성중의 기왓장과 돌, 초가지붕이 거의 다 없어질 지경이 되었다. 그러던 와중에 갑자기 김시민 목사가 쓰러졌다. 총알이 그의 이마를 관통한 것이었다. 목사를 대신하여 곤양군수 이광악이 북장대를 지켰다. 이광악이 쏜 화살이 쌍견마雙肩馬를 탄 왜장을 맞춰 거꾸러뜨렸다. 북문 쪽의 함성이 성 안을 뒤흔들었다. 잠시 후 눈에 띄게 적세가 누그러졌다. 한참 만에 동녘이 밝아왔다. 해가 완전히 뜬 진시쯤 되자 적이 퇴군하기 시작했다. 하지만 섣불리 성문을 열고 나가 퇴각하는 적을 칠 수도 없었다. 적은 왜구들의 시신을 끌어다 촌락에 모아놓고 불에 태웠으므로 왜구의 머리를 벤 것은 겨우 30여 두에 불과했다. 적이 물러간 후, 불에 타버린 집터마다 인골이 곳곳에 산처럼 쌓여 있었다. 죽은 왜군은 지휘관이 대략 3백 명에, 병사는 만 명이 넘었다. 김시민 목사는 총알에 맞아 의식이 없었고, 우리 쪽의 피해도 큰 상황이었다. 병력이 부족하여 적을 추격해서 다 죽여버리지 못하는 것이 매우 통분했다. 그러나 진주성을 끝까지 지켜냈다는 감격으로 온 군사들은 서로를 부둥켜안고 울며 외쳤다. "애났다! 애났다!"

11월에 내암의 외아들 연沇이 의병 투쟁 중에 병으로 사망했다. 올해 22살밖에 되지 않은 청년이었다. 허망한 일이었다. 내암은 스스로 제문을 지어 아들을 위로했다.

> 작년에 네가 아들을 잃고 금년엔 내가 너를 잃었으니
> 부자간의 정은 네가 먼저 알았구나
> 너의 장례는 내가 치른다만 나의 장례는 누가 치르겠느냐
> 너의 죽음에 내가 곡을 하지만 나의 죽음엔 누가 곡을 하겠느냐
> 늙은이 통곡하니 청산이 찢어지려 하는구나

12월 초부터 내암과 김면의 의병 부대와 전라도 관군은 성주의 일본군과 산발적인 접전을 계속했다. 12월 10일을 기하여 나흘간 전 병력이 집중적으로 성주성을 공격했다. 일거에 성을 함락시키는 데까지는 이르지 못했으나, 아군의 끈질긴 파상 공격에 견디지 못한 왜군은 이듬해 정월 보름날 밤, 드디어 자진해서 성을 비웠다. 왜군은 개령 쪽으로 철수했다. 이로써 경상우도, 낙동강 서쪽 지역이 모두 수복되었다. 왜군은 부산-대구-문경-조령-용인-서울을 잇는 외길, 육로 보급선에만 의존해야 하는 상황에 놓이게 되었다. 성주성 공략의 선봉에 섰던 의병장 김면은 의병군을 일으킨 뒤 한 번도 갑옷을 벗지 않은 채 큰 전투만 10여 차례, 대소 전투 40여 차례를 거듭했다. 그동안 만석꾼의 가산을

모두 탕진하여 처자가 문전걸식을 할 지경이 되었으나, 그는 전장을 떠날 수 없었고 가족을 돌보지도 못했다. 끝내 전장의 과로로 병을 얻어 계사년(1593년) 3월 11일, 금릉군 하리의 어느 병영 막사에서 숨을 거두었다. 그가 죽기 전에 한 말이 모두의 가슴을 치게 했다.

지금까지 나라가 있는 줄은 알았지만, 이 한 몸이 있는 줄은 몰랐구나

只知有國 不知有身.

전쟁이 한고비를 넘고 있는 듯했다. 왜군은 진주성 공략에 실패한 뒤, 계사년 1월에는 조명연합군에게 평양성을 함락당하고 서울로 철수했다. 1월 말에 벽제관 전투에서 명군을 대파한 왜군이 잠시 기세를 올리는 듯했지만, 2월에는 행주산성에서 크게 패했다. 혹독한 추위가 닥쳐오고 낙동강 쪽의 보급로가 끊겨 식량 조달에 어려움을 겪던 왜군은 3월 말부터 4월까지 부산포 인근으로 총퇴각했다. 후퇴하는 왜군을 뒤쫓아 동해 바다로 모조리 몰아넣고 싶은 마음이야 굴뚝같았지만, 벽제관에서 패퇴했던 명군은 더 이상 왜군과 싸우려는 의지가 없었다. 4월 중순부터 심유경과 왜장 소서행장 사이에 강화 협상이 진행된다는 소문이 나돌았다. 애초에 명을 칠 테니 너희가 앞장서라는 터무니없는 요구를 했던 풍신수길이었다. 이를 들어주지 않자 조선을 침략하여 수많은 백성을 죽이고 온 나라를 노략질한 왜군이 아니던가. 그

들을 하나도 남김없이 도륙하여 이 땅에서 쫓아내는 것 외에 무슨 협상이 있을 수 있단 말인가. 그것도 이제 겨우 평양성만 탈환해놓고 더 이상 전선으로 병력을 휘몰아칠 생각조차 없는 명이 왜국을 상대로 협상하여 무엇을 얻겠다는 것인가. 있을 수 없는 일이었다. 그러나 풍신수길은 조선의 왕자를 인질로 보내고 조선의 남쪽 4도를 왜에게 이양하라는 등의 말도 안 되는 조건을 내걸고 협상을 시도한다고 했다. 그런데 명의 사신은 풍신수길이 자신을 일본 국왕으로 책봉해줄 것과 명에 조공을 하고 무역을 재개하는 것만을 원할 뿐이라는 거짓 협상안으로 봉합을 시도하고 있는 모양이었다. 그런 협상이 순조롭게 이뤄질 리 없는 일이었다. 그런데 우리 조정에서는 영의정 유성룡을 필두로 적극적으로 협상에 임해야 한다는 이가 없지 않다고 하니…….

그런 와중에, 소서행장이 심유경에게 했다는 말이 심상치 않았다. "관백關白이 작년에 많은 군사를 보냈다가 진주에서 좌절을 당했으므로 전 병력을 동원해서라도 그 성을 쳐서 무찌르라 한다. 나는 중지하고 싶으나 가등청정加藤淸正이 듣지 않으므로 일본 군사가 진주로 향하거든, 성을 비워서 괜한 피해를 입지 말고 사람들을 살리도록 하는 게 좋지 않겠는가"라고 했다는 것이었다. 실제로 풍신수길은 2월 17일부터 5월 20일에 걸쳐 다섯 번이나 진주성을 공격하라는 명령을 내렸다. 그중에는 김시민 목사가 죽었다는 사실을 모른 채, '모쿠소(목사)'의 목을 반드시 베어오라는 명령을 내리기도 했다. 수길은 진주성을 점령하여 전라도와 경상도를 장악하라는 명령을 내리면서 전투를 태만히 하는 장수들의 영지를 몰수하겠다고 위협했다. 진주성을 함락한 뒤 모든 관민들은 물론 살아있는 짐승까지 모두 죽이라고 지시했다는 말도 들렸다. 총 12만1천6백 명의 병력을 동원, 사실상 왜군의 전 병력을 진주성 공격에 투입하는 공성 계획을 노골적으로 공표한 뒤 은근히 무혈입성을 노리고 있는 셈이었다.

6월 초하루, 내암은 곽재우와 함께 산음에서 경상감사 김륵을 만났다. 내암과 왜군을 막아내기 위해 서로 오랫동안 고민을 나누었던 전임감사 학봉 김성일은 4월 29일에 이미 병사한 뒤였다. 순변사 이빈과 충청감사 황진도 자리를 함께했다. 김륵이 말했다.

"도원수 김명원과 전라순찰사 권율은 이미 전라도 쪽으로 후퇴했지만, 나보고 그러더이다. 소서행장이라는 왜장이 심유경한테 진주성을 며칠만 비워놓으면 왜군들이 성 안에 들어갔다가 금방 퇴각할 것이라고 했다는데…… 도원수도 일단 성을 비우고 후일을 도모하자고 합디다. 하지만 내 생각은 다르오. 적장의 말을 어찌 믿을 것이며, 호남으로 통하는 길목인 진주성을 싸워보지도 않고 내줄 수는 없는 일 아니겠소. 경상우병사 김천일과 호남 출신 의병들이 이미 진주성에 들어가 있고, 지난번 적을 물리쳤던 것처럼 진주성에 가면 살 길이 있을 거라는 생각에 수만 명의 피난민들도 먼저 진주성에 들어가 있으니까 그대들도 진주성으로 들어가 지켜주시오."

"내가 듣기로는 10만이 넘는 왜군이 전부 진주성으로 몰려온다 카는데 머를 우찌 해야 저 외로운 성을 지킬 수 있겠소."

내암이 근심 어린 얼굴로 김륵의 말을 받았다. 옆에 있던 곽재우는 머리를 설레설레 흔들어 보이며 말했다.

"이거는 아입니더. 적을 헤아릴 수 있어야 군사를 부릴 수도 있는 거 아입니꺼. 지금 적병의 엄청난 세력을 보건대 그 누구도 당하지 못할 기세를 떨치고 있지 않습니꺼? 둘레가 5리밖에 안 되는 성으로 도대체 10만 대군을 우찌 방어할 수 있단 말입니꺼? 10만 명이모 5리밖에 안 되는 성을 암만 못해도 서른 겹 이상을 둘러쌀 수도 있을 낀데, 그거를 무신 수로 당해낸단 말입니꺼. 나는 차라리 밖에서 지원을 할지언정, 성 안에는 안 들어갈랍니더."

이 말을 들은 경상감사 김륵이 벌컥 화를 낸다.

"장수가 대장의 명령을 거역하다니 이래서 군율이 서겠는가. 10만 대군이 몰려오고 성은 바람 앞에 등불 같은데 그나마 싸울 줄 아는 장수라는 자가 자기는 밖에서 지원이나 하겠다니……."

"보이소, 영감. 내 하나가 죽든지 살든지가 문제가 아잉기라예. 지금까정 수없이 많은 전투를 벌이며 생사를 같이 해왔던 내 금쪽같은 병사들을 우찌 승산 없는 싸움에 몰아넣는단 말입니꺼? 내는 마 요서 콱 죽었시모 죽었지, 성 안에는 못 들어가겠소."

곽재우는 단호했다. 승산 없는 전투를 벌이기보다는 차라리 성을 비우는 공성전을 하자고 강력히 주장했다. 김륵의 옆에 서 있던 순변사 이빈의 얼굴도 얼음처럼 굳었지만, 곽재우의 말에 대놓고 힐난하지는 못했다. 그 또한 경상도 지역에 남은 관군 중 몇 안 되는 지휘관이었다. 반면에 충청병사 황진은 표정 없이 담담했다. 최경회와 김천일은 전라도에서 의병을 창의했다가 관직을 받아 관군을 통솔하는 지휘관이 되었고 진주성에 들어온 의병들은 대개 호남 사람들이었다. 어떻게든 전투를 피하려고 하는 명군은 물론 진주성의 안위에는 관심이 없었고, 도원수 김명원과 권율 장군, 그리고 곽재우는 전략적인 차원에서라도 성을 비우자는 쪽이었다. 하지만 다시 한 번 진주성의 대첩을 기대하는 임금과 호남 의병과 관군을 인솔하고 성 안에 들어온 김천일과 최경회, 김륵은 작년처럼 죽기 살기로 진주성을 지키자는 쪽이었다.

"우찌 해야 좋겠노? 지금 성주성이나 합천 해인사를 지키는 병력을 모두 여기로 옮겨올 수도 없고…… 진주성을 비우는 기이 적이 파놓은 함정일 수도 있겠재?"

내암은 중위장 김준민에게 물었다. 작년처럼 진주성 북쪽에서 외원하는 쪽을 택할지, 성 안에 들어가 싸울지에 대해서. 내암의 의병 부대는 상당수의 관군과 함께 성주성 주변 지역에 주둔하고 있었다. 사실 한쪽에서는 강화 협상을 하고 있는 와중에 풍신수길에게 명분을 주기 위해 진주성을 잠시 점령했다가 비우겠다는 제안을 억지 논리로 배척하기도 어려웠다. 오히려 이런 상황에서 진주성에서 대규모의 공성전을 벌인다는 것 자체가 더 비현실적이기도 했다.

"지가 군사 5백만 명을 데리고 진주성으로 들어가겠십니더. 적이 성동격서의 속임수를 쓰는 긴지도 모리고, 성주성과 해인사도 꼭 지키야 되는 요충지 아입니꺼. 적들이 쳐들어온다캐도 과연 어느 정도의 군사가 올지도 안즉 정확하게 모리는 기고……."

내암도 김준민의 생각과 크게 다르지 않았다. 하지만 곽재우는 불길한 예감을 떨칠 수 없는 것 같았다. 결국 그는 정암진에서 남강을 따라 진주로 진입하려는 적들을 막고 외원外援하기로 했다. 내암은 김준민을 진주성에 들어가게 하는 한편, 성주에서 상황을 보아 병력 지원 여부를 결정하기로 했다. 회의를 마치고 물러나오는 길에 곽재우가 충청병사 황진에게 말했다.

"장군은 충청도 병마절도사 아입니꺼? 장군처럼 중요한 사람이 멀라꼬 도원수도 잠시 성을 비우자고 하는 마당에 뻔히 죽을 곳으로 가겠다는 깁니꺼? 내캉 고마 성 바깥에서 싸우자캉께네……."

"하마 창의사倡義使 김천일 장군하고 약속했응께 우짤 수 없지라. 요로코롬 외로븐 처지에 이르러 어뜨케 약속을 어길 수 있간디요? 설사 죽는다 해도…… 신의를 저버릴 수는 없지라."

황진은 푸릇한 웃음기를 띠면서 대답했다. 그는 앞서 용인 전투에서는 패하였으나 패잔병들을 수습해 전력을 보존했고, 권율과 함께 이치 전투에서 왜군을 크게 쳐부수는 전공을 세웠다. 통신사가 일본에 갔을 때 그는 호위무관으로 따라갔다가 쌈짓돈을 털어 보검 한 쌍을 사가지고 돌아왔다. 황진은 "머지않아 적이 올 텐데 이 칼로 그놈들을 베리라"고 했다던 장수였다. 황진과 김준민은 진주성으로 들어갔고, 내암은 성주성으로, 곽재우는 정암진으로 돌아갔다.

장마가 시작되었다. 날이 갈수록 남강물은 수량이 늘어났고 물빛도 탁해지기 시작했다. 6월 16일, 적의 선봉이 돌연 함안을 쳤다. 적세는 한 번도 경험하지 못했을 정도로 강하고 탄탄했다. 함안은 한나절도 안 되어 무너졌다. 18일, 왜군이 함안 쪽에서 의령의 정암진을 급습했다. 곽재우의 의병 부대는 죽도록 싸웠으나 도저히 당해내지 못할 형세여서 끝내 퇴각할 수밖에 없었다. 왜군은 의령에 들어가 마음껏 분탕질을 했다. 6월 19일, 왜군이 의령으로부터 곧바로 진주로 향했다. 군세가 산하를 뒤덮고 총소리가 땅을 진동시켰으며 고함 소리가 하늘까지 이어졌다. 왜군이 척후 부대를 단성, 삼가, 곤양, 사천 쪽으로 나누어 배치했다. 모두 적어도 몇천 명이나 되는 큰 부대였다. 작년의 공성 계획이 실패했던 원인을 여러모로 분석하여 외부로부터의 지원 가능성을 뿌리째 뽑으려는 계책이었다. 진주 사방의 요충지들을 점거한 그들은 외부의 원군이 아예 접근하지 못하도록 두세 겹의 방어막을 쳤다.

최경회는 도절제, 황진은 순성장을 맡았다. 진주목사 서예원은 가족 모두를 진주성 안으로 불렀다. 모두가 죽는 한이 있더라도 진주성을 떠나지 않겠다는 결의를 보인 것이라 성민들은 작년과 마찬가지로 적의 침략을 분쇄할 수 있을 것으로 믿었다. 그리고 여러 도의 관군과 의병은 다섯 구역으로 나누어 맡고 계엄 하에 적의 공격을 기다렸다. 수성 병력의 규모는 임진년 진주성 전투 때보다는 두 배쯤 많아 대략 7천명에 달했다.

6월 21일, 왜군의 기병이 동북쪽 산 능선에 출몰했다. 22일 진시에는 적의 기병 수백 명이 북산에 올라 진을 벌여 기세를 과시했다. 적은 이미 사방팔방 곳곳에서 와글거렸다. 20일부터 시작된 비가 계속 내렸다. 강물은 이미 황톳물이 되어 벌건 몸을 뒤척이고 있었다. 적은 결코 서두르지 않았다. 그나마 수성군이 의지하고 있던 북쪽의 해자를 무력화시키기 위해 그들은 서쪽의 나불천 쪽으로 강바닥을 파내어 물을 빼내기 시작했다. 해자는 이틀도 되지 않아 바닥을 드러냈다. 왜군들은 강바닥이 마르기를 기다려 흙을 가져다 메워서 해자가 있던 곳을 아예 큰 길로 만들어버렸다. 성 바깥에서 적들이 벌이는 계책을 성 안에서는 어떻게 막을 도리가 없었다. 북장대 위에서 내려다보니 적이 쳐놓은 천막이 끝을 알 수 없을 정도로 벌판을 메우고 있었다. 개경원 산중턱과 향교 앞길에 적의 본대가 자리 잡고 있는 것이 빤히 보였다. 성 안팎에는 빗물이 넘쳐나고 성 밖에는 적이 넘쳐났다. 겨우 10만 평 정도에 불과한 진주성 전체가 갈수록 불어나는 강물과 적들의 함성소리 위에 큰 대야처럼 떠올라 이리저리 흔들거리는 듯했다.

23일, 적의 공격이 시작되었다. 하지만 함성과 총소리만 가득할 뿐, 적은 공성하는 시늉만 내다가 물러나고 또 몰아쳐 오기를 서너 번 거듭했다. 24일에는 적의 새로운 부대가 더 와서 말티고개 쪽에 진을 넓게 벌였다. 6월 25일, 왜군이 동문 밖에 흙을 쌓아 언덕을 만들고 그 위에 토옥을 세웠다. 성벽 높이보다 더 높은 그 토옥에 올라 성 안을 내려다보면서 비가 퍼붓듯이 총을 쏘았다. 그러자 황진의 지휘 아래 성 안에서도 높은 언덕을 쌓았다. 그가 먼저 전복과 전립을 다 벗고 초저녁부터 밤새도록 몸소 돌을 짊어지고 나르니 성 안의 남녀들이 기꺼이 축조를 도와 하룻밤 사이에 완성되었다. 그곳에서 현자총통을 쏘아 적의 소굴을 맞혀 부수었으나 적은 곧장 다시 만들었다. 새벽녘이 될 때까지 적이 서너 번의 공세를 퍼부었으나 수성군은 끝까지 잘 버텼다. 적은 다시 물러갔다.

다음 날, 왜군은 아예 동쪽 성벽을 바닥에서부터 파고들어가기 시작했다. 동쪽으로 완만하게 경사진 성벽의 밑부분을 헐었다. 커다란 궤짝을 소가죽으로 싸서 그것으로 탄환과 화살을 막았다. 빗줄기가 굵어졌다. 성벽 기초 부분이 물러져 그대로 내버려두면 언제 성 한 쪽이 무너질지 알 수 없었다. 성 안에서 큰 돌을 밑으로 던지고 화살을 빗발처럼 쏘아대니 견디지 못한 적군이 그제야 물러섰다. 비가 잠시 그쳤다. 적들이 이번에는 큰 나무기둥 수십 개를 동문 밖에 세우고 그 위에다 판옥을 만들어놓았다. 그 속에서 많은 불화살을 성 안으로 쏘아대니 초가집들이 일시에 타서 하늘에 연기와 불꽃이 가득했다. 하루 종일 몇 차례의 공방전이 이어졌다.

27일, 왜군은 동문, 북문 밖 다섯 군데에 언덕을 쌓았다. 그 위에 대를 엮어 책柵을 만들어놓고서 성 안을 내려다보고 총질을 해대자 총을 맞고 죽은 이만 수백 명에 달했다. 또 사륜거를 만들어 철갑을 입은 수십 명의 적이 궤를 밀고 들어와서 철추로 성문을 뚫기 시작했다. 김해부사 이종인이 지휘하는 사수들이 화살을 날렸다. 성 안의 사람들은 수십 개의 기름 횃불을 만들어 궤를 향해 던졌다. 화살에 맞고 사륜거가 불타자 왜군이 잠시 물러났다. 초경 무렵, 왜군이 다시 신북문 쪽 성벽을 기어오르자 이종인과 부하들이 힘껏 싸워서 물리쳤다. 다시 비가 내리기 시작했고, 시간이 갈수록 빗줄기가 굵어졌다. 북문 쪽에 집중되는 적의 공격을 막느라 잠시 소홀했던 동문 쪽 성벽 아래가 왜군들에 의해 꽤 깊게 파였다. 언제 성이 무너질지 알 수 없었다. 왜군은 성 아래쪽을 파고들어 가는 작업을 보호하기 위해 몇 개의 부대가 한꺼번에 성 안을 향해 공격을 퍼부었다. 적의 공격도 막아야 했고, 성벽을 허무는 적의 작업도 막아야 했다. 이종인과 황진이 군사들을 독전하여 수없이 많은 왜군들을 죽였다. 동문 성벽 아래에는 왜군들의 시체가 이미 몇 겹이나 쌓였지만, 적은 공세를 늦추지 않았다. 급기야 순성장 황진은 시체더미 속에 숨어 있던 왜군이 쏜 총알을 머리에 맞고 쓰러졌다. 순성장의 죽음은 급속도로 군사들을 비탄 속으로 밀어 넣었다. 슬픔과 두려움보다도 이제는 도무지 어떻게 해볼 수 없는 게 아닌가 하는 무력감이 더 컸다.

29일에 병사 최경회는 장윤으로 대신 순성장을 삼았다. 하지만 얼마 안 되어 장윤도 탄환에 맞아 죽었다. 많은 비가 계속 쏟아졌다. 미시에 동문 쪽 성벽이 무너지기 시작했다. 왜군들이 무너진 성벽을 타고 개미떼처럼 새까맣게 붙어서 올라왔다. 이종인과 병사들은 활을 버리고 창과 칼을 가지고 육탄전을 벌였다. 적을 죽인 만큼 아군도 죽었다. 양쪽의 시체가 산처럼 쌓여갔다. 또 서문과 북문에서도 성벽을 기어오른 왜군이 고함을 치고 돌진하니 창의사 김천일의 군사가 무너지고 흩어졌다. 이제 왜군들은 거침없이 성 안으로 밀려들어왔다. 결국 이종인도 적의 탄환을 맞고 죽었다. 촉석루까지 밀린 김천일은 퇴각하여 피하도록 권하는 부하들을 바라보며 외쳤다. "내 마땅히 여기서 죽겠노라. 애다!" 김천일은 그의 아들 상건을 안고 촉석루 절벽에서 몸을 던져 남강에 빠져 죽었다. 왜군은 동쪽 성을 완전히 무너뜨렸고, 조선군은 더 이상 저항하지 못했다. 이제 남은 것은 끝없는 살육뿐이었다. 군사들 모두가 적의 칼을 맞았고, 성민들도 남김없이 적에게 도륙당했다. 성에서 죽은 백성들만 해도 6만 명에 달했다. 성 안에 쌓인 송장이 천 구가 넘었고, 촉석루에서 뒤벼리 쪽 모래톱까지 쌓인 송장이 수십 겹으로 이어졌으며, 청천강으로부터 무봉에 이르기까지 10리 사이에 죽은 시체가 강물을 막고 있다가 둑이 터지듯 천천히 떠내려갔다. 황토빛 강물이 검붉은 핏빛으로 변해갔다. 속을 드러낸 진주성은 애가 터져 나와 모든 것이 불에 타고 그을렸다.

내암은 진주성 함락 소식을 그날 저녁에 접했다. 성민 6만 명과 군사 7천 명이 몰살당했다는 소식에 억장이 무너졌다. 곽재우가 옳았던 것일까. 알 수 없었다. 무엇을 지키기 위한 수성이었던가. 그 또한 알 수 없었다. 왜군의 노략질을 피해 성 안으로 들어간 양민들만이라도 성을 버리고 나와 제각기 목숨을 보전하라고 했더라면……. 가까이 전라좌수사 이순신이 진주성 소식을 듣고 한탄했다. "진주가 함락되었다니, 그건 어떤 미친놈의 헛소리일 것이다. 진주가 그럴 리 만무하다." 정말 믿을 수 없는 일이었다. 성을 비우면 잠시 성을 차지했다가 며칠 안에 성을 비울 것이라고 했던 왜장의 말도 믿을 수 없었지만, 성을 함락한 뒤 살아 있는 목숨은 하나도 남기지 않고 모조리 무자비하게 도륙했다는 왜놈들의 만행이라는 것이 참으로 믿을 수 없는 일이었다. 도대체 무

엇을 위해서, 그들은 그렇게 잔인할 수밖에 없었던 것일까. 내암
은 며칠 내내 헛구역질을 해야 했다. 의병장군 김준민의 죽음은
온전히 그의 책임이었다. 전쟁 초기에 내암 역시 한때 진주목사
를 맡았다. 그 7만 성민이 하나도 남김없이 왜군들 손에 죽었다
니…… 그는 거듭되는 구역질을 멈출 수 없었다.

광해 임금

　진주성을 점령한 왜군은 진주성에 딱 보름간 머물렀다. 7만 명의 조선 군사와 성민들을 남김없이 도륙한 그들은 촉석루에서 성대한 연회를 벌였다. 그들은 진주 인근의 고을을 쥐 잡듯 뒤져 기녀들을 불러 모았다. 며칠을 두고 계속된 술판 끝에 왜장 게야무라 로쿠스케毛谷村六助가 어떤 기녀에게 끌어안긴 채 절벽에서 떨어져 죽었다. 기녀는 열 손가락 마디마디에 반지를 끼고 있었더라고 했다. 기녀의 이름은 논개였고 병사 최경회의 첩실이라고 했다. 흥이 깨진 술판은 그렇게 끝이 났다.

　7월 14일, 왜군들은 진주를 떠났다. 2차 전투가 벌어지던 6월 16일부터 서장대 쪽에서 하나둘 흘러내려오던 유등流燈은 성이 함락되기 전날까지 계속 이어졌다. 대나무를 엮어 발을 만들고 바깥을 한지로 두르고 그 속에 초를 꽂아 불을 밝힌 그 유등은 성 안의 군사들이 성 바깥의 가족 친지들에게 보내는 안부 편지였다. 그중에는 아마도 성 안의 정보를 전달하려는 목적도 있었을 법했다. 유등의 대부분은 하류 지역에 진을 치고 있는 왜군들 때문에 제대로 전달되지 못했다. 왜군들이 성을 비우고 떠난 7월에 유등이 다시 남강을 따라 점점이 떠서 흘렀다. 아마도 그 유등들은 살아남은 사람들이 성 안에서 목숨을 잃은 군사와 성민들의 넋을 달래는 것이려니 싶었다. 밤마다 점점이 떠내려 오는 유등은 애끓듯 아름다웠고, 또 그래서 많은 이들이 서럽고 원통한 눈물을 흘렸다.

8월 초순에 이여송의 명나라군 3만 명이 조선에서 철군했다. 10월에는 임금이 한양으로 환도했고 이듬해인 갑오년(1594년)에는 남아 있던 명군들이 완전히 철군했다. 그러나 진해 웅치를 비롯한 남해안 일대에 아직도 4만 명에 가까운 왜군들이 진을 치고 남아서 노략질을 이어갔다. 명과의 강화 협상이 기약 없이 늘어지는 바람에 왜군들을 완전히 쓸어내지 못한 채 세월만 자꾸 흘렀다. 전쟁이 일어난 지 5년째 되던 병신년(1596년) 5월과 6월에 나머지 왜군들이 모두 물러갔다. 하지만 그게 끝이 아니었다.

이듬해인 정유년(1597년) 2월, 왜군 14만 명이 다시 침공했다. 명과의 강화 협상 조건에 만족하지 못한 풍신수길은 조선이 왕자를 인질로 보내지 않았다는 이유 등을 들어 침략을 재개했다. 사실 그들이 조선과의 전쟁에서 무엇을 얻었는지는 의문이었다.

믿었던 원균의 수군이 칠천량에서 처참하게 무너졌다. 조선 수군이 무너지자 왜군은 바람같이 진격해서 한 달 만에 임진년에는 발도 못 붙였던 전라도 쪽으로 수월하게 진출했다. 도원수 권율과 도체찰사 이원익이 내암에게 의병을 창의해줄 것을 요청해 왔다. 내암은 62세의 노구를 이끌고 다시 의병들을 모아 전쟁터로 나갔다. 5월에 다시 명의 원군이 조선에 파견되었다. 그러나 조명 연합군은 8월에 남원 전투에서 크게 졌고, 함양의 황석산성이 왜군에게 함락돼 안음현감 곽준과 함양군수 조종도가 전사했다. 해인사와 성주 일원에 주둔하고 있던 명나라 총병 조승훈 및 장수 모국기와 협력하여 내암은 주로 명군이 먹을 군량미 확보를 위해 동분서주했다.

왜군은 8월 25일에 전주성에 무혈입성한 뒤 좌, 우군으로 나뉘어 좌군은 전라도 내륙으로 남하하고, 우군은 충청도로 진출했다. 처음에는 5천 명 남짓한 병력이었던 명군은 기병 4천 명을 추가 파병하여 직산전투에서 왜군의 북상을 저지했다. 9월에는 이순신의 명량대첩으로 왜선 200여 척이 격파되고 왜군은 남해안의 왜성으로 후퇴하여 옹성에 들어갔다.

그렇게 또 1년이 흘렀다. 무술년(1598년) 10월 15일, 옹크리고 있던 왜군이 갑자기 전면 철수에 들어갔다. 왜의 관백 풍신수길이 죽었다고 했다. 후퇴하는 왜군을 쫓아 노량에서 조명 연합수군은 큰 승리를 거두었으나 수군통제사 이순신이 적의 총탄에 전사했다.

드디어 적은 물러갔지만, 왜군의 침략으로 인한 피해는 막심하고 또 막심했다. 무엇보다 진주성에서 옥쇄한 7만 성민들의 억울한 죽음을 무엇으로 보상할 수 있겠는가. 상황이 그럴 줄 알았더라면, 소서행장이 권한대로 성을 비우고 후일을 기약했더라면 그런 참사는 막을 수 있지 않았을까 하는 후회가 매일 밤 내암을 잠들지 못하게 했다. 하기야 간악한 그 놈들의 말을 어떻게 믿을 수 있었겠는가. 싸워보지도 않고 진주성이 수월하게 떨어졌더라면 전라도는 일찌감치 그들의 손에 들어갔을 것이고, 그들이 원하는 대로 삼남의 땅이 그들의 말발굽 아래 영원히 짓밟히게 되었을지도 모르는 일이다. 성주성을 탈환하고 합천 주변의 낙동강을 지킨 덕분에 왜군이 그렇게나 탐내던 해인사의 대장경은 조금도 피해를 입지 않은 게 그나마 다행이라고 해야 하나.

왜군이 완전히 물러간 것은 11월 26일이다. 12월이 되자마자 내암의 제자 문홍도와 이이첨 등이 나서서 일본과 강화를 주도한 영의정 유성룡을 탄핵했다. 지난 기축년에 재상의 자리에 있으면서 최영경의 억울한 죽음을 끝내 모른 체했던 그의 소행도 정녕 용서치 못할 일이거니와 왜군의 침략이 조선에 한정된 것에 만족한 명이 제시한 강화 협상에 섣불리 휘말려든 그의 실책에 대해서는 책임을 물을 필요가 있었다. 조정의 중신들 중 일부는 거듭된 문경호의 상소가 내암이 사주한 것이라는 비난을 하기도 했다. 이에 대해 임금은 "정인홍의 사람됨은 짐승이나 풀과 나무도 아는 바다"라고 하면서 일축했다. 결국 임금은 유성룡을 삭탈관직시켰다. 그래도 전쟁 중에 오랫동안 정승의 자리에서 어려운 직임을 맡았던 그를 임금이 그리도 쉽게 내친 것은 의주까지

달아난 것도 모자라 압록강을 넘어 명으로 몽진하려 한 자신의 책임을 은근히 그에게 전가하려는 의도도 있었을 것이다. 문경호는 그 후 임인년(1602년)에도 내암과 함께 최영경의 억울한 죽음을 신원하고 그의 죽음에 가장 책임이 큰 사람은 성혼이라는 점을 주장하는 상소를 올렸다. 이미 세상을 떠난 성혼은 관작이 추탈되었다.

이듬해 조정에서는 내암에게 형조참의를 제수했지만 그는 병을 핑계로 나아가지 않았다. 3년 뒤인 임인년(1602년) 2월에는 사헌부 대사헌을 다시 제수했다. 그는 상경하여 임금을 배알한 뒤 나이가 70세에 가까워 근력이 다하고 이가 다 빠졌으며 지팡이에 의지해 다니면서 죽만 먹고 사는 형편인데다가, 임진년 난리에 외아들이 죽음을 당한 이후로 자식을 사랑하는 구구한 정이 세월이 갈수록 더욱 애틋하여 낮에는 발작이 일어나고 밤에는 잠을 잘 수 없다고 아뢰었다. 이런 이유로 직책을 수행할 수 없으니 벼슬을 거두어줄 것을 청하고 합천으로 내려왔다. 그래도 벼슬이 거두어지지 않아 임금의 잘못을 지적하는 내용을 담은 사직상소를 바로 올렸다.

신이 삼가 보건대 전하께서 즉위하신 이래 거의 40년 동안 밤낮으로 치세를 이루고자 생각하시어 서정을 근심하고 부지런히 하셨으나 전의 일을 돌이켜 헤아려보면 볼 만한 공적이 없고, 뒷날을 점쳐 보아도 공들인 보람을 기대하기 어렵습니다. 어찌 전하가 몸을 사랑하는 것처럼 국가를 사랑하고, 몸을 기르는 것처럼 마음을 배양했는데도 이처럼 다스린 효과가 나타나지 않는 것이겠습니까? 더구나 전하는 지난번 온 나라가 위태로운 운세를 만나 온갖 험난함을 겪게 되었으나 이제 모든 것이 다시 회복되기 시작했고 옛 천명을 새롭게 함으로써 잘 계승해야 할 시기를 만나셨습니다. 내외의 신민들이 학수고대하며 일신된 정치를 보고자 기대하고 있는데, 오늘에 이르도록 한결같이 서로 잘못된 길로만 들어서고 있으니, 신은 생각하건대 전하가 과연 몸을 사랑하는 마음으로 나라를 사랑하고, 몸을 배양하는 정성으로 한 마음을 배양하지 못하는 것이 아닌가 염려됩니다.

벼슬은 곧 거두어졌다. 전쟁이 끝난 지 3년이 되자, 전쟁 때 백관들의 행적을 두고 논공행상 논의가 일어났다. 임금은 전란의 수습이 온전히 명군의 파병 덕분이었음을 주장하고 싶어했다. 오직 바다에서 이순신과 원균 두 사람이 적군을 섬멸했을 뿐이며, 육지에서는 권율의 행주대첩이 그나마 평가할 만하다고 했다. 전국 각지에서 들불처럼 일어났던 의병들에 대해서는 일언반구 치사도 없었다. 조선의 군사들은 거의 공을 세운 것이 없고, 명군이 아니었으면 나라를 온전히 보전치 못했을 것인데, 그 명군을 청한 것이 곧 자신의 용단이었음을 내세우려는 의도가 빤히 보였다. 의병의 경우 김덕령이 무고로 고문을 당하던 끝에 장살 당한 것이나 의령의 곽재우 또한 자칫했으면 반역으로 몰려 생사가 어찌 될지 모르는 국면까지 갔던 것을 생각하면 그나마 내암이 선무원종공신에 녹훈된 것만 해도 감지덕지해야 할지 몰랐다. 내암은 단 한 차례도 그의 전공을 조정에 보고하려 하지 않았다. 반란을 염려해 진관 체제의 방비 전략을 제승방략 체제로 운용한 탓에 중앙의 지휘관이 제때 당도하지 못해 멀쩡한 병력을 두고도 왜군에 추풍낙엽처럼 당해야 했던 허점을 두고 책임지는 사람은 아무도 없었다. 아무리 전시라지만 수천 명의 의병을 이끌고 호령하여 왜군을 쳐부순 창의 자체가 자칫 삐끗하면 역모로 쉽사리 몰릴 수도 있는 상황이었으니 모든 것을 잊고 산림에 은거하고 싶은 생각밖에 없었다.

대사헌 사직상소를 올린 연후에 내암은 그동안 몇 년을 두고 작업해 온 《남명집南冥集》을 펴냈다. 남명 선생은 자신의 이름을 내걸고 별도의 책을 저술한 적이 없다. 오히려 송대의 선현들이 펴낸 유학의 이론적 틀이 워낙 치밀하여 물이 새지 않을 정도로 촘촘하니 더 보탤 것이 없으며, 남은 것은 그 선현들의 가르침을 제대로 실행하는 편이 오히려 더 중요하다고 강조했다. 사장詞章의 경우도 마찬가지여서 정여창 선생이 "시는 성정이 발한 것이니 어찌 이를 억지로 공부하리오"라고 했다거나 조광조 선생이 "인심이 한 번 가는 곳이 있으면 도에서 멀어지니, 문장을 짓는 것이 나쁜 것은 아니나 편벽되고 집착하면 마음을 상하게 한다"라고 말했음을 상기시키면서 '시는 사람의 마음을 허황하게 만들고 도학을 가로막는 큰 장애가 된다'는 시황계詩荒戒를 지었을 정도였다. 그럼에도 불구하고 선생은 198수나 되는 시를 남겼다. 시를 즐겨 짓지는 않았지만 선생은 스스로 자신의 문장에 대한 자부심이 컸다. 사장학을 중요시하는 과거 정도야 허리를 굽혀 물건 줍는 것 정도로 쉽게 여겼지만, 자신은 늘 과거를 준비하는 사람, 즉 거자 신분이라 낮췄다. 산림에 묻힌 은일로 추천되어 벼슬을 하사 받으면 헛된 명성으로 세상을 속이고 임금까지도 속여서 능력에 넘치는 벼슬을 받은 것이라 하며 사양했다.

처음 엮은 《남명집》은 임인년(1602년)에 해인사에서 간행하였는데, 그 분량이 모두 3권 2책밖에 되지 않았다. 선생은 원래 저술은 불필요하며 천리를 논하는 학문 자세를 오히려 경계하는 태도를 보였다. 그런 이유 때문이기도 했지만 사후에 보관되어 있던 원고 중 상당수가 왜란의 와중에 소실되었고, 후학들의 기억을 좇아 각처에서 수집한 자료들을 엮다보니 불완전한데다 별로 보급되지 못한 상태에서 장판각의 화재로 소실되고 말았다.

그래서 자료를 다시 보완하여 중간할 계획을 세우고 있던 중에 남명 선생의 외손서이자 내암과 각별했던 동강 김우옹이 계묘년(1603년) 11월에 세상을 뜨고 말았다. 기축년 정여립의 역모에 연루되어 우옹은 회령으로 유배를 떠나기도 했지만, 왜란이 발생하자 사면되어 병조참판을 지냈고 동지중추부사로 명에 사신으로 가기도 했다. 정유재란 때 대사성, 예조참판의 직에 올랐다가 전쟁이 끝난 후 인천에서 한거하고 있다가 유명을 달리한 것이었다.

그런데 남명 선생과 퇴계 선생 문하를 같이 출입했던 정구鄭逑가 김우옹의 죽음을 슬퍼하며 지은 〈만시輓詩〉에서 '우옹은 퇴도의 정맥을 영원히 사모했고, 산해의 고풍을 각별히 흠모했네退陶 正脈終天慕 山海高風特地欽'라는 문장을 쓴 것을 보고 내암은 크게 화를 낼 수밖에 없었다. 산해라면 남명 선생이 김해에 지은 재실 산해정에서 따온 말로 곧 선생을 지칭하는 것이다. 그런데 퇴계를 정맥正脈이라고 하면서, 선생을 중도가 아닌 한낱 고풍高風으로 칭할 당돌한 생각을 어찌 했을까 싶었다. 그것은 그의 무지함을 나타낸 것이기도 하려니와 자신도 모르게 스스로 선생의 문하임을 부인하는 것이 아니겠는가. 정구의 행동은 사천의 이정과 비슷한 데가 있었다. 퇴계와 남명의 문하를 함께 출입하며 두 선생의 가르침을 모두 받았노라고 내세우면서, 은근히 좀 더 지명도가 높은 퇴계 쪽에 무게를 더 싣는 반면, 남명을 노골적으로 비하하고 이단시하는 퇴계의 논리에 슬그머니 묻어가는 태도를 보이는 점이 그랬다. 정구의 사람됨을 기축사화로 억울하게 죽은 최영경이 먼저 알아보았던가…….

정구가 백 그루의 매화나무를 심어 가꿨다는 백매원을 최영경이 방문했을 때였다. 마침 매화가 만발했고 봄은 중춘이라 복숭아꽃 또한 만발한 시기였다. 최영경은 갑자기 늙은 하인을 불러 도끼를 가져오게 하더니 정원에 있는 매화나무를 베려는 시늉을 했다고 한다. 주위에서 왜 그러시냐고 만류했더니 최영경이 말했다.

"매화를 귀하게 여기는 까닭은 백설이 가득한 깊은 골짜기 속에서도 꽃을 피우는 절조를 볼 수 있기 때문이다. 그런 매화가 지금 복숭아꽃과 더불어 봄을 다투고 있으니 그 죄는 참벌하여야 마땅할 것이나 사람들의 만류로 그만두니 너는 이후로 마땅히 경계함을 알아야 할 것이다."

아마도 그의 속내는 그러했을 것이다.

'여보시오, 한강 선생. 매화를 심은 까닭은 북풍한설이 몰아치는 어려운 시기에도 정신을 맑게 하고, 머리를 차게 해서 흔들리지 않는 기상을 기르고자 했던 것 아닙니까? 그런데 공은 이게 뭡니까? 따뜻한 봄날에 술잔이나 돌리면서 노래하자고 매화를 심었습니까? 불러준 성의를 봐서 주인을 면전에서 꾸짖을 수도 없고, 도끼로 애꿎은 매화나 찍어내야 하겠지만 모두가 만류하니 어쩔 수 없군요.'

대강 그런 이야기였다. 내암이 처음에《남명집》의 발문을 싣고자 했을 때도 그랬다. 경자년(1600년)에 유성룡의 주도로 이미 편찬되어진《퇴계집退溪集》에 퇴계가 이정에게 보낸 편지가 실려 있었다. 그 편지에 남명 선생을 노골적으로 폄하하는 내용이 있음을 보고, 내암이 나서서 스승의 뜻을 해명하지 않으면 후세에 누가 참으로 시비를 알겠는가 하는 생각이 들었다. 퇴계는 이미 성대한 명성이 있어 뭇사람에게 칭송을 받는 인물이었다. 그런 사람의 편견에 치우친 의견이 문집으로 간행되었으니 당대는 물론 후세 사람들이 퇴계의 말에 현혹될 수밖에 없을 것은 자명한 일이었다. 남명 선생의 진면목이 왜곡되어 알려진다면 이는 매우 심각한 일이 아닐 수 없었다. 결국 그는 남명집 말미에 생전에 선생이 진주음부옥과 관련하여 어찌해서 그 일에 휘말리게 되었으며, 이정과 절교까지 할 수밖에 없었던 연유는 무엇인지 알리는 글을 실었다. 정구는 너무 감정에 치우치기 쉬운 글이니 싣지 말자고 반대했지만, 내암은 결코 그럴 수가 없었다. 그는 선생이 오건과 정탁에게 전후 사정을 설명하기 위해 보낸 편지의 내용과 퇴계가 이정에게 보낸 편지의 문제점을 지적하는 내용을《발남명집설》이라는 제목으로 갑진년(1604년)에 재발간한《남명집》말미에 실었다.

내암은 거기서 그치지 않았다. 정구의 정맥고풍에 대한 반론인《정맥고풍변》을 지어 세상에 알렸다. 그리고 정구와 동학했다는 의리를 단호하게 끊어버리기로 했다.

정맥正脈이란 속마음과 밖으로 드러난 행동에 이르기까지 도에 어긋남이 없고, 사람을 대하고 일을 함에 있어서도 털끝 만큼의 사욕이 없어야 하며, 그 논설이 모두 자신의 것이 아님이 없고, 한 마디 말도 허위가 없어야 하며, 하늘에 우러러 부끄럽지 아니하고, 사람에게 굽어 부끄럽지 않으며, 귀신에게 질정해 보아도 의심스러움이 없어야 바야흐로 성인의 정맥에 참여할 수 있다. 퇴계가 과연 이러한 경지에 이르렀는가…… 퇴계는 홍문관에 있을 때 명류들이 어육이 되어 죽어나갈 때 한마디 상소조차 한 적이 없고 오히려 무고한 봉성군을 죽이기를 요청하는 차자를 세 번이나 올렸으며, 또 관기를 사랑하여 그로 하여금 자신의 수발을 종신토록 들도록 하지 않았던가…… 송나라 연평 선생이 남명처럼 평생을 은둔하고, 저술도 없고 홀로 자기만 즐기고, 또 남들이 알아주기를 구하지 않았으므로 마땅히 그를 고상지사高尙之士, 즉 과고過高하여 오직 절개만 있는 선비라고 칭했어야 했다. 그러나 주자가 그를 '과고'가 아닌 '중中'이라 칭한 것이 맞다면,

스승 남명 조식도 '중용의 도'를 취한 것인데, 어찌 중도로서 선생을
칭하는데 인색한 것인가.

《발남명집설》과《정맥고풍변》을 본 퇴계 문인들의 반발이 컸
다. 그들은 성인처럼 숭상하는 퇴계 선생을 정맥正脈이라 함은 부
당하며, 하 진사 후처 사건에서 남명 선생 스스로 중도를 잃은 처
신이 아니었는데도 선생을 함부로 조롱했던 퇴계의 경솔함에 대
한 지적에 벌떼처럼 들고 일어났다. 을사년(1605년) 7월 24일에
성균관 유생 정호성, 허실, 류희량, 최성원 등이 전국의 향교와 서
원에 통문을 보내 그의 발문에 대해 추악한 비방들을 쏟아냈다.
이후 9월에는 2백 명 정도의 인원이 안동 남문 밖 강변에 모였다.
하지만 당시 그들 내부에서도 논의가 일치하지 못했고 그들 중에
서 내암을 옹호하던 황도광과 이혼연이 삭적되기도 했다. 그들은
내암을 더욱 옥죄려고 했지만, 그들의 영수격인 월천 조목의 저
지로 더 이상의 진전은 없었고, 내암도 그들을 개의치 않았다.
　그러는 와중에 임금의 환후가 심상치 않았다. 정미년(1607년)
봄부터 병세가 더욱 뚜렷해졌는데 겨울에 이르러서는 그 증세가
더욱 위태롭게 되었다. 세자 광해군이 주야로 시침侍寢하면서 보
살폈지만 좀처럼 차도가 보이지 않았다. 임금은 임진년 왜란이
일어나던 해부터 세자에게 선위를 하겠다는 의사를 여러 번 밝혀
왔다. 그러나 신하들의 반대와 세자의 간곡한 읍소로 없던 일이
되어온 지 벌써 열여섯 차례에 이르렀다. 실제로 왜란 이후 명의
조정에서 금상의 퇴위를 공공연히 논의했다는 소문까지 있었다.

그런 연유로 임금이 진심이든 아니든 선위를 하겠다는 말을 꺼내는 순간, 곤혹스러울 수밖에 없는 세자 광해군은 석고대죄하며 그 뜻을 거두어주기를 청해야만 했고 조정대신들도 난감하기는 마찬가지였다. 그중 제일 마지막의 선위 공표는 계묘년(1603년)의 일이니 벌써 5년 전의 일이었다. 피난지인 평양에서 창졸간에 광해군이 세자가 된 지도 어언 16년째로 접어들고 있으니 세자의 왕위 계승은 지극히 당연한 일이다. 하지만 인빈 김씨의 소생인 신성군을 총애한 임금의 의중이 어디로 뛸지 몰라 전전긍긍해오다가 임진년 난리 통에 신성군이 죽는 바람에 자연히 변수는 사라진 것처럼 보였다. 그러나 임인년(1602년)에 19세의 나이로 임금의 계비가 된 인목왕후에게서 영창대군이 태어나자 임금은 비로소 적장자를 낳았다는 기쁨을 누렸다. 그렇지 않아도 많은 왕자들 중에 적자라는 명분을 가진 왕자의 새로운 탄생은 후일의 비극을 예고하는 것이기도 했다. 더구나 세자가 된 지 16년이 넘도록 광해군은 아직도 명의 세자 책봉을 받지 못한 상태였다.

그런 일은 명의 조정에서도 아주 오랫동안 난처한 문제였다. 병술년(1586년) 이후 명의 황제인 만력제萬曆帝는 황귀비 정씨를 총애하여 장자인 주상락 대신에 정귀비가 낳은 셋째 아들 주상순을 황태자로 삼으려 했다. 내각 대신들이 종법의 원칙을 내세워 이에 반대하자 만력제는 기축년(1589년) 이후 30여 년을 조정에 나오지도 않고 정무를 아예 내팽개친 태정怠政을 하고 있던 중이었다. 대신들도 몇 년 동안 황제의 얼굴을 보지 못하는 경우도 있었으며, 신료들의 상주문은 회답 없이 오랫동안 방치되었다. 황제가 보위를 물려주기를 원하는 아들 주상순, 장자가 왕위를 계승해야 한다는 종법을 내세워 주상락을 황태자로 삼기를 바라는 대신들……. 그런 갈등은 조선의 조정에서도 얼마든지 되풀이 될 수 있는 일이었다.

잦은 선위 소동에서 드러난 변덕과 견제, 그 이후 인목왕후가 낳은 영창대군의 등장까지 겹치면서 광해군과 임금의 관계는 껄끄러워질 수밖에 없었다. 물론 세자로서의 위상은 변함없었지만, 조정 대신들 중에서 영창대군을 새로운 세자로 삼아야 하지 않느냐는 조심스러운 여론도 없지 않았다. 특히 영의정 유영경이 문제였다. 갑진년(1604년)에 영의정에 올라 금상의 즉위 40주년 행사를 앞당겨 하례하거나 아부하면서 임금의 신임을 굳혔고 오랫동안 재상의 자리에 있으면서 권력이 성대해지고 뇌물 수수도 횡행하는 등 처신에 문제가 많은 인물이었다. 거기에 왕의 환심을 사서 어린 영창대군을 세자로 삼아 자신의 영화를 꾀하려는 조짐 또한 없지 않았다. 정미년(1607년) 10월 11일, 두 차례나 혼절했다 깨어난 임금은 더 이상 자신이 정사를 돌보는 것이 어렵다고 판단하고 삼공을 불러 세자에게 왕위를 전위하거나 섭정하도록 하겠다는 비망기備忘記를 내렸다. 중전 또한 언서諺書로 임금의 전섭 명령을 따르라고 했다. 그런데도 유영경은 '금일 전교는 실로 여러 사람의 뜻 밖에 나온 거사이니 명령을 받지 못하겠다'고 하면서 그 사실을 대간들이 알지 못하게 하고 정원과 사관에게도 임금의 뜻을 극비로 하여 전하지 못하게 했다.

이는 더 이상 두고 볼 수 없는 문제였다. 한 치 앞도 어떻게 될

지 모르는 판국에 세자에게 전위하거나 섭정하도록 하라는 임금의 전교가 있었는데도 불구하고, 영상이 그 뜻을 가로막고 시간을 허비하고 있다는 것은 그의 사심이 개입하지 않고서는 있을 수 없는 일이었다. 임금의 가까이에 적장자라는 명분으로 어떤 일을 꾸밀지도 모르는 인목대비와 영창대군, 그리고 연흥부원군 김제남이 있다는 사실을 가볍게 생각할 수 없는 문제였다. 1월 18일, 내암은 유영경을 벌해야 한다는 상소를 써서 올렸다.

영경이 상께서 내린 전교가 여러 사람의 뜻 밖에 나온 것이라 성상의 뜻을 극비로 하여 전하지 못하게 하였다고 하는데, 대간이 듣지 못한다면 국정이 아니고 사적인 일입니다. 정원과 사관이 함께 비밀로 하였으니 이는 사당이 있는 것만 알고 왕사인 줄은 알지 못한 소행입니다. 이른바 여러 사람의 뜻이란 무엇을 가리키는 것입니까. 만약 사당이 원치 않는 바였다면 소수 무리들의 음모와 간계로 여러 사람의 뜻이라 둘러대며 임금의 이목을 속이는 것입니다. 삼가 조정에 의당 칼을 청하는 사람이 있을 것이라고 생각하여 10월부터 지금까지 그러한 소식 듣기를 기다렸으나 그런 사람이 없었으니, 현재 요로에 있는 자, 모두가 영경의 사인으로 영경이 있는 줄만 알고 전하가 있는 줄은 알지 못하며 차라리 전하를 저버릴지언정 차마 영경을 저버리지 못하는 것입니다. 지금 국정을 대신 맡기는 것은 바로 옛 일에 비추어 시행한 것이라 조금도 의심할 것이 없는데, 영경이 속이고 저지하여 억제하고 남몰래 사주하며 멋대로 위협하고 내쫓아 한 번의 눈짓으로 전고에 없었던 일을 행하였습니다.

상소를 받은 임금은 별다른 비답을 내리지 않았다. 유영경이 전교를 바로 받들어 모시지 못한 것은 임금의 환후가 겨우 하루 이틀이면 나을 병이라 여겼기 때문이며, 세자 또한 민망하여 식사를 거르고 눈물만 흘리고 있는 터라 잠시 두고 보려는 뜻이었을 뿐이라고 변명했다. 실상이 그런데도 정인홍이 감히 터무니없는 망극한 말로 그를 모함하려고 하며 임금과의 사이에서 이간질을 하고 있다고 반박했다. 임금은 몸이 쇠약한 탓에 내암의 상소를 넘기려 했지만, 뚜렷한 이유 없이 임금의 마음을 동요시키고 영상을 모함하는 유언비어를 퍼뜨린 것이니 지극히 흉악하다며 불편한 심기를 드러내었다. 그러자 유영경의 처신은 명백히 그릇된 것이라는 충청도의 진사 이진원과 경기도의 유생 하성의 상소가 잇달아 조정에 치달았다. 임금은 그 상소들은 대개 정인홍과 같은 무리들의 사주를 받아 올라온 것이 분명하다며 내암에게 유배를 명했다. 내암의 문하에 든 지 10년쯤 되는 진사 정온이 차자를 올렸다. 최영경이 간흉의 비방으로 억울하게 죽은 것을 임금께서 뒤늦게 그 누명을 벗겨주었는데, 이제 인홍을 외지로 유배 보내게 되면 나중에 또 뉘우치게 될 일이 되지 않겠느냐는 말로 선처를 요청했지만, 임금은 입을 다물었다.

금부도사 이직이 합천 각사 마을까지 수레를 이끌고 왔다. 평안도로 귀양 가게 될 그를 데려가기 위해 온 것이었다. 그는 소동파에 의해 축출되었던 정이천의 고사를 마음속으로 되뇌며 수레에 올랐다. 그의 나이 일흔셋, 이미 하나뿐이던 아들 연을 잃은 지

20년이 되었다. 3년 전에는 조강지처까지 잃고 혼자가 된 삶에 더 보낼 아쉬움은 없었다. 어느 시대나 간신과 역신은 있기 마련이고, 한때 조정의 중한 벼슬을 했던 사람으로서 마땅히 해야 할 말을 했으니 그 나머지는 운명이 아니겠는가 생각하니 그렇게 홀가분할 수가 없었다.

임금은 내암에게 유배를 명한 뒤 며칠 지나지 않은 2월 초하룻날에 승하했다. 내암을 실은 수레가 경기도에 막 들어섰을 무렵이었다. 세자가 된 지 17년 만에야 광해군은 보위에 올랐다. 이제는 "섭정하겠다, 아니 되옵니다. 아니 전위하겠다, 아니 되옵니다. 부디 그 뜻을 거두어주소서, 통촉하옵소서" 어쩌고저쩌고 하는 일이 다시는 되풀이되지 않아도 되었다. 이튿날 새 임금은 무려 스무 차례가 넘는 조정 백관들의 권유 끝에 어렵사리 어좌에 올랐다. 속히 어좌에 올라야 대례 의식을 치를 수 있다고 어좌에 앉기를 거듭 청했지만, 어좌의 동쪽 편에 서서 속히 행사를 진행할 것을 고집하던 광해군의 마음이 어떠할지 충분히 짐작되는 일이었다.

보위에 오른 새 임금에게 세 가지의 현안이 대두되었다. 그 첫째는 임금의 형인 임해군 이진李珒이 역모를 꾀하고 있다는 방증이 있다는 점, 둘째는 선왕의 전교를 비밀에 붙이고 독단적으로 모종의 흉계를 획책한 유영경의 행적에 대해 책임을 물어야 한다는 점, 마지막으로 그러한 유영경의 처사가 옳지 못함을 죽음을 무릅쓰고 간언한 내암과 또 그를 위해 구명상소를 올렸던 이이첨, 이경전 등을 유배지로 보내지 말고 석방하여 관직을 회복시켜야 한다는 여론 등이었다.

임해군은 원래 성질이 난폭하고 어릴 때부터 망나니짓을 일삼았던 위인이었다. 광해군의 친형이고 같은 공빈 김씨의 소생이며 장자였다. 그런데도 애초부터 그는 세자로 삼을 수 없는 결격 사유가 분명했다. 그런 그가 작년 10월에 선왕의 병환이 위중할 때부터 사사로이 병장기를 모으고 무사들을 불러 모아 은밀히 불궤를 도모해왔다는 정황이 있었다. 선왕이 승하하고 발상하기 전날, 그의 집을 황급히 들락거리면서 가병들을 지휘한 정황이 있다는 것과 상여가 있는 여막 가까운 곳에 가마니에 싼 철퇴와 환도를 다수 반입한 증거가 있으니 조속히 이를 진압해야 한다는 것이었다.

임해군에 대한 고변은 2월 14일, 수십 차례에 걸쳐 집중적으로 제기되었다. 광해 임금은 처음에 "내 형이 어찌 그럴 리가 있느냐"며 안타까워하면서도 조사해보라고 지시했고, 아울러 대신들이 상의하여 선처함으로써 우의를 보존할 수 있는 계책을 강구해달라고 당부했다. 그를 절도에 위리안치하여 역모를 방지하는 것이 우의를 보존할 수 있는 유일한 방책이라고 하는 대신들에게 임금은 차마 절도에 유찬시키기보다는 우선 그를 가택에 연금하고 군사들이 철통같이 지키게 하는 것이 좋지 않겠느냐고 했다. 일단 그를 연금시키기는 했으나, 무뢰배들에 의한 뜻밖의 불측한 변이 우려스럽다는 사헌부의 지적에 따라 그를 진도珍島에 안치하도록 했다. 임해군의 심복이라고 지목된 고언백과 박명현을 붙잡아 들이고 정용, 지순, 하문을리, 순남 등 임해군의 수족들을 우선 문초하기 위해 2월 18일, 군기시에 추국청이 열렸다.

　2월 10일에 유영경이 사직서를 냈으나 윤허하지 않았다. 2월 14일에는 양사가 합계하여 유영경과 김대례의 삭직을 주청했다. 임금은 유영경을 사직시키는 것에 그칠 것을 비답으로 내렸다. 2월 17일에 대사헌 김신원과 홍문관 부제학 송응순, 그다음 날은 양사가 합계하여 유영경의 삭탈관직을 주청하고 나섰다. 매일 서너 명의 간관들이 번갈아 가며 유영경의 삭출을 주청하니 결국 2월 21일에 유영경을 지방으로 내쫓으라는 명을 내리게 되었다. 3월 2일부터 9일까지 매일 유영경을 가죄하여 유배를 보낼 것을 주청하니 "선왕께서 믿고 의지하던 신하이니, 그에게 죄가 있다고 하더라도 어떻게 먼 변방에 안치시키고 관작을 삭탈할 수 있겠는가"라며 거부하다가 양사가 그것이 공론이라며 거듭 청하자 결국 3월 14일에는 관작을 삭탈했고, 3월 18일에는 거듭된 양사의 주청으로 함경도 경흥으로 유배시키고 위리안치를 명했다.

　내암을 압송하는 금부도사에게 유배지인 평안도로 가지 말고 청주에 중도부처하라는 어명이 내린 것은 선왕이 승하한 지 스무 날쯤 지난 2월 19일이었고, 귀양을 보내지 말고 방면하라는 명이 내린 것은 2월 23일의 일이었다. 그때 그는 경기도 판교에 이르러 있었다. 2월 16일부터 매일같이 사간원의 정언 이사경과 사헌부의 지평 정광성, 그리고 장령 윤길이 거듭해서 그의 무고함을 아뢰고 석방과 관작 회복을 탄원한 결과였다. 임금의 비답은 '선왕께서 귀양 보내라고 명한 사람이기 때문에 감히 경솔히 석방시킬 수 없다'에서 열흘 만에 '정인홍은 연로한 사람인데 이제 길에서 엎어져 죽는다면 이는 선왕의 뜻이 아닐 것 같으니, 방면하라'로 바뀐 것이었다.

그리고 선왕이 승하한 뒤, 한 달이 지난 3월 초하루에 임금은 그를 한성판윤에 제수했다. 내암은 세 가지 이유를 들어 그 벼슬을 받을 수 없음을 아뢰었다. 그 첫째는 그가 지금 관원의 반열에 들어 얼굴을 내민다면 애초에 죄가 없는 사람처럼 행동하는 것이 되고, 임금이 통찰하여 원통함을 씻어주신 은덕을 입었다 해도 그 자신이 보잘것없는 의리를 좇은 것에 불과한 것이 될 뿐이며, 둘째는 애초에 그가 올린 차자 때문에 죄를 얻은 것인데, 거꾸로 그 죄 때문에 관작을 얻게 된다면 죄가 있으면서 벼슬을 받는 것이 온당치 못하므로 부끄러울 수밖에 없고, 셋째는 나이 70세가 넘고 병을 앓는 사람이라면 관직을 맡지 않는 것이 온당한 일이 아니겠느냐는 것이었다. 사실 그로서는 옆구리에 통증도 심하고 학질 증상까지 있어 하루빨리 집으로 돌아가고 싶은 생각밖에 없었다.

회퇴변척론

추국청에서는 아직도 확실한 자백을 얻어내지 못하고 있었다. 2월 14일에 임해군이 여장을 하고 옷으로 얼굴을 가린 채 종놈 하문을리에게 업혀서 대궐을 나가다가 순검하던 낭청에게 발각되어 비변사에 구금을 당했다고 했다. 그리고 철퇴와 환도를 빈 가마니에 싸서 궁 안으로 들여갔다는 고변이 나왔다고 했는데, 그렇다면 지금쯤 역모의 전말에 대한 자백이 나왔어야 했다. 하지만 임해의 수하들을 취조하여 나온 공초는 그날 임해가 몸이 안좋아 종에게 업혀서 나갔을 뿐이다, 선왕이 승하하시던 날에 임해가 아침 문안을 위해 입궐했다가 조반을 먹기 위해 나왔고 환후가 급하다는 말에 다시 들어갔을 뿐이다, 철퇴와 환도는 본 적이없다, 병장기에 대해서는 창검 한 쌍이 있지만 1년에 두 번 묘소에 가기 때문에 산곡을 왕래할 때를 대비하기 위해 갖춰놓은 것일 뿐이다, 계집종 하나가 환도 두 자루를 묻기는 했는데 위치는 정확히 모르겠다, 임해가 활쏘기를 할 때 무장이 와서 배알하기도 했지만 누군지 모른다 등의 지푸라기 같은 말들만 떠돌았다.

광해는 안다. 그의 형인 임해군 진津이 어떤 인간인가를. 임해는 왜란 중에도 북관에서 온갖 패악을 저지르고 다니다가 국경인이라는 아전에게 붙잡혀 왜군에게 넘겨졌을 만큼 왕실을 욕보인 인물이었다. 불과 5년 전에는 참판 유희서의 첩 애생의 미색에 빠져 통정을 하다가 들통이 나자 가노들을 도둑떼로 위장하여 유희서를 죽이고 애생을 빼돌리는 금수 같은 만행을 저질렀다. 선왕은 차마 왕자가 살인범으로 처벌받는 것만은 눈뜨고 볼 수 없었을 것이다. 살인 사건의 전모를 거의 밝혀낸 포도대장 변양걸을 왕자를 무고했다는 죄로 장형을 가한 후 파직하여 유배에 처했다. 의금부에 갇혀 있던 가노들은 모두 암살하여 입을 봉한 뒤, 유희서의 아들 유일까지 귀양을 보내어 그 사건의 진상을 억지로 덮었다. 사건의 진실을 알고 있던 영의정 이덕형이 부당함을 상소하다가 해임되고, 뒤이어 이항복 또한 면직되었을 정도로 그 파장은 컸다.

선왕은 아들이 열넷에 딸이 열이었다. 열네 명의 왕자 중에 적자는 계비인 인목왕후 소생으로 올해 두 살 난 영창대군밖에 없고, 적자가 아닌 왕자 중 가장 장자는 임해군이다. 광해는 적자도 아니고 장자도 아닌 터에 피난길인 평양에서 창졸간에 세자로 책봉되어 분조를 이끌어야 했다. 열아홉의 나이에 한 나라의 조정을 이끌고 전국 각지를 돌며 의병 창의를 독려하고, 관군의 배치

및 물자조달을 위해 혼신의 힘을 다했다. 그 와중에 명나라 조정에서 선왕을 폐하고 그를 군주로 앉히려 한다는 소문이 떠돌았고, 이에 자극을 받은 선왕은 걸핏하면 전위를 하겠다는 전교를 내려 그와 신료들을 혼비백산하게 만들었다. 전위 전교가 내려진 것만 열여섯 번, 그때마다 그는 석고대죄하는 죄인이 되어 땅바닥에 엎드려 머리를 찧어야만 했다.

처음 병조에서 임해군의 역모가 의심된다는 장계가 올라왔을 때, 광해는 급기야 올 것이 왔다는 생각이 들었다. 임해군이 순순히 광해가 보위에 오르는 것을 두고 볼 리가 없었다. 병장기를 얼마나 궁 안에 들였건, 상중에 그가 어떤 일을 모의하다가 순검에 걸리게 되었건, 결국 언제, 어디선가, 어떤 형태로든 그의 야욕이 드러나는 것은 시간문제였다. 추국에서 고신을 당해 자백을 하더라도 어차피 죽을 목숨인 것을 아는 그들이 순순히 입을 열리가 없었다. 심복이라고 하는 고언백은 자신의 녹봉이 1년에 60석이 넘는데 뭐가 부족해서 역모에 가담하겠느냐고 했고, 박명현은 말 위에서 임해군의 얼굴 한 번 본 일밖에 없는 자신이 어떻게 역모를 꾀했겠느냐고 하소연한다고 했다. 시간이 좀 더 걸릴 일이었다.

유영경의 죄를 묻는 정인홍의 상소는 광해의 울분을 대신하는 것이기도 했다. 이제는 정말 그에게 전위하겠다는, 죽음을 앞둔 선왕의 말은 더 이상 빈말이나 떠보기가 아니라 진심을 말하는 것이라는 생각이 들었다. 반갑기도 했고, 또 고마운 마음도 있었다. 그런데 그 전교를 비밀에 붙이고 비망기를 숨긴 유영경의 처사는 정말 이해하기 어려웠다. 지금에 와서 정말 적장자인 영창대군을 내세워 후계 구도를 다시 짠다는 것이 가능하다고 생각했던 것일까. 정말 괘씸한 일이었다. 게다가 위중하던 병환이 조금 차도를 보이게 되자 유영경을 단죄해야 한다는 정인홍을 오히려 평안도로 유배에 처하는 것으로 봐서 선왕의 태도는 은연중에 영창대군이라는 대안을 완전히 버리지 않은 것처럼 보일 정도였다. 만약 선왕이 그 전교를 내린 후 석 달 만에 승하하지 않고 몇 년쯤 더 버틸 수 있었더라면? 모르는 일이었다.

또 다른 문제가 터졌다. 선왕의 승하를 알리고 시호를 내려줄 것과 새 임금의 등극을 책봉해줄 것을 요청하기 위해 고부사告訃使로 명에 보낸 이호민李好閔이 뜻밖에 황당한 상황에 처하게 된 것이었다. 그렇잖아도 명은 황제인 만력제가 장자인 주상락 대신에 정귀비가 낳은 셋째 아들 주상순을 황태자로 삼으려 하는 바람에 종법의 원칙상, 장자인 주상락이 황태자가 되어야 한다고 주장하는 대신들과 오랜 세월 동안 반목해오고 있던 중이 아니던가. 제후국 조선의 세자를 왜 장자 임해군이 아닌 차남인 광해를 책봉하려 하느냐고 따지면서 여태 세자 책봉도 해주지 않고 애먹였던 그들이었다. 그들은 조선의 새 임금 자리에 왜 장자가 아닌 광해가 오르게 되었는가를 다시 추궁했다. 이호민은 장자인 임해군이 왕위를 양보했기 때문이라고 했는데, 그렇다면 그 양보의 이유가 뭐냐고 묻자 임해군이 중풍에 걸렸기 때문이라고 답했다. 그러자 명 조정은 그러면 의당 임해군이 양위한다는 문서를 보여주면 인준하겠다고 했고, 조선의 조정에서는 그건 어렵다고 할 수밖에 없었다. 지금 임해군은 어디에 있느냐는 질문에 이호민은 현재 임해군이 아직 빈소에 있다고 대답하자 중풍에 걸린 사람이 어떻게 빈소에 있을 수 있느냐며 명나라 조정은 마침내 요동도사 엄일괴와 지주 만애민을 보내 진상을 살펴보게 하겠다고 했다는 것이었다.

난처한 일이었다. 2월 23일, 중국의 사신이 출발했다는 전갈이 왔다. 정인홍은 대사헌을 사직하는 상소를 통해 명나라 조정에 우리의 사정을 있는 그대로 고하는 것이 어느 모로 보더라도 떳떳한 것이거늘 어찌하여 당치 않은 거짓으로 우리 임금과 나라를 욕되게 하느냐며 지금이라도 의금부 도사를 급히 보내 국경에서 기다리고 있다가 이호민을 잡아와서 그가 잘못 대답한 죄를 물어야 한다고 했다. 역적의 죄는 천지 사이에 용납할 수 없고, 반역을 토벌하는 법률 또한 큰 나라나 작은 나라나 다름이 없는 것이니 어찌 명에서 용납하지 않겠느냐고 하면서 명나라 사신이 임해군을 만나게 해서는 절대로 안 된다고 주장했다. 맞는 말이긴 하나 위험 부담이 컸다. 자칫하면 역모죄를 추궁당하고 있는 임해에게 뜻하지 않게 명나라 조정의 힘을 실어줄 수도 있는 일이었다. 일단 진도로 귀양 가 있던 임해를 강화도 교동도로 옮기게 한 다음, 역모 혐의에도 불구하고 목숨만은 보장하겠으니 명나라 사신들을 만나면 거짓으로 실성한 사람처럼 행동하라고 하는 한편, 명나라 사신들에게는 은괴와 인삼 등을 뇌물로 주어 양위 과정에 문제가 없었음을 상신하도록 회유했다.

정인홍을 비롯한 신하들에게는 군주로서의 면이 서지 않는 것을 모르는 바 아니었다. 하지만 30년이 넘도록 황제가 정사를 외면하고 있는 제 나라 일도 해결하지 못하는 명나라 조정이 아니던가. 자칫 전후 사정도 모르는 그들이 장자인 임해가 왕위를 계승해야 한다고 노골적인 간섭을 하고 나선다면 상황은 더 복잡해질 게 뻔했다. 어떻게 해서든 이번 고비는 넘겨야 했다. 만약 중국 관리가 우리나라의 내정을 조사하도록 내버려 두면 17년 전에 정해진 임금 자리가 쓸데없이 흔들리는 치욕을 끝내 면할 수 없을 것이라는 정인홍의 지적이 더욱 아프게 들렸다. 돌이켜 보면 그가 보위에 오르자마자 그를 위해 죽음을 무릅쓰고 상소를 올린 정인홍을 바로 유배 길에서 되돌아오도록 해야 했고, 의뭉한 생각으로 선왕의 전교를 숨기고자 했던 유영경을 즉시 처단했어야 했다. 하지만 그는 시간이 필요했다. 선왕이 중용했던 대신을 바로 내치고, 선왕이 벌을 내렸던 죄인을 금방 풀어주기보다는 그들의 입을 빌어 명분을 쌓은 후에 하나씩 해결해도 늦지 않을 것으로 생각했다.

하지만 정인홍은 그런 광해가 미덥지 못한 것 같았다. 한 달 만에 한성판윤을 내렸지만 수취하지 않았다. 선왕 대에 그가 마지막으로 봉직했던 대사헌의 벼슬을 다시 내렸지만 그 또한 사양하려고만 했다. 사실 그의 나이가 일흔셋이니 건강상의 이유로 고향으로 돌아가려는 것을 탓할 수만은 없었다. 광해는 그의 차자에 비답을 내리기를 '사신이 잘못 대답한 죄를 내가 모르는 바 아니나 우선 돌아오기를 기다리는 것 또한 은미한 뜻이 있소. 지금 의리는 밝혀지지 않고 나라의 일은 어려움이 많으니, 경은 이러한 때에 거센 물줄기를 견디는 지주가 되고 긴 밤을 밝히는 해와 달이 되어야 할 것인데, 어찌 사퇴하려고만 하는 것이오'라고 했지만, 그의 뜻을 꺾을 수 없겠다는 생각이 들었다. 결국 그는 7월에 서울을 떠나 낙향했고, 명나라 사신 문제는 그런대로 일단 봉합이 되었다. 지난 3월에 함경도 경흥에 유배된 유영경을 처단해야 한다는 상소가 빗발쳤다. 8월에는 거의 수십, 수백 차례에 걸쳐 여러 관원이 그에게 가형을 해야 한다는 상소를 올렸다. 결국 9월 초하루에 가서 그도 더 이상 그들의 뜻을 외면하기 어렵다는 이유로 유영경에게 자진을 명했다. 정인홍이 떠나면서 남긴 말이 내내 귓가에 맴돌았다.

전하께서는 보잘것없는 신에게서 무엇을 취하고, 의지하기를 기대하십니까. 설령 신이 잠시 머무를 수 있다 하더라도 쇠잔한 여생은 언제 숨이 끊어질지 모르니, 전하의 조정에 있을 날이 며칠이나 되겠습니까. 신료 가운데 나이가 젊고 정력이 왕성한 사람으로서 그 책임을 담당할 수 있는 사람을 빨리 선택하여, 중임을 맡기고 큰일을 하도록 기약하는 편이 더 나을 것입니다……. 옛날 송나라 신하 주희가 임금에게 "군자를 등용할 적에는 오직 그들이 많지 않을까를 두려워하고, 그들이 당을 만드는 것을 다시 의심하지 마십시오. 반드시 군주는 군자의 당을 만든 뒤에라야 큰일을 할 수 있습니다"라고 아뢰었습니다. 이것은 전하가 살펴서 선택하고 깊이 사귀는 데 달려 있을 따름입니다. 조정 대신 가운데 처음부터 끝까지 물러나 그 혜택을 받지 않은 사람은 반드시 모두 어질지는 않더라도 군자의 길을 가는 사람임은 분명합니다. 그 가운데서 의리에 밝고 충성스러운 마음으로 나라를 위하는 사람을 더욱 살펴서 선택하여, 그 지위를 높여주고 그 책임을 무겁게 하면서 평상적인 규칙에 구애되지 말고, 중요한 임무를 맡기고 가까이하고 신임하되 반드시 완전하기를 요구할 필요는 없습니다. 은나라의 두 현명한 군주를 보좌한 사람은 이윤과 부열 두 사람뿐이었고, 한나라 소열제의 신하로는 제갈량 외에는 알려진 사람이 없습니다.

군주는 군자의 당을 만든 뒤에라야 큰일을 할 수 있을 것이다……. 광해는 즉위 후인 2월 14일, 유성룡과 가까웠던 이원익을 영의정으로 삼았다. 또 2월 25일에 내린 비망기에서 '근래 국가가 불행히도 사론이 갈라져 각기 당파를 만들어 서로 배척하고 싸우니 국가의 복이 아니다. 지금은 이 당과 저 당을 막론하고 오직 인재를 천거하고 현자를 등용해 다 함께 어려움을 구제해 나가야 한다'고 강조했다. 이런 견지에서 5월에는 이이의 문인이었던 이항복을 좌의정으로 발탁했다. 정인홍이 비록 목숨을 걸고 유영경의 전횡을 지적하고 그가 보위에 오를 수 있도록 도와준 공로는 크다 하더라도 조정 내에 그를 도울 만한 세력이 많지 않았다. 그에게 적대적이라고 할 만한 이들도 꽤 있었다. 지금은 신구 세력을 연합해서라도 전란 이후의 흐트러진 민심을 수습하고 나라 살림을 튼튼하게 해야 했다. 광해가 임명한 조정의 신하는 곧 그와 뜻을 함께 하는 당료나 마찬가지가 아니겠는가. 그런 의미에서 그가 정인홍에게 너무 기울어진 모습을 보이지 않는 것이 더 중요했다. 이원익의 건의로 경기도에 대동법을 실시하고 이듬해에는 허준에게 《동의보감》을 편찬하도록 했고 문란해진 토지 제도를 바로잡기 위한 양전 사업도 추진했다.

하지만 강화도 교동도에 안치된 임해군을 어떻게 처리할 것인 지를 두고 조정의 여론은 두 갈래로 나뉘어졌다. "동생이 내 왕위 를 빼앗았다"라는 말까지 하고 다니며 민심을 어지럽히다 급기 야 역모의 정황까지 드러난 임해군을 피를 나눈 형제이므로 참형 까지는 하지 말아야 한다는 전은론全恩論을 주장하는 이들은 영상 이원익과 좌의정 이항복, 대사헌 정구, 이덕형 등이었다. 하지만 정인홍은 단호했다.

역모의 전모가 밝혀진 이 마당에 전은全恩이라는 말이 어찌 신하의 입에서 나올 수 있는 일입니까. 전하께서 노여움을 떨치고 역적 괴수 에게 형벌을 내리고자 하여 범할 수 없는 위엄이 있다면, 대소의 신료 가운데 정색하면서 형제간에 은혜를 온전히 하기를 청할 수 있는 사 람이 있겠습니까? 신은 결코 없을 줄 압니다. 지금 상황에서 함부로 전은을 말하는 자는 역적을 비호하는 사심이 있지 않으면 곧 전하를 안중에 두지 않는 것입니다. 반역을 토벌하는 것은 신하의 공정한 의 리이고 은혜를 베푸는 것은 임금의 사사로운 인정입니다.

형제간에도 왕법에 어긋나는 짓을 하면 형벌을 가하더라도 윤 리와 기강을 그르치지 않는다는 할은론割恩論은 정인홍과 이이첨 을 비롯한 다수의 신료들과 종친 서른다섯 명이 가세하여 대세를 이루었다. 임금을 모시는 신하로서는 역모의 실상이 드러난 임해군에 대해서는 후환을 없애기 위해서라도 참형으로 다스려야 한다고 주장하는 것은 당연한 것이었다. 임금으로서는 피를 나눈 형제간의 의리를 좇아 은혜를 베푸는 것 또한 당연하다 하겠지만, 어찌 신하로서 반역자에게 은전을 베풀어야 한다고 말할 수 있겠느냐는 정인홍의 지적은 실로 명쾌한 논리였다. 전은을 주장한 대신들을 가리켜 역적을 비호하는 무리라고 비난하는 중신들도 적지 않았다. 하지만 이제 막 보위에 오른 광해로서는 끝까지 형제간의 우의를 지킨 왕으로 남을 필요가 있었다.

"비록 조정 신하들의 청을 좇아 부득이 외방에 귀양 보냈으나, 내 마음의 망극함은 어떠하겠는가. 비록 임해가 흉악한 소문은 있으나 이것은 타고난 성품이 광기가 있고 망령되어서 흉적의 꾐에 빠진 것에 불과하다. 하물며 선왕의 유언이 정녕 아직도 귀에 쟁쟁한데 어찌 차마 우애를 끊겠는가."

그런데 이듬해(1609년) 4월, 임해군이 죽었다. 위리안치된 강화도 교동의 집안에서 시체로 발견된 것이다. 죄인을 지키던 수장 이정표는 임해군의 죽음에 대한 이유를 알지 못했고, 교동현감 이직은 아무래도 병사한 것 같다고 보고했다. 항간에는 이이첨의 수족이 암살한 것이라는 소문까지 나돈다고 했지만, 떠들썩하게 사인을 조사할 필요까진 없었다. 누구에게서도 동정받지 못하는 그의 죽음은 쉽게 잊혀졌다.

정인홍이 결국 고향으로 내려간 7월에, 경상도 유생 이전李琠 등이 오현의 문묘 종사를 청하는 상소를 올렸다. 유학자의 문묘 종사는 개국 초기부터 꾸준히 논의되어 왔다. 그 대상으로 처음 거론된 이색과 권근 등은 조선왕조의 건국을 반대한 세력이었으므로 허락될 수 없었다. 중종대왕 대에 와서 조광조 등에 의해 정몽주와 김굉필이 거론되었지만, 정몽주가 동방이학지조東方理學之祖라는 명분으로 처음 허락되었다. 김굉필은 학문이 깊지 않다는 이유로 빠졌다. 선왕 대에 들어서는 기대승 등에 의해서 김종직, 김굉필과 함께 조광조와 이언적을 추존하자고 주장했다. 이언적이 추가된 데에는 이황의 입김이 크게 작용했다. 이황은 이언적의 학문이 깊다고 주장했고 대중은 그의 주장을 따랐다. 그러다가 이황이 죽은 뒤에는 그들 네 명과 함께 이황까지 포함한 오현을 추존해야 한다는 주장이 근 40여 년간 연중행사처럼 되풀이되었다. 선왕은 왕권의 위축을 불러올 수 있는 문묘 종사를 애초에 탐탁지 않게 생각했다. 그들의 거듭된 요청에 이언적은 출처가 불명하고 을사사화 때 위관이 되어 선비들을 심문하는 데 부역했고, 봉성군의 죽음에도 책임이 있다는 것을 결격사유로 들어 반대해왔다.

이언적을 문묘 종사하는 것에 대해서 반대한 것은 율곡 이이도 선왕과 같은 생각이었다는 사실을 광해도 잘 알고 있던 바였다. 하지만 따지고 보면 그게 무슨 대수이겠는가. 서인들이나 남인들 대다수가 그들의 스승으로 삼는 이들을 공자 사당에 모셔서 배향하고 싶다는데, 설령 한두 사람의 반대 의견이 있다고 하더라도 그들 다수가 원하는 것을 들어줌으로써 사림의 지지를 받을 수 있다면 굳이 반대할 이유가 없었다. 이전의 상소를 시작으로

성균관 유생들과 홍문관에서 거듭 오현 종사를 요청하는 상소가
잇달았다. 광해는 처음에 "어진 이를 좋아하는 정성을 알겠다"고
칭찬했으나 막상 그 시행은 "선왕도 어렵게 여겼다"며 짐짓 유보
했다. 그들의 갈증이 좀 더 절실해질 때가 도래하기를 기다렸다.
이듬해(1610년) 3월에는 이 문제의 제기를 원칙적으로 금지시켰
다. 그러나 그들은 물러서지 않고 더욱 더 간절한 상소를 올렸다.
때가 무르익었다 싶었던 9월, 광해는 전격적으로 그들의 문묘 종
사를 허락해주었다.

　이듬해인 신해년(1611년) 3월, 아무리 불러도 병을 핑계 삼아
벼슬에 나오지 않고 사직 차자만 올리던 우찬성 정인홍이 길고
긴 차자를 올렸다. 지난 9월에 내렸던 문묘 종사의 허락이 부당
하다는 내용이었다. 그가 조식과 성운을 스승으로 삼아 은혜를
중하게 입었는데, 일찍이 이황이 스승인 조식을 비방하는 것을
원통하고 분하게 여겨 한번 변론하고자 한 지 여러 해가 되었다
고 했다.

　이황이 조식을 비방한 것 중 하나는 상대방에게 오만하고 세상을
　경멸한다는 것이고, 또 하나는 높고 뻣뻣한 선비라 중도를 요구하기
　가 어렵다는 것이고, 나머지 하나는 노장을 숭상한다는 것이었습니
　다. 그리고 성운에 대해서는 청은淸隱이라 지목하여 한 조각의 작은
　절개를 지키는 사람으로 깎아내렸습니다.
　이황은 과거로 출신하여 완전히 나가지도 않고 완전히 물러나지
　도 않은 채 서성대며 세상을 기롱하면서 스스로 중도라 여겼습니다.

조식과 성운은 일찍부터 과거를 단념하고 산림에서 빛을 감추었고 도를 지켜 흔들리지 않아 부름을 받아도 나서지 않았습니다. 그런데 황이 그것을 괴이한 행실과 노장의 도라고 인식하였으니, 이는 몰라도 너무 모르는 것입니다. 이윤이 농사짓고, 여망이 바닷가에서 살고, 증자와 자사가 벼슬하지 않은 것이 과연 세상을 경멸하고 중도를 지나쳐 노장의 행동을 한 것이란 말입니까.

세상을 피해 있어도 근심이 없고, 인정받지 못해도 후회하지 않는다는 것은 중용에 따른 군자라고 하였는데, 어찌 도가 아닌 것을 후학에게 일러주었겠습니까. 만약 세상을 피해 있으면서 후회하지 않는 것을 중도가 아니라고 한다면, 이는 자사가 요망한 말로 후세를 속인 것입니다. 그렇다면 자사만 중도를 지키지 못한 것일 뿐만 아니라 순임금도 깊은 산속에 살면서 나무나 돌과 이웃하며 사슴과 함께 놀았다 하니 요임금이 없었다면 그저 그대로 세상을 마쳤을 것이니 어찌 중도를 깨우친 대성이 될 수 있었겠습니까.

고상高尙 자체가 중용이 되거늘 이를 도리어 이단으로 배척하니, 장차 천하 만고의 길이 어두워져 다시는 누추한 마을에서 극도로 곤궁한 생활을 하는 안자의 시중時中은 있지 않고, 나갈 줄만 알고 물러날 줄은 모르는 호광胡廣의 중용이 세상에 도도하게 될까 염려스럽습니다. 이로써 말하건대 이황이 말하는 중中은 자못 성현의 뜻을 잃은 것이 분명합니다.

더구나 조식과 성운은 비록 세상을 피해 은거했다고는 하지만 선대 조정의 부름을 받아 조정으로 달려가서 임금을 존중하는 뜻을 폈고, 누차 상소를 올려 정성을 다해 치안과 시무를 말씀드렸는데 이것이 과연 괴벽한 도리이며 이상한 행실입니까. 그때 그의 나이는 이미 70이었습니다. 하던 벼슬도 그만두어야 할 나이인데 어찌 출사하려고 했겠습니까. 수레를 버리고 산으로 돌아가 자신의 행실을 닦고 삶을 마친 것이 과연 중도에 지나치고 괴이한 행실을 한 것이며 세상을 경멸하는 노장의 학문이란 말입니까. 신은 의혹스럽습니다.

이언적과 이황이 지난날 을사년과 정미년 사이에 극도로 높은 벼슬을 하였고 혹은 청직과 요직을 지냈으니, 그때가 과연 벼슬할 만한 때라고 여긴 뜻이었습니까? 그런데도 만년에 이르러서는 시시때때로 물러나 나라에서 여러 번 불러도 나가지 않았으니, 이 또한 높고 뻣뻣한 일이며 세상을 경멸하는 행실입니다. 어찌 하여 조식과 성운이 행한 바를 탐탁하게 여기지 않으면서 지나치게 노장을 본받았단 말입니까.

대저 고상을 지나치다고 하는 말은 옛날에는 없었는데 이황에게서 시작되었습니다. 그가 한 세상을 우롱하고 나 외에는 세상에 사람이 없는 것처럼 보았으니 그의 병통은 현자, 지인이 아니라도 알 수 있습니다. 그런데 그를 따라 화답하여 혀를 놀리는 자가 너무도 많으니 조식과 성운이 모함을 받았을 뿐 아니라 옛날 성현에게까지 모함이 미치고 또 장차 후학을 속여 사도를 해칠 것이니, 이는 작은 우려가 아닙니다.

두 사람은 모두 유학하는 사람이라는 칭호를 지니고서도 소인이 득세하여 군자를 해칠 때에 구하지 못하고 부화뇌동했던 수치를 벗어나지 못했으니, 신하가 도로써 임금을 섬기다가 불가하면 물러나는 의리와 돌처럼 단단한 절개로 지키는 의리와는 너무나 다르지 않습니까. 지금 사람들은 성현의 교훈을 믿지 않고 이황의 한마디 말에 의혹되어 티를 가리고 옥이라 하여 마치 바람에 쓰러지고 물결에 밀리듯이 하고 있으니, 백세의 뒤에 어느 누가 다시 이황의 허물을 알 수 있으며 조식과 성운이 노장이 아님을 알 수 있겠습니까.

지금 비망기의 묵이 아직도 선명한데도 불구하고 유생이 소를 올리어 대신이 의논하고 전하께서 들으시어 문묘에 배향함에 높여짐이 지극하고 명성이 매우 성하여 그 기세가 두려워할 만합니다. 그리하여 조정의 신하와 재야의 유생들이 서로 이끌고 나서서 좌지우지하는데, 그들이 추켜세운 자를 전하께서 이미 추켜세우셨으니 그들이 좌절시킨 자들 역시 전하께서 당연히 좌절시킨 것입니다. 그러므로 조식과 성운에 대한 모함은 더욱 두터워지고 무상한 신을 배척하는 것은 장차 전날 하던 정도에 그치지 않을 것입니다.

정인홍의 차자는 지나치게 격앙되어 있었다. 그것은 단순히 그의 스승인 조식도 문묘에 종사하도록 해야 한다는 취지에서 쓴 글이 아니었다. 이황과 이언적을 위해 잘 차려진 문묘 종사라는 제사상을 아예 뒤집어엎는 내용이었다. 그것은 결국 이황이 조식에게 노장에 물든 사문난적의 혐의를 덮어씌움으로 해서 문묘 종사는커녕 올바른 유학자로 인정조차 받을 수 없도록 만들었다는 분노를 드러내는 것이 8할이었다. 거기다가 이황의 제자인 유성룡이 기축사화 때 억울함을 뻔히 알면서도 최영경이 옥사하도록 방치한 데 따른 남인 전체에 대한 원망을 기저에 깔고 있는 감정의 분출이기도 했다. '그들이 추켜세운 자를 전하께서 이미 추켜세우셨으니 그들이 좌절시킨 자들 역시 전하께서 당연히 좌절시킨 것입니다'라는 구절에 이르러서는 이제 스승에 대한 모함을 영원히 풀 수 없을 것 같다는 절망감까지 진하게 묻어나고 있었다.

광해는 그런 차자를 올린 정인홍을 충분히 이해할 수 있었다. 선왕도 마찬가지였지만, 율곡 이이도 회재와 퇴계는 온전한 덕의 실상이 없어서 입과 귀로만 하는 학문口耳之學에 불과하며, 한 가지 개혁이나 계책도 시행되지 못했고 스스로 터득한 실상도 없다고 했다. 특히 퇴계는 주자의 설을 그 모양만 흉내 내는 사람일 뿐이라고 한 적도 있었다. 그럼에도 불구하고 이황이 '우리 동방의 주자'라고 일컬을 만큼 그들의 칭송을 한 몸에 받게 된 이유는 어디에서 비롯한 것일까. 그것은 아마도 선왕 즉위 초기에 신진사류였던 기대승 등이 이준경을 축으로 한 대신들과 대립했을 때, 이황이 기대승을 비롯한 젊은 신진사류들과 정치적인 동류의식을 가진 것처럼 유대감을 보였다는 점에서 그 원인을 찾을 수 있을 듯하다. 김굉필, 정여창 등 초기의 사림 정치에서 《소학》을 중심으로 한 도학의 일상적 실천이자 수기적 실천을 중요시했다면, 그 이후 조광조 및 기묘명현에 의한 도학의 정치적 실천, 즉 치인적 실천이 좌절된 이후에 이황의 이론적 유학 연구라는 형이상학적 틀은 고통스럽지 않고 정치적 갈등도 회피할 수 있다는 점에서 급진적 개혁을 회피하는 보수적인 사림들의 전폭적인 지지를 얻을 만했다. 주리론을 내세운 사단칠정논쟁은 적어도 그들의 유학자로서의 선민의식을 충족시켜줄 만했고, 벼슬살이를 하는 데 있어서 어떤 갈등 요인으로도 작용하지 않았기 때문에 물 뿌리고 비질할 줄도 모른다는 지적쯤이야 모른 척하면 그만이었을 것이다. 실제로 이황처럼 부와 명성을 다 가진 정치적 행보를 할 수만 있다면 후학으로서 마다할 일이 아니었을 것이다.

정인홍의 차자를 받은 지 열흘이 넘도록 광해는 그 차자를 처리하지 않았다. 사실 어떤 비답도 내릴 수가 없었다. 그러자 4월 8일, 승지 오윤겸과 김상헌은 정인홍의 주장이 홧김에 분풀이한 것에 불과하다며 감히 천하의 공론에 맞서는 일이라고 비난하면서 그 차자에 대한 분부를 빨리 내려달라고 요청하였다. 광해가 짐짓 노한 얼굴로 그들을 책망하려고 했지만, 김상헌이 왕비의 인척인 점을 감안해서 체직시키고 말았다. 김상헌의 반발은 시작에 불과했다. 이무를 비롯한 관학 유생들은 정인홍이 두 선현을 무함했다고 극렬히 비난하는 상소를 올리고, 이어서 김육은 유학자 명부인 《청금록》에서 그의 이름을 삭제하는 망발을 저질렀다. 홍문관 응교 이준 등도 차자를 올려, 정인홍의 주장을 비판하고 호오를 분명히 밝히도록 촉구하였다. 좌의정 이항복은 정인홍의 《청금록》 삭제를 주동한 유생을 색출하여 금고하라는 광해의 하교가 있자 온당한 조치가 아니라는 차자를 올렸다. 이어서 영의정 이덕형도 정인홍 비판에 동참하였다.

반면에 지평 박여량은 스승이 비판받는 상황에서 적절한 관직 수행이 어렵다며 사직을 청해 논란을 일으켰으며, 부제학 이이첨도 스승을 비판하는 홍문관의 상차에 동참하길 거부했다. 또한 박건갑, 이종욱, 정경운, 성박 등 주로 경상우도의 유생들이 정인홍을 변호하는 상소를 올렸다. 하지만 사림들의 전체적인 여론은 정인홍의 주장이 잘못되었다는 것으로 모여졌다.

광해는 정인홍의 신해상차에 대해 짐짓 모른 체 하기로 했다. 그의 반대쪽에 서서 그를 비난하는 이들은 이미 그들이 원한대로 이언적과 이황의 문묘 종사라는 꿈을 이뤘으니 그걸로 족할 것이고, 스승 조식을 이단시하며 정통 유학자로 인정하지 않으려는 이황의 독단에 정인홍도 전국이 떠들썩하도록 풍파를 일으킨 상차를 올린 것으로 어느 정도 할 말은 하였으니 그걸로 된 셈이었다. 광해가 그들 싸움에 끼어들어 어느 한쪽의 편이라도 들게 된다면, 정국은 그야말로 수습할 수 없는 대치 국면에 빠져버릴 것이 뻔했다. 정인홍은 여전히 3년이 다 되도록 부임하지 못한 우찬성 벼슬을 빨리 거두어줄 것을 온갖 엄살을 부려가며 애원하고 있었다. 광해는 그럴수록 관찰사를 시켜 음식을 하사해가며 그의 빠른 회복과 함께 하루라도 빨리 도성으로 와서 만나 보기를 원한다는 비답만 반복적으로 내렸다. 그도 비록 몸은 산림에 있으나 한없이 답답할 수밖에 없으리라 짐작되었다. 그가 차자를 통해 건의한 고부사 이호민에 대한 처벌도 하지 않았고, 임해군에 대해 확실한 치죄도 하지 않았으며, 그의 반발을 어느 정도 예상하면서도 이언적과 이황의 문묘 종사를 허락한 것 또한 그의 기대를 무참하게 짓밟는 것이었다. 그러면서 부임하지 않는 벼슬을 거둬들이지 않고 계속 도성으로 올라오라고만 하는 광해가 야속하기도 할 것이었다. '전하께서 신의 학문은 쓸 수 없고 말은 시행할 수 없는데도 불구하고 조정에서 벼슬하여 녹봉을 받는 것을 부끄러워하지 않기를 바라신다면, 이것은 전하께서 신에게 하나

의 환관이 되기를 바라는 것입니다'라는 말까지 하면서 체직시켜
줄 것을 강력히 요구하는 그의 진심을 알면서도 광해는 계속 그
를 관직에 얽매어 두었다. 그의 말처럼 쾌도난마의 시책을 펼칠
수 있는 날이 오기를 기대하면서…….

나아가기도 물러서기도 어렵구나

　임금의 치도는 무릇 일개 선비의 의협심을 뛰어넘는 포용력을 가져야 할 것임은 두말할 나위가 없다. 때로는 이이제이의 방법론이라도 동원하여 신하들끼리 지지고 볶는 과정에서 타협안이 저절로 만들어지도록 유도하는 노회함도 필요할 것이다. 선왕대의 기축사화도 따지고 보면 동시서비라는 기울어진 마당에 우후죽순처럼 불거지던 동인들의 기고만장한 행태가 못마땅하던 참에, 죽도에서 역모를 획책했다는 정여립의 옥사를 계기로 임금이 의심하면 천하의 권신이라도 하루아침에 모가지가 날아갈 수 있다는 두려움을 심어놓음으로써 왕권을 강화하고자 했던 임금의 계산이 작용했던 결과였음을 짐작할 수 있었다. 그러나 아무리 이해를 하려 해도 그건 미친 망나니짓이었다. 무려 천 명이 넘는 사람들의 목이 날아가거나, 귀양 가거나, 장형으로 곤죽이 되었다. 그런 처참한 결과가 단지 임금의 변심 때문에 언제든지 벌어질 수도 있는 일이라면 그런 조정에는 애초에 출사하지 않는 것이 백 번 옳다. 임금이 옳고 그름의 합리적 판단에 의거하여 결정하지 않고 자신의 사사로운 욕심과 변덕 심한 호오의 감정에 사로잡혀 일관성 없는 결정을 내린다면 그건 혼군昏君의 시대라 보고 물러서는 것이 맞다. 아예 처음부터 잘못된 길을 걸었던 연산군 같은 경우가 어쩌면 일관성을 잃지 않았다는 점에서는 차라리 나을 수도 있다. 위험한 것은 임금이 뚜렷한 줏대 없이 쉽게 흔들리고 듣기 좋은 말만 하는 사람만을 곁에 두려고 할 때다.

광해는 어떤 임금일까. 열아홉의 어린 나이에 분조를 맡아 충청도로 전라도로 종횡무진할 때의 세자 광해는 분명 제왕의 덕을 갖추었고, 사리 판단을 함에 총명한 왕의 재목, 아니 이미 훌륭한 임금이었다. 그런데 그 지난한 과정을 거쳐 어렵사리 보위에 오른 그의 처신은 너무 신중하다고 해야 할지, 아니면 지나치게 많은 것을 고려하다보니 우유부단하다고 해야 할지 판단이 잘 서지 않았다. 생각보다는 늦었지만, 내암에게 사면령을 내리고 벼슬을 제수하는 과정까지 한 달여 시간이 걸린 것까지는 평생을 선왕 눈치를 보고 산 임금이니까 여러 세력의 눈치를 보느라고 그랬으리라 이해할 만했다. 그러나 내암이 차자를 통해 여러 차례 건의했던 사안들을 대부분 받아들이지 않으면서 그에게 계속 벼슬을 내리고 쉽게 거둬들이지 않으려고 하는 임금의 본심을 당최 이해할 수가 없었다. 그는 참다못해 9월 16일, 좌찬성 사직상소를 네 번째로 올리면서 단도직입적으로 물었다. 선왕의 장례식에 참석하고자 서울에 갔다가 임금을 알현하지도 못한 채 돌아오는 길 위에서 쓴 차자였다.

또한 신은 개인적으로 아직 이해하지 못하는 것이 있습니다. 마침 조정에 일이 많아서 신이 외람되게 말을 많이 하지 않을 수 없었습니다. 역적 이진이 중국 관리를 만나게 하지 말라고 청하고, 그로 하여금 전하의 죄를 묻기를 청한 것이 첫째입니다. 사신을 잡아와서 본국의 사정을 밝히기를 청한 것이 둘째입니다. 상주하는 문서 가운데 사신의 죄를 청하지 않아, 당을 보호할 줄만 알고 나라가 있음은 알지 못한 것을 논한 것이 셋째입니다. 대신이 갑자기 전은을 요청하여 국론을 혼란시키고 원근에 말을 전하여, 마치 이진의 역모를 억울한 것처럼 여기는 것을 논한 것이 넷째입니다. 삼가 생각하건대, 전하께서는 인애하고 분명히 살피는 것은 지극하지만 혹 용맹이 부족하기 때문에 경외하게 하는 의리를 보존하기를 청한 것이 다섯째입니다. 무릇 이 다섯 가지는 비록 보잘 것 없는 신의 정성에서 나왔지만 모두 당시의 여론에 합치되지 않았고 끝내는 실행에 부합하지 않았습니다. 그렇다면 신의 우활하고 고집스러움은 적용하는 재주와 통달한 식견이 전혀 없었음을 잘 알 수 있습니다. 이처럼 신이 결코 세상에 쓰일 수 없는 것인데도 전하께서는 버리려 하지 않고 반드시 불러들이려고 하시니, 이것이 바로 신이 그 이유를 모르는 까닭입니다.

그가 올린 건의를 하나도 가납하지 않으면서 굳이 벼슬하고 싶지 않다고 하는 그에게서 벼슬을 거두어들이지 않는 이유가 무엇이냐고 정색하고 따진 셈이었다. 임금이 내린 비답은 이랬다.

봉사奉事를 살펴보고 경의 예전 병이 도져서 올라올 뜻이 없음을
알았소. 이것은 내가 현인을 대우하는 정성이 지극하지 못하고 조물
주가 방해한 때문이니 심히 서운하오. 경의 바른 말은 태양같이 빛나
고 서리같이 엄하니 무너진 기강을 진작시키고 강상을 세울 수 있소.
듣는 사람은 공경심이 생기고 보는 사람은 탄복하니 또한 한 시대를
경동시킨다고 할 수 있소. 경은 어째서 스스로 실언하는 것을 꺼려 쉽
게 물러나려고만 하오? 나는 매우 부끄럽소. 원컨대 경은 나의 지극
한 뜻을 알고서 조섭을 잘하고 뜻을 바꾸어 내가 겸허하고 공경스럽
게 어진 이를 바라는 것에 부응하시오.

그러니까 그가 건의한 것들이 사리에 맞지 않다고 생각하는 것
은 아닌데 그대로 행하기는 쉽지 않았다는 뜻으로 보인다. 그렇
다면 그가 입궐해서 임금의 곁에서 높은 벼슬자리에 앉아 임금을
보필한들 단 하나도 달라질 것이 없을 것이고, 오래전부터 파당
을 지은 무리들은 다 늙은 것이 씨알도 안 먹히는 소리를 한다고
눈을 흘길 게 뻔한 일 아니던가. 이 조정에 내암이 할 수 있는 일
은 이미 다한 것이라고 봐야 했다.

신해년(1611년)에 퇴계에 의해 이단시된 남명 선생의 억울함
을 밝히고자 올렸던 차자로 인해 전국 팔도가 난리법석을 피우
던 것도 잠잠해져갈 무렵, 달포에 한 번 꼴로 와병을 이유로 사직
차자를 계속 올렸지만 그에게 내려진 벼슬은 도무지 거두어줄 가

망이 없어보였다. 몸이 쾌차하는 대로 서울에 올라와서 입궐하기를 바란다며 내의원의 의관까지 합천에 보내어 오랫동안 머무르게 하고 한 해에도 여러 번 궁중 음식을 하사하는 임금의 은혜에 보답하지 않을 수 없었다. 게다가 임자년(1612년) 초에 뜻하지 않게 황해도 봉산에서 일어난 역모 사건에 그의 이름이 거명되었다는 소식을 접하니 황망하기도 하고 죽기 전에 임금을 한 번은 알현해야겠다고 마음을 먹고 8월에 서울을 향해 떠났다. 서울로 가는 길에 잠시 머물던 성주에서 지난 무신년(1608년)에 올린 상소로 유영경의 독단을 비판하여 금상이 온전히 보위에 오르게 했다는 공로로 정운공신에 책봉되었다는 소식을 듣고 간곡하게 사양하는 상소를 보냈다.

'박여량이 왕래하는 인편에 초9일에서 11일까지의 조보朝報 석 장을 서간과 동봉하여 보냈기 때문에 신은 이미 그 상황을 알고 있었습니다. 조정의 여러 사람이 걱정하다가 신에게 소식을 전한 것인데 장차 한 말씀을 올려 나라의 은혜에 보답하겠다는 뜻을 전했습니다. 마음속으로 역적을 칠 생각은 품었지만 '주운朱雲의 칼'을 청하지는 못하였습니다. 충성스럽고 의분을 느낀 사람이 천 리 길을 와서 신을 찾은 것이지, 신이 먼저 나서서 한 일이 아닙니다.'

'차자를 보고 경이 올라오고 있음을 알았소. 매우 기쁘고 위안이 되오. 차자에서 말한 경위는 모두 알았소. 마땅히 의논하여 처리하겠소.'(8/24)

'주운의 칼'은 한나라 성제 때 당시 권세를 마음대로 하던 장우張禹를 참하도록 주장하던 주운이 황제의 노여움을 사서 어사에게 끌려가게 되었을 때 난간을 붙잡고 버티면서 극언하다가 난간이 부러진 고사에서 나온 말이다. 내암이 주운이라면 장우는 유영경이 되는 셈이었다. 그때 내암은 벼슬을 물러나 있었기 때문에 임금을 문병하여 직접 고할 처지는 못 되었다.

9월 5일, 이원익이 병으로 체직되고 그에게 우의정이 제수되었다는 소식을 들었다. 다시 한 번 벼슬을 하겠다는 뜻은 확고하게 없고, 서울로 올라가는 이유는 단지 임금을 한 번이라도 만나 사은하고자 하는 마음임을 전했다.

'신은 쇠약하고 병든 몸으로 부축을 받아 길을 나선 것은 벼슬을 하려는 것 때문이 아니었습니다. 임금을 향한 뜻을 항상 가지고 있었으나 도리어 태만하고 공경하지 않은 죄를 지었습니다. 다행히 신의 나이가 거의 80이지만 아직 죽지 않았으니, 죽기 전에 삼가 용안을 한 번 뵙기를 원하였기 때문입니다. 신이 벼슬할 수 없는 이유는 대체로 세 가지가 있습니다. 치사致仕할 나이가 이미 지났으니, 할 수 없는 사람은 그만두어야 하는 것이 그 첫째이며, 소신의 소견으로 말한 것이 시행되지 못했고 시험해본 지도 이미 오래 되었음이 두 번째이며, 소신이 성급하고 편협하여 사람들과 화합하지 못하여 나라 사람이 모두 안 된다고 말한 것이 세 번째이옵니다.'

'차자를 살펴보고 지극한 뜻을 모두 알았소 경이 지금 올라온 것은 나라의 복이니 어찌 목말라 물을 찾는 것 같은 내 마음을 위로하는 것에 그치겠소? 은거하려는 마음을 조금 돌려 모자란 나를 도우시오. 많이 사양하지 않으면 매우 다행이겠소.'(9/12)

9월 20일, 서울에 도착하니 한성부의 관리가 임시로 머물 빈집을 마련해두었음을 알리고 그리로 들게 했다. 차자를 올려 다시 녹훈을 사양하는 뜻을 거듭 강조한 뒤 서울에 들었음을 아뢰었다.

'공상功賞을 맡은 관리가 신을 공신으로 결정하려고 하였으니 신의 이 차자를 내어놓아 녹훈해서는 안 된다는 뜻을 보이고 국사에 기록하여 후세에 전하십시오.'
'그저께 경이 숙배한다는 말을 들었으나 마침 재계하는 중이라 즉시 만나보지 못하였소. 지금 올린 차자를 살펴보니 예법에 맞는 말을 듣는 것 같아 참으로 가상스럽고 감탄하였소. 아뢴 내용은 마땅히 의논하여 처리하겠소.'(9/22)

9월 29일, 시사청에서 임금을 알현하였다. 병들고 늙은 몸이라 그동안 소명을 받들지 못하고 있던 중에, 불측스럽게도 그의 이름이 역적의 입에서 나왔다 하니 송구스럽기도 하고 성상의 은혜가 망극하기에 사은하고 싶은 마음이 간절해 병든 몸을 이끌고 올라왔다고 했다. 임자년(1612년) 2월에 봉산군수 신율이 가짜 어보와 가짜 병조 인감으로 병조의 문서를 위조한 김제세를 체포했다. 그 김제세의 발설에 의해 김직재라는 이가 아들 백함과 함께 반역을 꾸미고 있다는 장계를 올렸다. 김직재는 팔도의 각 대장과 별장 등을 정하여 불시에 한양을 함락시키고 대북 세력과 임금을 축출하려 했다는 것인데, 그 와중에 경상도 내상內廂으로서 일찍이 대사헌을 지낸 정 씨 성을 가진 사람, 즉 내암의 이름을 들먹였다는 것이었다. 올해 서른아홉 살의 임금은 발그레 웃으면서 말했다.

"이름이 역적의 입에서 나온 것은, 예로부터 명망이 중한 선비는 모두 이와 같은 일이 있었으니 경에게 무슨 손상될 것이 있겠소. 심려치 마시오. 이렇게 어렵게 경을 만났으니 경도 소회가 작지 않을 듯하오."

"제왕이 다스림을 도모하는 것은 선비가 도를 배우는 것과 뜻은 같습니다. 태평스런 생각과 편안히 즐기려는 마음을 끊으면 하고자 하는 바대로 다스릴 수 있지 않겠습니까."

내암은 법제가 번거롭고 부역이 무겁기가 전보다 몇 배는 되어 백성들의 고통이 크다, 지방 수령들의 기강을 진작시켜 백성을 위하는 마음을 가지도록 해야 한다, 심복으로 삼을 만한 사람을 택하여 그에게 맡기고 간사한 자를 제거한 뒤 의심치 않으면 나라가 저절로 다스려짐을 기대할 수 있을 것이다, 라고 말했다. 임금은 신료들이 한 조정 내에서도 그 마음을 다들 달리하면서 무슨 일을 하고자 할 때마다 매번 서로 어긋나고 있으니 어떻게 하면 좋을지를 하문했다. 내암은 무신년의 임해군 역모 사건이 일어났을 때, 대신들에게서 형제간의 우애를 중히 여겨 은혜를 베풀어야 한다는 말이 나왔다는 것 자체가 문제라고 지적했다. 사사로운 자기 집안의 일도 아니고 역적을 토벌하기를 청하는 것이 신하된 자의 당연한 도리인데도 지레 은혜를 베풀어 살려주어야 한다는 의논이 나왔으니 임금의 미덕을 자신들의 것으로 빼앗는 것이 되는 것이므로 이는 분명히 잘못된 일이라고 말했다. 배석해 있던 세자가 가만히 고개를 끄덕이는 것이 보였다. 다시 만나기를 원하니 당분간 머물면서 기다리라는 임금에게 숙배를 하고 물러나왔다.

다시 부를 때까지 기다리라고 하니 바로 서울을 떠나 내려갈 수도 없었다. 이번에 우의정을 제수 받은 것은 벼슬을 하고자 하는 생각에서가 아니라 임금의 알현을 위해서 어쩔 수 없이 명을 받은 것이라 해명했다. 지혜는 작으면서 계획하는 것이 크며, 힘은 약하면서 책임이 무거우면 화를 당하지 않는 사람이 드물다는 공자의 말씀을 들어 끝내 우의정을 사퇴하려는 뜻을 받아들여줄 것을 간절히 요청했다. 이틀에 한 번 꼴로 차자를 올려 귀향을 허락해달라고 했다.

'신이 감히 끝까지 사양하지 않고 함부로 나아간다는 혐의를 피하지 않은 것은 단지 전하의 좋은 뜻과 좋은 일을 이루고자 한 것입니다. 그리고 만약 관직을 받지 않으면 나아가 뵐 길이 없을 것 같았기 때문에 어쩔 수 없이 명을 받았습니다.'

'차자를 살펴보고 경이 은거하려는 마음을 돌리지 않았으며 또한 질병이 있음을 알았으니 매우 걱정스럽소. 경이 비록 나이는 많지만 정력은 오히려 강하니 벼슬을 사직하고 고향으로 돌아갈 계획은 세우지 마시오. 힘을 다해 조정에 머물러 임금답지 못한 나를 도우시오.

날씨가 추워지니 마음을 편안하게 가지고 조리하시오.'(10/5)

'신이 근래 소대_{召對}하여 삼가 전하를 뵙는 소원을 이루었고 임금
을 문안하는 뜻을 조금 폈으나, 떠나려는 뜻 또한 간절하여 끝내 바꾸
지 못했습니다. 신은 치사할 나이가 이미 지났고 매우 쇠약하고 병이
심하여 스스로 벼슬하는 것에 합당하지 않습니다.'

**'경은 비록 몸이 산림에 있지만 관직은 대신이니 의리상의 명분은
여전히 중대하오. 어찌 나의 청을 따르지 않고 헌신짝 버리듯이 버리
고 갈 수 있겠소? 내가 반드시 다시 만나보고자 하니 애써 잠시 머물
러서, 체모를 유지하여 나의 바람에 부응하시오.'**(10/11)

'전하께서는 신의 심정을 딱하게 여겨 체직을 빨리 명하시고 밀부
를 회수하여, 신으로 하여금 겨울 추위가 그리 심하지 않을 때 부축을
받고 남쪽으로 돌아가 여생을 마칠 수 있게 해주시기 바랍니다. 그러
면 전하의 은혜는 이에 이르러 더욱 깊어질 것입니다.'

**'차자의 내용은 모두 알았소. 나는 마땅히 병을 무릅쓰고 다시 만
나볼 것이니, 경은 의당 억지로라도 머물러 즉시 성 안으로 들어오시
오.'**(10/12)

'지금 체직을 명하지 않고 도리어 도성으로 들어오라는 전교가 있
으니, 이 때문에 신은 의혹이 없을 수 없습니다. 만약 전하께서 신이
어전이나 차자에서 아뢴 것을 버리지 않고 혹시라도 시행할 수 있으
시면, 비록 신으로 하여금 나아가 전하를 뵙게 하더라도 더 이상 아뢸

말씀은 없습니다.'

'차자를 보고 경이 고향으로 돌아가려는 마음을 돌이키지 않음을 모두 알고 몹시 서운하오. 전에 아뢴 것은 내가 이미 이해하였소. 날이 개기를 기다려 즉시 경을 만나볼 것이니, 다시 사양하지 말고 마음을 편안히 가지고 도성 안으로 들어오시오.' (10/14)

'신이 받은 밀부를 빨리 회수하라고 명하셔서, 신의 근심하는 마음을 풀어주는 것 또한 백골에 살이 돋아나고 죽은 사람을 살리는 것 같은 전하의 은혜일 것입니다. 또 삼가 원하건대, 호조에 명을 내려 봉록을 도로 싣고 가게 하시면 매우 다행함을 금치 못하겠습니다.'

'경이 온 지 며칠 만에 갑자기 이런 말을 하니 몹시 서운하오. 편안한 마음으로 봉록을 받고 다시 사양하지 마시오. 조리하여 병이 낫기를 기다려서, 나로 하여금 경을 만나보게 하시오.' (10/18)

'전하께서는 신이 치사致仕하는 심정을 살피고 내려준 밀부를 회수하여, 신으로 하여금 무거운 부담을 벗고 마음을 편안히 하여 외지고 조용한 곳으로 들어가서 편한 대로 조리하고 치료하여 혹시 조금 나으면, 천천히 남쪽으로 돌아가게 해주십시오.'

'차자를 살펴보고 경이 나라를 걱정하는 뜻을 모두 알고 매우 감탄하였소. 경의 병이 아직 낫지 않았고 나 또한 일이 있어 즉시 다시 만나보지 못하니 마음이 초조하고 불안하오. 마땅히 단호하게 사직하지 말고 마음을 편안히 가지고 잘 조리하여 나를 만나보고 진퇴를 결정하는 것이 좋겠소.' (10/20)

'신은 이미 관직을 사퇴한다고 말했는데, 날짜를 끌며 다시 머물러 오래도록 떠나지 않는다면 도리어 속으로 바라는 것이 있어 보입니다. 신의 딱한 사정이 이에 이르렀으니 감히 전하의 위엄을 범하지 않을 수 없습니다. 누차 밀부를 환수하기를 청하면서 그만둘 수 없으니 황공하여 어찌 할 바를 몰라 땅에 엎드려 죄를 기다리고 있습니다.'

'차자를 살펴보고 경이 떠나기를 요구하는 지극한 정성을 모두 알았소. 매우 서운하오. 마음을 편안히 가지고 사직하지 말고 우선 내가 소견하기를 기다리시오.'(10/24)

'전하의 위엄을 범하는 것을 피하지 못하고 승정원에 밀부를 돌려주며 스스로 인장을 돌려준 옛일에 비깁니다. 떠나면서 장차 죄를 기다리려고 하니 매우 황공합니다. 전하의 처분을 기다리겠습니다.'

'차자를 살펴보니 나는 매우 서운하오. 내일이 지나면 다시 만나볼 것이니 억지로라도 우선 머물러 있으시오.'(10/25)

'승정원에서는 현재 체직하라는 명을 내리지 않았으니 밀부를 받을 수 없다고 합니다. 성인 공자가 '필부도 의지를 바꾸게 할 수는 없다'라고 하지 않았습니까? 전하께서 신의 뜻을 헤아리지 않으시는데 신은 억지로 저의 뜻을 이루려고 하니 끝내는 죄에 이르는 것을 피할 수 없을 것입니다.'

'차자를 살펴보고 경의 간절한 심정을 모두 알았소. 나는 불행히도 죄인을 심문하는 일이 있어 여러 날을 계속하여 나갔다가, 이 때문에 감기에 걸려 지금 조리하고 있소. 내일 인견하겠으니 마음을 편안히

가지고 잠시 머무르시오. 밀부는 돌려주겠소.'(10/30)

동짓달 초하루, 임금을 다시 만났다. 내암이 입시하자마자 임금은 답답한 듯 말했다.

"멀리 떠나려는 마음은 비록 변경하기 어렵다 하더라도 나를 함께 일할 수 없는 사람으로 여기는 것이오? 어떻게 하면 오래 머물 수 있겠는가. 잠깐만이라도 머물도록 하시오."

"신은 본디 늙고 옹졸하여 벼슬하기에 적합하지 않습니다. 게다가 나이가 많고 병도 있는데, 날씨가 이미 차므로 시골로 물러나 여생을 보존하려고 합니다. 이 때문에 명을 따르지 못하니, 지극히 죄송합니다."

임금은 어머니인 공빈 김씨를 공성왕후로 추존하고 명의 책봉을 받기를 원하는데, 대신들이 반대하는 사람이 많다고 하면서 내암의 뜻은 어떤지를 물었다. 내암은 어버이를 높이는 일이니 문제될 것이 없다고 답한 뒤, 곽재우가 진정 나라를 걱정하고 절의를 위해 죽을 신하라고 하며 추천을 했다. 그리고 소모진召募陣 설치에 따른 폐단과 속오군束伍軍의 설치에 대한 백성들의 원망을 풀어줄 것을 진언했다. 그리고 거듭 고향으로 내려가는 것에 대한 양해를 구했다. 임금은 끝내 허락을 하지 않았고 승정원에 우의정 밀부를 돌려주는 것 또한 허락하지 않았다. 밀부를 반환하지도 못하고 대궐을 나온 내암은 곧 떠날 채비를 했다. 가야 할 사람은 가야 하는 것일 뿐. 임금께 다시 차자를 올렸다. 그리고 서울을 떠났다.

'어제 어전에서 전하께서는 매우 강하게 신을 머물게 하셨고, 신 또한 간절하게 떠나기를 청하였습니다. 승정원에 밀부를 바치려고 해도 허락을 받지 못해, 그것을 가지고 가는 것으로 말을 하기에 이르렀습니다. 삼가 원하건대, 전하께서는 회수하라는 명을 빨리 내려서 거의 죽게 된 신의 목숨을 보존하는 것이 실로 천지가 만물을 낳아 기르는 것 같은 은혜일 것입니다.'

'차자를 살펴보고 경의 간절한 심정을 모두 알았소. 다만 나의 정성이 부족하여 경이 떠나기에 이르렀으니 섭섭함을 이기지 못하겠소. 마음을 편안히 가지고 사직하지 말고 직책을 지닌 채 잘 가시오. 대궐의 말로 호송하니 사양하지 마시오. 날씨가 따뜻해지면 다시 올라오시오.'(11/2)

'신은 병들어 빨리 갈 수 없어 조금씩 가서 만약 전주에 이르면 또한 머물러 전하의 명을 기다리려고 합니다. 삼가 원하건대, 전하께서는 전라도와 경상도 감사에게 밀부를 회수하여 올려 보내라고 하루 빨리 명을 내리거나, 혹은 사관을 보내 나중에 거두어들이십시오.'

'차자의 내용은 모두 알겠소. 나는 지식이 얕고 사리에 어두워서 경이 전후로 말한 것을 비록 일일이 실행할 수 없지만, 어찌 이것 때문에 포기하고 다시 올라오지 않을 수 있겠소? 날씨가 따뜻해지면 조리하여 올라오도록 하시오. 밀부는 우선 받아들이게 하여 경의 마음을 편안하게 해주겠소.'(11/11)

동궁께서도 다음과 같이 전교하였다.

'선생께서 떠났다는 말을 듣고 매우 슬프고 당혹스러웠습니다. 마침 날씨가 아직 차가우니 가는 동안 건강에 유의하십시오. 날씨가 따뜻해지면 올라와서 전하의 뜻에 부응하는 일로써 알립니다.'(11/11)

내암은 두 달 동안 열네 번의 차자를 올린 끝에 우의정 밀부를 반납하고 귀향을 겨우 허락받았다. 어떻게 해서든 그를 서울에 머물게 하여 벼슬을 맡기려고 하는 임금의 뜻을 끝내 거역하고 낙향하는 마음이 편할 리 없었다. 하지만 그가 올린 신해상차로 인해 그를 원수처럼 생각하는 관리들이 그득한 조정에 머물러 여든이 다 된 나이의 늙은 몸으로 할 수 있을 만한 일은 없어 보였다. 원래 그가 생각하기로는 임금이 신임하는 단 몇 명의 핵심 관리로도 능히 요순시대의 선정을 펼 수 있을 것으로 여겼지만, 수백 명의 관원들이 다른 곳에 마음이 가 있다면, 그들을 바른 공론으로 이끈다는 것이 어찌 수월할 수 있을까 하는 생각에 임금의 처지가 충분히 이해되기도 했다.

4부

남가일몽

칠신칠우

우려했던 일은 언제고 일어나고야 마는 법이던가. 광해가 보위에 오른 지 5년, 계축년(1613년) 3월에 문경세재에서 뜻밖의 일이 일어났다. 비록 서자이긴 하나 영의정을 지냈던 박순의 아들 박응서를 위시한 일곱 명의 명문 세도가의 자제들이 은 상인들을 죽이고 수백 냥을 약탈한 강도 사건이 발생한 것이었다. 이들은 이사호, 김장생의 이복동생 김경손 등과 사귀며 스스로 '죽림칠현' 또는 '강변칠우'라고 칭하였다고 했다. 이들은 적서 차별을 폐지해달라는 자신들의 상소가 거부당하자 불만을 품고 계축년 초부터 경기도 여주 남한강변에서 무리를 이루어 '무륜당無倫堂'이라는 집을 짓고, 그곳을 근거지로 소금 장수, 나무꾼 등으로 행세하며 전국에 출몰하여 화적질을 일삼다가 급기야 세재에서 상인들을 죽이고 돈을 약탈하기에 이르렀다. 이때 피살된 상인의 노비가 미행하여 근거지를 알아내고 포도청에 고발함으로써 이들은 일망타진되었다.

그런데 이들 중의 하나인 박응서가 옥중에서 비밀 상소를 올리기를, 그들이 그런 짓을 하게 된 연유는 군자금을 비축하여 무사를 모아 사직을 도모하려 한 것이며, 성사 후에는 영창대군을 옹립하고, 인목대비로서 수렴청정을 펼치려 했다고 했다. 임해군이 죽은 지 불과 4년도 채 되지 않은 터에 이처럼 청천벽력 같은 사태를 접하자 좌변포도대장 한희길이 조정에 장계를 올렸다. 살인사건 이후 혼자 집에 숨어 있다가 잡혀온 박응서는 자복을 받은 다음 형조로 넘겨 처형시킬 예정이었는데, 옥중에서 상소를 하여 그들이 천한 도적이 아니라 무사들을 모아 대의를 도모하고자 했다고 말한것이었다. 친국이 시작된 것은 계축년(1613년) 4월 25일이었다.

박응서가 공초했다.

서양갑과 박치의가 주모자로서 정협, 박종인, 심우영, 허홍인, 유인발 등과 함께 호걸들과 결탁한 뒤 사직을 도모하려 한 지 거의 4, 5년이 지났는데 그동안 틈을 얻지 못했습니다. 거사 계획은 3백여 명을 동원해서 대궐을 밤중에 습격하는 것이었습니다. 이를 위해 먼저 우리와 친한 무사로 하여금 조정의 집정자에게 뇌물을 써서 선전관이나 내금위, 수문장 등의 관직을 얻어 내응할 발판을 마련하는 동시에 정협을 훈련대장으로 임명하고 금과 비단을 뿌려 3백여 명과 결탁한 후에 야음을 이용해 대궐을 습격하려 하였습니다. 이때 제일 먼저 대전을 범하고 두 번째로 동궁을 범한 다음 급히 국보를 가지고 대비전에 나아가 수렴청정을 하도록 청하는 한편, 성문을 굳게 닫고 백관을 모두 바꿔치려 하였습니다. 이와 함께 먼저 척리 및 총병, 숙위하는 관원을 죽이고 친구와 같은 패거리들로 조정을 채우는 동시에 서양갑 자신은 영의정이 되고 나머지는 순서대로 관직을 임명받을 계획이었습니다. 또 유배 중인 무리들을 석방하여 관직에 임명함으로써 동심협력해 영창대군을 옹립케 하고 팔도의 감사와 병사도 모두 같은 패거리로 채운 다음 사신을 보내 중국 조정에 주문하려 하였는데, 아직 자금이 부족하여 거사 기일은 정하지 못했고 또 대비와 대군에게도 알리지 못했습니다.

광해가 직접 박응서에게 그들이 내건 흥의군興義軍의 이름으로 지었다는 격문의 내용이 어떠했는지를 묻자 차마 입으로 옮기기 힘든 말이 있다고 하여 박응서에게 붓을 주어 직접 써서 올리도록 했다. 그 내용은 임금인 그의 죄를 몇 조목으로 나눠 나열했는데 기가 찰 일이었다. 부왕을 시역한 것, 형을 죽인 것, 손윗사람을 간음한 것, 그 세 가지가 그의 죄라는 것이었다. 그가 선왕에게 찹쌀밥을 드려서 죽게 만들었다는, 악의에 찬 낭설이 나돈다는 이야기는 들은 바 있었다. 어의인 허준이 괜찮다고 해서 올린 찹쌀밥이었고, 기미상궁이 검식한 다음 선왕께 올린 음식 때문에 선왕이 승하하게 만들었다니……. 역적 임해군의 죽음은 어찌 되었건 결국 그의 책임이라 덮어씌울 수도 있었다. 그런데 손위 사람을 간음하다니. 아마도 김 상궁을 두고 하는 말이 아닌가 싶었

진주 315

다. 선왕의 승은을 받아 승은상궁의 첩지를 받은 김 상궁이 못생긴 얼굴에도 불구하고 방중술에 뛰어나 광해가 그를 가까이 한다는 소문도 있었다고 했다. 도대체 어떻게 그런 낭설까지 끌어다 붙일 생각들을 하는 것인지……. 추관이 그 글을 남겨두지 말도록 청하여 태워버리도록 했다. 곧이어 관련자들을 잡아다 공초를 받았는데, 대다수는 은 상인을 노략질하고 죽인 것은 사실이나 역모에 대해서는 모른다고 했다. 주모자로 지목된 서양갑은 박응서가 그를 꾀어 원수를 갚는다는 명목으로 살인을 하게 해놓고 역모의 주모자로 둔갑시키니 단지 망연자실할 뿐이라고 했다. 심우영의 아들 섭이 고신에 승복하여 말하기를 서양갑이 주모자이며 여주와 이천의 군사를 이끌고 거사할 계획이었다고 했다. 그 아비 심우영에게 모진 고문을 해서 추국했더니 서양갑이 객기를 부려 자신을 제갈량이라 하고 《삼국지》의 도원결의처럼 해보려고 했을 뿐이라고 했다.

열흘이 넘도록 추국이 이어졌지만, 결정적인 자복은 나오지 않았다. 그러다가 5월 6일, 주모자로 지목된 서양갑과 고변자인 박응서를 대질심문 시켰다. 이미 압슬형과 화형을 세 차례씩 받은 뒤라 온몸이 망가진 서양갑의 입에서 주모자는 인목대비의 아비 연흥부원군 김제남이고 그가 맨 먼저 창도한 사람이라는 자백이 나왔다.

김제남은 장정들을 많이 얻으려 하면서 또 절친한 사람을 훈련도감의 대장으로 앉히려 하였습니다. 이 때 관직이 낮은 사람으로 물망에 오른 것이 정협이었는데 전 병사 이수도 그를 대장으로 삼았으면 좋겠다고 하였습니다. 또 이지효라는 자가 있었는데, 그를 앞세워 훈련도감과 수원의 군사를 가지고 야간 훈련이라고 핑계 대면서 바로 거사하여 대궐을 범하도록 하였으며 여주나 이천의 군사를 동원한다는 설은 잘못 안 것입니다. 차지 오윤남의 처에 따르면, 인목대비가 매번 눈물을 흘리면서 "대군이 장성하면 옥체를 보전하지 못할 것이 분명하다"며 "이런 때에 만약 구제해 주는 자가 있다면 어찌 큰 공을 세우는 것이 되지 않겠는가" 하는 말을 전해 들었을 뿐입니다. 또 '유영경, 한응인, 허성, 신흠, 박동량, 한준겸, 서성 등이 바로 고명대신이다'라고 하였는데 이것은 선왕의 유교遺敎를 받은 유교칠신을 지칭하여 말한 것이었습니다. 그러나 이 사람들이 어찌 신들의 역모에 참여하기야 했겠습니까. 다만 그들이 고명을 받은 사람들이기 때문에 믿고서 도움을 요청하려 했을 뿐인데, 서로 도왔는지의 여부는 알 수 없습니다.

사실이 그러하다면, 왜 박응서는 진작 주모자에 대해 말하지 않았느냐고 물었다. 박응서가 공초했다.

서양갑이 신에게 말하기를 "대군을 옹립한다면 김제남에게 말하지 않을 수 없다" 하였고, 또 김제남을 좌상으로 삼고 자기가 영상이 되려고 한다고 하였습니다. 이 자야말로 팔도 서얼의 괴수인데, 늘 말하기를 "서얼을 모두 모은다면 어찌 3백 명만 되겠는가. 10만 명은될 것이다" 하였고, 매사를 동생에게까지 숨겼습니다. 처음부터 김제남과 역모를 통했다고 이야기했는데, 이는 바로 죄를 자복한 소신까지 얽어 넣으려고 하는 말입니다. 소신이 어찌 진짜 우두머리가 김제남인 줄 알았겠습니까.

곧바로 김제남을 잡아들이고 영창대군을 구금하고 대군 궁의 노비들을 모두 체포했다. 대대적인 수색이 벌어졌다. 양사가 합계하여 아뢰기를, "선왕께서 승하하시던 날 일곱 신하에게 고명하는 글을 내리셨다면, 이미 황제의 칙서를 받아 왕위 승계를 확정하여 종묘에 고한 이상 일곱 신하의 입장에서는 급급하게 그 사실을 변론했어야 마땅한데 오늘에 이르기까지 숨기고 있었다면 그 죄를 묻지 않을 수 없다"며 그들 가운데 직책을 갖고 있는 모든 자들을 사판에서 삭제할 것을 요청했다. 그대로 시행하라고 했다. 또 역적을 토죄하는 일이야말로 천하의 대법이라 할 것인데 영창대군을 옹립하기로 했다는 이야기와 김제남의 죄악에 관련된 사실이 또 역적의 입에서 나왔다면 유사로 하여금 그들에게 마땅한 율을 적용하도록 해야 하므로 대군 이의李懿를 복주시키고 김제남을 엄히 국문할 것을 청했으나 일단 윤허하지 않고 상황을 좀 더 지켜보기로 했다.

"적도가 설령 그를 옹립하려는 계책을 꾸몄다 하더라도 어린 대군이 어떻게 알았겠는가. 선왕께서 잘 돌보아주도록 부탁하신 것은 바로 오늘날과 같은 걱정이 있을까 해서였다. 하늘에 계신 영혼이 여기에 오르내리고 계시는데 내가 어떻게 차마 법대로 하겠는가. 그런 말은 하지 말라."

사실 영창대군 이의와 관련하여 오래전부터 문제가 발생할 우려가 많았다. 일단 선왕의 유일한 적자라는 명분은 아직까지도 숨을 펄떡이며 살아 있었다. 무신년(1608년)의 유영경이 선왕의 전교를 숨기고 다른 짓을 획책하였던 데에는 인목대비와 김제남의 사주가 있었음을 충분히 의심할 만했다. 선왕은 적자라는 이유로 이의에게 상당히 많은 재산을 하사했고, 후사가 없었던 제안대군의 후계자로 정함으로써 엄청난 재산을 물려받도록 했다. 여섯 살이 되던 해 대군으로 봉해진 영창대군은 적어도 노비 천명 이상, 전답 120만 평 이상의 막대한 부를 축적하고 있었다. 대비는 궁중 법도를 어겨가며 아들 이의를 세자처럼 입히고 다니는 상황이었고, 영창永昌이라는 두 글자가 제왕의 옥쇄에나 새기는 글자이므로 누차 대비에게 봉호를 고치자고 청했는데, 대비가 선왕께서 명하신 것이라 고집하고 허락하지 않았다. 또 동궁이 빈을 맞아들일 때 대비가 하사한 예물은 매우 푸짐했으나 왕비가 하사한 것은 도리어 그보다 못하자, 궁인들이 부끄러워했을 정도였다. 선왕이 54세 때 열아홉 살 나이의 계비로 들어온 인목대비는 광해보다도 아홉 살이나 어렸다. 그러나 그는 자식된 도리로 매일 아침 문후를 여쭈어야 했다. 그런데 김제남과 내통한 나인들의 추국 과정에서 선왕의 병세가 위독해졌을 당시 인목대비의 사주로 궁녀들이 무당과 함께 의인왕후의 무덤인 유릉裕陵으로 가서 저주를 행한 사실이 드러났으며, 인목대비의 주변 인물들이 궁중에서도 광해와 관련된 여러 가지 저주 행위를 한 사실이 밝혀졌다.

정인홍의 차자가 올라왔다.

잡초를 없애면서 뿌리를 뽑지 않고 역적을 잡으면서 괴수를 잡지
않으면 탐욕스럽고 염치를 모르는 무리가 두려워하고 굴복하지 않아
원한만 깊어집니다. 결국에는 대비의 세력을 믿고 아들 이의를 지킨
다는 구실로 장차 전하를 태자가 어려 섭정을 한 노나라 은공隱公 정
도로만 여길 것입니다. 가장 먼저 모의하고 처리한 사람을 모두 무찔
러 없애 심복들이 없어지면, 어린 이의李瑾는 단지 우리 속의 거세한
돼지나 마찬가지일 뿐입니다. 전하께서는 선왕이 부탁하신 뜻을 돌
이켜 생각하여 이의를 잘 보살펴왔기 때문에, 일곱 신하가 달리 보호
할 필요가 없습니다. 병환이 위독할 때 진실로 유교를 하려고 하면,
왕위를 이을 세자를 나오게 하고 대신을 불러 공개적으로 명을 내기
를 청천백일같이 했어야 할 일입니다. 어찌 은밀한 글을 유독 외척 무
리에게 주어 유교하였겠습니까? 그런 거짓으로 선왕의 덕에 누를 끼
치고 허위로 조작한 죄를 범하였으니, 일곱 신하의 죄 또한 어찌 여기
에 그칠 따름이겠습니까?

결국 그들이 앞장세우고자 한 이의가 문제가 아니라 그러한 명
분을 믿고 불측한 일을 도모하려한 역당의 잔재를 말끔히 소탕해
야만 후환이 없어질 것이라는 말이었다. 추국을 시작한 지 한 달
만인 5월 24일, 광해는 쥐를 잡고 싶어도 그릇을 깰까 두려운 까
닭에 차마 김제남을 고문하지는 못하겠으니 사형을 감해 유배시
키기를 전교했고, 다음 날 김제남을 강화도에 위리안치 시키도록

했다. 그러나 양사가 합사하여 그 정도로는 수습이 되지 않는다는 지적을 여러 차례 제기했고, 결국 5월 30일, 김제남을 사사하도록 명했다. 김제남은 6월 초하루 서소문 밖에서 사약을 마시고 죽었다.

6월, 7월 두 달간은 하루도 빠짐없이 영창대군 이의를 역모의 율로 다스려야 한다는 간언이 줄을 이었고 5월부터는 조정 백관들이 궁궐 뜰에 꿇어 엎드려 왕명을 청하는 정청庭請까지 열었다. 이에 병행해서 인목대비가 궁 안팎에서 행한 여러 저주 행위에 관한 조사와 고변이 줄을 이었다. 유교칠신 중의 한 사람인 박동량의 증언에 의해 광해의 어머니인 의인왕후가 묻힌 유릉에서의 저주행위가 사실임을 확인했다.

6월 21일에는 정인홍이 천거한 바 있는 곽재우의 차자가 올라왔다. 지난날 역적 임해군은 스스로 반역의 짓을 했기 때문에 그 역시 소를 올려 법에 따라 처리할 것을 청했지만, 지금 이의는 여덟 살 어린 나이에 무슨 지각이 있다고 반역의 죄를 준단 말이냐는 반론이었다.

그러나 그가 비록 어리다 해도 이미 여러 역적의 구실이 되었으니, 참으로 나라의 화근이 아닐 수 없다며 관작 삭탈이나 유배를 보내는 것만으로는 무슨 도움이 되겠느냐는 상소가 매일 몇 건씩 올라왔다. 결국 영창대군 이의는 8월 2일에 강화도에 위리안치되었다. 인목대비는 11월에 궁중에서 천제天祭를 행했는데, 영창대군이 돌아올 수 있도록 축원한 것인지, 광해와 동궁을 모해하기 위한 기도인지조차 분명하지 않았다.

7월 9일, 정인홍의 차자가 다시 당도했다. 그는 영창대군은 임해군 때와는 달리 역모의 뿌리를 제거하여 후환을 없앤 다음에 더 이상의 옥사는 중지해야 한다고 주장했다. 그러나 여전히 인목대비의 저주 행위에 대한 정황이 각처에 도저하니 임금이 창덕궁으로 이주하고 대비는 경운궁에 남겨두어 양궁兩宮이 분명히 구분되면 출입의 방비가 엄해지고 서로 담합하는 길이 끊어지게 될 것이라고 말했다. 그리고 역모의 죄로 다스려야 한다는 신하들의 주장을 따르면 영창대군을 제거하는 것이 훗날의 근심을 없애기 위해 발본색원하는 계책임을 모르지는 않으나, 여덟 살 어린 아이가 역모에 가담하지 않았다는 것은 누구나 다 아는 사실이며, 그저 기어서 우물로 들어가는 한 어린 아기일 뿐이라고 했다. 그가 듣기론 지금 이의를 토죄하여 형제간의 의리를 끊으라는 소위 할은론割恩論을 발설하고 있는 자 중에는 예전에 임해군의 옥사 때 형제간의 의리를 온전히 하라는 전은설全恩說을 앞세웠던 자가 많다고 하는데, 어찌 무도한 이진에게는 후하면서 죄가 없는 이의에게는 가혹한 율을 들이대느냐고 반문했다. 하지만 그들은 정말 끈질기게 요구했다. 이의의 죄를 법대로 처리할 것을 주청하는 계사 또는 차자, 상소가 계축년 5월 4일부터 갑인년 2월 4일까지 9개월 동안 무려 400여 차례에 걸쳐 광해에게 진달되었다.

그런데 2월 9일, 강화부사 정항에게서 이의가 위독하다는 장계가 올라왔다. 하지만 미처 조정에서 손쓸 사이도 없이 이튿날인 2월 10일, 영창대군 이의가 죽었다는 보고가 뒤따랐다. 조정에서는 역적 이의가 나라의 벌을 받지 않고 갑자기 저 혼자 죽었으니 종묘사직과 나라에 욕된 일이라며 지평 김몽호, 정언 이용진이 책임을 통감한다며 사직을 청했다. 만감이 교차했다. 이의가 어떻게 죽었건 간에 유배를 명한 그가 죽게 만든 것이나 마찬가지이니 형과 함께 동생을 죽인 패륜이라고 몰아붙인다 해도 할말 없는 신세가 되어버렸다. 광해는 침통한 마음으로 비망기에 이의의 장례를 대군의 예로 치르라는 전교를 내렸다. 승지 유숙이 종묘사직에 죄를 지은 역적 이의를 대군의 예로 장례를 치른다는 것은 온당치 못하다고 했지만, 이미 죽은 아이를 두터운 예로 대우하는 것이 무슨 해가 되겠냐며 그대로 시행하라고 했다.

열흘이 지났다. 지난 기유년(1609년)에 임해군이 강화도 교동에서 죽었을 때도 교동별장 이정표가 병이 깊어 보고가 늦어졌음을 치죄하라고 비망기로 일렀었다. 그가 이이첨의 사주를 받아 이진에게 독약을 먹였느니, 목을 졸라 죽였느니 하는 소문이 나돌기도 했지만 그를 동정하는 민심은 찾아보기 어려웠다. 그러나 이번에는 달랐다. 애초에 나이 아홉 살밖에 안 된 어린 아이가 역모에 휘말리게 된 것은 본인의 뜻과는 무관하므로 억울한 측면이 없지 않은데다가 유배지에서 갑자기 죽었다고 하면 무슨 흉측한 소문이 날지 짐작하기 어려웠다. 항간의 소문을 들어보라 일렀더니 쉬쉬하는 가운데서도 강화별장 이정표가 밥을 제때 주지 않아 이의가 굶어죽었다느니, 불을 제대로 때주지 않아 혹한에 얼어죽었다느니, 심지어 이의를 방 안에 가둬놓고 장작불을 엄청나게 때는 바람에 쩌죽었다는 소문까지 나돈다고 했다. 장례 기간 동안 이연경이 수직하게 하고 강화별장 이정표는 올라오게 하여 죄과를 추문하도록 했다.

2월 21일, 부사직 정온이 차자를 올렸다. 아직 어려서 반역이 무엇인지도 모르는 이의를 죽인 강화부사 정항을 참수할 것을 청했다. 정언 이언영이 가장 먼저 정온의 상소에 대해 논죄해야 함을 거론했고, 대사헌 박건, 대사간 김치, 장령 배대유 등도 동의하고 나서자, 승지 유숙이 차자를 고쳐서 올리도록 한 것이 주제넘은 짓을 한 것 같다며 대죄했다. 그는 정온의 차자 중 '끝내 마음대로 하지 못하시어 추악한 무부의 손을 빌리는 것을 면하지 못했다'라는 부분은 지나친 듯하니 고치는 게 좋겠다고 했다. 정온도 수긍하여 '가수假手'를 '견기見欺'로 고쳤다. '손을 빌리다'라는 말을 '속임을 당했다'로 고쳤으니 사실 크게 다를 것도 없었다. 광해는 흉악한 소를 마음대로 고치는 것은 잘못이라며 차후에는 그러지 말라고 전교했다. 다음 날 홍문관 부응교 한찬남이 정온을 벌해야 한다고 주장했다.

"전하께서 무엇을 두려워하고 꺼려서 하찮은 한 무부의 손을 빌어 남모르게 일을 하겠습니까. 어린아이가 섬 안에 갇혀 세월이 오래 되었으니 병에 걸리는 것은 당연하고 죽는 것도 이상할 것이 없는데, 무부가 제멋대로 죽였다고 억측할 수 없는 일입니다. 설사 정항이 거리낌 없이 제멋대로 죽였다고 하더라도 그것은 난신적자는 누구나 죽일 수 있다는 의리에 불과한 것이니, 임금을 잊고 역당을 비호하고 역적의 토죄를 회피하는 자와 어찌 비교할 수 있는 일이겠습니까. 또 '제왕 횡竤의 일을 의에게 비한다' 했으니, 이른바 횡은 당연히 즉위해야 할 임금이었고, 또 역적의 우두머리도 아니었습니다. 다만 사미원史彌遠이 흉계를 써서 죽였기 때문에 즉위하지 못했을 뿐입니다. 횡을 의에게 비유한다면 이는 전하께서 즉위한 것은 부당하고, 의를 토죄한 사람들은 모두 사미원과 같은 무리라고 여기는 것이니, 이 무슨 망발이겠습니까."

대사헌 박건도 논죄했다.

"'정항이 협박하여 죽게 하였다' 했는데, 정항도 신하입니다. 만약 조금이라도 군신의 의리를 안다면 어찌 감히 왜곡되게 음모하여 후일의 발판으로 삼겠습니까. 설령 정항이 정말로 간호를 신중히 하지 못한 일이 있다 하더라도 난신적자는 누구라도 주벌할 수 있다는 의리로 헤아려보건대 그다지 심한 죄는 아닙니다. 하물며 근거할 만한 형적도 없는데 정온이 감히 제멋대로 죽였다는 구실로 참수를 청하고, 심지어 전하께서 묘정에 들어갈 면목이 없다는 말까지 했으니, 임금을 위협한 계책이 더욱 참혹합니다."

광해는 "정온의 말이 흉악 참혹하고 부도하여 그의 마음을 헤아릴 수가 없다"고 하고 좀 더 기다려보라고 했다. 조정의 여론이 들끓더니 2월 24일에는 양사가 나서서 정온을 먼 변방으로 유배시킬 것을 청했다. 2월 말에 전교를 내렸다.

처음 정온의 소를 보았을 때 '정항이 우리 임금의 형제를 죽였다'

는 말이 있어 나도 모르게 머리털이 곤두섰다. 즉시 정항과 정온을 대질시켜 국문하고자 하였으나 내가 심장에 병이 있는데다가 망령되이 행동하다 그의 계책에 휘말려들까 염려되어 우선 외정의 논의를 기다리기로 했다. 그런데 원소에 '무부에게 손을 빌렸다'는 말이 있다는 소리를 듣고 비로소 의도하는 바가 정항에게 있는 것이 아니라 바로 과인을 지적한 것임을 알았다. 내가 비록 보잘것없는 사람이지만 어찌 겉으로 조정의 의견을 막으면서 남몰래 사람을 사주하여 죽이겠는가. 이렇게까지 무함을 당하여 장차 후세의 의혹을 풀 길이 없게 되었으니 아픔이 천지에 사무친다. 정온을 엄중히 국문하여 명쾌하게 규핵할 것이니, 이러한 뜻을 의논하여 아뢰도록 하라.

3월 3일에 정온을 의금부에 하옥시키도록 했다. 며칠 뒤에는 우의정 정창연이 정온에게 아량을 베풀어 가벼운 죄를 주기를 청했다. 정온은 본래 좌의정 정인홍 문하의 사람인데, 임해군 역옥 때에도 전은을 주장한 적이 있다. 이번에는 이의를 몰래 죽였다고 공박하고, 인목대비를 폐해야 된다는 논의가 일어나고 있는 점에 대해서 부당하다고 주장하고 있는 것이었다.

3월 20일, 좌의정 정인홍이 차자를 올려 제자 정온의 잘못을 너그러이 용서해주기를 청했고, 뒤이어 판중추부사 심희수가 반역의 옥사 등을 염려하는 상소를 올렸다.

정온의 상소에 있어서는 말을 마름질할 줄을 몰라서 조리가 없는 허망한 말을 하였으니 죄가 만 번 죽어 마땅하나 그 사리를 살펴보면 어찌 조금이라도 딴 뜻이 있어서였겠습니까. 옥리에게 나아간 지 몇 개월이 되었는데 아직도 처리하지 않고 있으니 행여 옥중에서 병사하여 천지의 생성하는 은택을 손상할까 두렵습니다.

6월 24일, 정온을 친국했다. 대신 이원익, 심희수, 정창연 등이 정온의 광망한 죄를 묻는 것은 가하나 국문까지 하는 것은 과하다고 했음에도 강행했다.

"내가 무부의 손을 빌린 것을 네가 어찌 알았으며, 정항이 멋대로 죽인 것을 네가 어떻게 들었으며, 횡으로써 이의에 비유한 것은 네가 어떻게 보았기 때문이냐? 정조와 윤인의 계사 중에는 본래 '폐廢'자가 없는데 네가 어째서 '폐'를 들어 말하느냐? 누가 사주해서 이러한 상소를 지었느냐? 하늘의 해가 위에 있으니 사실대로 바르게 고하라."

"소를 진달한 일은 실로 임금을 사랑하고 나라를 근심하는 지극한 정성에서 나온 것인데 도리어 임금을 잊고 역적을 보호해준 죄에 빠졌습니다. 정항이 임소에 도착하여 처음에 위리안치된 중에 난롯불과 밥 짓는 연기를 거두고 밖으로부터 밥을 제공했는데, 이의가 2월 3일에 병을 얻었다면 즉시 말을 달려서 아뢰어야 했습니다. 그런데 아주 늦게야 장계를 올렸고, 곧이어 죽었다고 아뢰었으니, 이러한 몇 가지 일들은 사람의 의심을 받기에 충분합니다. 정조나 윤인에 대해서는 그들의 계사 중에 국모로 대할 수 없다는 말이 있었으므로 폐비라는 말이 항간에 떠돌기 때문에 상소 중에 언급한 것입니다."

"모후를 폐위한다는 말을 네가 누구한테서 들었는가? 정항의 의심스러운 일이라는 것도 누구한테서 들었는가? 이실직고하라."

"윤인, 정조의 계사 가운데 '모후로 대우할 수 없다'는 말이 있었기 때문에 신도 이 말에 따라 그렇게 말했던 것입니다. 정항의 의심스러운 일은 그의 장계 가운데 '밖으로부터 밥을 주었다'는 말이 있었고, 지난 3일, 병에 걸린 뒤에 즉시 장계를 올렸더라면 성상께서 반드시 때맞추어 치료하라는 명을 내렸을 텐데 9일이 되어서야 늦게 계문했고, 그 이튿날 곧바로 죽었다고 계문했습니다. 이것이 의심을 불러일으킨 부분입니다."

정항에게 물었다.

"네가 임지에 도착한 초기에 이의의 위리 안에 있던 화로를 철거하고 밖으로부터 음식을 주었으며, 의가 3일에 병에 걸렸는데 이 사실을 이미 한참 늦은 뒤에야 보고했다. 너는 본현의 수령으로서 잘 돌보지 않아 흉측한 말이 일어나게 했는가? 상세히 바른 대로 고하라."

"임지에 도착한 뒤에 별장과 함께 위리안치한 곳을 살펴보았는데, 그 지역이 지대가 높아 바람이 많으므로 화재가 날까 염려되었기에 사유를 갖추어 보고한 다음, 의금부가 회계한 결정에 의거하여 밖에서 음식을 장만했던 것입니다. 신이 혼자서 멋대로 한 바가 아니었습니다. 병이 든 뒤에 즉시 보고하지 않은 것은 대개 장계에 관한 일은 오로지 별장한테 달려 있으므로 수령인 신으로서는 간여할 수 없었기 때문입니다. 또 흉측한 말이 생겨날 줄은 생각지도 못했습니다.”

두 번에 걸친 국문은 그것으로 끝이 났다. 정항은 파직하여 방면하라고 이르고, 정온은 대정大靜, 제주도에 유배했다. 시간은 더디게 흘렀다. 7월 24일, 호남의 유생 송흥주 등 열한 명이 대궐 앞에 엎드려 정온이 임금을 도道로 인도하려고 한 말 때문에 역적을 비호했다는 불측한 죄명을 입고 옥에 갇히게 되었다며 선처해줄 것을 부탁했다. 광해는 당장이라도 문을 박차고 나가 그들을 꾸짖고 싶었다. 아니, 일개 무부의 손을 빌어 영창대군을 죽였다는 정온의 상소가 도로 인도하려는 충정에서였다는 말을 어떻게 할 수 있는가. 부들부들 떨리는 마음을 억지로 진정시키고 비답을 내리지 않았다. 열흘쯤 지나니 8월 2일에는 관학 유생들이 나서서 송흥주 등이 오히려 역적을 비호했으니 그 죄를 다스릴 것을 주청하는 상소가 올라왔다. 광해는 짧게 답했다. “임금이 모욕을 당하면 신하는 목숨까지 바칠 의리를 생각해야 할 것 아닌가. 오로지 역적을 비호하고 허울만 그럴듯한 주장들을 하고 있으니 그게 어찌 군신의 의리라고 할 수 있겠는가. 하지만 내 이를 불문에 부치고자 하니 더 이상 거론치 말라.” 8월 내내 송흥주 등을 벌주라는 상소가 밀려들었지만 광해는 침묵했다.

이제 남은 문제는 인목대비였다. 이제 서른두 살의 젊은 대비는 지금까지 밝혀진 악행만 보더라도 역모의 율로 다스려도 문제가 될 건 없었다. 요사스러운 무당을 신봉하여 의인왕후의 능묘에 저주를 행했고, 광해를 저주하여 여우 뼈와 나무로 만든 인형을 궁궐 안 각처에다 묻었으며, 선왕의 와병 중에 유영경과 결탁했고, 영창대군의 소유인 종 천 명을 은밀히 각 부서에 배치하여 유사시 동원하게 했으며, 선왕의 승하 시에 유언을 조작하여 여러 대신의 조력을 부탁했고, 그의 아비 김제남이 무사들을 동원할 수 있도록 준비함과 동시에 날조된 광해의 허물들을 퍼뜨렸다는 등 도무지 헤아릴 수 없었다. 물론 그것이 나인들과 종을 고문하던 끝에 마구잡이로 끌어낸 말일 수도 있다. 하지만 여러 정황으로 봤을 때 언제라도 낯선 칼끝이 그를 겨눌지도 모른다는 우환의 근거임은 분명했다. 김제남과 내응한 서얼 출신의 서양갑이 '서자인 임금을 폐하고 적자를 세우려는 것인데 누가 역적이라 한단 말인가'라는 말을 공초에 남겼을 정도였고, 유영경의 수족이었던 김대래가 "자전(인목대비)은 곧 선왕의 정비"라는 말과 함께 광해를 가리켜 적출이 아니라는 말을 했다는 증언도 있었다.

　예전에 한무제漢武帝가 다섯 살 난 소제昭帝의 어머니 구익부인 조씨를 사소한 잘못에도 감옥에 유폐하여 죽게 만들었던 것은 깊은 뜻이 있었다. 훗날 한무제가 좌우의 사람들에게 "사람들이 이에 대해 뭐라 하느냐?"고 묻자 좌우 근신들이 "사람들은 그녀의 아들을 황제로 세우려고 하면서 어째서 그 모친을 제거해야만 했는가?"라고 말한다고 했다. 한무제는 "그럴 것이다. 그것은 소인배나 어리석은 인간들이 이해할 수 있는 바가 아니다. 자고로 국가에 난동이 있었던 까닭은 황제의 젊은 어미가 혈기왕성한 나이였기 때문이다. 황후가 독단적이며 교만 방자하고 음탕하기 이를 데가 없으면 이를 말릴 수 있는 사람은 아무도 없다. 너희들은 여후呂后를 들어보지 못했느냐"라고 했다.

인종대왕이 즉위 1년도 안 되어 승하하고, 명종 임금이 열두 살의 나이로 보위를 물려받았을 때, 수렴청정을 시작한 문정왕후는 마흔다섯 살이었다. 문정왕후의 섭정은 그녀가 세상을 떠나는 날까지 명종 임금이 성인이 된 이후에도 사실상 계속 이어졌다. 20여 년간의 암흑기였다. 선왕은 51세의 나이로 19세의 신부와 국혼을 거행했다. 아마도 선왕이 다시 국혼을 한 것은 후궁의 자식인 그가 아니라 정비에게서 난 적자에게 왕위를 물려주고 싶어서였을 것이다. 하지만 승하하던 해, 영창은 겨우 두 살이었다. 만약 영창이 왕이 되었다면 인목대비는 스물세 살에 수렴청정을 시작하게 되었을 것이다. 과거 태종대왕은 계모인 신덕왕후가 화병으로 죽고 난 후 세자 방석을 살해하고 정종을 거쳐 스스로 임금이 되었다. 그러나 누가 감히 태종을 '인륜도덕이 없는 인간백정'이라고 욕하는 이가 있었으며, 왕위찬탈의 역모로 '반정'을 했다고 비난했던가? 그런데 태종 임금은 그때 왜 오늘의 서얼 차별법을 만들었던가. 결국 방석처럼 서자를 세자로 삼는 일이 다시는 일어나지 않도록 하려는 목적이었을 것이다. 그러나 적자인 영창은 과거의 방석과 다를 것이 무엇이겠는가?

생각할수록 참담했다. 늘 몸이 아프고 괴로웠다. 밤이면 밤마다 잠이 오지 않고, 갖가지 상념들로 머릿속이 복잡했다. 을묘년(1615년) 4월, 광해는 인목대비를 경운궁에 남겨둔 채 창덕궁으로 돌아왔다. 그가 새로 중건한 창덕궁으로 이주하면 대비가 있는 경운궁과 자별하니 출입의 방비가 엄해지고 안팎의 호응이 끊어지게 될 것이라는 정인홍의 건의를 받아들여서였다. 갑인년

(1614년)부터 정사년(1617년) 12월까지 근 3년 동안 인목대비에 대한 폐비 및 폐출 논의가 격렬하게 전개되었다. 시시때때로 조정 백관들이 궁궐 안에서 정청을 열고 폐출을 가납해줄 것을 요구했다. 그 무렵 정사년 11월, 좌의정 정인홍이 차자를 올려 의정부에 의견을 보냈다.

군신과 모자의 명분과 의리는 하늘에서 나온 것이므로 바꿀 수 없는 것입니다. 만약 차근차근 개선하려는 도리가 사납고 오만한 어머니에게 미더움을 받지 못하고, 큰 불효를 저지르지 않으려 몽둥이로 때릴 때 도망간 것이 저절로 자신을 죽이려는 때에 이르렀다면, 저의 소견으로는 각각의 궁에 거처하면서 대내大內에서 함께 한다면 걱정 없이 서로를 보전할 수 있을 것입니다. 그렇게 대비의 일생을 잘 보전할 수 있게 한다면 변고에 대처하는 도를 깊이 얻게 되고, 주상께서 나쁜 사람까지도 널리 포용하시는 덕은 크나큰 천지간에 동요됨이 없을 것입니다. 그 외에 또 어떤 도리가 있어 사람들의 마음을 편하게 할 수 있겠습니까.

정인홍은 순임금의 고사를 인용하고 있었다. 계모가 자신을 죽이려고 하는 것을 알면서도 여전히 효를 잃지 않았던 순임금의 지혜를 따라야 한다는 거였다. 불순한 마음으로 악행을 일삼아온 인목대비의 잘못을 모르는 바 아니지만, 광해가 자식이 된 도리를 다하면서도 사직을 보전하려면 서로 거처를 달리하고 대비전을 출입하는 사람들을 엄격하게 관리하는 수밖에 없다는 것이었다. 광해는 창덕궁으로 거처를 옮긴 후, 조정 백관들의 끈질긴 요구에도 끝까지 대비를 서인으로 폐하여 대궐에서 쫓아내지는 않았다. 정인홍의 말처럼 신하인 그들은 역모를 저지른 대비와 하늘을 함께 이고 살아갈 수 없는 의리를 말하지만, 그보다 아홉 살이나 젊다고는 하나, 그는 어머니인 대비와 모자지간이라는 인류으로 얽혀진 명분을 지키지 않을 수 없는 것이었다. 매일 아침 문안을 드리면서 그러한 평정심을 유지하기란 쉬운 일이 아니므로 대비의 존호 대신 서궁이라는 호칭을 쓰는 것을 허용했고, 문안 절차는 폐했다.

대동, 그것은 누구의 꿈이던가

　을묘년(1615년)이 한 갑자를 돌아 다시 돌아왔다. 을묘왜변이
일어난 지 꼭 60년 만이었고, 남명 선생이 단성현감사직소를 올
린 지도 60년이 지났다. 1월에 임금은 돌아가신 남명 선생에게
영의정을 추증하고 '문정文貞'이라는 시호를 내렸다. 평생 동안
한사코 벼슬을 피하셨던 선생은 이제 더 높일 벼슬이 없는 최고
의 자리에 추숭된 것이다. 선생께서 높은 벼슬을 탐할 리야 없겠
지만, 선생의 학문과 도를 뒤늦게나마 임금과 조정이 인정해준
결과로 생각하시기를 바랄 뿐이었다. 마침 남명 선생의 아들인
조차석이 의령현감에 재직 중이라 의령현 관아에서 분황례를 하
게 되었다. 팔십 노인이 된 내암은 거기서 곽재우를 다시 만났다.
　곽재우는 진주성이 함락되고 난 그 이듬해 진주목사를 지낸 뒤
이몽학의 난 때문에 김덕령과 함께 역모로 몰릴 뻔했다. 원래 경

상감사 김수와의 관계도 좋지 않았고, 2차 진주성전투 때도 지휘관들과 삐걱거린 것 때문에 선조 임금도 그를 의심했던 것이다. 그때 이몽학의 입에 올랐다는 이유로 같이 잡혀온 김덕령은 고문을 받던 끝에 장독으로 죽었다. 곽재우는 다행히 옥에서 풀려나자마자 벼슬을 버리고 현풍에 은거하다가 정유재란의 발발과 함께 다시 부름을 받아 경상좌도방어사로 화왕산성전투를 승리로 이끌었다. 그 이후 경상우도 병마절도사에 임명되었으나 상중이라서 한 달이나 지체하여 부임한 후에 병을 이유로 이내 사직 상소를 올리고 낙향했다. 사헌부는 그가 부임을 지체했고, 임의로 사퇴했다는 이유로 끈질기게 탄핵했다. 결국 그는 전라도 영암에 3년이나 유배를 가 있다가 고향으로 돌아와 낙동강변에 망우정을 짓고 오랫동안 은둔했다. 그 이후 금상이 즉위한 이후 내암의 천거로 삼도수군통제사, 오위도총부 부총관 등의 벼슬을 제수받았지만, 얼마 가지 않아 사직하고 물러나버렸다. 곽재우의 흰 수염은 푸른빛이 비칠 만큼 속세를 벗어난 기운이 느껴졌다.

"자네, 안즉도 솔이파리만 먹고 사는가?"

"제가 도사가 될라꼬 안 그캅니꺼? 하하. 근데 대감은 와 내를 천거해갖꼬 자꾸 벼슬살이를 시킬라 카는 깁니꺼. 대감 자신도 안 할라쿠는 벼슬을……."

"내사 거동도 하기 심들 정도로 나이를 묵었지만도, 자네는 안즉 팔팔하다 아이가."

"아이고, 내 나이도 볼써 육십다섯입니더. 벼실할 나이는 이미 지났고……. 무엇보담도 영창대군이 역모로 몰려 그렇게 죽는 거를 본께네 만날 당파질만 하는 조정에 들어가기도 싫데예."

곽재우는 제주도로 유배된 정온처럼 영창대군에게 역모의 죄를 물어서는 안 된다는 차자를 올린 일로 자칫 화를 당할 뻔하기도 했다. 한때 수백 마지기의 전답과 3백 명의 노비를 거느릴 정도로 의령의 부호였던 그는 왜란 때 전 재산을 쾌척하여 의병창의에 조달했고, 전쟁이 끝나자 거의 알거지가 되었을 정도였다. 금상이 병마절도사를 제수했을 때 서울까지 타고 갈 말이 없었을 뿐 아니라 입고갈 옷조차 제대로 없어서 임금이 급히 의복을 지급하라고 했다는 이야기도 있었다. 내암은 그의 호방한 기질로 금상에게 이윤과 같은 신하가 되어주기를 바라는 마음에 여러 차례 그를 천거하기도 했지만, 현재 조정의 주축 세력인 북인들과는 뜻이 맞지 않은 듯했고, 오히려 정구나 장현량 같은 남인들과 더 가까운 것 같았다. 그가 불쑥 물었다.

"대감, 허균이라는 자를 아십니꺼?"

"허균? 아, 교산蛟山이라는 아호를 쓰는 그 허균 말이가. 내가 조금은 알재. 예전에 경상감사를 지냈던 허엽의 셋째 아들이라 카데. 전에 서울 가서도 몇 번 봤고, 3년 전인가, 임자년(1612년)에 해인사에서 승병장 사명대사석장비四溟大師石藏碑 제막식 할 때 마지막으로 봤네. 그 비문을 그자가 썼다 카데. 그란데, 그자가 와?"

"접때 조정의 부름을 받고 서울 갔던 길에 그자와 잠깐 사설을 나눠본 적이 있거든예. 그자, 보통내기가 아입디더."

"이이첨하고는 글방 동문이라 카던데, 글재주가 있다는 이야기는 나도 들은 적 있네."

"제가 말씀드릴라 카는 거는 그 자의 글재주가 아이고, 그 자가 갖고 있는 생각이 보통 범상한 기이 아이더라는 겁니더."

곽재우는 허균이 정여립과 여러모로 닮았다고 했다. 정여립은 지난 기축년(1589년)에 마흔넷의 젊고 아까운 나이에 역적으로 몰려 세상을 떴다. 그 바람에 기축사화가 일어났고 무려 천 명이 넘는 선비들이 떼죽음을 당하지 않았던가. 그가 진안 죽도를 중심으로 조직했던 '대동계'는 신분상의 제약이 없었다고 했다. 양반은 물론 노비까지 동등하게 가입할 수 있었기 때문에 금세 세력이 커졌고, 전라도를 넘어 다른 지역으로까지 확대되었다고 했다. 그때 정여립이 내세운 역모의 뜻이 곧 천하공물설과 하사비군론이라고 했다. '천하는 공물인데 어찌 주인이 따로 있겠으며, 누구를 섬긴들 임금이 아니며, 누구를 다스린들 백성이 아니랴天下公物, 何事非君 何使非民'라는 이야기. 사실 그 생각들은 맹자 이래로 유가에서 전해 내려온 사상이며, 이윤伊尹의 생각이기도 했다. 또 충신이 두 임금을 섬기지 않는다고 한 것은 왕촉王蠋이 죽을 때 일시적으로 한 말이고, 성인의 통론은 아니라는 말도 했다고 한다. 위험한 생각이었다. 그것은 전국시대의 중국처럼 대륙이 여러 나라로 쪼개어져 있고, 유가들이 나라를 넘나들면서 임금을 선택적으로 취할 수 있을 때에나 가능한 생각이었다. 조선 땅에서 태어나 조선 임금을 섬기지 않고, 누구를 섬긴들 임금이 아니냐고 하는 것은 스스로 역모의 뜻을 자인하는 것이나 마찬가지였다. 실제로 지난 임진왜란 때 일부 선비들이 집 앞에다 '누가 다스린들

임금이 아니며 누구를 섬긴들 백성이 아니겠는가'何事非君 何事非民'
라는 글을 내걸어 왜군에게 항복의 뜻을 전했다고 하니, 그것은
성인의 통론이든 아니든 왜왕의 신민이 되기를 자처한다는 것은
선비의 도리를 망각한 것에 지나지 않을 뿐이었다.

"그렇께 그자가 정여립처럼 하사비군을 이야기하더란 말이
가?"

"선비가 출사를 한다는 거는, 백성의 살림살이를 넉넉하게 해
주는 기이 가장 큰 목적이 돼야 한다는 주장을 했고, 신분 철폐와
붕당 정치의 타파와 같은 에북 과격한 논지를 펴기도 했는데, 그
자가 꿈꾸는 근본적인 사상은 '대동大同'이라 카데예. 공자가 말
했듯이 천하가 공공의 것이니께 어질고 능력 있는 사람을 뽑아서
신의를 가르치고 화목을 닦게 하니 내 자식만이 자식이 아이다.
아아들은 잘 크고 늙은이는 편안하게 일생을 마치고, 과부, 홀아
비, 병든 자는 불쌍히 여겨서 함께 봉양해야 된다. 간사한 꾀를 부
리지 않고 재물을 쌓아두지 않는다. 그래서 도둑이 없고 바깥문
을 안 잠가도 된다……. 그기이 공자의 천하공물설 아입니꺼."

"그거는 공자님 이야기고 천하공물, 즉 천하는 만인의 것이라
는 말은 이 세상이 어느 개인의 것이 아이다, 이런 말이 되는 기
재. 그거는 군왕을 부정하는 말도 되는 기라."

허균은 곽재우에게 지난 계축년의 '칠서의 옥'도 따지고 보면
신분 차별에 따른 부작용이 아니냐고 물었다. 지금의 임금도 따
지고 보면 서출이신데, 왜 아직도 태종 임금 때 만든 서얼금고법
에 얽매여, 적자와 서자를 구분지어 차별을 하느냐는 것이었다.

허균 자신이 서자는 아니지만, 그 차별 때문에 나라의 인재들을 크게 쓰지 못하고 썩히는 구습이 아니냐는 것이었다. 또 유학이라는 것에 양명학도 있고, 노장이나 불교에서도 충분히 궁행을 위한 공부를 할 수 있는 건데, 왜 허구한 날 주자만 달달 외고 그게 아니면 이단이라고 몰아붙이려고 하는지 이해가 안 된다는 것이었다. 그는 한때 중이 되려는 생각도 했다고 했다. 그는 고서 속의 글귀들을 많이 인용했는데, 유불선 삼가의 책을 닥치는 대로 시원하게 외워서 들을 만하더라는 것이다. 곽재우는 그날 그가 말했던 것 중에서 가장 인상적인 한 대목이 오래도록 기억에 남더라고 했다.

천하에 두려워할 바는 백성뿐인데, 백성은 호민豪民, 원민怨民, 항민恒民으로 나눌 수 있습니다. 항민은 '무식하고 천하며, 자신의 권리나 이익조차 모르는 백성'을 말하며, 원민은 '양반에게 피해를 당하고도 원망만 할 뿐인 백성'이고 호민은 '자신이 받는 부당한 대우와 사회 모순을 과감하게 고치려고 하는 백성'을 뜻합니다. 결국 호민이 주도하여 원민과 항민이 힘을 합치면 무서운 세력이 되는 것이지요. 결국 국왕은 백성을 위해 존재하는 것이지, 백성 위에 군림하기 위한 존재는 아닙니다.

남명 선생의 〈민암부民巖賦〉가 생각났다. 물이 배를 띄울 수도 뒤엎을 수도 있듯이, 백성도 임금을 추대할 수도 쫓아낼 수도 있다는 것 아니던가. 선생은 그처럼 군왕은 백성을 두려워할 줄 알아야 하며, 백성의 안위와 행복을 최우선적으로 고려해야만 한다는 점을 강조하기 위해 그 글을 지은 것이었다. 거기에 비해 허균의 '호민론'은 의식과 실천력을 가진 백성의 한 계층을 구체적으로 상정하고 '대동大同'을 들먹인다는 것은 정여립 못지않은 위험성을 가진 것으로 보였다. 그런 생각들을 충분히 삭히지 못한 채 권신들이 우글거리는 조정에서 버티기는 쉽지 않은 일이었다.

"허균이라는 자가 또 재미있는 말을 합디더."

"무신?"

"'남녀유별이라는 윤리는 성인이 가르쳐준 긴데, 남녀상열지사에 관한 본성은 하늘이 준 것잉께 성인 또한 하늘이 준 본성을 거역할 수 없으이 성인을 따르느라고 하늘을 어길 수는 없는 일 아니냐'고 합디더. 하하. 나중에 듣기로는 그 허균이 기생과 살림을 차렸다가 탄핵을 받기도 했고, 그자가 무척 애끼던 기생 매창이 죽은 것을 슬퍼해서 만시를 지었다쿠는 후문도 있더라꼬예. 그자는 서자들하고도 상당히 가찹게 지냈고, 노비든 양반이든 절대로 사람을 가리지 않고 만났다쿠데예."

"흠. 그런 자가 안즉 조정에서 벼슬살이를 하고 있다 카니……위태로운 일이다."

그해 늦가을, 여든의 나이로 내암은 다시 서울로 가서 주상을 알현했다. 동짓달 보름날 신시에 선정전에 입시해 있던 동궁과 함께 임금을 배알하니 만감이 뒤섞였다. 이제 임금도 44세의 중년이 되어 있었다. 임금은 왜 그리 잠시라도 도성에 머물러 있을 생각을 안 하고 자꾸만 돌아가려고 하느냐며 안타깝다는 말을 했다. 송구하고 죄송스러운 마음을 전했다. 그때 만나 본 것이 임금의 마지막 모습이었다. 그해 12월에 임금은 내암에게 궤장几杖을 하사했다. 궤장은 여러 왕조에서 70세 이상의 연로한 대신들에게 하사하는, 몸을 기대는 방석과 지팡이였다. 연로한 대신을 지극히 우대하는 예법으로서 큰 영예가 아닐 수 없었다. 그리고 이듬해 4월에는 손자 릉㥄을 산음현감에 제수하여 그를 봉양케 했다. 내암은 차자를 다시 올려 진심으로 자애로운 임금이 되어달라고 충언했다.

내암은 정사년(1617년)에 스승인 남명 선생의 신도비명神道碑銘을 짓고 선생의 묘소 아래 신도비를 세웠다. 신도비는 공신이나 석학의 무덤에 세우는 비석으로, 한 평생을 외롭게 나라와 백성을 걱정하셨던 선생에게 드리는 그의 최대한의 정성이었다. 그리고 이듬해인 무오년(1618년) 1월에는 그에게 영의정이 제수되었다. 이번에는 교지를 아예 '영의정 정인홍 재지방'이라고 써서 내려보냈다. 서울로 올라오지 않아도 좋으니까 고향에서 관직을 유지한 '산림정승'이 되라는 뜻이었다. 앞서 받은 관직인 좌의정도 거의 2년이 다 되도록 봉직하지 못한 채 자리만 비워두고 있었는데, 이제 만인지상의 자리까지 비워놓을 지경이 되니 난감하기이를 데 없는 일이었다. 그는 그러잖아도 지금 명나라에서 원병을 요청하는 등 어지러운 시세를 감안할 때 그처럼 중요한 자리를 비워놓아서는 안 된다는 뜻으로 세 차례나 사직차자를 올렸지만, 14개월이 지나도록 벼슬은 거두어지지 않았다. 그는 더 이상 그 어떤 차자도 보내지 않았다.

허균이 반역죄를 저질러 투옥된 지 불과 사흘 만에 능지처참을 당했다는 소식이 들려온 것은 무오년(1618년) 8월이었다. 알고 보니 계축년(1613년) '칠서의 옥' 주역이었던 서양갑, 심우영과 허균은 막역한 사이였다고 했다. 겉으로는 폐비론을 앞장서서 주장하면서 폐비를 반대하는 이들을 숙청한 뒤, 폐비를 궁 밖으로 내친다는 명분으로 군사를 이끌고 대궐로 들어가 의창군을 옹립한 다음 임금과 동궁을 살해할 뜻을 품고 있었다는 것을 기자헌의 아들이자 허균의 제자였던 기준격이 작년 12월에 고변한 것이었다. 그러나 고변 내용이 석연치 않고 뚜렷한 증거가 없는데다가 임금의 허균에 대한 신뢰가 워낙 두터워 불문에 부치고 말았는데, 허균의 수하들이 도성 곳곳에 오랑캐가 쳐들어온다는 격서를 써 붙여 민심을 소란케 하다가 잡혔다. 그러자 임금은 허균의 심문을 허락하게 했고, 결국 김윤황과 하인준의 자백을 받아내었다는 것이었다. 도대체 사건의 전말이 너무나 허술하고, 그 동기도 석연치 않은 역모 사건이었다. 곽재우가 지난날 허균더러 정여립과 꼭 닮은꼴이라 하더니 그의 최후도 정여립처럼 허망하기 이를 데 없었다. 불과 3년 전에도 신경희의 옥사가 있었고, 왕자 능창군이 연루되어 유배에 처해졌는데, 이번에는 임금이 그렇게 신뢰했던 허균이 역모를 저질렀다니……

기미년(1619년) 4월에 산음현감으로 있던 손자 능崚이 죽었다. 자식 연沇을 전쟁터에서 잃고, 그 자식의 아들인 올해 서른 살밖에 안 되는 젊은 손자가 아흔이 다 된 할애비를 두고 병으로 죽다니 기가 막히다 못해, 오래 사는 바람에 보지 않아도 좋았을 흉사가 안타깝기 이를 데 없었다. 그리고 이듬해 임금의 정비止妃인 중전 유씨가 임금의 뜻을 받들어 상궁과 함께 합천까지 와서 내암을 위무해주었다. 이 과분한 임금의 뜻을 어떻게 갚아야 하나…….

춘래불사춘이었다.

아직도 강바람은 차고, 꽃 소식은 없었다. 그는 부음정 기둥을 잡고 서서 멀리 매화산 산마루의 잔설을 바라보았다. 매화산은 기암괴석이 즐비하여 천 개의 불상이 능선을 뒤덮고 있는 듯해서 천불산이라고도 불렸다. 뜻 없는 바위 주름 하나에도 부처님의 공덕을 믿고 싶은 사람들의 절박한 심사가 그대로 느껴지는 듯했다. 지난번 중전께서도 서울로 돌아가는 길에 해인사에 들러 불공을 드렸다고 했다.

"대감마님!"

덕중의 목소리였다.

"대감마님! 큰일 났십니다."

"무슨 일이고?"

"한양에서 전갈이 왔는데예, 대궐에서 역모가 일어났다고 합니더."

"또 무슨 역모?"

"예. 엊그제, 그렁께 열사흘 날에, 강계부사 김유金瑬하고 평산부사 이귀李貴가 능양군綾陽君하고 같이 군사를 이끌고 궁궐에 진입했다카는데, 주상 전하를 몰아내고 능양군이 왕위에 올랐다 캅니더."

"주상 전하를 몰아내고…… 조카 능양군이라꼬?"

"예. 거사의 명분은 주상이 폐모살제의 죄를 지은 것과 10년 동안 그치지 않는 과도한 토목 공사, 그리고 명의 재조지은을 배신하고 오랑캐와 화친한 것 등을 들고 있다고 하는데, 이미 한양의 군권이 모조리 장악되었다고 합니다."

"아아, 전하! 이 망극함을 어떻게……."

이미 눈물이 그렁그렁한 덕중의 눈망울에 한 노인의 모습이 비쳐 보였다. 내암은 못내 자기 곁에 머물러주기를 바라던 주상의 모습을 떠올리며 철퍼덕 그 자리에 주저앉고 말았다. 계해년(1623년) 3월 13일, 조카 능양군이 군사를 이끌고 대궐로 쳐들어간 쿠데타, 인조반정은 원래 그 전날인 음력 3월 12일을 거사일로 정해 준비되었으며 훈련대장 이흥립李興立을 한편으로 끌어들이고, 장단부사 이서와 이천부사 이중로李重老 등이 군졸을 이끌고 모여들었다. 하지만 종실 이이반李而攽이 이 사실을 고변하여 정변 계획은 사전에 발각되었다. 그래서 정변이 예정되었던 3월 12일 저녁에 박승종朴承宗 등은 추국청을 설치해 고발된 모든 사람을 체포하려 했다. 하지만 연회를 벌이고 있던 주상은 이를 재가하지 않았고 붙잡았던 이흥립마저 풀어주었다. 결국 이이반의 고변으로 상황이 더욱 급박해진 반정 세력은 예정대로 정변을 추진하기로 했다. 능양군은 친병을 이끌고 연서역으로 가서 이서 등과 합류했는데, 그 무리가 불과 1,400여 명이었다. 이들은 삼경에 창의문의 빗장을 부수고 도성으로 들어가 곧바로 창덕궁으로 진입하여 텅 빈 옥좌를 차지하게 되었다.

진주, 여행의 끝

세상이 뒤집어진다는 말이 이런 것이던가. 역모를 일으킨 자들이 왕을 끌어내렸다. 이제는 모든 것이 반대로 되었다. 그들은 이제 칼자루를 잡은 쪽이었고 그 칼 끝 앞에 내암도 꿇어야 했다. 3월 21일, 역모 소식을 들은 지 사흘 만이었다. 의금부에서 내려온 도사와 나졸들, 감색의 더그레를 입고 창을 든 그들은 먼 길을 왔음에도 서슬이 퍼랬다. 모두가 굳은 얼굴이었다. 나이 서른 남짓한 도사가 교서를 펴들고 빠르게 읽었다. 무슨 말인지 잘 들리지도 않았지만, 죄인이 된 그를 서울로 압송한다는 말인 듯했다. 누렁소 꽁무니에 매달린 함거에 태워졌다. 집 안에서, 집 밖 고샅길에서 후드득 울음들이 터졌다.

가야에서 해인사까지 30리 길을 갔다. 해인사에서 하룻밤을 묵었다. 그는 함거에 실려진 그대로 바깥에서 밤이슬을 맞았다.

아무래도 이런 속도면 서울까지는 엿새 남짓 가야 했다. 함거는 늙은 그의 육신조차 온전히 다 펴지 못할 만큼 비좁았다. 그는 계속 눈을 감고 있었다. 잠이 와서가 아니라 아무것도 보고 싶지 않아서였다. 그를 잠시라도 쉬게 해줄 잠은 쉽사리 찾아오지 않았다. 지난 시간 속의 일들이 제멋대로 뒤엉켜 떠올랐다 사라지곤 했다.

저녁 때 함거 속에 주먹밥과 국 한 그릇이 들여졌다. 국물만 조금 마셨다. 시래깃국의 된장 냄새가 고소했다. 이미 오래전부터 미음이나 간신히 뜰 수 있던 상태였던지라 그것만으로도 요기가 충분했다. 저녁밥을 먹고 나온 나졸들 몇이 요사채 주변에 퍼질러 앉아 서로 주고받는 말들이 들려온다.

"주상이 강화도로 간다 했지?"

"응. 강화 교동도로 간다고…… 허 참, 그러고 보니 꼭 10년 만이네. 영창대군이 강화도에서 죽은 지가 벌써 그리 됐구마."

계축옥사 때 강화도에 위리안치되었던 영창은 이듬해 2월에 죽었다. 독을 먹여 죽였느니, 밥을 안 줘서 굶겨 죽였느니, 불을 넣어주지 않아 얼어 죽었느니, 근거 없는 소문들이 낭자했다. 그 중에서도 강화부사 정항이 어린 영창을 방 안에 가둬놓고 쉬지 않고 불을 때서 쪄 죽였다는 소문이 그럴듯하게 퍼졌다. 가장 잔인하게 죽어야 가장 불쌍하게 여길 테니까. 돌이켜보면 광해 임금이 보위에 있는 동안 네 명의 왕자가 죽었다. 즉위하던 해에 죽은 임해를 위시하여, 진릉과 영창, 그리고 능창…… 가장 최근인 무오년(1618년)에 허균의 옥이 일어났을 때 역모로 몰렸던 의창군은 죽음을 면했다. 그중 진릉군을 제외한 그 누구도 어명을 받아 죽은 것은 아니었다. 이제 반정이 성공한 이상, 그 모든 역모 사건의 진실은 모조리 뒤집어질 테고, 그들 왕자들은 모두 억울하게 죽음을 당한 것으로 바뀔 것이다. 그리고 비록 산림에 있으면서 받은 명목상의 직책뿐이라고는 하나, 영의정까지 오른 그에 관한 모든 사료들도 그가 만고의 역적으로 기록될 것이 뻔했다.

"영상, 결국 이리 되고 말았구려."

임금은 초로의 노인이 되어 있었다. 마지막으로 알현한 지 8년이나 지났다고는 하지만, 올해 50의 나이라고는 믿어지지 않을 만큼 용안은 초췌했다. 반정이 일어난 지 채 열흘도 안 되어 거의 초주검이 되어버린 모습에 내암은 억장이 무너지는 듯했다. 그는 마른 입술을 침으로 적셔가며 안타까운 마음을 전했다.

"전하, 소신이 몇 번이나 말씀드렸다 아입니꺼. 전하께서는 겸손하고 공손하며 신하들을 포용하는 것만을 덕으로 삼아서는 안 되는 기고, 우짜든동 제왕의 위엄을 떨쳐야 하고 마음으로 복종하지 않는 자들은 그 뿌리까지 정벌해야만 제왕의 도가 바로 서는 기라꼬…… 우째 이귀 같은 놈의 역모를 진즉에 아싰다 카면서도 미리 합당한 조처를 취하시지 않으싰는지, 신은 정녕 모리겠십니더."

"하하, 영상. 역모를 일으켰다는 놈들이 엔간히 많아야지, 역적들을 친국하는 것도 이제 진저리가 나다보니…… 휴우, 나도 지칠 만도 하지 않소."

임금의 웃음은 시리도록 쓸쓸했다. 광해 임금은 누구보다도 잘 알았다. 임금이 임금답지 못할 때 백성들이 어떤 눈으로 임금을 대하는지를. 임진년에 평양성을 버리고 떠나려는 어가를 막아선 백성들의 원망과 살기 어린 눈빛 앞에서 어쩔 줄 모르고 당황하던 선왕의 모습을 똑똑히 기억하고 있었다. 그래서 그러했을까. 광해 임금은 왕의 위엄을 높이는 방편으로서 궁궐 축조에 누구보다 열심이었고, 심지어 지덕이 쇠한 서울을 버리고 교하交河로 천도하려는 생각까지도 했던 적이 있었다.

"영상, 임숙영이라는 이름을 들어봤소? 10년 전쯤에 내가 전시의 책문으로 '지금 나라의 가장 시급한 과제는 무엇이냐'는 문제를 냈는데, 그 임숙영이라는 자가 '임금이 하루라도 제 역할을 생각하지 않으면 덕을 잃어버리게 되고 결국 나라가 망하게 된다'라고 하면서 '밖에서는 외척이 위세를 떨치고 안에서는 왕비나 후궁의 세력을 끼고 욕심을 채우려 한다'는 내용을 대책으로 낸 걸 봤소. 그자의 말은 그러니까, '지금 나라의 병폐는 오로지 왕인 나에게 있다'는 것이었지. 아니, 내가 뭘 그리 잘못했기에, 또 외척이 유별나게 위세를 떨친 게 뭐가 있기에, 이런 말을 함부로 하나 싶었지. 너무 화가 나고 분해서 그자를 급제자 명단에서 빼라고 했더니, 이덕형과 이항복이 그러면 안 된다고 하도 뻗대기에 내가 그만 명을 접고 말았소. 그때 내가 그랬소. 임숙영의 답안은 주제에도 벗어났을 뿐만 아니라 오로지 임금을 능멸하는 것을 능사로 삼았으니 무례한 것이 아니냐고, 이런 자까지 급제를 시켜야 한다면, 그 임숙영의 임금된 자가 너무 괴롭지 아니하겠느냐고……. 돌이켜보니 그렇소. 백성들이 임금이 있다는 사실만 알 때가 가장 좋은 임금이고, 그들이 임금을 친근하게 느끼고 칭송하는 것이 그다음이며, 임금을 두려워하는 것이 또 그다음이고, 가장 마지막이 임금을 우습게 알고 비웃는 것이라 하더니……. 내가 그 마지막 임금의 경우가 되고만 것 같소."

내암도 그 이야기를 들은 적이 있었다. 소위 임숙영의 삭과파동이라는 것이었는데, 임금의 생모인 공빈 김씨에게 왕후의 존호를 올리고자 했던 임금과 이를 주청한 이이첨을 겨눈 질시의 화살이었다. 임금으로서 결코 못할 일을 한 것도 아닌 터이니 그 발칙한 내용을 문제 삼을 수도 있었으나, 젊은 선비의 기개를 꺾어서는 안 된다는 점에서 결국 임금도 승복했고, 결과적으로 포용하는 제왕의 도리를 다한 셈이었다. 하지만 임숙영의 파동이 가라앉고 난 이듬해 권필이라는 자가 지은 〈궁류宮柳〉라는 시가 또 한 번 파문을 일으켰다. 중전 유씨의 성인 버드나무에 빗대어 외척과 권신에 아부하는 세태를 조롱하는 내용이었다. 임금은 더 이상 참지 못하고 그에게 장형을 내리고 유배에 처했는데, 권필은 유배 가는 길에 장독으로 죽었다. 16년 동안 위태로운 세자의 지위를 거쳐 어렵게 왕위에 오른 광해 임금의 권위를 그처럼 바닥까지 무너뜨린 건 왕위 승계 과정에서 변화무쌍했던 선왕의 변덕이 첫째 원인이라 할 만했다. 또 광해 임금이 적자도, 장자도 아니므로 선왕이 낳은 열넷이나 되는 다른 아들들과 크게 다를 바 없는 한 사람의 왕자일 뿐이라는 것이 두 번째 원인이었다. 선왕이 죽으면서 중신들에게 비밀리에 그의 적자인 영창과 모후를 보살펴주기를 부탁한다는 유지를 남긴 것 또한 세 번째의 치명적인 원인이었다.

"지난 을묘년(1615년)에 역모에 얽힌 능창을 유배시켰는데, 그놈이 그해 동짓달에 그만 자살을 해버렸소. 세밑이 되니 하도 심사가 괴로워서 '섣달 그믐밤만 되면 쓸쓸해지는 이유가 무엇인가'를 묻는 책문을 낸 적이 있소. 그때 이명한이라는 자가 쓴 답이 걸작이었소. '밤이 새도록 자지 않는 것은 잠이 오지 않아서가 아니며, 둘러앉아 술잔을 기울이는 것은 흥에 겨워서가 아니다. 묵은해의 남은 빛이 아쉬워서 아침까지 앉아 있는 것이요, 날이 밝아오면 더 늙는 것이 슬퍼서 술에 취해 근심을 잊는 것이다. 하지만 사람이 세월 가는 것을 안타까워하는 것이지, 세월이 사람 가는 것을 안타까워하는 것은 아니다.' 그 시가 새삼스럽게 생각이 나오. 정승들이 그보다 더 나은 것이 있다고 해서 2등을 주긴 했는데, 내 생각엔 그 시가 1등이었소. 그자의 시를 빌어 말하자면, 지금 내가 역모를 다스리지 못해 왕위를 빼앗겼다고는 하나, 왕이야 누구든 하면 될 일, 그 보위寶位가 나를 아쉬워할 까닭이야 있겠소."

이명한은 지금 홍문관 부교리로 있었다. 그 이명한이 맨 먼저 괴수 정인홍을 추포해서 한양으로 압송해야 한다는 차자를 올렸다고 했다. 그러고 보면 그가 광해 임금과 내암의 오늘을 미리 점지한 게 아닌가 싶은 생각이 들 정도였다.

"영상, 내가 그토록 영상더러 한양에 올라와 내 옆에 있으면서 치세의 도리를 깨우쳐 달라고 했거늘, 그렇게 한사코 내려가곤

하더니 이제 죽으러 한양 땅에 올라가는 길이 되어버린 것 아니오. 영상은 도대체 왜 내 곁에 그렇게 머물려고 하지 않았던 것이오?"

"전하, 망극하옵니다. 신의 소견머리가 좁고 어리석어갖꼬 지금까지 살아오기를 '기모 기고, 아이모 아이다'라는 생각에 빠져 있다 보이 한나라 고조 유방처럼 낯가죽 두껍고 뱃속이 검은 후흑厚黑의 지혜를 갖지 못한 연유로 전하의 심기를 올바르게 이끌 자신이 없었십니더. 그리고 이항복이나 이덕형 같은 재상과는 한시도 더불어 국사를 논하고 싶지 않은 인물들이라 그런 인물들을 중신으로 발탁하는 전하의 의중을 지대로 헤아리기가 어려웠십니더. 소신이 생각하기로는, 전하의 치세 동안 그렇게 역모가 자주 일어났던 원인은 애초에 임해군의 역모 때 전은론을 내세웠던 중신들을 철저하게 다스리지 못했기 때문이라는 생각을 했십니더. 옥사를 엄하게 다스리지 못하여 일벌백계가 되지 않으니, 틈만 나면 역모를 꾸미는 자들이 생겨나고 그 처리도 지지부진한 적이 많다보이 마치 뇌성벽력이 자주 치면 나중에는 아무도 놀라지 않는 것처럼 인심이 해이해지고 무고도 일어나고 역적을 오히려 두둔하는 일까지 벌어진 기 아인가 싶습니더. 막상 이 나이까지 여태 죽지도 몬하고 이런 청천벽력을 겪고 보이 신은 스승인 조식이 가고자 했던 안회의 길이 아이라 죽을힘을 다해서라도 이윤의 길을 걸었어야 했던 기 아이었나 싶은 후회도 듭니더. 이미 너무 늦어버렸지예. 전하, 신이 천 번 만 번 죽을죄를 지었나이다."

"아니오, 영상. 내가 정말 면목이 없소. 그처럼 벼슬을 떠나 누항에 거하고 싶어 했던 영상을 벼슬자리에 내내 묶어두려 했던 내가 어리석었소. 언제나 불의에 타협 없이 맞서왔고, 전란을 맞아서는 누구보다 장렬히 싸웠으며, 국론을 농단하는 역신들에 맞서 목숨을 걸고 직언을 했던 영상의 덕이야말로 내가 등을 부빌 언덕으로 삼고 싶었던 욕심 때문이었소. 이제 덕이라곤 없는 나때문에 영상 또한 이런 치욕을 당하게 되었으니 내 어떻게 위로를 해야 할지 모르겠소."

"전하, 무슨 그런 당치않은 말씀을…… 망극, 망극하옵니다."

목이 메어 더 이상 말을 이을 수가 없었다. 뜨거운 눈물이 그치지 않았다. 젖은 눈을 뜨니 해인사 수월당 앞뜰이었다. 이제 막 동이 트고 있었다.

보름 후, 서녕부원군 정인홍은 군기시 앞길에서 참수되었다. 원래 내린 형벌은 능지처참이었지만, '능지형을 반드시 집행하라'는 명령이 내린 것은 아니어서 백관들이 지켜보는 가운데 참수하고 머리를 효수하는 선에서 형이 집행되었다. 능양군의 교서에 정인홍은 산림에서 허명을 얻었으나 사실은 행세하는 토호에 지나지 않았고, 의병 활동도 핑계에 불과했으며 지방에서 무단행위를 일삼아 왔고, 이상야릇한 학문을 주장했으며, 어두운 군주를 인도하여 형옥을 일삼도록 했고 대군을 우리 속의 돼지라고 했을 뿐 아니라, 폐모론에 대해서도 먼저 폐위하고 중국에 주달하자는 의논을 주도했다는 죄목을 나열했다.

광해 임금의 죄에 대해서는 명나라 천자의 은덕을 저버리고 오랑캐인 청나라와 화친했다는 점이 가장 첫 번째 죄목이었다. 실제로 광해 임금은 명나라의 파병 요청을 표면적으로는 거절하지 못하고 강홍립에게 은밀히 지시를 내려 싸우는 척하다가 투항하여 청과의 관계가 악화되지 않도록 했다. 두 번째로는 폐모살제를 통해 천리를 멸절시키고 인륜을 막아 백성들에게 원한을 샀다는 점을 들어 폐위한다고 했다. 하지만 실제로 광해 임금은 계축옥사 이래 거듭된 조정의 폐모론에도 불구하고 인목대비와 거처를 달리했을 뿐 폐모, 또는 폐비조치를 승인한 적이 없었다.

나는 진주다.

양자물리학자 울프Fred Alan Wolf는 영혼의 0.00001퍼센트만 육신 속에 들어 있고 나머지 99.99999퍼센트는 육신 밖의 우주에 퍼져 있다고 말한다. 그러니까 내가 내 몸을 통해 느끼는 나 말고도 존재하는 내가 온 천지에 있다는 이야기다. 나는 그것이 진주라고 느낀다. H시인의 '진주'라는 시처럼 진주에 오면 왜 새벽잠 끝에 정수리에 냉수 한 바가지 뒤집어 쓴 듯 정신이 퍼뜩 들었던 것인지, 왜 진주가 팔도강산 여행의 처음이자 끝이 될 수밖에 없는지, 내가 그의 시에 왜 깊이 공감할 수밖에 없는지를 말하기 위해 지금까지 남명과 내암의 이야기를 해왔다. 진주에서 성장하고, 진주를 느끼고, 진주를 사유하면서 살아왔던 나까지도 지금까지 전혀 제대로 알지 못했던 두 사람의 이야기를 이런저런 사료들을 끌어 모아 재구성해보았다.

인조반정은 광해 임금의 조카인 능양군이 백부를 제거하고 왕위에 오른, 성공한 역모의 결과다. 능양군은 선조의 다섯째 아들인 정원군의 장남이다. 정원군은 인빈 김씨의 소생으로 임진왜란 이전에 선조 임금의 총애를 받아 세자의 물망에 오르기도 했던 신성군의 동생이다. 후손 없이 전란 중에 죽은 신성군의 양자로 능양군의 동생인 능창군이 입양되었는데, 능창군은 영창대군이 죽고 난 후 이듬해 을묘년(1615년)에 신경희의 역모로 왕으로 추대되었다는 죄목으로 강화도에 유배되었다가 자결했다. 광해 임금과 신성군, 그의 양자 능창군, 또 능창군의 형 능양군의 악연은 몇십 년간 지속되며 그 형태를 달리해서 끈질기게 이어져온 셈이다.

인조반정의 거사 계획은 이미 반정 3년 전인 경신년(1620년)부터 시작되었다. 임진왜란으로 불타버린 궁궐을 복원하여 실추된 왕권을 강화한다는 명분에서 벌인 역사이기는 하나 장기간에 걸친 공사의 재원을 마련하느라 백성들의 고충은 적지 않았고, 몇 년 동안 지속된 폐비, 폐모 논쟁은 피폐한 민생 문제와 더불어 반정의 좋은 명분이 되었다. 반정 직전 평산부사 이귀가 역모를 작당하고 있다는 고변이 있었지만, 제대로 파헤쳐지지 못했고 거사 직전에는 종실인 이이반이 직접 능양군의 역모를 고변했으나 재위 중 역모 고변이 너무나 잦았던 탓에 미처 심각하게 생각하지 않은 광해 임금과 조정 신료들의 대처가 미흡했던 까닭에 반정은 너무나 손쉽게 성공할 수 있었다.

능양군, 즉 인조가 광해 임금을 폐위하는 명분으로 내세웠던 첫째 죄목이 명나라 천자의 은덕을 저버리고 오랑캐인 청나라와 화친했다는 것이었는데, 인조가 보위에 오른 후 그동안 지속되어 온 명청간의 외교 관계를 무엇 하나 고쳐 시행한 것은 사실상 전무했다. 또 둘째 죄목으로 폐모살제라는 패륜을 내세웠지만, 사실 역모 사건에 연루된 영창대군과 인목대비를 보편적인 역모의 율로 다스렸다 하더라도 광해 임금을 비난할 계제는 못 된다. 더구나 광해 임금이 영창대군의 죽음에 직접적인 관련이 있다는 증거도 없고, 반정 후에도 강화부사 정항이나 이정표를 추국하여 영창대군의 살해에 관한 조사를 하거나 자백을 받아냈다는 사실도 없다. 소문만 그렇게 낸 것이고 명분으로만 삼은 것이다.

정작 인조 자신은 나중에 청나라에 인질로 잡혀갔던 그의 아들 소현세자를 독살했다는 의심을 사고 있으며, 며느리인 강빈에게 터무니없는 누명을 씌워 사약을 내려 죽이는 한편, 손자들 셋도 제주도로 유배를 보내 죽게 만드는 등 하늘 아래 둘도 없는 패륜을 저질렀다.

반정 1년 후에는 논공행상에 불만을 품은 반정 참여자 중의 하나인 평안병사 이괄이 역모를 일으켰다. 홍안군을 왕으로 추대한 이괄의 반란군은 보름 만에 서울을 점령했고, 인조는 공주까지 쫓겨 달아나는 수모를 겪어야만 했다. 반정 9년 뒤인 신미년 (1631년) 2월, 합천 가야의 정한과 정부, 전 진주판관 윤좌벽 등이 남아 있던 북인 세력을 규합해 폐위된 광해군의 복위를 시도하다가 실패하여 능지처사·참형·장폐되는 등 40여 명이 죽고 6명이 유배되었다. 그 후 1728년 3월, 합천, 거창, 청주 등지에서 발발한 무신란 후 우의정 이태좌가 '강원감사가 이종성에게 글을 보냈는데 감사가 말하기를, 정인홍의 증손 가운데 겹눈동자인 사람이 있는데 영남 사람들이 그에게로 마구 몰려들고 있다고 하여, 이종성이 잡아다가 살펴보니 중동이 아니었다. 이는 바로 인심을 현혹시키려는 계책이었다'고 하자, 영조가 '그 증손을 장살하라'고 명했다.

정유년(1657년) 9월에는 조선 시대 역사상 처음으로 실록 전체를 수정한《선조수정실록》이 완성되었다. 원래 있던《선조실록》을 폐기하지 않은 것만 해도 천만다행이었다. 수정실록은 대제학 이식李植과 영동녕부사 김육金堉 등이 주축이 되어 완성했다. 김육은 정인홍의 회퇴변척소에 반발해 유학자 명부인《청금록》에서 정인홍의 이름을 삭제했던 사람이다. 이식은 새로 만든《선조수정실록》에 그의 스승이었던 이이의《석담일기》는 물론 어느 서적에서도 근거를 찾아볼 수 없는 이이의 '십만양병론'을 임오년(1582년) 9월 1일조에 적어 넣는 날조를 저질렀다. 또한 당초의《석담일기》에는 없었던 '덕원은 강직하기만 하고 식견이 밝지 못하다. 용병에 비유하자면 돌격장으로 삼을 만한 자이다'라는 정인홍의 비난 문구를 삽입했다. 실록을 후대에 고쳐 쓰는 실록 수정의 악습은 서인(노론)들에 의해 1683년에는《현종개수실록》, 1781년에는《경종수정실록》등으로 이어졌다.

역적의 괴수로 지목되어 정인홍이 참수당한 이후 영남강우지역의 사림은 철저하게 중앙 정치에서 배제되었다. 정인홍 관련 문인에 대한 탄압이 워낙 극심했던 탓에 인조반정 후 30년째 되는 임진년(1652년)에 하홍도의 문인인 이집과 하자혼이라는 유생이 덕천서원에 난입하여 남명집 중 정인홍 관계 책판을 다 부숴버리는 사건이 발생했다. 그만큼 '정인홍'이라는 주홍글씨를 지우는 것이 후손들의 삶에 절실했기 때문이다. 그 후 신사년(1761년) 3월, 집권 노론 세력들은 하홍도의 문집에 '성혼과 이이를 모욕하고, 정인홍을 존모하는 내용이 있다'는 이유로, 문집 편찬을 주관한 옥종 안계마을 하홍도의 증손 하대관을 9개월 동안 감옥에 가두고, 《겸재집》 초간본을 불살랐다. 그리고 종천서원에서 하홍도의 위패를 철거하고 경상감사 조엄은 그 책임을 물어 파직했다. 그 이후 정인홍과 관련한 문집, 족보, 실기, 일기, 행장, 묘갈명 등은 후환을 두려워한 후손들의 자발적인 왜곡 날조가 광범위하게 이뤄져 정인홍의 문인들마저 그와의 관계를 부정하고 그를 일부러 멀리했다는 식의 첨삭이 광범위하게 이뤄졌다.

정인홍의 회퇴변척소에 극력 반발하였던 김상헌의 증손인 김창협은 남명을 비롯한 정인홍, 최영경 등 남명 제자들을 노골적으로 희롱하고 폄하했다.

남명은 퇴계와 함께 영남의 반을 차지했다. 그러나 남명은 실로 학문을 알지 못하고, 다만 기절이 있는 처사일 뿐이다. 그 언론 풍채가 비록 사람을 일으켜 움직이게 한 것이 있기는 하지만, 도리가 불분명하고 심지도 안정돼 있지 않은 등 병폐 또한 적지 않았다. 그 문하에서 배운 이들은 대개 모두 기절을 숭상하고 기이한 것을 좋아했는데, 심한 경우는 정인홍이고 심하지 않은 경우는 최영경이다. 순경의 문하에서 이사李斯가 나온 것은 근거가 없는 것이 아니다.

내암이 세웠던 남명 선생의 신도비는 인조반정 이후에 정적들에 의해 처참하게 부서져버렸다. 내암 정인홍에 대한 언급은 그 이후 금기시되었을 뿐만 아니라 그 실상에 대한 원천적인 부정과 어이없는 왜곡이 수백 년 동안 이어져 왔다. 남명 문인을 자처하는 영남우도의 선비들은 그들의 정신적 지주에 대한 부정을 강요받으며 남인들의 후예나 서인 노론 세력에 빌붙어 근근이 살아남을 수밖에 없었다. 그러다가 구한말인 갑오년(1894년) 매천 황현은《오하기문梧下記聞》에서 국난 극복을 위해 몸을 던진 정인홍의 위대한 희생정신을 높이 평가했다.

오늘날 유자라는 사람들은 평소엔 자신이 퇴계와 율곡에 버금간다고 자처하더니, 예기치 않은 변고를 만나자 아첨이나 하면서 납작 엎드려 있을 뿐 임진왜란 때 의병을 일으켰던 정인홍의 발뒤꿈치도 따라가지 못한다. 대대로 세도를 누린 집안에서 심성을 말하고, 이기 분석에 치중하는 학문은 과연 무엇을 귀하게 여기자는 것인가.

일제강점기에 한국에서 활동한 일본인 조선총독부 관리이자 한국사상 연구가인 다카하시 도루高橋亨는 1919년 〈조선의 교화와 교정敎政〉이라는 논문으로 동경제국대학에서 문학 박사 학위를 취득했다 그는 〈조선유학대관〉(1923년)에서 퇴계 이황을 조선 제일의 학자로 평가했다. 다카하시는 조선 유교사를 정리하면서 현실과 정치 권력의 문제를 외면한 채 공허한 논의로 일관하는 퇴계의 성리학이 일본의 식민 지배에 유리하다고 봤을 법하다. 그는 한국 유교를 황도 유교의 국시 아래 종교로 포섭하여 조선 유학에서 사회과학적 현실 정치 문제를 배제하도록 했다. 성균관이 교육인적자원부 산하의 교육기관이 아니라, 문화관광부 산하의 종교분과에 속해 있었던 것도 그 때문이다.

퇴계 철학의 현실과 동떨어진 형이상학적 관념성은 후대에도 악용되는 논리 구조로 활용되었다. 천지·남녀·군신·부자·부부 등을 상호보완적 관계가 아니라 상하질서 관계로 변질시킨 주자 성리학의 '이존기비理尊氣卑, 이는 존귀하고 기는 천하다'론이 이황의 성리학을 통해 교조주의적인 지배 논리로 정립되었다. 퇴계 성리학이 일제 강점기에 유교적 사회질서와 절대 권력의 정치 지배를 정당화하면서 그것에 기생하는 학문 연구 풍토를 조성했을 뿐 아니라, 그 이후 친일-친미-반공 독재자들의 충효 교육 및 정치적 이데올로기로 이용됐다는 혐의를 받고 있기도 하다.

인조반정으로 인해 폐모살제라는 죄명으로 광해군이 제거되자, 그 후 정조의 개혁 정치에 걸림돌이 되었던 서인-노론 세력들이 영조의 젊은 계비였던 정순왕후의 섭정과 세도정치로서 19세기 조선의 정치를 망국으로 치닫게 하는 원인으로 작용하기도 했다.

인조반정 후 거의 3백 년이 지난 무신년(1908년) 4월 30일, 비로소 내암 정인홍이 신원伸冤되었다. 그러나 영남우도의 후손들은 정인홍에 대해 제대로 아는 사람이 거의 없을 정도로 그는 쓸

쓸히 잊혀져버린 인물이 되어버렸고, 그에 대한 악의적인 왜곡의 덧칠은 신원 후 백 년이 지나도록 조금도 벗겨지지 않은 채 오늘에 이르고 있다. 경술년(1910년) 대한제국은 일본에 합병되고 말았다. 인조반정 이후 철저하게 남명과 내암을 부정해왔던 서인 노론 세력들 중 다수가 일본 왕이 내린 작위와 은사금을 받았다. 그들 후손 중 상당수는 아직도 고관대작을 지내고 있다.

역사적인 시각으로
들여다보는 소설 《진주》

권인호

대진대학교 인문예술대학 역사문화콘텐츠학과 교수이자 철학과 교수이다. 평생교육원 원장, 대학평의원회 의장, 한국유교학회 수석부회장 겸 편집위원장, 한국동양철학회 수석부회장, 사단법인 남명학연구원 상임연구위원을 역임했다.

소설《진주》를 통해서 본
강골의 두 진주 선비

1. '진주라 천리 길'에서 되새기는 조남명과 정내암

　　"진주 사람들 '깡다구' 좀 있다 카이!"

　　"와 그라꼬? 누가 그라든데…… 머 지리산 빽 믿꼬 그르타쿠든
데!?"

　　고려 중기(신종, 1200년) 때 일 년 동안의 무신정권에 대한 항쟁
끝에 '정방의 난'으로 약 6천명이 희생된 것이나, 조선조 말에 진
주민란(임술농민항쟁, 1862년)이 북쪽 함경도까지 전국적으로 확산
되었던 때나 잠시만 되돌아보면 역사의 행간들마다 진주 사람들
이 주인공이 되었던 역사적 사건들은 이루 헤아릴 수 없이 많다.

　　유학과 동양(한국) 철학을 공부하고 그것을 전공으로 밥 벌어

먹고살아온 나는, 어려서부터 역사 인물 이야기와 역사 서적, 소설책을 많이 읽었다. 역사 소설은 부분적으로 혹은 전반적으로 '팩션faction, fact+fiction'이 될 수밖에 없다. 나 자신이 문학평론가는 아니지만, 홍명희의 《임꺽정》, 이병주의 《지리산》, 박경리의 《토지》, 조정래의 《태백산맥》 등을 비롯하여 내가 읽은 역사 소설책에는 나의 교정·감상·비평 메모가 빠짐없이 기록되어 있다. 그래서 내 고등학교 후배인 이강제 작가가 내가 쓴 논문을 읽고 《진주》를 쓰고자 마음을 먹었다고 하니 무척 관심이 갔다.

소설 《진주》의 출간과 관련하여 이강제 작가와 두어 차례 만난 뒤 통화와 이메일로 여러 차례 의견을 나눴다. 4년간에 걸쳐 썼다는 소설 《진주》는 크게 껄끄러운 데 없이 술술 잘 읽혀졌다. 머리와 수염 모두 호호백발인 내 모습에 비해 이강제 작가는 장군 같은 당당한 풍채에 기백이 넘쳐 보였다. 다양한 매력을 가진 그가 부러웠다.

《진주》를 읽고, 이른바 '공대생 출신'치고는 문학·사회·철학에 대해 아는 게 많고 필력 또한 상당하다는 인상을 받았다. 이를테면 '비판적(?) 독서·작가'라고 할만 했다.

다만, 하나 아쉬운 게 있다면 〈논개와 유디트〉 뒤로 구한말 을사오적 가운데 내부대신 이지용을 꾸짖고 자결한 '진주 기생 산홍山紅'의 이야기를 보충했으면 좋겠다는 생각이 들었다. 촉석루 옆 논개사당 현판 옆에 산홍의 한시 편액도 걸려있고, 그 시대를 살고 경술국치 때 자결한 황현의 《매천야록》에서도, 〈진주라 천리길〉을 작곡한 조재호의 다른 노래(1940년 태평레코드사를 통해 발표한 〈세세년년〉) 가사에서도 '산홍'이 등장한다.

조선조 초기에 국가에서는 영남을 '인재의 보고'로 중시했으며, 심지어 '조선 인재의 반은 영남에 있고, 또 영남 인재의 반은 진주¹에 있다'고도 했다. 그도 그럴 것이 성균관 문묘에 종사(동·서무에 위패를 모심)되고 해방 후인 1946년, 배향(대성전에 모심)된 우리나라 '동방 18현' 가운데, 조선 중기까지의 선현 중에 조광조를 제외하면 모두 영남인이었다. 또한 조선 초기 정승을 지낸 하륜, 하연 등 개국공신들과 함께 진주를 본관으로 하는 강·하·정·류 씨들이 중앙정계에 많은 인재를 배출했다.

특히 남명 조식(1501~1572)과 인척이 되는 조지서(1454~1504)²를

---

1. 경상우도로 일컬어지던 지역으로 낙동강 오른쪽 고을들로서 서·부 경남과 경북 서부 일대를 말한다. 곧 진주목소관지(산남도)로서 진주, 김해, 창원, 함양, 안음(안의), 거창, 삼가, 의령, 사천, (곤양), 하동, (진성), 남해, 산음(산청), 단성, 진해, 함안, 거제, 고성, 칠원 등이고, 상주목소관지(영남도)로는 상주, 성주, 선산, 금산, 개령, 지례, 고령, 합천, 초계, 문경, 군위, 함창, 용궁 등으로 33개 고을이다. 경상좌도는 동부 경남과 경북의 동·중부 일대를 일컫는다. 경주부소관지(영동도)로서 경주, 흥해, 영일, 청하, 장기, 밀양, 청도, 울산, 양산, 동래, 기장, 언양, 대구, 경산, 창녕, 영산, 현풍 등이고, 안동부소관지로는 안동, 예안, 봉화, 영해, 의성, 인동, 영양, 영덕, 순흥, 영천榮川(영주), 기천(풍기), 하양, 청송, 영천永川, 의흥, 신녕, 진보, 비안 등으로 35개 고을이다.

2. 조지서는 생원·진사과 모두 장원했으나 국법에 한 사람이 양과에 모두 장원은 할 수 없다 하여 생원은 제1, 진사는 제2로 했을 정도로 문필이 당시 최고였다. 대과를 거쳐 중시에서도 장원해 그가 살던 동네를 '삼장원동'이라 했다. 벼슬은 문한의 교리, 필선 등을 역임했다. 그의 부인은 포은 정몽주의 증손 윤관의 딸로서 열녀로 정문이 세워졌다.

비롯해서 정성근(?~1504), 정여창(1450~1504) 등이 초기 사림파들 가운데 경상우도의 진주를 중심으로 한 갑자사화에 희생되는 선현 정신들과, 조언형(조식의 부친)과 조언경(조식의 숙부) 등 이른바 '기묘명현'들이 진주 지역에서 배출되었다. 바로 이러한 인물들의 풍모나 성격들이 후일 조식의 학문 배경과 '출처出處' 사상에 큰 영향을 주었다고 본다.

일찍이 조식은 제자들에게 말했듯, "고금의 인물들을 두루 논하려면 반드시 그 출처를 본 연후에 그 행사득실을 논해야 한다"면서 출처의 중요성을 누누이 강조했고, 스스로 엄정하고 철저하게 이를 실천했다. 그러나 이것은 출처가 홀로 중요해서 벼슬에 나아가지 않는 것만이 능사라는 것은 아니다. 만일 그렇다면 도교나 선仙교의 노장老莊의 무리나 불교의 승려에 가까울 것이다. 그렇기 때문에 조식은 당시의 현실을 정확하게 인식하는 시대정신으로서 출처에 엄정했다.

나라의 원기인 선비가 출처에 엄정하지 못하면 가렴주구를 행하는 왕이나 지배 세력의 정치 행위에 명분을 제공하거나 들러리가 됨으로써 죄악을 정당화시키기도 하고, 나라가 망할 때 다른 나라의 앞잡이도 될 수 있다. 그래서 조식이 살았던 시대를 정확하게 살펴보고 조식의 출처 사상과 그 출처 행위를 논해야 할 것이다. 그때가 과연 벼슬할 시대였던가? 관점에 따라 다를 수는 있지만, 기묘사화 후에 인종의 8개월 치세를 제외하고 중종 말년과 명종 20여 년 간은 훈척파가 득세하고 사림이 화를 당하던 시대였다. 그렇기 때문에 나아간다는 것은 앞서 말한 대로 악의 세력에 힘을 실어주는 것으로 '출처'에서 '처'해야 되는 시기임을 조식과 그의 수제자인 내암 정인홍(鄭仁弘, 1535~1623)은 조식의 행장에 기록하고 있다.

한편 갑자사화에서 진주 지방 사림 출신으로 정여창과 함께 피화를 당한 조지서에게는 누이가 있었다. 바로 조식의 할머니다. 조지서는 연산군이 세자일 때의 사부로 '보덕'이란 벼슬을 하며 권학에 힘써 연산군으로부터 미움을 사고, 갑자사화 때에 그의 강직한 성품과 정치 원칙에 지나치게 충실하려는 태도, 신진 사림파 등의 여러 이유로 참혹한 죽음을 당한다. 이러한 굳건한 성품 또한 조식에게 영향을 준 것 같다.

조식의 고제자인 수우당 최영경과 정인홍도 그러한 성품의 소유자로 각각 기축옥사(사화)와 인조반정으로 정적들에 의해 무고하게 당했다. 망우당 곽재우도 성격이 지나치게 강직하고 타협할 줄을 몰라 임진왜란 때 의병장으로서의 공로에 걸맞지 않게 끝내 은퇴하고 정치적으로 불운했다. 그러나 다른 면에서는 그만큼 기회주의나 타협을 모르고 정치의 원칙에 충실했다는 의미도 있다.[3]

---

3. 병자호란 때 삼전도의 항복에 따른 척화파들이 청나라에 굴복해 인조의 조정 자체가 청나라의 신하 노릇을 계속하면서도 입으로는 '척화'나 '숭명배청과 모화사대', '복벌론'을 외쳤다. 또한, 조선후기 훈척의 영화를 세세토록 누리다가 나라가 다시 일본에 망하자 친일 매국노의 대부분을 차지하는 서인-노론과 외척가문들과는 다르게 정인홍의 제자인 동계 정온(1569~1641)은 청나라와 무능한 인조와 주화파에 대항해 할복 자살을 기도했으나 창자가 밖으로 나오고도 죽지 못하자 고향의 인근 덕유산 아래 안음(지금의 함양군 안의면과 거창군 위천면)으로 은퇴했다가 그 후유증으로 죽은

조지서는 당시 정성근과 함께 진주를 대표하던 사림파이다. 연산군 10년(1504년 윤 4월)의 갑자사화에서 정성근과 조지서는 효수를 당한다. 같은 영남 사림파로서 사화로 인하여 큰 피해를 입는 것은 비슷하나 시기적으로 대개 점필재 김종직과 그 문인門人들이 무오사화(연산군 4년, 1498년)에서 피해를 입는 것과는 약간의 대비가 된다고 하겠다. 조식도 〈지족당조공유사〉에서 함께 거론하며 그 청백함을 기리고 있다.

공은 청백함이 당시 최고였고, 같은 진주 출신 승지 정성근도 역시 청백하다고 하였다. 명나라의 공용경이란 사람이 우리나라에 사신으로 와서 간편하고 엄숙함을 힘써 하니 사람들이 공경하고 두려워하였다. 어떤 사람이 북쪽 오랑캐 땅의 황모로 붓을 매고 백금으로써 붓대를 만들어 바쳤다, 공공이 그의 글씨가 마음먹은 대로 됨을 사랑해서 붓대는 뽑아버리고 받으니, 나라 안의 사람들이 몰래 가만히 말하기를 "공은 결백한 것으로 스스로 높게 여기지 마라. 우리나라에도 조모와 정모가 있다"고 하였다.

바로 이는 당시 조지서와 정성근의 개결介潔한 성품과 인물됨을 미루어 짐작할 수 있다. 이로 미루어 볼 때, 어느 정도 사림파 내부에서도 그 출신 배경과 성격, 사회경제적 기반 등의 차이에

것을 볼 때, 이 지방 인물들의 성품을 엿볼 수 있다. 영조 4년(1728년) 노론의 일당 전제에 반기를 든 무신정변(의거), 고려와 조선 시대 대규모로 발전된 진주민란(농민항쟁)도 이와 함께 연관 지을 수도 있겠다.

의해 보수파와 진보파의 모습이 이미 엿보인다고 할 수 있다. 이러한 모습은 그의 제자나 남명학파 계열의 공통적인 성격으로 등장하는데, 남쪽 특유의 지리적 환경[4]도 작용한다고 볼 수 있다.[5]

'진주'는 옛날 삼한과 가야, 신라 지역으로 일본(왜)은 역사 지리적으로 볼 때 가깝고도 먼 나라다. 역사 기록으로는 삼국시대 이후 최근의 독도 분쟁까지 수많은 문제가 있다. 광개토대왕과 세종대왕의 왜구나 대마도 정벌로 복속시키기도 했지만, 임진·정유왜란(1592~1598)과 일제강점기(1910~1945)를 겪기도 했다.

'국방의 문제는 내정의 바로잡음에 있다'는 정인홍의 국방 철학은 그의 스승 조식과 같은 것이다. 또한 그것은 공자도 제자 자공이 정치에 대해서 질문했을 때와 비슷하다. 정치 지배층의 부패와 무능으로 국방에 소홀해 외적의 침략을 당했을 때, 당하는 백성의 고통은 상층 귀족계급보다 더했다. 조선 후기 실학자들의 문무겸전을 통한 국방책은 조식의 견해와 일치한다. 조식은 왜란을 예측하고 제자들에게 그 대책을 강구하는 시험문제도 출제했다. 그의 학문적 범위가 넓어 실제적인 병진 공부를 시켰다. 이로 인하여 다른 학파들과는 다르게 임진왜란 때 남명학파의 국방철학은 조식의 제자 정인홍을 비롯한 57명이 의병장으로 활약하는 구체적인 실천의 모습으로 나타났다. 그것은 바로 남명학파 출신

4. 이중환, 〈팔도총론, 경상도〉, 《택리지》

5. 권인호, 〈남명 조식의 현실인식과 출처사상 연구─시대적 인물에 투영된 퇴계 이황의 출처사상과 비교하며〉, 《남명학연구논총》 제3집, 남명학연구원, 1995, 187~193쪽 참조.

의병장들은 전법에 능하고 그 규모에 있어서도 위세가 당당했기 때문에 관군보다 더 용감하게 전투한 끝에 연전연승했다. 즉 남명학파의 내치와 국방외교론이 사회 현실에 바탕을 둔 것이고 그의 학문 사상이 실천적이며, 즉 실학의 면을 보여주고 있었기 때문이다.

정인홍의 합천의병은 1592년 5월 10일에 합천의 숭산동에서 창의했다. 정인홍의 의병군은 대개 경상우도에 산재되어 있던 남명과 내암의 제자들이 주축을 이루었다. 정인홍은 합천의병군 3천여 명을 창병, 사수, 기병으로 나누어 조직적으로 편제했다. 정인홍의 의병군은 경상우도 8, 9군현을 왜군의 노략질에서 보호했고, 끝까지 왜적을 추격해서 섬멸하고 왜적의 본거지를 소멸해야 한다고 주장했다.

여러 명나라 군대의 장수와 역사 기록도 당시 '의병장 가운데 정인홍의 공로가 제일이다'라고 평가되었다. 뿐만 아니라 정인홍은 지방관을 지내면서 '당대 최고의 선정관'이라 평가되었고, 의병장으로서 전란 중의 민생과 재정 문제를 해결할 방책을 제시했다. 그것은 일찍이 정인홍이 이른바 '오현사伍賢士'[6]로 발탁되어 벼슬길에 나아가 조정에서 사헌부 장령으로 있을 때도 경세제민의 학문 사상을 그대로 구현했다.

정인홍은 의병장으로서 중요한 전략적인 승첩의 공으로 뒤에

---

6. 서경덕의 제자 이지함, 조식의 제자 최영경과 정인홍, 이황의 제자 조목, 이항의 제자 김천일. 여기에서도 확인할 수 있듯이 남명 조식의 제자가 오현사 중 두 사람이 추천되는 것을 미루어 당시에 조식의 학문과 인물이 지닌 위상을 가늠할 수 있다.

선무원종공신 1등에 녹훈되었고, 선조 35년에 68세로 대사헌에 기용되었다. 광해군 때에는 산림정승으로서 군국기무와 정치의 정신적 지주로, '대로大老'로 추앙을 받아, 당시 중국의 명나라와 후금(청)에 대한 등거리 외교를 암시했다. 벼슬은 삼정승의 위치에 있었으나 출처에 엄정했다. 서인과 남인들의 인조반정에 그들의 정치적 상징 조작으로 89세의 정인홍을 희생의 제물로 삼아 참형에 처했다.

그러나 단재 신채호는 '우리나라 역사상 가장 위대하고 걸출한 인물 세 사람(삼걸)'으로 육군에 을지문덕, 수군에 이순신, 정치에 정인홍을 꼽았으니 가장 올바른 인물 평가라 할 수 있다. 정인홍은 285년 만인 순종 융희 2년(1908년) 음력 4월 30일 칙령으로 신원복작(영의정)이 되었지만, 때늦은 것이었다.

2. 조선 중기 시대 상황과 현실 인식

14세기 동아시아의 정세는 한국(조선), 중국(명), 일본(실정막부), 베트남(여黎) 등 모든 왕조가 바뀌거나 정권 담당자가 교체되는 시기[7]를 거친다. 그 후 약 2백 년 뒤 16세기 중반에 들어오면서 각 나라의 국내 사정이 혼란스러웠으며, 또 일본의 왜구가 조선과 명나라와 월남 해안에 침탈을 빈번히 자행했다. 1592년 명나

---

7. 조선은 1392년 이성계, 중국의 명나라는 1368년 주원장, 일본은 남북조가 각각의 천황을 내세워 정통을 주장하다가 1392년 남조의 후귀산이 북조의 후소송에 양위 형식으로 통합. 비정통인 북조 천황을 괴뢰로 만들고 전국적 지배권을 확립하고 통치력을 행사한 장군은 실정막부의 족리의만이 1358년 3대 장군이 되었다.

라 정벌을 핑계한 조선 침략에 의해 세 나라 모두 전쟁의 소용돌이에 휩싸이게 되었다. 임진왜란이 끝나고 명나라와 일본은 왕조나 정권 담당자가 교체되었고 조선에서도 많은 정치적 변화를 초래했다.

7년간 이어진 임진왜란[8]의 비극은 삼포왜란 이후 중종과 명종 선조 년간의 사화와 훈척파들의 부정부패로 인한 내정 파탄과 외교·국방 안보에 대한 안일한 대책으로부터 잘못되었다고 본다. 즉, 이황이 일본에 대한 유화책을 개진[9]하거나, 이이의 '십만양병설' 등은 임진왜란이 끝나고 광해군의 개혁 정책에 불만을 품은 서인들의 인조반정 후에 수제자인 김장생의 〈율곡행장〉과 안방준 등이 날조한 것이다.[10]

삼포왜란과 을묘왜변, 사량진 왜변 등을 권벌, 이윤경, 이준경, 조식 등은 조정과 재야에서 재상이나 장군으로 군국기무나 출장입상을 맡았거나 전쟁을 겪거나 목격하고 전투에 참여한 이들로서 일련의 침구를 감행한 일본관이 남달랐다고 생각한다. 또한 이미 실학자 성호 이익도 '십만양병설'이 비현실적이고 백성을

---

8. 한국의 壬辰倭亂, 중국의 抗倭援朝戰爭, 일본의 文祿·慶長の役
9. 퇴계 이황은 1555년(명종 10년) 5월에 왜적들이 70여 척의 배로 대거 전라도로 침구해 노략질하는 '을묘왜변'이 일어난 후에 일본의 화의 요청을 받아들이자는 화친책을 주장했다. 7월에 조정에서 삼포왜인들의 우호하자는 사신을 보내와 이를 거절하자는 논의를 하던 가운데 퇴계는 오히려 '왜인과의 타협이 나라의 근심을 덜 수 있다'는 요지의 걸물절왜사소를 올렸다.(《퇴계집》연보 45세조 참조)
10. 율곡 이이의 '십만양병설'의 허구성에 대한 보다 자세한 논의는 권인호, 《조선 중기 사림파의 사회정치사상》 참조.

위한 민본정책에도 어긋났다고 지적하는 등, 훗날 율곡학파의 후예들인 서인-노론들의 학문이나 경세사상과 그 구체적 정책을 상고할 때 문제성이 많다고 본다.

이렇듯 급변하는 국제 정세 속의 조선의 국내 사정은 혼란과 부패를 거듭했고, 비변사가 설치되었으나 실질적 군사력은 정비되지 못했다. 선조 25년(1592년) 4월 14일 제1번대장 고니시(소서행장)와 막료장 소오(종의지) 등의 선발대 1만8천7백여 명이 7백 여척의 함선에 분승하여 14일 진시 끝 무렵인 아침에 부산에 상륙했고, 부산진첨사 정발 장군이 군사 1천 여 명으로 분전하였으나 함락되면서 7년간의 임진왜란에 돌입했다.

당시 조선 땅과 바다에 침공해온 왜군은 육군 약 15만8천 명, 수군 약 5만 명을 합해 약 20만8천 명 정도였다. 크게 3대로 나뉘어 서울로 진격한 왜군은 몇 차례 관군의 방어선을 뚫고 상륙 후 20일 만에 서울을 점령했다. 선조는 4월 30일 새벽에 서북쪽으로 파천의 길에 올랐다. 이에 앞서 제2왕자인 광해군을 세자로 책립했다. 이때 민중들, 특히 하층민들이 들고 일어나 왕의 어가에 돌팔매질을 하고 공사 노비 문적이 있는 장례원과 형조를 불태웠고 경복궁, 창덕궁, 창경궁 등의 궁궐과 관아를 약탈했다. 이로써 당시의 조정과 조선의 양반 지배층 체제에 대한 민중들의 마음과 그 향배를 알 수 있다.

계사년(1593년) 제2차 진주성 전투 때 장렬하게 순국한 삼장사를 비롯한 논개와 6만 여 민·관·군의 희생과 왜적들의 무자비한 학살은 왜적 우두머리 도요토미 히데요시(풍신수길)가 후퇴하는 왜적들에게 내린 명령으로부터 시작되었다. 지난해 임진년 10월 5일부터 10일간 진주성 1차 공격에서 철저하게 참패한 원수를 갚기 위해 나머지 총 공격을 감행하라는 것[11]이었다. 1593년 6월 당시 왜군이 후퇴하여 잔존한 병력은 1592년 4월의 육군과 수군 합하여 20만8천 명에서 약 8만7천 명을 전사·실종으로 잃고 약 12만1천 명이었다. 총대장이며 제8번 대장인 우키타 히데이에(우희다수가) 주재하의 작전회의에 조선에 나와 있던 전략가 구로다 조스이(흑전여수)가 치밀한 진주 공략의 계획서를 내놓았다. 후방의 요지인 부산, 김해, 거제도, 기장에 2만3천여 명의 수비군을 배치하고, 5천4백여 명의 수군을 가덕도에 배치하여 조선 수군의 내습을 대비하게 했다. 그 나머지 병력의 전부 9만2천9백72명의 전투부대로 2차 진주성전투에 총공격을 감행했던 것이다.

정치에 있어서 내정과 외치(交)는 서로 다른 양상을 지니지만 동전의 양면 같은 것으로, 상호연관성을 갖고 영향을 주는 것은 당연한 일일 것이다.[12] 그러한 점에서 조선 중기에 있었던 국운을 건 네 차례의 대외적 대전란[13]은 정치사상사에 큰 영향을 주었고, 당시 정치사상이 실천적으로 나타난 경우를 볼 수 있다. 그것이 바로 경상우도를 중심으로 한 의병 활동이다. 임진왜란 때, 의병

---

11. 명나라와 화의에 따른 자신의 생각을 15개조로 나누어 심복들에게 내린 것 중에서 제7-8조에 나오는 것으로, 함락하게 되면 모조리 다 베어 학살하라는 것.
12. 《내암집》, 사의장봉사 참조.
13. 임진왜란, 정유재란, 정묘호란, 병자호란

이 나서게 되는 당시 국제 정세와 국내의 정치 상황을 잠시 살펴보고 여기에서 정인홍의 의병 활동과 그 실천적인 모습, 정치사상적 특색을 알아보도록 한다.

'유학'은 그 글자의 뜻(儒=人+需, 사람에게 필수적인 학문)에서부터 추상적이고 이론적인 형이상학적 '사변철학'을 의미하기보다는 사람에게 필요한 구체적이고 실학적인 학문을 뜻한다. 다시 말해서 유학 사상의 종지宗旨는 《대학》에서 말한 대로 '수기치인修己治人'에서 보다 실용적인 '경제(경세제민·경국제세)'에 중점을 두어야 한다는 의미이다. 유학 사상은 동양의 역사에서 특히 사회경제적 현실에 대한 개선과 정치적 실천에 기여해왔다.

조식과 수제자인 정인홍은 조선 중기 강우학파(남명학파)의 중심인물이다. 정인홍은 선조 말년에서 광해군 시대 대북파의 영수이고 임진왜란 때 의병장이며 조선조 '산림山林정치'의 효시를 이룬 인물이다. 또한 그의 생애와 학문사상은 조선조의 일반 성리학자들과는 조금 그 유형을 달리하며, 조선 후기 실학적 사상과도 연결되는 특이한 것이다. 그러나 인조반정 이후 서인들의 집권이 계속되자, 산림 정치의 장점보다는 단점이 노출되어 노론일당전제와 외척의 세도 정치로 변질되어 끝내 망국의 주요한 원인이 되었다.

왜냐하면 조선 시대 16세기 이후의 성리학의 사림파 '도통론道統論'에서 출발한 이단배척론이 퇴계 이황의 양명학 배척과 우암 송시열의 이른바 '사문난적斯文亂賊'론을 위시하여 해방 정국 이후로 한국판 반공 매카시즘 선풍이 불자, 지금까지도 한국의 학문과 지성사는 제1세계, 다시 말해서 정통으로 인정된 몇몇 인물을 중심으로만 연구가 진행되었기 때문이다. 그 반면 학문과 정치적인 이유로 이단과 역적이라 매도되거나 집권당의 학파 연원이 아닌 경우 현실에 대해 아무리 좋은 약효를 가진 학문 사상과 약재더라도 연구는커녕 다른 연구의 말미에도 일언반구 언급이 안 되어 있는 실정이기 때문이다.

무릇 학문과 사상이란 그것이 개인의 윤리와 도덕을 함양하고 나아가 정치에 활용되기도 하며 국가의 수성守城을 위한 체제 이데올로기로서도 의의가 있다. 그렇지만 오히려 비판적인 재야의 이론과 정치적으로 소외된 사상일수록 정통 이론의 모순점을 보다 가다듬게 했고, 비교적으로 민중을 위한 이론이 강하게 주장되었다. 그리고 그 현실을 타개하는 경세사상은 유학의 학문사상적 경향성, 즉 수기치인의 기준에서 볼 때 매우 중요한 것이다.

정인홍의 경세사상은 스승 조식의 견해를 이어받았고, 출사出仕하여 이를 경연과 상소문에서 시폐에 대한 극론과 함께 개진하고 실천하는 모습에서 당시의 여타 유학자들과는 달랐다. 정인홍의 경세사상에 관한 연구는 경세사상의 의미가 가지는 것처럼 경세사상의 배경이 되는 당시의 시대 상황에 대한 고찰이 선행되어야 할 것이다. 그다음에 구체적으로 정인홍의 정치·경제·사회 등에 대한 경륜을 살펴봐야 할 것이다.

경세사상이란 세상과 나라를 경륜하는, 다시 말해서 다스리는 것과 세상과 민중을 구제하는 사상을 말한다. 이것은 유교의 근본 사상, 즉 민본적 정치사상과 그대로 통한다. 그런데 조선 중기 당시의 시대 상황은 정인홍에게 있어서는 유학 사상이 적용된 올바른 사회가 아닌 것으로 비쳐졌다. 그렇기 때문에 그의 경세사상은 현실 사회정치를 비판하는 데서 출발하고 있다. 그 바탕 위에서 유학의 근본적인 사회정치사상, 즉 경륜을 펼쳤고 이를 실천했다.

조식과 정인홍의 경세제민적인 학문의 특성은 조선 후기 실학의 '경세치용'과 '이용후생'의 바탕을 이루고 있다. 구체적으로 정인홍은 조식의 출처 태도를 본받아 중앙 권력에 의해 자주 벼슬에 추천되었으면서도 거듭되는 왕의 강권에 의한 벼슬살이 말고는 끝까지 재야의 여론을 주도하며 유교 민본적인 정치사상에 기반을 둔 중앙 조정의 적폐 세력에 대한 비판 세력으로 남아서 실천적인 경세사상을 펼쳤다. 이는 산림 정치의 선하를 이룬다고 할 수 있다. 또한 실학의 선하가 이황과 이이에게 있다는 이론이 이제까지 학계의 지배적인 양론이었다. 그러나 실학의 사상적 경향성으로 비춰볼 때와 실학의 거봉이라 할 수 있는 이익과 다산 정약용의 사상적 특징과 그들이 인용하고 비판한 구체적인 사회정치적인 사실은 조식과 정인홍의 경세적인 학문 경향성과 구체적인 제도 개혁의 주장에서 일치하고 있다는 것이다.

유학 사상에서 인간 생활에서 기본적인 사회경제적인 토대의 중요성은 일찍이 공자가 '먼저 백성을 먹여 살리고 난 후에 가르쳐야 한다先富後教'(《논어》, 자로)는 데서 찾아볼 수 있고, 그런 의미에서 유학은 바로 고원하고 심오한 천리만을 논하는 것이 아님을 알 수 있다. 또한 맹자, 왕도 정치를 논하면서 민중을 다스리기 위해서는 '항산恒産이 없으면 항심恒心이 없게 된다'(《맹자》, 양혜왕)고 해서 무엇보다도 사회경제적 안정이 유학정치사상의 근본이 됨을 역설하고 있다.

일부 연구자들은 당시 왕족과 훈척파의 경제적 독점에서 배제된 대개의 지방 중소 지주층 출신인 사림파 자신들의 이익을 위한 투쟁이라고 주장했다. 실제로 사림파가 대지주 출신인 중앙의 훈구파에 대항함으로써 개혁적 토지제도와 성리학의 도학道學적 지치至治주의의 정치·사회 질서를 구축했다는 사실은 역사 발전에 기여한 것이라고 인정할 수 있다. 그러나 궁극적으로 이들 또한 자기네들의 권익을 보호하기 위한 자위적인 수단으로 세금 수탈 방법에 반대한 혐의도 없지 않다. 물론 당시의 조세제도가 그들이 생각하는 맹자의 왕도 정치를 근본에서부터 해치는 것으로 보았기 때문이라는 점은 인정한다. 그러나 훈구파와의 정치투쟁인 사화를 거치고 선조 초기 사림파가 정치적 헤게모니를 장악하게 되자 16세기 후반의 상황은 당쟁으로 이어지면서 그들도 이익과 권세의 독점에 몰두하며, 광해군의 개혁정치에 반기를 들었던 서인들과 인조반정에 동조했던 일부 남인 세력들의 모습이 여기에 해당한다.

그러므로 일반적으로 역사학계에서는 15~16세기 지방 중소 지주층 출신인 사림파의 자세와 역사 발전의 역할에 대해 일반적으로 훈구파보다는 긍정적으로 평가하고 있다. 물론 당시 훈구파에 비해서는 상대적으로 그러한 평가가 가능할지 몰라도, 궁극적으로는 이들이 사림파로서 훈척파와의 정치 투쟁에서 일시적으로 좌절하지만 재지 토지와 향약, 서원 등을 중심으로 다시 힘을 길러서 선조 즉위 초를 계기로 중앙 정계로의 진출에 성공한다. 바로 이들 사림파 내부의 권력투쟁인 당쟁을 겪고 인조(능양군)의 왕위 찬탈과 궁정 쿠데타를 거치면서 보수적 사림파는 다시 훈구 척신화해 민중을 착취하는 그룹으로 남는다.

훈척파나 사림파를 막론하고 조선 초·중기의 사족들은 대부분 고려 중·후기 무신난武臣亂이 일어나면서 문신 권문세족들이 대거 숙청되었을 때, 이들을 대신하는 지방 향리나 중소 지주층 출신들의 후예다. 그 시기가 앞선 자들은 조선의 개국공신과 조선 초기 중앙집권화를 위한 여러 정변에서 왕권을 보위하거나 왕의 주변 인척관계에 있던 사람들이고, 사림파는 그러한 정치 변동에서 탈락해 다시 낙향한 세력이거나 향리에서 비교적 중앙 진출시기가 늦은 세력이었다.

사림파가 정권을 장악한 선조 이후에 그들의 정권 정통성과 그 정권의 밑바탕이 되는 성리학의 학문 정통성을 세우기 위해 다분히 인위 조작적인 '도통 연원'을 내세웠다. 즉 사림파의 성리학의 정통계보를 주장하고 내세우지만 이는 자기 출신 성분의 비순결성을 호도하고자 하는 데 다분한 의도가 있다고 보인다.[14] 그것은 사림파의 정권 장악과 조선 후기에 가서는 조선 전기의 훈구파보

---

14. 정몽주–길재–김숙자–김종직–김굉필 · 정여창–조광조로 이어지는 계보는 기묘사화 후에 사림파의 힘이 재충전되는 인종 원년 3월에 박근의 상소문에 이어 사림파가 확고하게 중앙 정계로의 진출이 확실시되는 선조 초에 기대승奇大升이 제기했다. 후대에 올수록 자기 학파의 정통성을 주장하기 위해 조광조 이후부터 자기 학파의 계보를 갖다 붙이고 있다.

다 더욱 비유학적 정치 행태를 보이면서도 도통 연원을 강조한 점에서도 엿볼 수 있다.

여말선초에 성리학을 도입하고 그 사상에 의한 정치 질서와 제도를 확립해서 비록 그 내부에서 학파나 정치적 세력이 양분화되었지만, 조선 초기 역사 발전에서 보다 양민의 지위가 향상되고 착취가 감소된 점과 세종 시대 관리들의 청렴은 긍정적인 요소로 등장한 점 등 현대 정치에서도 참고할 만한 사상이 많다. 그렇지만 건국 초기의 긴장된 유교(성리학) 민본 정치사상과 제도가 해이해지고 과전법 자체의 모순과 해체로서 다시금 고려 봉건제도 속의 착취 구조가 재현되었다고 볼 수 있는 조선 중기에서는 이미 왕조 말기적 대토지 사유와 독점이 형성되고 있었다.

이런 상황에서 특히 영남 지방 중심의 진보적 사림파로서 중소 지주층 출신인 이들이 조선 중기 이후에 부상해 중앙정계 진출과 새로운 학문 풍토를 주장하고 나선 것은, 그들의 출신이 훈구파와 보수적 사림파보다는 사회경제적인 토대와 이에 대한 견해, 정치사상의 혁신적 성격을 갖는다는 점에서 정당성을 가진다고 보겠다.

정인홍이 살았던 조선 중기의 정치적 배경은 앞서 서술한 농업 등 경제적인 변동과 사회구조 변화, 사림파의 정계 진출로 인하여 많은 변동과 훈구파와의 갈등으로 첨예한 상황이었다. 물론 전체적인 계급 구조는 왕과 대중소 지주의 양반 계층이 양인(상민)과, 노예 계층을 지배하며 착취하는 억압 구조인 것을 부인할 수 없다.

우리는 조선조 15~16세기 재야 사림파들이 중앙 정계에 진
출하면서 조정의 훈척파와 빚은 정치적 갈등을 일반적으로 사화
土禍[15]라고 말한다. 여기에는 앞서 살핀 바대로 많은 문제점이 내
포되어 있다. 특히 정인홍은 '정여립 모반사건'에 서인들에 의해
억울하게 연루된 많은 동문들의 신원에 적극적으로 나서서 서
인과 남인에게 미움을 샀고 스스로 삭탈관작이 되었다. 이 사건
은 기축사화(옥사)로 비화되어, 임진왜란이 일어나기 전 3년간
(1589~1591) 선조 임금과 서인들의 무고로 무수한 인재들이 희
생당했다. 임진왜란 초기 약 2개월간 파죽지세로 패한 원인도 이
와 무관하지 않다.

3. 조선조 진정한 선비의 표상 남명 조식

남명 조식은 자字는 건중楗仲, 본관은 창녕 조씨로서, 시조는 신
라 진평왕의 사위로 창성부원군이자 태사太師였던 조계룡曺繼龍으
로 전해진다. 중시조는 5세손 겸謙으로, 고려 태조의 사위(덕공공
주와 혼인)였고, 7세 연우延祐에서 15세 자기自奇까지 대대로 8대
평장사로 번창했으며, 자기의 11세손 은殷은 중랑장(무관직)이었
고 그 아들이자 조식의 증조부인 조안습曺安習은 생원으로 삼가현
(현재의 경남 합천군 삼가면) 판현으로 낙향했다. 조부 조영曺永은 벼
슬에 나아가지 않았다. 부친 조언형曺彦亨(1469~1526)과 숙부 조

---

15. 일부에서는 '무오사화戊吾士禍는 사초 문제로 발생한 것'이라 해서 '사화史禍'라고도
한다. 그러나 이것은 사화土禍 자체를 구조적으로 조명하지 않고 개인의 원한이나 사
소한 에피소드에서 발생된 것으로 보려는 비역사적 시각이 노출된 것이라 생각된다.

언경曹彦卿은 문과에 급제하여 중앙 정계로 진출했다.

조식의 고조모는 현풍 곽씨 현감 곽흥인郭興仁의 딸이고, 증조모는 강성 문씨(남평 문씨) 문가용文可容(문과급제, 성균관 학유)의 딸인데, 문가용은 문익점의 조카다. 조모는 임천 조씨로 감찰 찬瓚의 딸로 앞서 간단히 살펴본 바 있는 조지서의 누이다. 모친은 인천 이씨로서 충순위 이국의 딸인데 외조부가 통천 최씨로서 세종 때 압록강변의 사군 개척과 대마도 정벌을 하고 후에 좌의정을 지낸 최윤덕이다.

조식은 성품 또한 강직해서, 부친의 올곧은 성격이나 숙부가 기묘사화 때 죽임을 당하는 모습에서 의기의 가풍이 엿보인다. 그의 친가나 외가 계통의 개결한 성품과 문무겸전한 인물됨을 미루어 짐작할 수 있다. 이러한 강직하고 청백한 성품이 조식에게 영향을 준 것 같다.

조식은 이러한 가계의 성품을 이어받은 것 외에도, 대개 진주 지방 출신 사람들은 성격이 강직하고 불의를 보고 참지 못해 거침없이 직언을 하는 탓에 정적들을 많이 사고 명분에 사로잡혀 실익을 제대로 챙기지 못한 경향이 다분하다. 이 때문에 역사를 살펴보면 정치적인 피해를 많이 입는 것을 볼 수 있다. 남명의 고제자高弟子인 최영경이 기축사화(옥사) 위관(재판관)이었던 송강 정철의 미움을 받아 희생되었고, 정인홍은 삭탈관직, 동강 김우옹金宇顒은 함경도 회령으로 유배당했으며, 훗날 곽재우, 정인홍의 제자인 정온도 비슷한 고초를 겪었다.

조식은 아버지가 장원급제로 벼슬로 나아가 서울 명륜방(성균관 근처)으로 이사 가서 7세 때 학문을 시작하였다. 어렸을 때 한성(서울)에서 이항李恒, 이윤경李潤慶과 이준경李浚慶 형제 등과 사귀어 평생의 지기가 되었고 황효헌에게 사사했다. 부친이 함경도 단천 군수 재직 시 그 곳에서 17~18세 시절을 보내고 다시 서울로 와서 성수침, 성운 등 은둔적인 출세간적 학문의 경향으로 노장과 제자백가, 천문, 지리, 병진, 의약, 우주, 불교에도 조예가 깊어졌다.

25세 때《성리대전》[16]을 읽고 학문과 인생관의 전환을 이루며, 성리학에 대한 조예도 깊어지고 실천적 유학자로 거듭나게 된다. 31세 때 처가가 있던 김해의 산해정山海亭(훗날의 신산서원)에서 공부하며 후학을 훈도하기 시작했고, 당시 경상감사 회재 이언적李彦迪의 면담 요청을 거절했다.

그의 출처와 학문 사상 등은 선조 초년의 사림파의 등장과 정국의 쇄신을 가져올 수 있는 기반이 되었다. 또한 당시 왜구들이 남해안에 출몰하며 노략질하던 실상(삼포왜란과 을묘왜변 등)을 목격하고 국방에 대한 중요성을 강조하고 임진왜란을 예견한 것처럼, 제자들에게 경의敬義 사상과 함께 병진이나 실학과 경세적 학문을 가르치고 이에 대한 구체적 대책문을 시험으로 적게 하는 등 그의 제자가 대부분 의병장(57명)이 되는 길을 마련했다. 당시에 조정에서 그의 명성을 듣고 내린 벼슬을 사양하는, 일명 '단성소'로 알려진 단성현감사직소로 조정과 세상을 놀라게 했다.

당대의 가장 대표적인 '세 처사'라 일컬어져 세상을 우러러 보

---

16. 명나라 호광胡廣 등이 3대 황제 성조 영락제(朱棣, 재위 1402~1424)때 편찬했다.

았던 서경덕, 성운, 조식이 충청도 글자 그대로 '세속을 떠난 산 (속리산)'에서 회동해 당대의 화제가 되었다. 환갑인 61세 때에 경 상우도의 지리산 밑인 진주의 덕산에 산천재山天齋[17]를 짓고 졸卒 할 때까지 강학을 계속하고 출처에 엄정했다. '출처'라는 것은 세 상에 나아가 벼슬을 하며 경세제민의 정치에 참여하는 것과 물러 나 재야에 머물면서도 정신적 지조를 지키고 후학을 가르쳐 올바 른 세상이 오기를 바라는 유교의 정치사상에서 나온 용어다. 그 런 의미에서 유교의 출처론은 곧 우국충정과 민본 정치사상의 구 체적 실천론이라 할 수 있다.

조식은 기묘사화(1519년) 이후의 당시 정치 상황에서 출사하 기를 단념(부친과 숙부의 참화와 정권 참여의 비리 문제)했다. 당시 조 정이 훈척에게 농락당하고 있는 상태여서 민중을 위해 도를 실천 하는 정치를 시행하기보다는 일신의 안락을 위해 이익과 녹봉을 탐하는 형태로 될 것이 뻔했고, 이것은 실제로 다른 인물들의 벼 슬살이에서 그대로 나타나고 있었다. 오히려 그의 행동은 가난을 이기고 끝내 재야에 남아 잘못된 정권에게 비판을 가하고 거침없 는 상소문을 올려 '수기치인修己治人'의 실천성에 합당했다고 보 인다. 그 후 수차례 왕의 징소를 받았지만 출사를 거부하고 처사 로서의 삶을 끝내 지켰다. 문정왕후 윤씨가 죽고 그 오라비인 외 척 윤원형이 실각하자, 이듬해 10월(1566년, 66세)에 비로소 명종 의 소명召命에 한 번 응하여 포의로서 경복궁 사정전에 직접 임금

---

17. 《주역》, 산천대축괘山天大畜卦. 실력이나 제자를 크게 기르는 의미다.

을 배알 면대해 군왕의 대현관과 역사적 인물에 대해 문답[18]했다.

정치에 오불관언하는 태도는 유학자에게 있을 수 없는 것이었다. 조식은《학기》'출처'에서 정자程子의 말인 '고상한 선비는 그 위치(벼슬)에 있지 않는 것으로써 편안하게 방심하고 아무런 하는 바의 일이 없어서는 안 된다'를 적고 있다. 실록에서도 사신史臣의 조식에 대한 평가에서 '당시 유일에 가탁해 실제 학덕을 갖추지 않고 한갓 허명으로 기세도명(명예를 도둑질하며 세상을 속이는 짓)하는 자가 많았다. 그러나 식植은 지신수결해 초야에 묻혀 세상에 드러내려고 하지 않았고, 그 명망이 조정에 전달되어 관직이 누차 제수되었으나 안분자락해 끝내 출사하지 않으니 그 뜻이 가상하다. 그러나 식은 결코 세상을 잊지는 않았다. 진소항의 해 시폐를 극론함에 있어 그 말이 간절하고 의義가 올바르게 했고 시대를 상심하고 난을 우려해 임금을 명신의 경지에 이르게 하고 풍화를 왕도의 극치에 두려 했으니 우국지성이 지극하다. 오호라! 평소의 가진 뜻을 임금 앞에 다 개진하고 끝내 처사處士로서 일생을 마치니 그 마음이 충성되고 그 절의는 높다 하겠다'《명종실록》권19)고 했다.

정인홍은 스승 남명의 행장에서 남명의 언행록 가운데서 '출처를 심히 군자의 큰 절의로 삼고 고금의 인물을 두루 논하려면 반드시 먼저 그 출처를 본 연후에 그 행사의 득실을 논하여야 한

---

18. 유비와 제갈량의 삼고초려, 주 무왕과 태공망.(여상과 초빙, 주 문왕 '군자는 뜻이 같은 임금을 만나야 친근하게 마음을 합할 수 있고, 마음을 합해야 일을 성취할 수 있는 것입니다'—《육도삼략》중에서)

다고 하였다'고 하고 또한 '선생은 구차하게 복종하지도, 구차하게 잠잠히 침묵하지도 않았다. 아는 이는 비록 좋아하나 알지 못하는 자들은 자못 치우치게 이를 미워하였다. 은퇴하였으나 시대(현실)를 자세히 살폈고 자신을 지켰지만 사람들에게 이를 자랑하지 않았으며 깎아지른 요새의 높은 바위 구멍에서 죽어도 후회하지 않았으니, 이를 일컬어 천 길을 나는 봉황새라 하면 가할 것이다'라고 하여 조식의 출처 대의를 논했다. 즉 그의 출처는《주역》에서 말한 대로 '왕후에게 벼슬하지 않으면서도 그 하는 일이 고상하여'[19] 후세의 많은 사람들이 출처의 대의를 깨닫게 했다.

조선 중기 당시의 국제 정세는 조선 초의 사군·육진 개척과 대마도 정벌로 보여준 적극적 대처로써 얼마 동안의 평화를 가져왔으나, 중종 시대 이후로부터 끊임없는 변방의 소요가 있었다. 남명은 을묘사직소에서 외교와 국방의 역사적 사실을 말하고 당시 상황과 그 이유, 대처 방안을 이야기했다. 그는 세종 원년(1419년)에 대마도를 정벌하고 성종 10년(1479년)에 북방 야인(여진족)들을 치게 해 변방을 튼튼히 한 사실을 들고, 당시(명종 시대)의 국방 문제는 국가의 규율이 무너지고 남쪽에는 앞서 논의한 삼포왜란이 일어나 민중이 어육魚肉이 되고 있는 상황이라고 정확하게 진단했다.

이러한 지경에 이른 이유를 남명은 '평소의 조정에서 재물로 사람을 쓰니 재물은 모이겠지만 백성은 흩어져서 필경에는 장수로 쓸 만한 사람이 없고 성에는 군졸이 없습니다. 적이 침입하여

---

19. 不仕王侯 高尚其事.《주역》, 산풍고괘 상구

도 무인지경이 되었으니 어찌 이것이 괴이한 일이겠습니까. 이것은 역시 대마도의 왜구가 (본토의 왜구와) 몰래 결탁하여 그 앞잡이가 되어 하는 바가 국가의 무궁한 치욕이 되어 왕령王靈이 떨치지 못하니 마치 국가의 한 모퉁이가 무너지듯 한 것입니다. 이것은 옛 신하를 대우하는 것은 주周나라 예법보다 엄하면서 원수 같은 왜적을 대우하는 것은 망한 송나라보다 더한 셈입니다'라고 말하면서 당시 북방의 야인과 남방의 왜구의 국경 침입과 변란이 심상하지 않음을 경고했다. 더구나 그가 남해안의 김해에서 18년간 거주하면서 왜구의 노략질과 민중의 참상을 목격하고서 올린 상소문이기에 그 내용은 더욱 절실한 감이 있다. 그리고 그는 그때 이미 심상치 않은 변방의 기미를 알아차리고 있었던 것 같다.

조식은 당시 나라의 상황이 공물의 대납이나 방납의 폐해와 군역의 문란으로 제대로 되어 있지 못하다는 것을 비판했다. 이것은 남명이 나라의 존망에 관련된 것인데도 중앙의 고위 정책 심의 기구인 묘당이나 비변사 등에서는 한마디의 언급도 없고, 조정의 미관말직[20]에게 실상이 보고되는 당시 현실에서 나라의 장래를 우려할 수밖에 없었다는 것을 말해준다. 이러한 그의 우려는 바로 을묘왜변이나 임진·정유년간의 왜란과 정묘·병자호란에 그대로 나타나 민중이 어육이 되고 국가가 존폐의 위기로 나

---

20. 훗날 6품 언관(사간원 정언正言)으로서 호남의 포조와 포졸의 폐해를 어사 겸 재상 경차관으로 실상을 보고한 것이 조보에 실린 것을 보고, 남명의 고제자인 덕계 오건鳴健에게 편지로 이를 지적한 것을 기특하게 여겼다.

타났다.

국방의 문제는 내정의 바로잡음에 있다는 견해를 정인홍도 스승 조식과 마찬가지의 시각을 가지고 있었던 것이다. 또한 그것은 공자도 제자 자공이 정치에 대해서 질문했을 때 '식량(경제)의 여유足食, 튼튼한 군사력足兵, 민중의 이에 대한 믿음民信之'(《논어》, 안연)을 이야기한 것과 같은 소지다. 지배층의 부패와 무능으로 국방에 소홀해 외침이 있어 나라가 침략을 당했을 때 당하는 백성의 고통은 거꾸로 상층 귀족 계급보다 더욱 심하다. 왜냐하면 무기가 발달하지 못한 시대였음에도 대개 피난하여 농사를 짓지 못했기 때문에 그 사망률이 더 높았다는 것이다.

조식의 국방에 관한 정치사상은 '문무文武가 함께 나라에 있어야 된다'는 평소의 신념을 기초로 하고 있다. 남명은 《학기》에서 이렇게 기록하고 있다. '임명할 관리의 재목과 재주를 변론하는 바의 그것이 어찌 특별하게도 문(문재)뿐이겠는가. 사마가 교전教典을 장악하는 것은, 곧 사도가 거갑車甲을 교습하는 바의 것은 바로 무武이다. 이것은 문무가 합해져야 하나의 도가 되는 까닭이다'라고 하여 연평 주씨周氏의 말을 인용하여, 당시 문약에 흘러 있던 조선조의 실정에서 나라의 인재를 구하는 과거시험에 문무를 함께 지닌 인물을 구해야 한다는 것을 주장했다.

조식은 '진사과에는 사부(문장과 시)와 성률(시의 음운)을 공부하나 사부 속에 천하를 다스리는 도는 있지 않다. 비유하자면 (북쪽 육지의 평원에 살던) 호인胡人이 배를 부리고 (남쪽의 강과 호수 그리고 바닷가의) 월나라 사람이 말을 모는 것과 같은데 그것의 잘하기

를 구해도 역시 어렵지 않겠는가'라고 했다. 당시 조선의 과거제
도가 비록 문과와 무과가 있지만 한사람의 재주를 여러 방법으로
함께 종합적으로 시험 보는 것이 아니었고, 문과마저도 생원과와
진사과로 나눠졌다. 물론 현대적 의미에서 전공별 인재 채용이라
는 긍정적 의미가 있지만 각 부서에 임명될 때는 소과(생원·진사
과)의 출신별 구분이 없었다. 더구나 생원과는 그래도 유교 경전
을 시험하니 그런대로 그 속에 담긴 정치와 경륜을 가질 수 있었
다. 그렇지만 진사과는 '시·부·송·책' 등 문장과 시를 보고 인재
를 뽑으니, 나라의 정치가 경륜이 없는 자의 손에 있게 되었음을
비판한 것이다. 그러면서도 진사과 출신을 오히려 우월하게 여겼
고[21] 문과 출신이 실무 행정에는 약해서 서리(아전)들에게 속고 말
았다.

그리고 중앙이나 지방의 수령들이 대부분 '무武'를 몰라 외적
의 침입에 속수무책인 경우는, 바로 북쪽 평야에서 말을 잘 타는
북쪽 오랑캐胡가 배를 부리고, 남쪽 바닷가에서 배를 잘 부리는
남쪽 월越나라 사람이 말을 타는 것과 같아서 제대로 될 수가 없
다는 것을 비유했다. 이것은 조식이 당시 사회정치 제도와 현실
을 비판함과 동시에 실질적인 학문과 기술도 갖추어야 한다는 견
해를 가졌다는 것을 증명한다. 이러한 조식의 문무겸비의 중요성

---

21. 《성호사설》 권8, 〈학교불상벌〉에서 감시(국자감시)에는 생원·진사의 구별이 있
는데 벼슬이 없는 선비도 생원이라 호칭하므로, 생원과에 합격한 사람이 그 호칭이 같
음을 꺼려 진사 호칭을 쓰고 있어서 명실이 다르고 진사과가 우대되었던 사실을 엿볼
수 있다.

에 대한 강조는 바로 국방 문제와 연결되고 후세 실학자들의 학문과 현실인식 태도와 연결된다.

즉, 이익은 《성호사설》, 〈논병제〉에서 국가 경비와 군역, 서리의 농간을 지적한 다음 무과에서는 무경武經[22]에 중점을 두어야 한다고 주장하며 무장들이 이론적인 병법 공부도 철저히 할 것을 주장했다. 즉, '지극히 높은 임금도 반드시 경연에서 학문을 강학하는데 무장은 왜 무예를 강학하지 않는가?'라고 했다. 그는 '이른바 무武를 그치고 문文을 닦아 밝힌다는 것은 전쟁을 치르고 난 뒤 무를 조금 억누르는 것뿐이다. 그러므로 문과 무를 아울러 쓰는 것이 (나라를) 장구하게 하는 방법이라는 것이다'[23]라고 해서 그는 평화로운 때에 붓끝으로 창칼을 지휘하다가 난리가 난 뒤에 무장을 데려다가 나라의 종묘사직을 맡기지 말고, 평소에 문무의 경중을 구별하지 말고 병용할 것을 주장하고 있다.

조선 후기 실학자들의 문무겸전을 통한 국방책은 앞서 살핀 남명의 견해와 일치한다. 남명은 이러한 학문적 견해와 상소문에서만 문무겸전과 실질적 국방책을 나타낸 것이 아니라, 구체적인 실천으로 나타나 왜란을 예측하고 제자들에게 그 대책을 강구하는 시험문제도 출제했다.[24] 이렇게 광범위한 남명의 학문적 견해에서 비롯된 공부 대책을 시험 보는 것은 그 후 임진왜란 때 57명의 제자들이 의병장으로 활약하는 구체적인 실천의 모습으로 나

---

22. 무경칠서武經七書: 손자병법, 오자병법, 사마병법, 육도, 위료자, 삼략, 이위공문대.
23. 《성호사설》권7, 〈문무병용〉
24. 《남명집》권2, 〈의책문제제생〉

타났다.[25] 그것은 바로 조식의 문도로서 의병장이 된 사람들이 다른 지역의 의병장들과는 달리 전법에 능하고 그 규모에 있어서도 위세가 당당했고 관군보다 더 용감하게 투쟁하여 모든 싸움에서 승리했다. 이러한 구체적인 결과는 남명학파의 국방·외교론이 사회 현실에 바탕을 둔 것이며 그의 학문이 실천적이며, 즉 실학의 면을 보여주고 있었기 때문이다.

나라를 걱정하는 '우국'에 대해 이런 말들이 생각난다. '정치가는 나라가 망해가는데도 태평세월이라 하고, 학자란 나라가 태평세월일지라도 걱정하고 문제를 제기하는 사람'이라는 것과 '나라를 생각하며 분노하거나 슬퍼하지 않는다면, 이미 그는 나라를 사랑하고 있지 않다'라는 말들이다.

후일 광해군 때 대동법[26]실시의 근본 사상과 구체적 적폐 청산 방법을 제시한 것으로 조식의 '서리망국론(중앙 조정 고관들과 향리·경저리의 결탁)'과 공물폐해론(대납·방납 등으로 백성들의 고통과 폐해)이 기초가 되었다. 정인홍도 임진왜란을 당하여 '무기를 지닌 외

---

25. 이러한 모습이 '십만양병설'보다 더 의의가 있다. 왜냐하면 율곡의 주장은 과연 그가 말한 것인지 의문이고,《왕조실록》에도 없으며, 이 말은 임진왜란이 끝난 후에 제자들에 의해 편집된《율곡행장》에만 보이며, 율곡은 당시의 임금 선조와의 이야기와 강의 내용을《경연일기》로 남겼는데, 이곳에서도 보이지 않기 때문이다. 또한 후세에 실학자 이익은《성호사설》,〈예양병〉에서 10만 군사를 양병하게 되었을 때 국가 재정과 국방비 부담과 군역 때문에 오는 민중의 고통을 말하고 그 현실성을 의문시하며, 꼭 10만 군사가 있어야 외적을 방위할 수 있는 것은 아니라고 했다. 반면에 조식은 '정전'과 '군부'를 말하면서 현실성 있는 균전제와 부병제적인 부국강병책을 논하고 있다.
26. 대동사상은《예기》,〈예운〉편에 나오는 것이다. '천하 세상은 공공스러운 것天下爲公'으로 시작된다.

적의 침입干戈之寇에 앞서, 나라 안의 벼슬아치들의 도적질衣冠之盜'
이 더 문제임을 지적했다. 조선조의 망국도 19세기 시작과 함께
세도정치와 함께 '삼정문란'이 원인이었음을 우리는 알고 있다.

4. 나라를 구한 '삼걸' 가운데 한 사람, 내암 정인홍

정인홍은 어렸을 때부터 학문에 매우 뛰어난 자질을 보여 5,
6세에 능히 작문했다.[27] 11세 때 거리가 얼마 떨어지지 않는 가야
산 해인사에서 독서했다. 어린 시절 안음에 은거하던 갈천 임훈
(1500~1584)에게 잠시 수학하다가, 15세경 다시 조식의 문하에
서 수학하고 뒷날 수제자의 지위를 누렸다.

24세 때에 소과 생원시에 합격해 성균관의 유생이 되어 선비
로서의 기본적인 체모는 유지했으나, 당시 과거장의 타락과 더불
어 과거가 명예와 이권을 탐하는 것이라 해서 과업을 폐하고 대
과(문과)는 치루지 않았다. 이는 스승인 조식의 영향으로 그 모습
을 닮아 학문에만 전념하고자 한 것이었다. 36세 때부터 문경호
를 비롯한 합천권의 많은 선비들이 문하로 들어옴에 따라 그의
제자 문인 집단이 형성되기 시작했다. 대부분의 이들이 임진왜란
때 의병장이 되었다.

진주 덕산의 산천재에서 스승 조식을 간병하며 그 임종을 지켜

---

27. 일찍이 어려서 참새를 가지고 놀다가 죽게 되자 〈조추문弔雛文〉(《제조문祭鳥文》이라
고도 한다)을 지었다. '鳥死人哭, 於義不可. 汝由我而死, 是以哭之.(새가 죽었는
데 사람이 이를 곡한다는 것은 의리로는 할 수 없는 것이지만, 네가 나 때문에 죽게 되
었으니 이로써 내가 너를 곡하노라.)'

보고 유품으로 '경의검敬義劍'[28]을 전수받았으며,[29] 일찍이 조식은 명종 임금과의 직대에서 제자 정인홍을 적극 추천했다고 한다. 조식으로부터 출처의 신중함과 '경의' 공부를 더욱 전심할 것을 당부받았다. 이로써 후일에는 남명학파의 사류들 간에 '내암이 곧 남명 선생'이라는 분위기가 형성되었다. 정인홍은 지조가 높고 엄격했고 '경' 공부를 열심히 했으며 특히 토론이나 비판에 탁월함을 드러냈다. 이이도 그의 위엄을 자기의 온화함과 조화를 이룰 수 있다고 해서 높이 사고 있다.[30] 나중에 경연에서 《춘추》와 《주역》을 강의할 때에도 그의 논의에 좌중의 모두가 승복할 만큼, 강직한 성품과 함께 학문의 품격과 그 정도나 위치가 뛰어났다.

'탁행지사'라는 유일로서 당시 이른바 '오현사'의 한 사람으로 천거되어 6품직을 제수받아 경상도 황간(현재 충북 영동군 황간면과 주위 일대) 현감이 되어 '당대 최고의 선정관'으로 뽑혔다. 사헌부 지평에 임명되었으나 모두 사퇴하고 나아가지 않았다. 44세 때에 영천군수로 재직했으나 민본 사상에 토대를 두고 백성을 우선으로 하는 지방 목민관이 당연히 상관(관찰사)과 중앙 조정 관리들의 탐오貪汚의 재원을 끊어버리는 결과를 가져올 수밖에 없었다. 그렇게 되자 그들이 오히려 정인홍을 탄압했고, 청렴하고 강직한 그의 성품에 마찰을 일으키게 되어 정인홍은 벼슬을 버리고 낙향해버렸다. 바로 이때 지방의 관리와 이와 연결된 아전과 중

28. 남명은 그의 패검명을 지어 새기기를 '內明者敬, 外斷者義'라 하였다.
29. 《선조수정실록》권7, 선조 6년 5월조.
30. 《률곡전서》권30, 《경연일기》권3, 60-61쪽.

앙 관리들의 부패상을 속속히 파악하고, 임진왜란 때 유명한 '의병장을 사직하는 상소(사의장소)'에서 이를 만천하에 폭로했다.

사헌부 장령으로 임명되어 상경하자 당시 세상 사람들이 그의 청렴결백하고 민중을 위해 정치하며 어떠한 불의, 부패와도 타협하지 않는 강직한 명망을 듣고 모두 그 모습을 보려고 모여들 정도로 이름이 높았다. 이러한 유교 정치사상의 근본에서 출발한 그의 정치적인 실천 행동이 나중에 구체적으로 민중을 위해 방납의 폐해를 직접 간언하고 지방 수령이나 서리들의 가렴주구를 탄핵하는 것으로 나타나자 백성들은 기뻐하고 관리들은 모두 두려워하면서도 그의 공정한 태도에 감복했다.

이후 정인홍은 모친상에 이어 2년 뒤에 부친상을 당하여 벼슬을 사직했다. 치상 기간이 끝나고 선조의 부름과 벼슬을 내렸으나 모두 사퇴하고 전후 10년간 조정에 나서지 않고 학문과 제자들에게 강학에 전념했다. 1589년, 즉 임진왜란이 일어나기 3년 전에 조선 당쟁사의 최대 비극 상황인 기축사화가 발생해 많은 젊은 개혁파 인물들을 중심으로 천여 명이나 처형과 유배 등의 피해를 입는 엄청난 희생을 당했다. 특히 당시 소장少壯 개혁적 인물이 많았던 동인에 속했던 정인홍은 주위의 동문 최영경 등과 뜻을 같이 하는 동암 이발(1544~1589)[31] 등 많은 인물들을 잃었고

---

31. 화담학파로서 서경덕의 제자 김근공, 민순 등에게 배우고 알성문과 장원으로 사가독서와 이조정랑으로 발탁되었다. 홍문관 부제학과 사간원 대사간이 되었다. '정여립 모반사건'인 기축사화에 평소 원한이 깊었던 서인 정철이 좌의정으로 위관이 되어 국문하는 과정에서 82세 노모와 여덟 살 아들까지 모진 고문으로 죽이고, 이발도 두 차례나 모진 고문 끝에 장살(때려죽임)되었다. 그의 제자 문생과 형제, 친척, 노비들까

자신도 삭탈관직되었다. 나중에 임진왜란 때 의병장이 되자 조정에 올리는 상소문에서 이때의 이성을 잃은 서인과 조정을 통렬하게 비판했고, 최영경을 신원하는 봉소를 재차에 걸쳐 격렬한 어조로 올렸다.

정인홍은 무계전투와 안언역전투 등에서 왜군을 전멸하거나 격퇴하고 왜군들이 약탈한 많은 귀중한 물건을 노획했고, 세 차례에 걸쳐 악전고투 끝에 성주성을 끝내 탈환, 수복했다. 왜군들은 보급로가 차단되어 후퇴할 수밖에 없었고, 정인홍은 호남을 지켜 끝내 전쟁을 승리로 이끄는 결정적인 전공들을 많이 세웠다. 그렇게 되자 조정에서는 제용감정, 성주목사 등의 벼슬을 제수했고, 또한 여기에 더하여 11월 체찰사 오리 이원익의 주청으로 실질적인 역할에 맞는 직함으로 정인홍에게 영남의병대장을 제수했다. 그러나 정인홍은 약 5천 언﹦에 달하는 장문의 유명한 사직상소를 올렸다. 상소문에서는 전란을 극복하기 위해서는 살아남은 여민餘民을 수습할 것과 임금이 정치의 도리를 새롭게 하여 조정의 붕당을 척결하는 것이 급선무임을 역설했다. 자신은 이미 조정으로부터 은혜 입은 바가 있었지만 다른 의병장들은 그러한 것이 없었으니, 자신보다는 이들에게 상명賞命이 있어야 한다고 했다.

이어서 정유재란이 일어나자 임진왜란 때와 달리 의병 창의가 전무한 상태에서 유일하게 창의 모병하고 성주에 주둔하고 있던

지 엄형을 가했으나 아무도 승복하지 않았고 당시 호남 제일의 가문(광산이씨 8대 옥당가)이 멸문지화를 당했다.

명나라 군대에 협력했다. 후일 명나라 장수들은 정인홍을 전란 가운데 최고의 공훈자로 평가했다. 가선대부 사헌부 대사헌으로 발탁되고 임금이 손수 교유문을 써 보내면서 산림의 몸으로서 과감히 창의해 임진왜란 때의 많은 공을 치하한 다음 자꾸만 벼슬을 사양하는 데 대해 '독선기신'만 하지 말고 출사하라고 강권했으나, 정인홍이 대사헌으로 오면 스스로 문제의 소지가 많은 소인배들과 반대 당파였던 서인 등의 격렬한 반대가 예상되었다. 이에 정인홍은 대사헌에 취임할 수없는 다섯 가지 이유를 대고 전후 네 차례의 사퇴 상소를 올렸다. 스승 조식의 필사 수고를 수집하여 문집인 《남명집》(갑진본)[32]을 그의 집과 가까운 해인사에서 간행하는 것을 주간했다. 이때 쓴 《발남명집설》에서 이언적과 이황의 '출처'를 논했다.

광해군이 새로 등극하면서 그의 입지가 더욱 높아졌지만 재야에서 정치 현실에 대한 비판적 상소문과 조언을 했을 뿐 조정에는 참여하지 않았다. 인조반정(궁정 쿠데타) 이후 서인이 집권하자 그는 '대북파의 산림 영수로서 조정의 의론(폐모살제)을 뒤에서 조종하였다'는, 사실과 다른 무고 날조된 모함을 받았고, 제대로 된 조사나 국문도 없이 압송 상경한 지 5일 만에 당시의 대명률大明律에 어긋나게 89세의 나이로 정형正刑되었다.

그러나 신채호는 정인홍을 '조선 역사상 가장 위대한 경륜을

---

32. 판각이 불타 널리 배포되지 못하고, 5년 후에 정인홍의 제자인 문경호가 갑진본을 근거로 주간해 기유본을 간행했고, 광해군 14년에 기유본의 목판을 사용한 임술본이 간행되었다.

가진 정치가'로 평가하고, 그 전기를 중국의 여순 감옥에서 계획
했으나, 순국하는 바람에 끝내 탈고하지 못하고 복고腹稿에 그치
고 말았다.

진주

1판 1쇄 인쇄 | 2019년 12월 11일
1판 1쇄 발행 | 2019년 12월 19일

지은이 | 이강제

펴낸이 임지현
펴낸곳 (주)문학사상
주 소 경기도 파주시 회동길 363-8, 201호(10881)
등 록 1973년 3월 21일 제1-137호

전 화 031)946-8503
팩 스 031)955-9912
홈페이지 www.munsa.co.kr
이 메 일 munsa@munsa.co.kr

ISBN 978-89-7012-582-4 (03810)

이 도서의 국립중앙도서관 출판예정도서목록(CIP)은 서지정보유통지원시스템 홈페
이지(http://seoji.nl.go.kr)와 국가자료공동목록목록시스템(http://www.nl.go.kr/
kolisnet)에서 이용하실 수 있습니다. (CIP제어번호 : CIP2019049451)

ⓒ 이강제, 2019 printed in Korea.